U0485073

御厨

YUCHU

罗泰琪·著

[长篇历史小说]

时代出版传媒股份有限公司
安徽文艺出版社

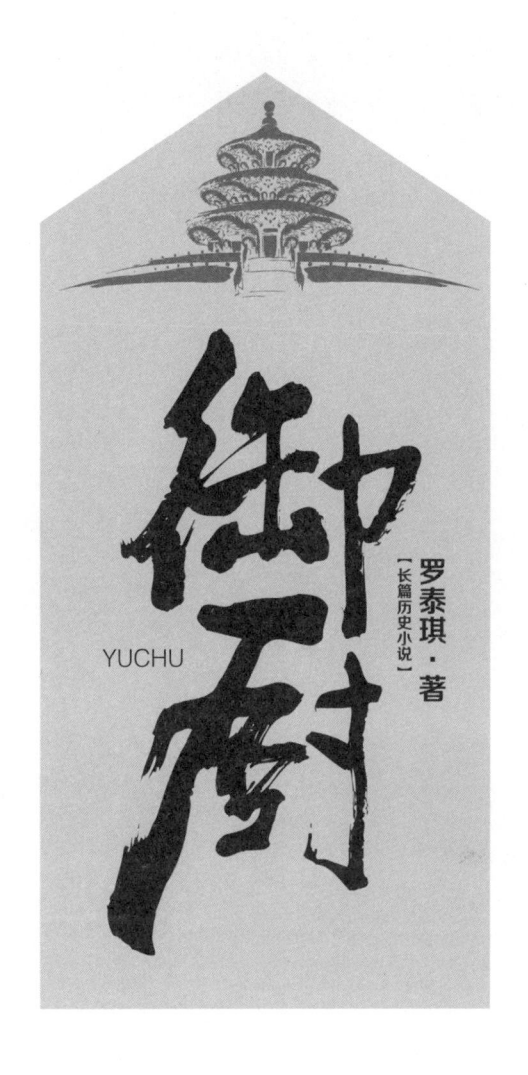

图书在版编目(CIP)数据

御厨/罗泰琪著.—合肥:安徽文艺出版社,2015.9
ISBN 978-7-5396-5505-5

Ⅰ.①御… Ⅱ.①罗… Ⅲ.①长篇小说-中国-当代
Ⅳ.①I247.5

中国版本图书馆 CIP 数据核字(2015)第 198243 号

出 版 人:朱寒冬
责任编辑:岑 杰　　　　　　　装帧设计:八牛设计

出版发行:时代出版传媒股份有限公司　www.press-mart.com
　　　　　安徽文艺出版社　www.awpub.com
地　　址:合肥市翡翠路 1118 号　邮政编码:230071
营 销 部:(0551) 63533889
印　　制:合肥创新印务有限公司　(0551)64456946

开本:700×1000　1/16　印张:15.75　字数:300 千字
版次:2015 年 9 月第 1 版　2015 年 9 月第 1 次印刷
定价:38.00 元

(如发现印装质量问题,影响阅读,请与出版社联系调换)

版权所有,侵权必究

目 录

楔　子 / 1

第一章　神秘的宫源居酒楼 / 4

第二章　争抢紫禁城后门那块地 / 19

第三章　御膳房的生活 / 34

第四章　熙亲王大闹御膳房 / 43

第五章　妓女进宫 / 58

第六章　赵太妃寿宴风波 / 75

第七章　《挑滑车》高宠成花脸 / 92

第八章　喝茶辨水 / 112

第九章　买房风波 / 130

第十章　有人往西太后菜里加东西 / 144

第十一章　张贵人卖扇 / 162

第十二章　黑车开进张贵人宫 / 180

第十三章　黄厨头奉献一箭双雕膳谱 / 197

第十四章　孪生画风波 / 217

第十五章　萨满驴车的秘密 / 237

楔　　子

  我十四岁进御膳房，两年打杂两年配菜两年掌案，二十岁成为内务府见习品膳官，二十八岁做品膳处副总管，三十一岁做《中国宫廷御膳》总编撰官，率领全紫禁城御厨用三年时间编出这本书。那一年我把这部书呈给西太后。她老人家说，你别叫柳崇孔了，怪拗口的，就叫老柳吧。这下出彩了。全紫禁城的主子娘娘、太监女子、厨役护军都叫我老柳御厨。紫禁城谁敢称老？除了老佛爷就是我。

  我离开紫禁城不是主子撵我，是主子蒙难出宫，树倒猢狲散，大家各奔前程。我本来可以留在北京，好几拨新贵聘我。其中有逼死隆裕皇太后的袁某。我生为大清人死为大清鬼，不认识袁某方某。袁某得知我坏他要害我。我推辞所有延聘回乡下老家，借着身体尚好，袖口有银票，准备一享清福。谁知前脚到家后脚跟来一串人，都是各地饭店老板，揣着大把银票请我出山。

  我不缺钱。我在宫里的月俸倒不多，八两银子、八斤大米、一千三百文制钱，可赏赐多。比如节赏每年三次，总管太监得银三百两、绸缎二百尺，首领太监得银一百两、绸缎二百尺，回事太监得银一百两、绸缎一百尺，小太监得银四十两、绸缎七十五尺。比如寿赏每年五次，总管太监得银二百两、绸缎二百尺，首领太监得银一百两、绸缎二百尺，回事太监得银五十两、绸缎一百尺，小太监得银二十两、绸缎七十五尺。

  我是老太后封的老柳御厨又是总编撰官，比着首领太监拿，一年得的银子、绸缎用不完。除此之外，我们厨子还有一种赏。谁菜做得好，主子吃了高兴，赏钱赏物都有。比如我带回来的冬衣全是主子赏的，有貂翎眼、貂爪仁、貂脖子、反毛全海龙皮袄，一个小京官一辈子不吃不喝都买不起。

  我既不缺钱又不愿放下御厨身段，就对他们摇头不答应。我望着他们远去的背影嘿嘿笑，小老弟搞错没有？叫我去饭店翻勺掌灶？我可是紫禁城的老柳御厨,搞整的是天下珍肴,品尝的是人间美味,伺候的是老佛爷万岁爷。

于是我长期在家享福,要不带带孙子,要不坐牛车出去游逛,优哉游哉,一晃过去二十年,我八十五岁。那年春天,二四八月乱穿衣,热得亮膀子冷得穿棉袄,我得了感冒,咳嗽发烧流清鼻涕,吃下十几服药也收不住,云里雾里睡了好多天。

有一天我突然觉得神清气爽,听见家人说我的后事,我吓一跳,自己不是好多了嘛,但细细一想,或许是回光返照,便不搭腔任凭他们张罗。我实在睡不着,东想西想,想起我的紫禁城,想起我的老佛爷万岁爷,想起我的周爷以及那么多老爷小爷,鼻子发酸想哭。

我想起十四岁我爹死的事。

我爹是北京宫源居酒楼总厨,莫名其妙死在荒郊野外。那天我爹驾车随宫源居张掌柜出门提运食材,回程半道被紫禁城护军追杀。张掌柜在岔道口遇人掩护。那人叫张掌柜佯装继续前进引开追兵,叫我爹和他驾食材车走小道开溜。紫禁城护军追上张掌柜发现不对,掉头来追我爹。那人害怕护军抓到这一车山珍海味就杀人灭口,明知木桥年久失修不能过车,偏叫我爹驾车上桥。我爹不知究竟驾车上桥,木桥断裂,人车落江。我和我娘匆匆赶到时,我爹奄奄一息。我爹说他是被紫禁城"六指脚"害死的,要我替他报仇。谁是"六指脚"?我和我娘不知道。我发誓要进紫禁城找"六指脚"报仇。

我想起十四岁进紫禁城。

我想进紫禁城替爹报仇纯属梦想,无论如何都不能实现,只好望"城"兴叹。可不久机会却从天而降。邻居青家有一块地在皇宫内右门外他坦街尾上。宫里黄厨头和王厨头想买这地儿建饭铺。青家愿意卖地,条件是把青家儿子青常备弄进御膳房。黄厨头说动内务府举行厨艺比赛,谁夺冠招谁,暗中串通地方县令搞猫腻,内定青常备夺冠,不准我和其他选手报名。王厨头不甘被排斥,向苗御使举报黄厨头。苗御使叫内务府自纠。黄厨头和县令只好让我参赛。我在宫源居酒楼跟我爹学过掌灶翻勺,常替我爹上灶做菜,宫源居三百道当家菜全会。我凭一道蒜泥白肉战胜对手一举夺冠进了御膳房。

我想起蒋爷整我害我的事。

我初进宫不懂规矩。御膳房总管蒋爷唆使人刁难我,怂恿贤亲王大闹御膳房、教唆宫外妓女混进宫来捣乱、盗运赵太妃宫食材、指使南园戏班马爷收拾我。我的师傅是品膳处周总管。周总管一向反对蒋爷盗窃食材,支持我反抗蒋爷。我凭借高超厨艺化险为夷。

我想起做《中国宫廷御膳》总编撰官的事。

我做总编撰第一把火核查御膳食材,矛头直指蒋爷。蒋爷拉拢内务府官员谎报食材用量,指使他的徒子徒孙大肆盗运宫中食材,害怕我查出,处处与我作对,悄悄给西太后菜里加盐,让太监捣鬼污蔑内务大臣进献破礼品,企图置我于死地。我巧妙地躲过蒋爷暗算,一边坚持编撰膳书,一边暗中调查,终于抓到蒋爷盗运宫中食材证据,将他绳之以法,并找到当年杀我爹的"六指脚",就是蒋爷。

我越想越着急,要是一命呜呼,这些事不就带进棺材了吗?我努力爬起来,走到神龛前点三炷香,祈求菩萨保佑,让我再活一年半载,把这些事讲出来。

我又祈求萨满太太为我驱邪。我长年生活在宫里,相信萨满驱邪。紫禁城有二十几个萨满太太,住在南三所院里。她们进出大内坐驴车。神武门护军见了站班敬礼。过路太监见了打横站立。

菩萨显灵。萨满驱邪。我的病慢慢好了。我信守承诺,请来一位说书先生,给他讲我爹怎么死的、我怎么进紫禁城的、我在紫禁城怎么和蒋爷斗的。我给他钱,要他记录整理成文。一年后我觉得自己真的不行了。我把说书先生的记录稿交给大儿子,要他好好保存,世代相传,免得那截历史断在我手里。

下面是我的口授实录。

第一章　神秘的宫源居酒楼

我十四岁那年死了爹。爹是淹死的我知道。我和娘被人叫去河边看爹。爹湿漉漉地躺在河滩,脸色发白。爹对娘说了话,又对我说了一句"儿子替爹报仇"。埋了爹,我问娘爹是谁害死的。娘说是"六指脚"害死的。我问"六指脚"是谁。娘说"六指脚"是宫里人。我问娘他为啥要害我爹。娘说总是因为宫源居。娘又说,叫他别去他偏去,搭上身家性命好了。

爹在我六七岁时进了宫源居。记得爹对我说,咱北京有名饭馆数宫源居。我问凭啥。爹指着自己鼻尖说爹是宫源居总厨。我和娘捂嘴笑。爹说笑个屁。我们放声笑。爹告诉我,不是拔尖饭店爹怎么会去做主厨?我问哪里好。爹掰指头说"三好"。

爹被"六指脚"害死后,我还记得爹说这话的神态:盘在炕上,含着竹烟杆吭吭咳嗽,一张脸又黄又瘦,额上皱个"川"字。我问过娘,爹做厨子怎么不胖。娘说跟他师傅一样好酒。

爹在我八九岁时带我去宫源居玩。我去了才知道爹没瞎说。宫源居后厨好宽,几十眼炉灶火熊熊,上百厨子杂役各自为政。我爹进去挥挥手说:"各位雅静——"后厨便没了人声,只有锅头吱吱响。我跟在爹后面嘻嘻笑。

我跟爹在宫源居玩了几年,才知道宫源居真有"三好"。一是位置好,立在王府井街边,金鸡独立,四周全住着有钱的主,就是没一家像样的饭馆;二是金碧辉煌,那是雕梁画栋,飞檐斗拱、琉璃瓦、白石阶,晃眼;三是三百道当家菜轮番上阵不重台。

我最喜欢宫源居当家菜改刀肉。

那天来了紫禁城的贵客,爹亲自上灶,炒了一盘金黄色菜。爹夹一筷子喂我。我吃了特舒服,味蕾大开,伸筷子还要。爹撇开我的筷子叫人送出去。我问爹啥菜这么好吃。爹说改刀肉。我问啥叫改刀肉。爹说皇帝菜。我不信。我说爹没进过紫禁城怎么会做皇帝菜？这时上菜人笑嘻嘻进来说："客人有请柳总厨啊。"我爹上去，一会儿红着脸回来说："来了紫禁城一帮御厨，问我怎么会做御膳。"爹嘿嘿笑大口喝茶，茶水溢出嘴角湿了衣襟。我不敢相信爹会做御膳。爹要是走在街上，寸头短须，黑棉袄黑棉裤黑棉鞋，一地道北京人。

我要爹教我改刀肉。爹平常忙少教我，这会儿精神倍爽，说："正好将就食材，就教你这小子一招呗。"爹将猪臀尖儿肥瘦肉咚咚咚切细丝，将水发竹笋洗净放骨头汤煮，捞起切丝开水焯，再将肉丝笋丝油锅干煸，加鸡汤鸭汤口蘑汤、酱油香油绍酒，肉笋金黄，勾芡收汁，起锅装盘。爹对管账的说："菜记我名下，大家吃。"

爹在家不做菜。我没吃过爹的菜。后厨好多人也没这口福。大家争相下箸，一盘改刀肉顷刻见底。这个说笋丝柔韧、肉丝筋硬，那个说味道鲜美、爽而不腻，我说清秀悦目、色香味美。大家哈哈笑。

我问爹这怎么是御膳。爹说这是道光年间的事。当年道光皇帝省吃俭用，见顿顿都剩菜发脾气，要求一道菜多吃几顿。膳房总管领旨下去要总御厨刘一刀想办法。刘总厨便日夜捣鼓出这道菜。这道菜的特点是可以储藏，冬季装篓可放三月，夏季能存一周，加热再吃，原味不变。道光皇帝满意，把这菜定名改刀肉，成为清宫御膳。

爹死了，我再没去宫源居。宫源居几个大厨常来我家玩，总是大包小包带吃食。娘推不掉，就将这些东西弄给大家吃。这几个大厨都是我爹的徒弟，爹在世时就常来我家。娘是他们的师娘，像他们娘。

我老想爹说的"儿子替爹报仇"的话，就问他们，我爹究竟是怎么死的。他们说被人害死的。我问被谁害死的。他们说法不一。有的说可能是张掌柜，死那天不是张掌柜带你爹出去的吗？有的说张掌柜不是那种人，必定还有他人。有的说可能是蒋老板。张掌柜是宫源居的。蒋老板是宫源居的老板。

我不明白他们的话，就问："那我爹怎么说他是'六指脚'害死的？"

几个大厨面面相觑。娘急忙拿脸色制止我。黄大厨问我："'六指脚'是谁？你爹是这样说的？"陈大厨说："我们都不知道谁是'六指脚'啊，是宫源居的人？"我急了说："啊？你们都不认识'六指脚'啊？那……

我找谁报仇?"娘忙岔开话说:"菜都凉了,别净说话,都吃点菜。"边说边起身给大家布菜。

黄大厨说:"师娘,这事得追究。我觉得啊咱宫源居神了。宫源居地处北京,所用食材不外乎来自周边地界,可咱们日常用的食材,师娘不清楚,我这几个师兄弟清楚,来得可远了,有蒙古乌珠穆泌羊、新疆哈密瓜、东北关东鸭、野鸡、狍鹿、福建广东金丝官燕、镇江鲥鱼、苏州糟鹅、南京板鸭、金华火腿、常熟皮蛋、信阳毛尖,应有尽有,也没见咱采买出远差啊。"

陈大厨说:"我也觉得神秘。咱昨儿还做了一道菜——富春江鲥鱼。我就纳闷了,富春江远离北京几千里,活蹦乱跳的富春江鲥鱼哪儿来的啊?我问张掌柜是富春江鲥鱼吗?张掌柜怎么回答,嘿,啥眼神啊,您瞧瞧不是真资格的富春江鲥鱼是啥?俺这脸不知往哪搁。不是俺吹牛,富春江鲥鱼俺一眼就瞧得出,宫源居的富春江鲥鱼是真货,正因为是真货才纳闷,怎么弄来的啊?"

浙江富春江盛产鲥鱼,色白如银,鱼体丰肥,肉质细嫩,脂厚味美,清炖清蒸,鲜嫩无比。明朝列为贡品,康熙朝为满汉全席主菜,被誉为鱼中上品,南国绝色。到了这会儿光绪年间,富春江鲥鱼从杭州出发,千里驿道三十里挖一水塘暂储,上千民夫三千快马日夜兼程,才得以抵达北京,自然万分珍贵,为皇家专享,而市面见富春江鲥鱼者唯北京宫源居。

黄大厨说:"对啊,我也纳闷。富春江鲥鱼从何而来?"

陈大厨说:"不可能采自浙江。只有一条路……"

大家颔首点头。

我不明白,问:"啥路?"

娘悄悄拉我衣襟冲我摇头。

陈大厨说:"还有怪事。前天张掌柜运进一车食材叫库房验收。我上厕所路过瞧了几眼,心里咯噔一下,你们猜看见啥?我的妈,几包广东金丝官燕裹着明黄锦缎系着大红绣带。张掌柜撵我走。我边走边回头看,正撕包裹呢。你们说神不神?"

我问:"啥叫明黄锦缎、大红绣带?"

黄大厨说:"皇家贡品。"

我一脸惊讶地说:"啊?皇家贡品啊?怎么……"

娘一把捂住我嘴说:"小子你轻声点。"

陈大厨说:"小师弟,哪儿听哪儿丢,别往外说。"

我看大人们一脸严峻,知道事关重大,忙鸡啄米直点头。

黄大厨喝杯酒,抹抹嘴说:"咱宫源居还有个神秘。"

一直没话的罗大厨插话说:"您说蒋老板吧?"

黄大厨说:"不是他是谁?我就奇了怪哈,堂堂正正的宫源居老板,怎么进进出出像做贼似的?"

几个大厨哈哈笑。陈大厨说他也觉得怪。罗大厨说他早有疑虑。娘说怎么这样。我问谁是贼。大家你一句我一句说起来。娘不断给三位大厨布菜上酒。

啥时起风了,窗纸噗噗作响。

娘要我去买酒。我说别慌我要听谁是贼。大家哈哈笑。我跑去胡同口买来酒问娘说到哪里了。娘说小人别多问。我问黄大厨。黄大厨说:"听好嘞,我正说个事。陈大厨、罗大厨你们还记不记得?去年张掌柜是怎么上任的?"三个大厨笑。

黄大厨说:"那天,原来的掌柜被蒋爷开了,说是今儿晚间来新掌柜。我们想蒋爷必定是设晚宴替新掌柜接风,哪知晚饭时间到了没人影,睡觉时分还是没人影,都觉得黄了,便各自上炕。谁知半夜时分有人敲门,打开一瞧是蒋爷,再一瞧身后有个陌生人。蒋爷叫大伙到院里集合说事,又说亮灯干啥,统统灭了。大伙来齐了。蒋爷把陌生人介绍给大家,说这就是新掌柜姓张,大伙今后都听他的。"

我问:"为啥叫灭灯啊?"

娘说:"不懂别问。"

黄大厨说:"你问我,我问谁去?"

大家哈哈笑。

我说:"我去宫源居这么多次没见过你们蒋爷,啥模样啊?"

陈大厨说:"啥模样?黑黢黢的我从没看清楚。"

罗大厨说:"我知道。"

我说:"您真知道啊?"

罗大厨说:"真知道。想听不?给哥哥上酒就告诉你。"

我急忙给罗大厨上酒。

罗大厨举杯一饮而尽,抹着嘴说:"蒋爷一年来几次,每次都是半夜时分,进院叫灭灯,黑咕隆咚的鼻子眼睛啥也看不清。我也不知道。"

大家哈哈笑。

宫源居越是神秘我越想弄明白,只有弄明白了才知道谁是"六指脚",才知道"六指脚"姓甚名谁、家住何方,才知道怎么给爹报仇。怎么弄明白?三位大厨尚且不知,娘也蒙在鼓里,我更是云雾山中,只有找张掌柜。

张掌柜是我爹在世时来宫源居的。我去宫源居玩耍时认识了他。他见着我就往我口袋塞花生瓜子。我悄悄跟我爹学厨艺,他不反对还夸我能干。我看他是好人。黄大厨他们却怀疑他,因为爹死那天是他带爹出去的。娘信黄大厨他们的话,不准我去找张掌柜。

宫源居原来是我爹做总厨,管他们三个大厨。我爹死了,宫源居没了总厨,一时又找不到,就让三个大厨轮流做总厨。他们是宫源居知情人都不知道谁害死我爹,就剩张掌柜可能知道了。我还得找他。我去找张掌柜问:"我爹是怎么死的?你们一道出去,你回来我爹没回来,咋回事啊?"

张掌柜说:"孩子,你这样说可不对。你不是怀疑我害了你爹吧,那可是天大的冤枉。你想想,我就是要害你爹,也不能这么大张旗鼓干啊,何况我为啥要害你爹?我与你爹前无冤后无仇,他没挖我祖坟我没偷他粮食,凭啥啊你说!"

我被他一席话堵住嘴。

黄大厨见我来找张掌柜便暗中留意我,见我出师不利就站出来帮我,说:"孩子,你怎么可以这样跟张掌柜说话?"我乜他一眼。黄大厨悄悄向我眨眼睛,又说:"张掌柜是你爹的朋友,绝不会害你爹,我可以担保。"

张掌柜一张脸才露出笑意,吭吭咳两声说:"也别说孩子了。"

黄大厨说:"张掌柜大人大量,既然孩子问起来,您老不妨把那天的事再说说,也好让孩子和他娘知道详情。我给您提壶茶去。您慢慢说。"

黄大厨也不管张掌柜答应不答应,咚咚咚跑去冲壶茶提过来,倒一杯放在张掌柜面前说:"大伙都想知道情况。您就讲讲吧。"

张掌柜说:"我不是讲几遍了吗?还讲啥?黄大厨,难道你也怀疑我?"

黄大厨急忙摆手说:"哪里哪里,我再怀疑谁也不会怀疑您老啊,真的只是想听听,求您了。"

张掌柜跷二郎腿眼朝天不说话。他经不住缠,喝口茶,把那天我爹死的事讲了一遍。

多年后的今天我还记得张掌柜说话那模样,慢吞吞的,一张驴脸,额头皱起"川"字,极不情愿的样子,还清楚记得他讲的事情。

那天一早,张掌柜叫我爹赶车跟他去提货。我爹是总厨不干赶车提货的事,问张掌柜采买的干啥去了。张掌柜回答家里死人告假了。我爹说家里一大摊子事咋办。张掌柜说叫黄大厨顶。我爹说他哪成。张掌柜说咋不成,总有一天要接班啊,又说今天特殊,劳驾总厨跑一趟。我爹问啥特殊。张掌柜说今天的货要劳驾您亲自去验,老板吩咐的。

老板就是蒋爷。

前面说了,蒋爷长日子不与宫源居人打照面,一年也难得来宫源居几回,啥事都委托给掌柜,就是收入开支、人工聘解也全权委托。他只管俩事:一是解聘掌柜,一是提供食材。

蒋爷给历届掌柜的规矩是,宫源居所有食材包括全部佐料由他提供,不得在外购买。多年来,蒋爷提供的食材总是又多又好又准时又新鲜又新奇,特好卖,没出过任何差错,更别说质量问题。隔三岔五,宫源居掌柜带人赶车去接货。去哪里接货,除了掌柜和采买谁也不知道。就是掌柜和采买也不知道,因为他们去接货的地方不断变化,也不是到某个集市栈房,而是在某地半道等候,有人驾车送来,只管将空车交与那人,再驾送货车回去就是,而送货这人并不是蒋爷,也不是一个专人,也不知是谁,也不说话,仅凭双方凸凹虎牌交涉。

宫源居开饭店不采购食材,纸包不住火,北京吃食行都知道,编了句话说"紫禁城的皇帝,宫源居的掌柜",说宫源居掌柜是甩手掌柜好做,暗中指这事。蒋爷知道这话哈哈笑说,靠山吃山靠水吃水,咱待紫禁城不靠紫禁城靠啥?

宫源居的掌柜也有不好做的地方,要不也不会走马灯似的换。为啥?

9

不为经营不善。蒋爷提供的食材,市面有的随行就市打五折,市面没有的多卖多算少卖少算,怎么经营怎么有理;不为钱账不清,宫源居的经营总是盈利丰厚,怎么做账怎么有理,蒋爷从没说过查账的话。那为啥老换掌柜？不为别的,为口实不严。

前些日子北京市面出个顺口溜:树小墙新画不古,不是光禄寺,就是内务府。

清朝内务府和光禄寺是宫廷御膳管理机构,负责提供膳房制作膳食所需各种物品,特别是内务府,管理皇帝家衣食住行各种事务,自然是头等肥缺。顺口溜说内务府、光禄寺的人发了横财,到处购置房产,新栽的树是小的,院墙是新的,挂的画是赝品。蒋爷听见这顺口溜进了紫禁城着了急,派人四处打听,发现顺口溜还有个尾巴"树小墙新画不古,不是光禄寺,就是内务府,不信宫源居走一走"。再打探,是宫源居掌柜多了嘴。这掌柜自以为高人一等,逢同行聚会老爱夸夸其谈,免不了泄露天机,把宫源居食材的事给抖出去了。同行生嫉,有不满意者就编了这歌来唱。蒋爷把这掌柜找来给他一大笔银子,要他离开北京十年不回来。这掌柜揣银票走人。

再说我爹的事。

我爹一听是蒋爷叫他去验货,无话可说,找来黄大厨一番交代,驾车跟张掌柜出了门。我爹驾车是好手,长鞭啪啪一甩,马嘚嘚前行,两旁房屋树木徐徐后退,耳畔嗖嗖起风。宫源居规矩大,不该问的事别问。爹天天根据食材安排菜品,知道店里的货来自大江南北,心有疑惑不敢问,这会儿出门取货,正好旁敲侧击。马车来到三岔口。我爹问张掌柜:"咱这去哪儿？"

张掌柜说:"东边。"

我爹问:"东边哪儿？"

张掌柜说:"柳总厨您就别问这么细了,到了就知道。"

我爹说:"别人不信我还不信？"

张掌柜说:"不是这话。柳总厨您也不是外人,咱就实话实说,俺也不知道。"

我爹说:"哄三岁孩子吧。"

张掌柜一脸苦笑说:"俺哥们相处多年,实话告您得了,免得俺里外不是人。蒋爷今儿个叫俺带车去东边溜达。就这句话,爱信不信。"

我爹说:"得,咱就东边溜达溜达去呗。"说罢扬鞭啪啪两记脆响,马蹄翻飞,嘚嘚往前,两边的高大杨树和一望无边的庄稼随风退去。

张掌柜说:"我的爷,您跑啥啊跑?慢点慢点,不是叫溜达溜达吗?"

我爹边勒放缰绳边说:"真溜达啊?"

张掌柜说:"不真溜达还假溜达啊?真是榆木疙瘩。"

我爹嘿嘿笑说:"听您的。"

张掌柜说:"这就对了。您听俺的,俺听蒋爷的,大家相安无事。不过柳总厨啊我告您个事,蒋爷对您有意见。"

我爹问:"这话怎么说起?我没跟蒋爷打交道啊。"

张掌柜左右一瞧,压低声音说:"您是不是跟人说食材的事了?"

我爹心里咯噔一下。

前不久北京吃食同行几位爷来家串门。无事不登三宝殿,他们代表京城几家大饭店专门说食材事的。同行是冤家,他们嫉妒宫源居抢了他们的生意。他们怀疑宫源居食材来路不明。我爹和他们是无话不谈的老哥们,几杯酒下肚,我爹忍不住露了马脚。我爹说:"哥几个也别穷追猛打了,再怎么也不能与咱宫源居比,知道为啥?说来吓趴您几个,咱用的是紫禁城专供食材。"这几人一脸惊讶。有人问啥叫紫禁城专供食材。我爹张嘴要说。我娘站一边听了急踢爹几脚。我爹知趣忙喝酒遮脸没往下讲。

我爹见张掌柜说起这事,忙说:"那哪能呢?没说没说。"

张掌柜说:"没说就好,要是说了……小心点吧。"

这道是京郊黄土小道,马车过处沙尘滚滚,两丈来宽,若是前面有车过来,老远就得勒马让道,而且隐在青纱帐里的岔道多,不留意就有车上道又得勒马,实在不能与官道相比。

我爹抬头眺望,远处一遍绿荫,绿荫深处隐隐可见红墙绿瓦,心里咯噔一下,再过去不是紫禁城午门吗?难道宫源居的食材真的来自宫里?正想问张掌柜,却听得张掌柜说"停车停车,"便勒马拉刹车问:"到啦?没人啦?"张掌柜正手搭凉棚张望,说声"那不是"。我爹随张掌柜目光看

11

去,绿荫丛中似乎停着一辆马车,便将自己这马车慢慢靠近停下,再一看,果然是一辆马车,车辕上坐着戴草帽的车夫。

张掌柜跳下车咚咚咚走过去与那车夫一番交涉,掉头对我爹说:"柳总厨您过来换车吧。您把您车给他,过来驾这车。"我爹便跳下车走过去。那车夫跳下车走过来。我爹和他会面时冲他点点头。他也点点头。我爹过去看看那车,围得严严实实的也不知道装些啥,想翻翻看。张掌柜已坐上车辕,冲我爹说:"有啥好看的,快走快走。"我爹便过来跳上车辕,待那车夫驾车朝午门方向而去,啪啪扬鞭,驾车起步往回走。

我爹一上路便觉得车沉,问张掌柜:"这就取到货了?"

张掌柜嘿嘿笑着说:"大功告成。您快马加鞭得了。"

我爹哈哈笑,啪啪甩个响鞭,说:"好呢。"便驾着马车嘚嘚飞奔而去,扬起滚滚黄尘。

一群麻雀从杨树上蓬蓬飞起。

扬鞭催马,马蹄四溅,也不知走出多远,我爹突然听到后面铁蹄嘚嘚,有人呐喊"站住站住",急忙掉头回看,果然有马队追来,忙问张掌柜:"怎么回事?"

张掌柜搭棚回眺,顿时紧皱眉头,厉声说道:"像是紫禁城护军。"

我爹吓得直哆嗦,问:"啥?紫禁城护军?追谁?追我们干吗?为啥追我们?"

张掌柜也在哆嗦,说:"俺咋知道?快跑啊快跑啊!不能让护军抓着。"

我爹扬鞭打马。马儿飞跑。晨风呼啸而过。

我爹急巴巴地说:"怎么办?怎么办?眼瞧着追上来了啊!您……您让我拉贼货啦?"

张掌柜急得满头大汗,前后眺望说:"俺……俺咋知道啥贼货不贼货的?您快跑吧!被抓住就完啦!"

后面的追赶声越来越大:"站住!站住!再不站住就射箭啦!"

我爹吓得三魂掉两魂,正想勒马停车,突然听张掌柜惊叫:"是他是他!快停车!"忙抬头远眺,见前面转弯处一人驾着一车立在绿荫深处正朝他们招手示意过去,心里咯噔一下,他是谁?他怎么在这儿?他能救

12

我们?

　　我爹驾车过去停在他车前。张掌柜大声问他:"怎么办?怎么办?怎么会有人追俺呢?"

　　我爹看清这人模样了:四十来岁中年汉子,矮胖个头,一张圆脸,单眼皮,小眼似笑非笑,尖下巴,说话带喉音。我爹听那人对张掌柜说:"快,你过来驾我的车继续往前跑。"又掉头对我爹说,"你是柳总厨吧。我坐你的车走小道。快!"张掌柜对我爹说:"您跟他走,一切听他的。我们就此分手。"

　　于是,我爹将车驶进小道,带上他,也顾不得崎岖了,啪啪扬鞭往深处跑。张掌柜跳下车,疾步来到那人的车旁,一个纵步跳上去,扭转车头驶上正道,啪啪两鞭,飞驰而去。追兵被转弯挡住视线,待转过弯来见张掌柜的车滚滚烟尘,并未看到已转入小道的我爹的车,便吼叫着追张掌柜,边追边喊:"站住!我们是紫禁城护军!"

　　我爹驾车带着他,在他的指挥下沿着弯曲的小道,穿过树林,越过山岗,也不知走了多久,颠簸得腰酸背痛,只听他说:"到了到了。"我爹四处张望,荒山野岭没人烟,到啥到啊,便问:"到哪啦?没看见啊。"他说:"啥眼色啊,瞧那边——竹林背后是啥?"我爹顺眼看去,果然绿树丛中房舍依稀像是村庄,便打马向前。

　　正在这时,后面远处突然传来追杀声。他黑了脸,狠狠地说:"他妈的!今儿个跟老子缠上了!快!把车开进竹林藏起来!我们下车!"

　　我爹刚舒展的眉头又陡然起皱,也顾不得颠簸了,将马车按他吩咐开进竹林,跳下车,卸下马,砍来些树枝把马车严实遮住。他骑上马,叫我爹也上去。我爹便和他骑一匹马往里跑。我爹他们刚跑出不远,追兵追上来了,就是那队紫禁城护军。他们可能追上张掌柜发现不对又追到小道来的吧。

　　我爹和他骑马净往野地跑,地势陡峭,加之两人骑一匹马不习惯,一不留神我爹和他倒下马来跌得鼻青脸肿。我爹的衣服撕破了。他的帽子、靴子弄掉了。我爹无意中看见他右脚是六指脚。

　　二人躺在地上气喘吁吁,狼狈不堪。我爹心想,完了,束手就擒吧,没想到追兵的追杀声突然消失了。山野出奇地静。山风嗖嗖响。斑鸠咕咕叫。我爹的马悠闲吃草。我爹和他面面相觑。他指着我爹的花脸笑。我爹指着他的花脸笑。他们不敢出声,使劲捂住嘴笑。

我爹和他还是不敢走动,怕护军正四处搜寻。他叫我爹牵上马,领我爹找个洞进去休息。他说护军不会轻易撤退,咱们以逸待劳。他们在洞里坐了会觉得无聊,他找我爹说话,问我爹进过宫没有。我爹摇头。他说你没进过宫怎么会做御膳。我爹说跟师傅学的。他问师傅是谁。我爹说掌勺王。他一惊,掉头打量我爹,寸头,黑衣裤,赶车风大,腰里扎根草绳,脸色瘦黄,一脸疑惑,再问我爹师傅是谁,又说掌勺王不是宫里御厨吗,啥时溜民间去了?

他还是不信,考我爹,问紫禁城用的啥水。我爹说师傅说过,紫禁城每天从西郊玉泉山运玉泉水回宫吃用。他说用啥拉水。我爹说师傅说过用毛驴水车,上面插着一面小黄旗,从神武门进出。他听了连连点头,相信我爹的师傅是掌勺王。

闲来无事,坐着无聊。他说起紫禁城的事。他说这毛驴水车是乾隆爷留下的。当年乾隆爷尝遍全北京泉水井水,叫传道士测量水的轻重,玉泉山水既甘而重被评为第一,便定下紫禁城用玉泉山水的规定。他说这插黄旗毛驴水车有特权,不受城门限制,晚上西直门关了,见插黄旗毛驴水车来了也得开门让过,要是白天,插黄旗毛驴水车走路中央,王公大臣见了得停轿让道不敢碰。

说着说着太阳快当顶,他叫我爹出洞瞧瞧。我爹出去一会儿回来说没见人。他叫走。他们出洞找到马车,完好无损,挂上套。他东瞧瞧西瞧瞧不识路,正好有个老乡经过,便上前打探哪儿能走车。那人回答前面不远处倒是有座桥可以过,只是年久失修,过不得车。我爹在一边整理马车不知他们说啥。

正在这时,突然响起追杀声,那帮护军没辙啊,而且离他们不远,彼此都能看清鼻子眼睛,看来跑不掉了。我爹急得直哆嗦,问他怎么办。他一脸着急,自言自语地说:"这……这如何是好?要是让他们搜到这车东西就麻烦了。"

我爹说:"都啥时候了,还东西?咱们丢车跑路吧。"

他说:"啥话!这车东西怎么能丢?这样吧,我去引开他们,你驾车往前走,我刚才打探明白了,前面不远有座桥,过桥便是大道,一条道通宫源居畅通无阻。"

我爹说:"是吗?我怎么听那老乡说年久失修啥的。"

他眉头一皱说:"你听岔了,不是年久失修,是刚刚维修。你听我的,你要是顺利把这车东西运回宫源居就是功臣,我叫张掌柜重重赏你。"

我爹说:"我也不知您是谁,既然张掌柜叫我听您的就按您吩咐驾车回宫源居。您多保重。"说罢跳上车辕,嘚嘚吃喝,驾车前行。

他望着我爹直奔木桥,望着远处追赶我爹的杀气腾腾的护军嘿嘿笑,自言自语说:"只要你们抓不住我这车货,奈何得了我吗?"说罢走小道溜之大吉。

我爹驾车来到桥边正要过桥,突然听坡上人喊:"年久失修过不得车啊!"正想勒马,忽闻后面嗒嗒马蹄声,扭头看追兵已至,便顾不得老乡喊话了,啪啪扬鞭,催马上桥,刚跑到木桥正中,觉得桥面摇晃,急忙勒马缓行,可哪里还来得及,只听轰的一声巨响,木桥突然断裂,便觉得骤然失去重心,轻飘飘的像片羽毛,又觉得天崩地裂,日月无光……

湍急的江水被桥上掉下的人车激起万丈波澜,像开出千万朵雪莲花。

红日当空,江水咆哮,青山鸦啼。

紫禁城护军赶到桥边见木桥已断,逃跑的人车掉进江里正挣扎晃荡,忙朝江中人嗖嗖搭弓射箭。

多年后的今天,我还清楚地记得那江那山那红日,更记得我爹面无血色湿漉漉地躺在沙滩那模样,因为当年我和我娘被黄大厨、陈大厨、罗大厨带到这儿来的时候,我爹还没死,还睁着眼愤愤不平地说话。

那天我和我娘正在家里,娘做饭我读书,黄大厨驾车匆匆跑来对娘说:"大事不好!大事不好!师娘您快跟我去看师傅!"娘从厨房窗户伸头问:"你师傅咋啦?大白天的又喝醉了?"黄大厨跳下车跑过来说:"师娘快跟我走,还有崇孔你。师傅他……唉,去看了就知道。"我爹今儿个出门运货,我没去宫源居玩正闷得慌,也不管三七二十一,跑过去爬上车喊娘走。娘听出点味道了,黑了脸,甩了锅铲往外跑,边跑边说:"死老头子别吓我啊。"

我和娘被黄大厨用车拉到江边。我娘远远看到沙滩上直挺挺躺着人

15

便号啕大哭。我说娘您哭啥。娘不理我继续哭,边哭边说:"老头子别吓我、老头子别吓我。"我看不清躺着那人的模样,问黄大厨谁淹死了。黄大厨不理我,挥鞭赶车。这时陈大厨、罗大厨从沙滩向我们迎过来。陈大厨说:"师娘快去,师傅叫您半天了。"我明白我爹遭难了,不等车停稳,一个纵步跳下车,跟跟跄跄奔过去,拨开人群一眼看见躺沙滩上那人白纸一样的脸,心里咯噔一下,不是我爹吗?眼泪夺眶而出,忙扑过去伏在爹身上哭诉:"爹啊爹啊您这是怎么啦?怎么啦?"我娘后脚赶到,扑在我爹身上哇哇哭。沙滩上的人哭成一片。

我爹慢慢睁开眼瞧我一眼瞧我娘一眼,沙哑着说:"他娘你……你听我说。我是……"我爹吭吭咳嗽。我娘忙替爹抹胸口。我爹又说:"我是……是宫里六……六指脚害死的……"又掉头对我说,"孩子,替爹报仇啊……"说罢又咳。娘又替爹抹胸。爹大口喘气,脸色由白转青。我和娘慌得不行。我大声喊:"爹爹——"我娘喊:"他爹他爹,谁是宫里六指脚啊?他为啥要害您?您不说清楚我们怎么替您报仇啊!"我爹使出全部力气说:"六指脚是……是紫禁城御膳房……"说罢眼一闭脚一蹬,死了。我和我娘还有沙滩上的人哇哇大哭。

我和娘在三个大厨的帮助下安葬了我爹。

那年我十四岁,原本还是个懵懵懂懂的半大孩子,经这么一击,脑袋开了窍,一夜成大人。我对黄大厨说:"黄师兄,我爹不能死得不明不白。雁过留影,村里人一定知道情况。"黄大厨就带我去村里摸情况。有人说听紫禁城护军说了,他们奉命抓贼。有人说看见藏匿的马车了,里面尽是山珍海味。有人说跟他说了那桥过不得车偏偏要车夫过,自己却开溜,不是整人吗?

我和我娘又找张掌柜摸情况。

张掌柜说:"我不是回答几次了吗?还怎么说啊您叫我?"

我说:"有个问题您一直回避。我爹临死前说是六指脚害死他,而您却不回答谁是六指脚。我告诉你,你要回答了我再不找你,你要不回答我天天找你。"

张掌柜是宫源居当家人,只有他认识宫源居的东家,和东家单线联系。我爹死了,东家叫他给我们十两抚恤银子。我娘不收,要弄清我爹死因再说。出事当天,张掌柜也赶来江边瞧我爹。我和我娘就问了他。他说半道远远瞧见护军检查,他走大道引开护军,我爹走小道运货,后来的事就不知道了。我问他六指脚是怎么回事。他反问我谁是六指脚、六指脚干吗。

张掌柜一脸着急,说:"你……你们不是为难人吗?你爹说有六指脚就有六指脚,我说没有六指脚你们就不信。我真不知道有个啥六指脚啊!"

我说:"你扯谎。我们在村里摸情况了,人家说我爹是和一个人一道进村的,还一起待了段时间,后来他们才分手各走各的。你一定知道谁是六指脚。你告诉我谁是六指脚。"

我娘说:"张掌柜,他爹生前与您是好朋友,请您看在我们孤儿寡母分上帮助我们吧!"

张掌柜说:"我再说一遍,我不知道有个六指脚。村里人说有六指脚,你们找村里人问去。"

我们见问不下去只好作罢。谁知当晚张掌柜被东家开了,谁也不知道张掌柜去了何方。

三个大厨和我和我娘分析这些情况,认为我爹说的宫里六指脚害死他完全有这回事。

我问娘:"爹叫我替他报仇。我要进紫禁城找六指脚。怎么进紫禁城?"娘说:"你怎么进得去?那是皇帝住的地方,不准乱来啊。娘知道怎么办。"

我又问黄大厨:"黄师兄,你帮我进紫禁城。"

黄大厨哈哈笑说:"小师弟,我有办法进紫禁城还待宫源居干吗?"

我要陈大厨、罗大厨帮我进紫禁城。他们解释说紫禁城戒备森严,别说外人进不去,连只鸟儿也进不去,别去找死,他们慢慢想办法替师傅报仇就是。

我娘说:"孩子,你就是进得紫禁城,知道紫禁城有多少人多少房吗?娘听老人说过,紫禁城有万间房住着万多人,迷幻宫似的,外人进去准迷路。再说了,你进去找谁报仇?知道谁是六指脚吗?难不成一个个脱鞋让你瞧?"

我和大家哈哈笑。

我说:"我要是皇帝就好了,一定让紫禁城的人全都脱鞋让我瞧,嘿嘿,谁六指脚砍谁头。"

我们又笑。

我爹死了,三个大厨也不在宫源居干了,新来的掌柜不准我去宫源居玩,我就闷在家里发呆,心里只想一个事:如何进紫禁城找六指脚。我去紫禁城午门外守候,整天整天地守,看一个个进进出出的人,谁走路瘸就怀疑谁是六指脚,就叫他脱鞋,一看真六指脚,大喝一声砍头。我靠着树睡着了就这么胡想。

第二章　争抢紫禁城后门那块地

　　我有个邻居姓青。青家在村头,紧靠皇城西沿河,我家在村尾,隔了好几里。青家有个男孩跟我一般大小叫青常备,也会掌灶翻勺。我和青常备是好朋友。我想进紫禁城,青常备也想进紫禁城。我想进紫禁城是找六指脚报仇,他想进紫禁城是当御厨。

　　青常备矮胖个头,留根长辫,脑门刮得泛青。他家和咱柳家是一个师傅教出来的师兄弟。我爹是师兄,他爹是师弟。他们的师傅叫掌勺王。掌勺王不姓王,是说他厨艺高超,北京城大名鼎鼎的鲁菜师傅。掌勺王嗜酒如命,成天腰杆上别个酒瓶走哪喝哪,一张脸猪肝红,最后酒醉坠河身亡。

　　掌勺王做北京宫源居总厨时,我爹和青常备爹在他手下做厨子。掌勺王去世后,我爹做宫源居总厨。我从小爱听我爹讲掌勺王。我爹说掌勺王有神功,做出来的菜独具一格。我佩服掌勺王,扭着我爹学厨艺。爹撵我走,骂我没出息。我扭着爹学厨。爹说我是狗皮膏药贴得紧。

　　我慢慢学会做菜,而且越做越好,不是自夸,宫源居三百道当家菜不在话下。爹有时偷懒溜出去喝茶,我就代他做主厨。客人吃了夸我爹,要我爹出去喝杯酒,我赶紧跑去叫爹回来应酬。

　　我舌头特灵。有一回几个师傅考我,指着一道菜问用的什么水。这是一道当家名菜,特地用玉泉山水。我不是店里的伙计,只是来玩的半大孩子,不知道这情况。我尝一口回答:"玉泉山的。"他几个惊得乱叫,惊动了我爹。

　　爹不信,走过来说:"小子瞎蒙呗。爹还不知道你几两几钱重。"我说:"不是瞎蒙。"爹说:"那我也考考你。"他四处一看,张配菜正在配佐料。张配菜是宫源居数一数二的舌头,没有他品不出的味。我爹说:"张配菜,这小子太猖狂欠拾掇。"张配菜就指着配好的糖醋味和荔枝味叫我品尝。我伸食指每一样抹点进嘴,吧嗒吧嗒品尝后说:"这是糖醋味,甜酸

19

味浓,回味咸鲜,糖用得多;这是荔枝味,酸甜像荔枝,咸鲜在其中,醋用得多。"张配菜一声惊叫:"我的妈啊,咋都答对了呢?"爹问我:"啥时练的?"我说:"没练。"爹说:"那哪来的?"我说:"不知道。"爹说:"你不知道我知道,是爹遗传给你的呗。"大家哈哈笑。

爹看我是做厨子的料就拿掌勺王刺激我。爹说:"别看掌勺王风光一辈子,到头还是死不瞑目。"我问爹:"啥意思?"爹说:"师傅英雄一辈子有遗憾。"我问:"啥遗憾?"爹说:"掌勺王原来是紫禁城的御厨,想做一辈子御厨,可因为一道菜不合主子口味被撵出宫,终身抱憾。"我说:"一辈子做御厨重要吗?"爹说:"这是厨师的最高荣誉。"我说:"那我一辈子做御厨。"

青家情况有所不同。青家祖上是大清开国功臣。当年皇上把皇城根一带的地批给开国功臣,青家祖上有一份。斗移星转,青家功臣早已作古,青家也败落多年,皇城根的地也卖得只剩一块,偏僻荒凉没人要。青常备的爹叫青云,一身旗人臭脾气,除了会品菜会做菜没其他本事,只好抹下脸去宫源居做厨子,但旗人犟劲犹存,把一身做菜本事教给儿子,带儿子去北京各大酒楼实习,要儿子进紫禁城做御厨,把青家脸面争回来。

我和青常备为此老较劲。我说:"哥们,先别说进紫禁城做御厨,怪吓人的,宫源居拿得下火吗?"青常备伸小指头说:"不就是小小宫源居吗?北京九城打听打听,咱哪家饭店没干过?"我说:"嘿,给点阳光就灿烂。那好,咱比试比试。"青常备说:"比就比,谁不比谁孬种。"

我和青常备比厨艺,请黄大厨做评判,做宫保鸡丁。这道菜是我的拿手好戏,不就是鸡胸肉切丁、加水、淀粉、酱油腌制,再大葱切段、干辣椒剪段,用水、淀粉、酱油、盐、白砂糖、料酒勾芡,再油锅酥花生,再油锅滑炒鸡丁,再油炒花椒、干辣椒、葱段、姜末、蒜蓉,放鸡丁翻炒,勾芡放花生即可吗?我便围裙挽袖,洗手就厨,咚咚咚,哐哐哐,一盘宫保鸡丁摆上桌。掉头看青常备,嘿,也不简单,与我同时大功告成。黄大厨一一品尝,说我做得肉嫩味美,说他做得色美味香,并列第一。

青家有块地紧靠皇城西沿河,原先因为偏僻,青家想卖没人正眼瞧。这些年情况有了变化,紫禁城的他坦街向外扩张,眼看一步步扩到青家地界来了。他坦是满语,意思是外回事处。外回事处是干什么的?听宫里人讲,紫禁城各宫各处都有对外联络接待的差事,比如前来宫里省亲的内眷,问安磕头的旧属好友,洽谈营造修缮的商人,进宫奉差的匠人,为宫中普通人员做饭、洗衣、剃头、治病的服务人员等。这些人除少数经特准可以进大内外,其余人不能进去。于是各宫各处就在内右门外设立外回事处,很多外事就在那里办。

后来内务府嫌一般人员的膳房、剃头房、休养房、浴房设在大内不方便,便将它们统统搬到外回事处附近。这儿就成了人来人往的热闹地。人多生意好,有人就在这儿建饭铺、茶楼、估衣店、浆洗房、剃头铺、浴室、商店。于是由内右门出去,沿西墙根,从西沿河到神武门一带便形成一条街就叫他坦街。

他坦街是厨子、护军、太监、宫女吃饭休闲的地方。内务府除了大臣、郎中可以享受御膳房伙食,其他七司三院的主事、笔帖式、书吏、役人数千人也在这儿吃饭休闲。他坦街上有两家饭铺生意最好:一家叫四合义,卖酱肉卷饼;一家叫六合义,卖苏造肉。卖苏造肉的人姓周,原先是宫里南园戏班的。苏造肉好吃价钱贵,一般太监、女子、护军吃不起,主要是宫里的人和内务府的人吃。如果看见太监买苏造肉,往往是宫里娘娘差来的。她们有时嫌宫里膳食不合口味就差人来他坦街买吃的。

外人不能在他坦街开店。他坦街的店是各宫各处办的,是宫里有特权的人办的。最早在他坦街开店的有赵太妃宫徐爷开的估衣店、敬事房胡爷开的四合义饭铺、内务府广储司梁爷开的六合义饭铺,因为生意兴隆,随后雨后春笋般开了几十家,把他坦街的地占得满满的,就慢慢向皇城西沿河扩张。

这时宫里有两个人后知后觉,见别人开店赚钱,眼红也想插一手。一个是赵太妃宫黄厨头,一个是御膳房王厨头。黄厨头叫黄冠群,三十来岁年纪,大腹便便,光头,从小进宫学厨艺,二十年烟熏火烤练得一手好本事,在紫禁城众膳房也算得上角色,只是天生一双小眼,看重钱财,雁过拔毛。

赵太妃待人和蔼,宫女、太监、护军前来拜谒,告别时总说一句"赏面"。有人不知究竟,主子有赏不得拒绝,就去膳房等候。黄厨头告之得多等一会,原因不是缺酱就是少醋。宫里下人七品官,谁也不稀罕一碗面,拍屁股走人。黄厨头不见气,照旧记账赏面一份。

王厨头三十来岁,又瘦又黑,不长肉长心眼。他原来也是赵太妃宫厨头,因为擅长抓炒,爆炒猪肝、爆炒肉丝、爆炒鳝丝、爆炒腰花是拿手菜。有一次万岁爷正好来赵太妃宫问安,吃了王厨头做的菜说还行,王厨头就被调到内膳房。紫禁城的膳房有好几处:景运门外的叫外膳房,养心殿侧的叫内膳房,内外膳房又统称御膳房,西太后的叫寿膳房,四个太妃合住宫殿的膳房叫赵太妃膳房,颐和园的叫园庭御膳房。

黄厨头和王厨头想在他坦街开店得买地,一打听只剩靠皇城西沿河一块地,问内务府是谁的,回答不是宫里的地,是青家的地,就想法找青家买地。青云这时正倒霉,连他在内一家子病倒三个,又都是需要吃燕窝虫草的富贵病,只好托人卖地。青家这地既偏僻又挨着紫禁城,一般百姓不好用,价格一降再降没人买。这时节黄厨头、王厨头前后找上门来。

青云见他们争着买地暗自高兴,正要答应,被里屋一声"当家的别慌"喝住,便道声对不住,起身进屋。叫他的人是他娘子。他娘子原本是大户千金,因两家老人关系特好给她定下这门婚事,没想到嫁过来十年工夫,青家一败涂地,想起就哭,也不知哭了多少次,见丈夫不成器也就罢了,寄希望于儿子,再穷再苦也要把儿子培养成秀才举人,可儿子朝爹,先生教《三字经》不好好读,读成"人之初,性本善,先生教我捉黄鳝",又问他长大做啥,回答更气人,娘,我喜欢翻勺掌灶,咳,什么种啊。

青云娘子知道这都是丈夫的功劳,去饭店做厨子老带儿子一道,跟好人学好人,跟端公学跳神,儿子一天到晚和厨子打交道,自然说出这样的混账话。她见儿子死心塌地要做厨子,和自己的希望相差甚远,骂也骂了,怄也怄了,自己倒落得大病一场,后来在众人劝解下慢慢走出阴影,也想通了,不怪儿子没出息,只怪青家太穷,人家吃米他吃糠,人家吃肉他喝汤,自然想做厨子。

青云娘子在里屋见青云要卖地,忙一声吆喝喝住青云,把他叫到里屋小声说:"儿子没出息就算了,随他去,但咱青家祖上是开国功臣,青家后人就是做厨子也不做一般厨子,既然紫禁城的厨头求着咱们,何不趁机要他们把儿子送进皇宫学厨艺?"

青云一想有道理,拿自己来说吧,上大餐馆亮一手就做主厨,说明青家厨艺非等闲之辈。他又想,儿子跟自己在大餐馆混了这么些年,吃功做功比得上大厨,要是能到紫禁城再学几手,说不定能混出个人模狗样。于是青云两夫妇达成共识,卖地可以,一个条件,把儿子弄进宫学厨艺。

这就有些麻烦了。

黄厨头和王厨头不过是膳房掌案。大清吏部规定,御膳房总管五品,总管下面五局首领六品,局下设若干掌案没有品。御膳房招厨子,别说小小掌案,六品首领、五品总管说了也不算,得报内务府批准。

不过黄厨头和王厨头有他们的办法。王厨头是御膳房荤局掌案,归荤局首领管,就请首领张爷喝酒说事。张首领归御膳房总管管,受王厨头委托,就请总管姜爷喝酒说事。黄厨头在赵太妃宫膳房,归膳房首领管,就请首领孙爷喝酒说事。孙爷归御膳房总管管,就请总管王爷喝酒说事。御膳房姜总管和王总管接到下面请托,因为没有进人权力,就再找上司。姜爷找内务府毛大臣。王爷找内务府许大臣。

毛大臣和许大臣商量这事。毛大臣先请许大臣玉成,批给姜总管一个进人名额,把姓青的孩子招进宫算了。许大臣夹袋有人,也是姓青的孩子,听毛大臣这么一说,知道御膳房两总管闹对立,就开诚布公说自己受托之事,反请毛大臣玉成。毛大臣一看原来如此更不能让,要是让了下面人说自己窝囊。许大臣同样心思,同样不想让下面人说窝囊,便固执己见。

内务府张大臣在一旁听了好笑,说这事好办,既然御膳房的两位总管都说青家孩子厨艺高超,争着招他进宫,干脆让御膳房举办厨艺比赛,青家孩子夺冠就招他,落榜就不招他,谁都别想徇私舞弊。毛大臣和许大臣都是德高望重的人,并不想为进一个厨子得罪对方,更不能让张大臣看笑话,便一致同意。

这一来动静就大了。

内务府一张公文传到青家所在县衙,要他们配合御膳房举办厨艺比赛。刘县令看了半天不明白,找来渠师爷商量。二人正说得热闹,门子报有人求见。刘县令连连摆手。谁知来人踩着门子脚印已走进来,拱手说"刘县令好久不见"。刘县令细细一看,一身布衣,大腹便便,不认识,但看他四平八稳的架势像有来头,不由自主起身应酬。来人正是紫禁城赵太妃膳房黄厨头,他放下身段来找刘县令。刘县令在天子脚下奉差多年,知道宰相家人七品官,何况是伺候万岁爷的御厨?自然诚惶诚恐,请黄厨头上座,翻袖撩袍要跪拜。黄厨头有事相求不敢放肆,忙双手扶住刘县令说"不必客气,请同坐,有事相商"。

黄厨头要说的事就是厨艺比赛。内务府刚决定举办比赛,许大臣就叫人传御膳房王总管。王总管得知此事马上告诉黄厨头。黄厨头找人商量一夜,天一亮就往刘县令这儿赶。他要赶在王厨头之前见刘县令,把青家孩子参赛夺魁的事说好。

刘县令听黄厨头讲了一通,什么这次比赛的目的是让青家孩子夺魁啊,什么其他孩子参加只是配牌啊,还有什么御膳房王总管如何重视,内务府许大臣如何重视,就连赵太妃也可能亲临现场,说得刘县令一愣一愣摸不着头脑,便趁黄厨头喝茶之机,插话说:"好说好说,在下照办就是,只是在下不明白,请问黄爷,这是谁的意见?是内务府的意见还是御膳房的意见?"

黄厨头说得口干舌燥,大口喝茶,茶水从嘴边溢出,打湿一团衣襟。他抹抹嘴回答:"这是御膳房王总管和内务府许大人的意见。"

刘县令说:"既然王总管和许大人发话就好办了,在下照办就是。不知黄爷还有什么吩咐?"

黄厨头虽说贵为御厨,但并不熟悉地方官吏,见刘县令问还有什么吩咐,以为伸手要银子,这是早有准备的,便从袖口掏出一张银票甩几甩,笑着说:"请收下我的这点小意思,还望刘县令玉成。"

刘县令心里咯噔一下,如果内务府和御膳房都是这个意见,还送啥银票?难道还有其他?刘县令便愕然不解,皱了眉头,于是不敢收钱,尴尬一笑说:"黄爷您放心,御膳房和内务府的吩咐本官不敢不办。"

黄厨头见刘县令不收银票,心里不踏实。他本是拉大旗做虎皮,打着御膳房和内务府的招牌吓唬人,实际并非如此。内务府许大人说了,他们已通知御膳房派人来县里落实这事。御膳房派谁来?他不知道,要是派王总管来,他肯定帮自己;要是派姜总管来,他肯定帮王厨头;要是既不派王总管也不派姜总管而是派其他人,肯定会不偏不倚,就得依赖刘县令了。

黄厨头以为刘县令嫌少,又从袖口掏张银票,连同先前那银票一起推过去,说:"刘县令,看得起黄某就收下,不是白给,有事相求;看不起黄某,我立刻走人。"

刘县令一脸彷徨,伸手不是缩手也不是,接不是不接也不是,便吞吞吐吐地说:"黄爷您……您有事不妨直说,在下能办一定办,不能办还请多多包涵。"

黄厨头不好勉强,撇下银票不说,把这次比赛的前因后果,有加有减,说了一遍,说的是内务府为了扩建他坦街需要买青家地,青家答应卖地但有条件,送他们孩子进宫学厨艺,所以请刘县令费心,到时候一定让青家孩子夺魁。

刘县令想,要是照此办理,这次厨艺比赛不过是走过场,只要御膳房派来的人也是这个意思,也不是做不到,便说:"如果御膳房派来的人也这么盼咐,本官照办就是。"

黄厨头不知道御膳房派谁来,不好直接回答,就撒谎说:"放心放心,御膳房就这意思。"

黄厨头回到紫禁城,把刚才去找刘县令的事跟王总管说了,问王总管,御膳房究竟派谁去主持厨艺比赛?王总管刚从内务府许大人那里回来。许大人分管赛事,指定王总管做这次厨艺比赛的总裁。王总管笑着如实相告。黄厨头听了满脸喜悦,拜托王总管一定让青家孩子夺魁进御膳房。王总管嘿嘿笑,喝茶遮脸不说话。他平日得过黄厨头不少好处,礼尚往来,也给他不少好处,这次怎么办?总不能白帮忙啊。

黄厨头见王总管不搭话,暗暗着急,边给他准备水烟,边把手伸进袖子,该给多少银票?又一想,前几天为应付赵太妃的责难,请王总管去帮自己说几句好话,给过银票,现在这事八字还差一撇,又要钱?便从衣袖里抽出手来。

王总管斜眼看黄厨头心里好笑,心想,这次要是帮他买到青家地,让他在他坦街建起饭铺,乖乖,不知有多少进项,不能便宜他。王总管自己在他坦街开有当铺,说是收废旧衣帽物件,实际收赃货。前些年一个物件轰动北京城,叫海龙拔针软胎帽。这东西比海獭皮高贵多了,那三寸长的拔针非得等海龙在寒冬季节长出三寸长绒毛时捕捉才行,非常难得。中国不产海龙,是海参崴的贡品。有消息说这物件就是从王总管当铺出去的。

王总管又想到一宗买卖。前不久,宫外生意朋友请他喝酒,提起北京市面稀罕物,说紫禁城新近流出去一种包治百病的药丸,一丸卖到十两银子,问王总管手里有没有货。他一调查,啥神药,不过是赵太妃自个儿瞎捣鼓的药丸,成本不到一钱银子,只是不容易弄到手,一是产量少,二是她老人家不肯轻易送人。王总管想,黄厨头不是赵太妃宫厨头吗?肯定有办法,就对他说:"让青家孩子夺魁算啥事?不就出在咱手里吗?不过你得给我弄点东西。"

黄厨头以为王总管又要他动赵太妃宫的宝贝,上次才给他弄了,犯了很大的险,现在还后怕,就迟疑不敢答应,说:"还弄那玩意啊?几个太妃瞪大眼盯着我了,不行不行,要是别的还好办。"

王总管哈哈笑说:"想啥呢?会让你犯险吗?我说的是药丸,赵太妃她们自个儿做的药丸。"黄厨头听了傻笑,说:"您要那玩意干啥?几个老太太成天没事,烧香拜佛捣鼓药丸,也不知道有用无用,问过御医,说吃了无碍。我看就是糟蹋银子。"王总管说:"你知道啥?只管给我弄,多多益善。能弄到手吗?"黄厨头点头说:"好嘞,这就给您弄去。赵太妃宫住的四个太妃都是我照顾伙食,想吃点啥光给银子不行,还得看我高兴不高兴,找她们要药丸不在话下。王爷,您就替在下搞定刘县令吧。"

王总管和黄厨头说好了,就择个日子带他去见刘县令。王总管向刘县令亮出内务府委派他做厨艺比赛总裁的公文,跟他说了一通同黄厨头先前说的一样的话。刘县令就答应照王总管说的办。他们商量的结果是,在县城张榜公布厨艺比赛的消息,报名条件比着青家孩子来,十四岁左右男孩,擅长烹饪,味觉敏锐,品行良好,长相端庄。

王总管问刘县令是不是就这几条。刘县令说就这几条。县衙渠师爷吭吭咳两声。刘县令知道他有话说,就对王总管说:"王爷,渠师爷精于钱粮,点子多,不妨问问他。"王总管、黄厨头就叫渠师爷说。渠师爷扶扶眼镜说:"各位大人,小的冒昧插一句,不能遍撒英雄帖,防备有人坏咱们好事。"

黄厨头问:"渠师爷,你们县有孩子比青常备厨艺好?"渠师爷说:

"有。"刘县令问:"谁?"渠师爷说:"柳崇孔。"

刘县令拍着头说:"我糊涂。柳崇孔不是宫源居柳总厨的儿子吗?听说也会掌灶翻勺。渠师爷你看怎么弥补?"渠师爷说:"柳家孩子品貌端庄,厨艺高超,但也有不足,只读了两年私塾,不及青家孩子读了三年。咱们加这个限制就行。"刘县令问:"王爷、黄爷你们以为如何?"王总管笑着说:"好主意,多亏你有渠师爷。"刘县令和黄厨头便附和说好。渠师爷提笔加一条:须读私塾三年。

再说王厨头。

他同黄厨头一样只是小掌案,没有招人进宫的权力,只好四处托人帮忙。他运气不好,他的靠山——御膳房荤局张首领奉差去了热河,短日子回不来,想来想去没有办法,只好翻院墙去找张首领的靠山——御膳房姜总管。姜总管不直接管王厨头,中间隔了一层,自然和他没有特殊关系。他前次帮他是看在张首领的分上,现在没了张首领就不想帮他。姜总管也没有进人权。他不愿老为别人的事去求毛大臣。姜总管就找理由谢绝王厨头。

王厨头恨得想咬姜总管几口。他得知黄厨头买地的事有了进展,正筹办厨艺比赛,只待青家孩子夺魁就大功告成,急得跺脚,心想我干不成你也别想干成,就找人打听比赛的事,得知黄厨头和王总管、刘县令合伙封杀其他选手,便有了主意。

御膳房掌案有一个好处,有机会结交文武百官。紫禁城规定,进宫办事官员误了钟头可以在宫里免费吃饭。有个苗御使特别欣赏王厨头的厨艺,常放下架子和他谈几句。王厨头有心巴结,给他做菜特别用心。一来二往,二人有了私交。王厨头把这事告诉苗御使。苗御使说这怎么行,连夜去拜访内务府许大臣,说这次厨艺比赛封杀众选手不当,希望内务府及时自纠,否则上书弹劾。许大臣一听着了急。他虽说并不清楚这件事,但身为王总管、黄厨头的上司,御使风闻弹劾,首位必是自己,忙好言回答马上调查处理。内务府有三个大臣:许大臣、毛大臣和张大臣。三个大臣碰头商量。毛大臣提出让品膳处总管周宗负责调查处理。许大臣和张大臣没有好主意,只好同意。

周总管奉命调查赛事,得知王总管、刘县令封杀众选手消息属实,便以许大臣名义要他们马上纠正。王总管和周总管都是五品。周总管是上司衙门人,又奉许大臣之命。王总管得执行。他找来黄厨头、刘县令商量,要刘县令重新发布厨艺比赛榜单,取消三年私塾一条。刘县令点头答应,回到衙门埋怨渠师爷,又费时间又费银子,今后少出馊主意。

我娘看了第二次榜单给我报了名。

我憋足劲要一举夺冠。青常备原本见我不参加而稳操胜券,现在见我来了有些丧气。他说:"崇孔,我不怕你。"我说:"我也不怕你。"他说:"不怕你狗鼻子尖会品味,我有绝招对付你。"我说:"不怕你会看火色,我也有绝招对付你。"

到了厨艺比赛这天,围观群众围了几圈。周总管是许大臣派的督导,坐主位。王总管、刘县令、黄厨头、王厨头、渠师爷分坐两边。王总管宣布比赛开始。黄厨头起身点名。报名参赛的选手原本不少,可这会儿黄厨头念了一大通选手名字却没人答应,只有我和青常备垂手站在那儿应和。王总管心里揣着许大臣的训斥不敢大意,忙问刘县令:"怎么回事?不是叫不许封杀众多选手吗?"渠师爷小声说:"有这两个小家伙参加,谁还敢来?"王总管半信半疑,起身走过去问几个大男孩报名没有。他们回答报名了。王爷问为啥不上前应和。他们说不敢。王爷问怕什么。他们说柳崇孔和青常备太厉害,我们不是他们的下饭菜。王总管和大家哈哈笑。

王总管宣布比赛内容,分实做和品味两道。先是实做,做蒜泥白肉,要求咸鲜肥美,蒜香浓郁,肥而不腻。黄厨头和王厨头端上做食材佐料:五花肉、青瓜、蒜头、葱姜、甘草、花椒和酱油、白糖、香油、辣椒、鸡汁、肉汤。每个选手配一名炉火助手。

王总管在选手做菜之前有话要问。

他问青常备:"蒜泥白肉最早是哪儿的菜?"

青常备回答:"蒜泥白肉的老祖宗叫白肉,发源地东北,后来传到中原、江南、四川。"

王总管问我:"为啥后人把蒜泥白肉说成川菜?"

我回答:"白肉传到四川,经四川人改进烹饪方法,加蒜泥调味,白肉更好吃,更有营养,一举成名,人们就把它归入川菜。"

王总管说:"回答都不错。开始做吧。"

这道菜难度适中，制作不复杂，但用的肉比较肥，要做到肥而不腻不容易，特别是对十几岁的大孩子而言比较难。我跟爹学过这道菜，多次替爹上灶做这道菜，心里暗自高兴，挽起袖子就开干。

我把五花肉去毛洗净，放入沸水中氽至半熟，捞起放在冷开水中漂冷待用，再切葱、切姜、剁蒜泥，待灶上半锅水烧开，放入葱段、姜片、甘草片、花椒和氽过的五花肉，加盖中火煮焖，捞起五花肉放入冷开水中浸泡至冷却，再将肉切薄片、青瓜切片待用，再往蒜泥中加盐、酱油、白糖、鸡汁、辣椒油、香油，做成蒜泥酱汁，再将肉片、青瓜片卷成团排放盘中，淋上蒜泥、酱汁便告成。

外行看热闹，内行看门道。台上几位爷，除刘县令、渠师爷，都是烹饪高手，一看我这两煮两漂都不住点头。我这是跟爹学的。爹说他是向掌勺王学的。掌勺王说他是跟紫禁城御厨学的。我开初不信爹的话。有一回我越俎代庖替爹做了蒜泥白肉端上桌。客人吃了满意，请做菜师傅喝一杯。我爹就带我出去。那几个客人自我介绍是宫里御膳房的，说这道菜是宫廷菜，市面上怎么会做？我爹便把他的师傅抬出来说事，风光一回。

王总管见我和青常备都做好了就请周总管品尝。周总管起身品尝。王总管和刘县令、渠师爷、黄厨头、王厨头跟着品尝。我那时不认识周爷。我想他是内务府的官，可能不懂厨艺。周爷像是知道我的想法，走过来先品我做的菜。他拈了一团肉片青瓜放入嘴里慢慢咀嚼。我好紧张，怕他说肥。周爷笑而不语。我娘在下面说："崇孔的菜怎么样啊？"王总管说："急啥？周爷是权威。他说酸我们不敢说辣。"大家哈哈笑。

周爷四十来岁，长得细眉细眼，文质彬彬，不像一般厨子粗壮。他在御膳房干了二十年，掌勺上灶、提芡勾汁、拿火色吃火头、炒爆熘煸炸、炖煮烧烩焖、鲁菜川菜、满菜御膳，无一不通，无一不会，最拿手的是品味，天生味蕾丰富，能品天下百味。比如一个辣味，他可以分为湿辣、干辣、香辣、油辣、酸辣、清辣、冲辣、辛辣、芳辣、甜辣、酱辣。前些年内务府为保证御膳质量成立品膳处，调他做总管，要他监督紫禁城所有膳房的质量。

有一回赵太妃反映她们宫的菜不好吃。周爷亲自去品尝赵太妃宫膳房黄厨头做的菜。有一道菜叫鸡汁烩笋。周爷先看色看形，汤白笋青，有模有型,再拿汤勺舀汤喝,喝了半口嘿嘿笑,问:"黄厨头,你用的什么汤?"黄厨头回答:"照菜谱用鸡汤。"周爷嘿嘿笑说:"再问你一遍,什么汤?"黄厨头回答:"真是鸡汤。"周爷说:"什么鸡汤?哄过赵太妃还能哄过我?你这不是鸡汤,是鲫鱼氽汤。"黄厨头嘿嘿笑。周爷叫手下搜查厨房,果然搜出鲫鱼鳞片、内脏,而当天并没有鲫鱼菜。黄厨头只好老实交代。他那天领了十只鸡,炖汤红烧,各有用处,原本没问题,可要吃饭时赵太妃宫里的徐司房带了估衣店程老板几个人来了。估衣店开在他坦街,是徐司房开的。徐司房每月喊程老板几个进来算账,照例吃一顿。徐司房管账。黄厨头不敢得罪他。他们把做菜用的鸡汤都喝了。黄厨头要做鸡汁烩笋没有鸡汤,就用鲫鱼爆煎加水氽汤,看起来白生生的跟鸡汤差不多,外行很难分辨。

这就是周爷的本事。

周爷领着王总管、刘县令、渠师爷、黄厨头、王厨头品完我和青常备做的蒜泥白肉,退回座位坐下,招呼观众雅静,然后说:"柳崇孔做的蒜泥白肉刀功不错,片薄透明,会吃火头,两煮两漂,肥而不腻,香辣鲜美,入口即化。青常备做的蒜泥白肉也不错,但与柳崇孔的比相差一点,口感上缺个脆。"

我好高兴。我娘拍手叫好。青常备爹娘不服气乱嚷嚷。黄厨头一脸不屑,问:"请问周爷,柳崇孔做得脆,青常备做得不脆,什么原因?"这话有点挑衅的味道。青家人跟着起哄。青家爹说:"我做了多年蒜泥白肉,没听过脆不脆一说。你不能瞎评。"青家娘说:"你说啥叫脆,啥叫不脆?"刘县令忙招呼大家安静,回头对周爷说:"周总管您是内行,请不吝赐教。"

周爷嘿嘿笑说:"柳崇孔做蒜泥白肉是两煮两漂,用冷热变化让肉脆而不绵。王总管想必清楚。青常备做蒜泥白肉是一煮一漂,冷热变化不够,因而不脆。王总管,您是内行,应当知道这点吧。"

王总管也是老御厨,自然知道。他见黄厨头开黄腔,正想制止,一看渠师爷向他挤眉眨眼就欲言又止,没想到青家爹娘胡搅蛮缠,周总管将自己一军,就不好再替青常备遮掩,得说话了。王总管勉强一笑说:"周总管言之有理。这一点正是柳崇孔和青常备所做蒜泥白肉脆与不脆的原因之一。黄厨头,还有青家的人,你们应当听周总管的。"周爷说:"王总管说得好。柳崇孔两煮两漂是关键。青常备没有这样做是败着。我看这一轮是柳崇孔获胜。王总管、刘县令、黄厨头、王厨头,意下如何?"

王厨头说:"我同意。"刘县令、黄厨头、渠师爷面面相觑,纷纷喝茶遮脸。青家人黑着脸不说话。我娘高兴得叽叽喳喳。王总管挤出微笑说:"我们听周总管的。"边说边踢黄厨头一脚。黄厨头拍手同意。刘县令、渠师爷只好同意。赛场响起热烈的掌声。

这是比赛的第一项——实做。

王总管站起身宣布第二轮比赛开始。黄厨头和王厨头端上两份坛子肉。王总管说:"两位选手注意,你们面前的两份坛子肉一模一样,要求你们品尝后说出用的什么料酒。"话音刚落,赛场上响起哄声。有的说太难,有的说狗鼻子才闻得出。

我赢了第一轮比赛正高兴,一看第二轮比赛这么难,皱了眉头,心想,考官也太刁难人了,坛子肉用小火煨很久,料酒早融在肉里,怎么品?我掉头看青常备,他眉头皱得更深。

王总管笑笑说:"两位小选手怎么样?上来品味吧。你们想进紫禁城御膳房,知不知道那是什么地?告诉你们,那是大清国皇帝的厨房,那里的厨子是全国最好的厨子,那里做的菜是天下最好的美味佳肴。有本事就上来吧。"

我上前品尝坛子肉。

我会做这道菜,也做过多次。坛子肉的食材是五花肉、油炸肉丸、鸡蛋、鸡肉、火腿、墨鱼、冬笋、蘑菇、金钩,做法是把这些食材和各种调料放在一个坛子里,密封坛口,小火煨炖,特点是原料丰富、色泽红润、汤浓味香、鲜香可口、荤菜素做、肥而不腻。

我尝了一块坛子肉,浓香鲜美,舌根有一种模糊味道,不香不爽是醇,不知道是什么。我再尝一块坛子肉,脑子里突然出现各种酒味,黄酒、白酒、曲酒、洋酒都不像,是什么呢?我依稀想起我十来岁在柳泉居跟在爹屁股后面跑,吃了爹递进嘴的一夹菜,好像是这个味,是什么菜呢?不知道。我尝半个鸡蛋,鸡蛋最裹味,还是那个醇味,就是那个醇味,它仿佛把所有食材的原味都综合起来了,是什么呢?我想啊想啊,眼前突然一亮。

对了,不就是陈年绍酒吗?我再看这烧肉的坛子,不就是绍酒坛吗?

比赛时间到。

我和青常备按要求写好答案交给王总管。王总管接过答案看了看,转身递给周总管,和他小声说了几句话。周总管看了递给刘县令他们。刘县令他们看了传回王总管。王总管咳两声,清清嗓子说:"现在我要两位选手回答品味问题。请问柳崇孔,你说这坛子肉用的什么料酒?"我回答:"用的陈年绍酒。"王总管又问:"这陈年绍酒是怎么加进去的?"我回答:"做坛子肉的坛子是陈年绍酒坛子,因为年代久远,酒汁浸进坛皮,现在经过文火炖煮,坛皮酒汁慢慢浸出来融入坛子肉形成料酒。"

我娘听了大声说:"答得对!"大家为我喝彩。

王总管招呼大家安静,接着问青常备:"你说这坛子肉用的什么料酒?"青常备回答:"醪糟酒。"

王总管又问:"什么时候加进去的?"青常备支支吾吾说:"好像是……是,对,最后加进去的。"

询问完毕,王总管和周总管、刘县令、黄厨头、王厨头商量。我听着他们叽叽咕咕的议论很着急,不知我的答案对还是青常备的答案对,要是我答错了就当不成御厨了。青常备跟我一样着急,一脸通红。过了一会,周总管站起身宣布比赛结果。我的心抓紧了。他说:"这一轮品味比赛柳崇孔回答正确,青常备回答不正确。两轮比赛的最终结果是,柳崇孔获得冠军。按照内务府规定,这次比赛的第一名将被招进宫学厨艺。我现在代表内务府宣布,招收柳崇孔进宫学厨。"

支持我的人拍手叫好。我娘大喊:"崇孔赢了!崇孔赢了!"

这就是我进紫禁城的情况。

黄大厨、陈大厨、罗大厨得知我一举夺魁进紫禁城,高兴得跺脚,说这下有机会找六指脚报仇了。我信誓旦旦地说:"三位师兄,我进了紫禁城,不出一个月一定找到六指脚,到时候咱们再商量如何收拾他。"三个师兄一个劲地傻笑。

进得紫禁城我才知道自己的话说大了,别说一个月,半年过去没闻着六指脚丁点风声。多年后的今天我才知道,不是我无能,而是紫禁城太大。我在紫禁城住了多年,到过很多地方,可向老御厨打听,才发现很多地方没去过,甚至闻所未闻。再说了,紫禁城不单地方大,规矩更多,不是逛市场,想去哪去哪。比如太监、女子、厨役、护军,那得各守各的宫处,不准乱串门、乱答话,谁违规打谁,打死不论,哪儿还敢满紫禁城找六指脚?那年我一个师弟送菜进大内,回来路上东走西走迷了路,糊里糊涂进了乾清宫。乾清宫啥地儿?大内中心,皇帝召见文武百官的地方。我师弟被护军抓住,送内务府一阵好打,抬回来第二天就死了。

既然如此,因为初进紫禁城要学要做的事太多,我只好把找六指脚报仇的事暂且搁下。

我刚进宫人小,想娘想得慌,晚上躲在被窝哭。我们进宫都要拜师傅。我的师傅姓周,我叫他周爷。周爷叫周宗,是内务府郎中兼品膳处总管。总管下面是师傅。师傅下面是我们这帮徒弟。周爷破格招我进宫,对我有感情,愿意做我师傅。我那时是半大孩子,谁做我师傅都一样。后来才知道这是周爷格外垂青。周爷可怜我,想法叫我娘来看我。宫里规矩每月初二会见家人。不是所有人都有这个福。进宫年头长有官职的人才行。我这种刚进宫的小厨役想也别想。周爷是安慰我。

这天,他说带我去玩,把我带到神武门西边护城河南岸紫禁城墙根僻静地方。这儿城墙有个豁口,安着两扇大门,门里有栅栏。我走到栅栏往外看,嘿,一眼看到娘,惊讶得大叫:"娘啊娘,你怎么在这儿啊?我好想娘好想娘!"娘隔着栅栏说:"孩子别哭。娘也想你。你要好好听周爷的话,是周爷安排我们娘儿俩见面的,周爷是你的命中贵人。"我跳着脚说:"我听娘的。我听娘的。娘,带好吃的没有?"娘说:"知道你嘴馋,给——"娘从包袱里摸鸡蛋煎饼给我,又拿竹篾笼子蝈蝈给我。

我一手接一样,吃一口饼,看一眼蝈蝈,高兴得抹眼泪。娘也高兴得抹眼泪,说:"孩子,在里面都吃啥了?吃不吃得饱?"我嚼着饼嘟嘟囔囔地说:"吃……吃得可好了,吃四合义酱肉卷饼。"娘问:"啥叫四合义酱肉卷饼?好吃不?"我又比又画说不清楚,急出一头汗。周爷给我钱。我跑去买来四合义酱肉卷饼给娘,说:"娘,您吃您吃。"

第三章　御膳房的生活

由于青常备没能夺冠进宫，黄厨头买青家地的主意落了空。王厨头虽说坏了黄厨头的好事，因为不能将青常备弄进宫也没弄到青家地。他们一肚子怨气去找他们的师傅。他们的师傅是一个人，就是御膳房的总管蒋广宗。

蒋爷知道他这两个徒弟闹内讧，不好帮谁不帮谁，袖手旁观，现在见他们都求到自己门下来了，就狠狠地教训一通，要他们精诚团结、共同对外。蒋爷也有在他坦街买地开店的想法，碍于两个徒弟争抢，不好动手，现在没顾虑了，也想趁机收服两徒弟，就去找西太后宫的李统领，送上一个包袱——辽宁进贡的一架鹿角，说："李统领您得管管。"李统领说："谁又惹你生气了？"蒋爷说："谁敢？还不是我那俩不争气的徒弟，气死人了。"李统领笑，说："清官难断家务事，别找我。"蒋爷说："大清国的事您都得管。"二人哈哈笑。

蒋爷说："这次比赛有问题。毛大臣派周总管主持。周总管有私心，招了柳崇孔，冤枉了青家孩子。在下想，不偏不倚，把青家孩子也招进宫算了。"

李统领常收蒋爷包袱，不好驳他的面子，愿意帮他，但决定在先，只招冠军不好更改，就说："你得让青家孩子露一手啊，不然凭啥破格？"

蒋爷嘻嘻笑，李统领算是网开一面，忙起身替李统领上茶，咿咿呜呜说起宫里鸡鸣狗叫之事，哄得李统领嘻嘻笑。蒋爷回到住处冥思苦想，李统领这个指点不错，让青常备露一手也容易，但这事没内务府点头行不通，得让他们知道才行啊，不好办。他想来想去，眉梢一动，有了主意。

北京王府多，老王新王、亲王郡王、蒙古王西藏王，为巴结西太后都借着什么节气啊、天下出奇瑞啊各种名义，请来头等厨子精心制作最好吃最新奇的吃食往宫里送。西太后有自己的寿膳房，还有皇帝、皇后及各宫的孝敬，想啥吃啥，全是天下美味，自然不稀罕送进宫来的吃食，但皇家规矩大，又不得不收，所以不胜其烦，要内务府拿规矩。内务府做出规定，各王府每月二十六可以向西太后进奉菜品，其他日子一概免了。

蒋爷打的就是这个主意，让青家孩子做道菜，趁每月二十六送菜日送进宫，让内务府几个大臣知道，要是出得众，西太后肯赏光吃一箸，还有啥事不好办。这主意倒是不错，但一般人实行不了。第一，青常备以王府名义送菜要王府答应，人家凭啥答应，自家又不是没有上等厨子。再说了，往宫里送菜不光有体面也有风险，如果青常备的菜弄得不好，西太后尝了不高兴，或是西太后吃不了赏给后宫皇后、嫔妃吃了不高兴，非触霉头不可。

蒋爷有办法做到。他是御膳房总管，掌灶翻勺几十年，煎炒爆烧炖蒸无一不精。新近发明一道菜叫香茶鲫鱼，经反复试制，大获成功，正想找恰当的机会供奉给西太后。现在买地重要，便决定牺牲自己，将香茶鲫鱼教给青常备，让青常备一菜出名。这是第一步。第二步，蒋爷做御膳房总管只有五品顶戴，与王爷有天壤之别，但身份特殊，又常被王爷请到府上主厨，倒成了王府座上客。蒋爷请醇亲王府黄管家在王府井鸿宾楼喝茶，说了这番意思，拜托黄管家照顾。黄管家边听边滴溜溜转眼珠子，有御厨替自家府上做菜倒是请不来的事，这事正归自己管，便一口答应，只是到时请蒋爷来醇亲王府厨房做菜。

第三步最困难。王府做了菜按规定送进宫不难，难的是送上西太后的餐桌，送上西太后的餐桌有几十道菜，也有机会，更难的是送到西太后面前，西太后才有机会在几十道菜里光顾你的菜，不然前功尽弃。这就得靠西太后宫李统领了。

蒋爷住在宫里，与李统领朝夕相见。这天黄昏时分，他提一包袱进李统领房间，进门甩袖磕头请安，平得身来笑嘻嘻地说："我昨晚儿听到李爷您骂我了，今儿个赶紧过来赎罪。瞧呢，吴肇祥刚出笼的香茶来也。"边说边把包袱放桌上打开，取出四筒茶叶。宫里爷们爱喝北京吴肇祥茶店的香茶，专为宫里熏制的，味香汁浓色淡，四十两银子一斤。李统领乜一眼没开腔，朝一边伺候的小太监说："上果桌。"小太监"喳"一声转身而去。不一会四个小太监端着茶点鱼贯而入，一盘奶饽饽，一盘奶乌塔，一盘豌豆黄，一盘栗子糕。

蒋爷知道这就是果桌,牛奶和豆腐制作的点心,瞧上去晶莹剔透,闻起来清香扑鼻,是御膳房点心局制作的。蒋爷是御膳房总管,管着下面的荤局、素局、挂炉局、点心局和饭局。这五局虽归蒋爷管,蒋爷也不能乱用,上面有内务府管着。内务府每天把御膳膳单派送给蒋爷,规定了菜品、分量、用料、制作厨头,每品菜点配料都有规定,不许任意增减更换。每日结束,御膳房将当天制作的所有菜品和用料开支做详细记录,称膳底档,报内务府存档。内务府大臣随时对御膳房进行检查,发现问题马上处理。

蒋爷不能随意用果桌,李统领却可以。凡是光绪皇帝和西太后享用的菜品,内务府和御膳房有规定送李统领一份,名之曰监督。所以蒋爷在李统领家里看见果桌不稀奇,说声谢李统领,伸手拈着慢吃,边吃边说了青常备的事。李统领听了,指着他笑说:"你个猴精灵。"蒋爷说:"四大金刚的事就有劳大统领了。"李统领半躺着,一下子挺直腰杆说:"别,话归我说,情得你送,别想占爷便宜。"二人哈哈笑。

西太后吃饭也不能乱来,有祖宗家法管着。蒋爷说的四大金刚就管这事。每天吃饭的时候,西太后身后站着四大金刚,就是四个老太监,负责监督西太后按祖宗规矩行事。比如每样菜不管多好吃也只能拈两箸,若是三次伸筷子,四大金刚的领头人就会一声喊:"撤——"伺膳太监不管西太后正举着乌木镶银筷子,立刻撤菜。四大金刚都是前朝老人,由朝廷养着,平日里看李统领眼色行事,现在李统领和蒋爷发了话,自然答应助一臂之力。

至此,蒋爷准备就绪。这天西太后就餐。李统领站门边一声长喊:"传膳啰——"外面廊下候着的四大金刚先行入内,跪安站立,早已等候在外边的众多传膳太监便端着、扛着大小饭盒鱼贯而入。李统领待摆放得差不多了,又一声长喊:"膳齐啰——"西太后便在众人簇拥下从里间款款走出就座。伺膳太监揭开她面前的一碗菜,马上冒出热气,传出清香。西太后放眼过去,一盘香味独特的鲫鱼,心机一动,伸箸过去拈一丁点入口,顿觉茶香,有些愕然,接连拈了几夹入口,边吃边说好。四大金刚肃然无语。

这道菜就是蒋爷教给青常备做了、以醇亲王府名义送进宫的香茶鲫鱼。做香茶鲫鱼的要点是先把香茶放在鱼肚煎炸烧焖,茶叶的清香慢慢浸入鱼肉,待鱼肉做好,逐一捞出香茶不用,收茶香不见茶之效。

青常备就这样进了紫禁城。

蒋爷因此买到青家紧靠皇城西沿河那块地。黄厨头、王厨头知道了前来贺喜,求师傅照顾徒弟,分点地给他们。蒋爷不想出头露面去他坦街开店,就把地一分为三,黄厨头一块、王厨头一块,自己一块挂在黄厨头名下。黄厨头和王厨头拿了地在他坦街建起自己的店铺,还共同为蒋爷建一个店铺,仍然挂黄厨头名,算是投桃报李、孝敬师傅。

这些事都是周爷后来告诉我的。

我进宫先在御膳房打杂,劈柴、生火、掏柴灰、做清洁、替掌案跑腿,整天弄得灰头土脑,忙得云里雾里,稍不留神还要挨掌挨骂,骂半天不知错哪儿。我有一身厨艺,也是凭技术考进来的,想早日上灶做菜,可一看御膳房规矩,新人进御膳房打杂两年、配菜两年才能学掌案,急得跺脚。这时青常备也进宫了。我们情况相同,都想早日上灶,成天就嘀咕这事。

日月如梭,一年半一晃而过,我们还在打杂,眼看还要做半年打杂,实在忍无可忍,就商量找人活动,我找周爷,青常备找蒋爷,希望提前学配菜。我们分别去找了他们,回来,我突然想起一件事,就对青常备说:"周爷和蒋爷素来不合,要是他们凑一起说我们的事发生矛盾,岂不坏事了?"青常备说:"那不会。"我问:"为啥不会?"他说:"周爷没对你说啥?"我说:"啥也没说。"青常备诡异一笑,岔开话题说夜深了睡吧。

第二天蒋爷找我们俩说事,夸青常备这半年进步大,又有做菜本事又听话,决定给予奖励,提前学配菜。青常备忙跪下磕头道谢,还悄悄扭头乜我一眼。我愣在那里生闷气,忍不住飙一句话出来:"蒋爷,我呢?"蒋爷扭头看我一眼,嘿嘿笑说:"你小子嘛……听黄厨头说,不怎么听话啊,啊,怎么回事?"我不明白啥叫不听话,说:"我听话。"蒋爷说:"听话就是乖孩子。记住,御膳房我是总管我说了算,别老跟姓周的瞎嚷嚷。"我心里咯噔一下,这大概指周爷吧,果然他们有隔阂,自己提前学配菜的事肯定黄,气得不说话,扭头看天花板。蒋爷嘿嘿笑说:"嘿,跟爷顶上啦?"我忙收敛气色一笑说:"哪儿敢啦,还请蒋爷多多栽培。"蒋爷仰头哈哈笑。后来我才知道,周爷和蒋爷其实已商量定了,我和青常备厨艺不错,又是经过考试进来的,可以破格提前学配菜,是蒋爷嫌我跟周爷走得近跟他不亲热、趁机敲打我,而青常备昨天就知道这事了,就不告诉我。

我和青常备等一批学徒开始学配菜。学配菜得学刀工。我的刀工本来就有基础,加之御膳房培训刀工有一套,我的进步很快。经过三个月学习,我刀工考试得第一名,大家叫我刀状元。青常备得了第二名不服气。大家要我请客。我说好。青常备趁机敲诈说我们要吃他坦街六合义苏造肉。我哇的一声叫说:"那要好多银子啊?不行不行!最多请你们吃糖火烧。"他坦街卖通州大顺斋糖火烧,经济实惠。我们去他坦街我给大家一人买一只边走边嚼。

我不是吝啬银子,是俸禄不够用。宫里俸禄按官衔品级发。周爷、蒋爷是正五品,月银十两、米十斗、公费制钱五贯;御膳房副总管王爷、姜爷是六品,月银八两、米八斗、公费制钱三贯;黄厨头、王厨头是八品,月银四两、米四斗、公费制钱七百;无官衔品级的人分三等,一等月银三两、米三斗、公费制钱六百,二等月银二两五钱、米二斗五升、公费制钱六百,三等月银二两、米二斗、公费制钱六百。我们学徒拿第三等。这二两银子用处多了,御膳房只管吃住不管穿戴,得自个儿添置,差了还不行,还有孝敬父母一份、孝敬师傅一份,还得剩几个子儿买日常生活用品,月月用光。

御膳房下面有五局,每局下面有若干掌案,每个掌案下面有一个配菜、一个打杂。掌案、配菜、打杂三人一组,管一口灶,承担一份差事。每日内务府的膳单传到总管蒋爷手里。他看了有意见说意见,没意见交给两个副总管办。王副总管负责照膳单备料,带着人车去内务府掌关防处领取。内务府和光禄寺管御膳房,不仅决定做什么、做多少,还负责提供膳食所需食材,比如米、面、菜、调料,等等。内务府掌关防处负责日常膳食物品。光禄寺负责朝廷庆典祭祀、宴席及为上朝官员提供临时用饭。姜副总管负责派做,将膳单上的菜品按掌案各自特长分给各个掌案,并指导监督他们完成。

打杂的事是把各式菜料整理洗净给配菜。配菜的任务就是按掌案吩咐切菜。掌案只管上灶翻勺。我天天切菜,周而复始,刀功更精。青常备的进步也很大。我们原来彼此不服,进得宫来,我喜欢周爷,他喜欢蒋爷,各自为政,更添隔阂。御膳房有好生是非者趁机从中挑拨,对我说我比他强,对他说他比我强。我和青常备那时不到二十岁,血气方刚,听不得带刺的话,便提出比武。众配菜就为我们前后张罗。

他们找了个闲着没事的下午,趁主管掌案不在,要我和青常备比赛切姜丝。我不是多事的人,但大家一再邀请,青常备又跃跃欲试,便半推半就上场,边挽袖子边说:"我就表演给你们看。"青常备边围上围腰边说:"你要这样说我不比了,要比就真比,谁输了叫对方师傅,敢不敢?"我来气了,说:"好啊,今天要你当大家面叫我师傅。"青常备说:"要你当大家面叫我师傅。"大家使劲拍手。

我就和青常备比赛切姜丝。

大家推出三人做评判,给我们一人二两姜块切成姜丝,标准是切成的姜丝细得能穿过绣花针。我以前在宫源居练过这功夫,进得宫来又特别练了切丝,有心教训一下青常备,也给大家亮一手,便挽起袖子干起来。我先用筷子方头刨去姜皮,再泡在水里用手清洗至不带一点皮渣,然后切成很薄很薄的片,再抹成叠状切丝,咚、咚咚、咚咚咚,声音清脆均匀,一丝丝姜丝便出来了。青常备的厨艺也不错,切的姜丝与我大同小异。

三个评判开始检查。他们从我的姜丝中任意拈出三根来穿针。第一根一穿即过。我松一口气。第二根又一穿而过。我又松一口气。第三根穿啊穿啊像是胖了一点过不去。我紧张得憋气不敢看。突然响起一阵掌声,穿过去了。我"啊"了一长声,大功告成。青常备的运气差一点,第一根就卡在针眼过不去。三个评判宣布我获胜。大家使劲拍手。

我那时年轻,得理不饶人,要青常备叫我师傅。青常备满脸通红,叫不出口。大家起哄要他叫。我双手叉腰等着受礼。突然响起一声呐喊:"柳崇孔你这是干啥?"我和大家回头一看,周爷啥时来了,正一脸怒气地盯着我。

刚进御膳房时,我们这帮人沾沾自喜,扬扬得意,逢人不安便自我介绍,张口就提御膳房,动辄与人比厨艺,生怕人家不知道自己是御膳房的人。周爷知道了专门来训话,说做御厨的最起码要求是谦虚谨慎,否则掉了头还不知道原因,要求我们三不准,不准自我介绍身份,不准泄露御膳房的事,不准私下比厨艺。

我急忙咿咿呜呜作解释。周爷打断我的话,说我不知天高地厚。我嗫嗫嚅嚅不服气。周爷说那好,我们来比一比。大家听说周爷厨艺盖紫禁城就是没见过,便起劲鼓动我们比。我哪敢跟周爷比?便不断向周爷认错求饶。周爷不答应,坚决要我和他比。我说我只是配菜,不会做菜。周爷说那简单,我们只比刀工。我那时不到二十岁,真的不知天高地厚,经不起周爷和大家激将,头一犟就说比就比。

周爷四处一瞧,正好有一盆嫩豆腐,就说我们比切嫩豆腐丝。我一听蒙了,嫩豆腐可以切丝吗?闻所未闻,但箭在弦上,不得不发,问周爷怎么比,周爷说我也不为难你,三寸见方,一块豆腐,我切一万丝,你切一千丝好不好?我点点头。结果好,我把豆腐切成一包渣,放在水里只有寥寥百十根。周爷切的豆腐也是一包渣,可放在水里轻轻搅两下,千万根豆腐丝浮起来了,简直是奇迹。大家热烈鼓掌。我羞得满脸通红。

我这一生从此再没有与任何人比过厨艺。

我干满两年配菜,再没有想过破格提前做掌案。在这两年里,我练得一手刀工,学会收拾各种食材,比如去鳞剖鱼、整鸡去骨、燕窝发治、镂雕瓜果,等等,御膳房三千种御膳食材收拾学会一半;学得百味调和,比如辣有干香辣、酥香辣、油香辣、芳香辣、甜香辣、酱香辣等,又如家常味型、鱼香味型、怪味型、红油味型、麻辣味型、酸辣味型、糊辣味型、陈皮味型、椒麻味型、椒盐味型、芥末味型、蒜泥味型、姜汁味型等,既能调制也能分辨,比在宫源居时那点味感不知提高了多少倍。

在这两年里,青常备的旗人臭毛病慢慢钻出来,学厨艺还是努力,成为御膳房数一数二的配菜,但为了讨好蒋爷和黄厨头、王厨头,喜欢上喝酒打牌。宫里对太监、宫女、护军、厨役管得很严,不能做的坚决不准做,犯了事抓敬事房惩处,但对喝酒赌钱却管而不严。景仁宫后院司房殿天天设有赌局,各宫各处的人都可以去玩,白天人少,夜里客满,分成十几波赌,一打一通宵。

我怎么知道这事呢?有天我早早睡了。我们厨役不是太监,做事在宫里的御膳房,晚上住宫门外不远处的屋里,便于半夜进宫做事,也好随叫随到。宫门有护军守着,进出凭腰牌。我正躺在床上酝酿瞌睡,被人叫醒,说是蒋爷有令,让我等几个学徒半夜时分送馄饨进去。我不明白,也没干过这等差,问为啥。来人说御膳房当班几个被蒋爷叫去景仁宫司房殿了,蒋爷叫你们顶一顶,弄三十份馄饨送景仁宫司房殿。

我等几个就起床做了一大桶馄饨,带上一箩筐碗筷,从紫禁城偏侧门凭腰牌进宫。我进宫几年了,去过景仁宫司房殿。来到景仁宫司房殿院里就听见屋里人吆五喝六喊牌,走进屋一看,二三十个太监、厨役正抽烟、嗑瓜子、打牌、赌博,一地口痰、瓜子壳、西瓜皮,满屋烟气呛人。蒋爷、黄厨头、王厨头、青常备都在。蒋爷瞧见我们说:"柳崇孔你也来玩两把。"我摇头说不会,就站一边看。小太监打牌赌注小嗓门大。首领太监打牌赌注大嗓门小。青常备输三十枚大铜子急得跺脚。蒋爷输八十两银子神情自若。案上摆着冰镇西瓜、果子露、酸梅汤。我走到青常备身后看他出牌,他冲我嘻嘻笑说:"宫里啥玩的也没有,闷死人了。"

日子过得快,转眼我进宫五年半,顺利完成打杂、配菜、掌案三个阶段的学习,被任命为掌案,配了打杂和配菜做助手,开始每天接单做菜,独当一面。那年我吃二十岁的饭。在这五年多的日子里,我一边学习一边暗中寻找六指脚。我原来不知道宫里这么大、这么多人,以为大家都知道谁是六指脚,谁知大家各守各的宫处,彼此很少往来,别说六指脚了,连姓啥名谁也不清楚,张冠李戴是常事。

头两年宫里不准学徒回家,从第三年起每月二十号准许回家探亲一天。我回家看娘。娘问我我没找着六指脚。我说找不着。娘说你忘了你爹了。我说没忘。娘说你爹的三个徒弟还在找六指脚。我去见他们。他们说那是哄你娘的,都过去这么久了上哪儿找?要我别放在心上。我说你们怎么能哄我娘呢?我娘老了,眼巴巴盼着替爹报仇,我一定要找到六指脚。我说了就跑,也不管他们喊叫。我回家跟娘说:"娘您放心,不找到六指脚我……"娘一把捂住我的嘴。我们娘儿俩抱头痛哭。

我做掌案刚一年,周爷找我说事。周爷说:"柳崇孔,你现在也熟悉御膳房差事了,想不想更进一步?"我说:"想。"周爷说:"知道本总管是干什么的吗?"我说:"知道。"周爷说:"我这儿是内务府品膳处,顾名思义品评御膳,全紫禁城大大小小的膳房都归我管,管什么?别的管不了,只管一样——质量。这质量不好管。你进宫五年多了应该深有体会。不好管更要管。御膳是咱们国家五千年的精华,博大精深,深不可测,但有老规矩在,谁也不准乱来,绝不允许变形走样。我这个衙门就是把守御膳的衙门。你明不明白?"我说:"明白。"

周爷绕这么大个圈才说:"不扯远了,我只问你一句话,愿不愿意到我这儿做事?"我正纳闷今儿个周爷干吗啊,这些话不是早告诉我们了吗?猛一听原来是为问我愿不愿意去他那儿做事,更蒙了。御膳房总管五品、五局管事六品,我这种掌案没有品。而据我所知,周爷做内务府品膳处总管是五品,做他的部下起码是八品,要我做他的部下不是提拔我做官吗?心里便起了涟漪,不知如何回答。

我就这样离开御膳房来到内务府。那年我二十一岁。

第四章　熙亲王大闹御膳房

二十一岁做品膳官是我的荣幸,也是我的软肋,蒋爷、黄厨头、王厨头还有紫禁城各处膳房的爷都有意见,远远瞧见我路过就指指点点说风凉话,遇到周爷派我去某个膳房做事,不是嬉皮笑脸就是一张驴脸不正眼瞧人。内务府许大臣原本不同意调我来品膳处,现在更有话说,训斥周爷乱用人。内务府毛大臣和周爷商量,决定将计就计,宣布品膳处对我的安排不是坐衙门,是下膳房锻炼几年再说。周爷就安排我去紫禁城各膳房实习,告诉我:"这是明修栈道暗度陈仓,懂不懂?"

我年纪轻,初涉官场,哪里懂得这些弯弯拐拐,听了抠脑袋,半天憋出一句话:"周爷您不要我啦?"周爷哈哈笑说:"书到用时方恨少。你没读过《史记》吧?秦朝末年,项羽实力强大,自封西楚霸王,封刘邦做汉王,管巴蜀。刘邦不敢反抗,去巴蜀途中烧毁栈道,表明不向东扩张。刘邦强大后,用韩信计策,明里叫樊哙带人修五百里栈道,麻痹陈仓敌人,暗里派部队走小道急行军偷袭陈仓获胜。我叫你下去实习是迷惑对方,叫明修栈道。你下去后暗中活动,掌握各膳房实情,叫暗度陈仓。明白了吗?"我心里咯噔一下,啥意思?我小声问:"了解啥实情?"周爷说:"你就注意御膳的质量。据我了解,各膳房都有质量问题,但我们查不到,抓不住把柄没法处理。你下去实习或许会发现他们的花样。你要注意,悄悄调查,有情况告诉我,不要和他们发生正面冲突,因为别说你了,连我也没有处罚权,得禀报内务府大臣处理。你还要注意,各膳房的厨头都有长期经验,别上他们的当。"

后来我才知道,我是周爷和内务府毛大臣布的一颗子。他们发现各膳房有偷工减料、虚报食材、牟取个人好处的情形,做过一些调查,但抓不到把柄,而这些厨头与宫里有权势的人关系密切,盘根错节,牵一发而动全身,不便再做细究,现在正好利用我需要去各膳房实习的机会,把暗度陈仓的任务交给我,希望我下去有所发现。我就照周爷的吩咐干起来,果然有所发现，因而就引来一系列矛盾，甚至掀起轩然大波。现在回想起来，我那时就是一头不怕老虎的牛犊。这是后话，容我慢慢道来。

周爷首先派我去外御膳房。

紫禁城有多处膳房。皇帝用的叫御膳房。御膳房又分为外御膳房和内御膳房。外御膳房在景运门外，最大，单是厨役就有三百人，主要任务有两个：一个是办理朝廷设宴，大宴宾客，动辄要准备几百上千人的吃食；一个是为在紫禁城值班官员准备饭菜。紫禁城有规定，凡是进宫办事的官员如果误了饭点，可以在外御膳房免费吃饭。每天进宫办事的官员很多，在宫里吃饭的不少。内御膳房在养心殿侧边，比外御膳房小得多，主要为皇帝做饭。西太后用的叫寿膳房，在宁寿门东边路南路东，一大排平房，主要制作西太后每日的两餐两点。寿膳房附设小厨房，又叫野味房，请宫外厨师操刀，图个口味新鲜。皇后膳房设在外御膳房里面，单独给皇后做。除了西太后和皇帝、皇后，其他宫，包括内务府也有自己的膳房，但不叫膳房，叫他坦，就是外回事处。在外回事处开伙食，当然小得多、简单得多，往往还是几处合一，比如张贵妃宫膳房、南园戏班膳房、四个老太妃住的赵太妃膳房。宫里其他人，厨役不说了在膳房吃，太监、宫女、护军还有内务府的人总计上万人，也各有各的吃饭地。

周爷给我介绍完这些情况后说，我们内务府品膳处的职责就是管这些膳房的饭菜质量。他又说你先去的外御膳房是最大的膳房，是紫禁城所有膳房的重中之重，务必小心谨慎，千万注意不能打草惊蛇。

我来到外御膳房，按照周爷事前与御膳房蒋总管蒋爷的约定，直接来到荤局唐首领处报到。唐首领三十来岁，胖胖的，红光满面，脑门刮得泛青，脑后一根长辫油光水滑。唐首领有顶戴是八品。我也是八品。宫里讲规矩，同品互拜。我就同他拱拱手，说："拜过唐首领。"唐首领抬抬手，说："知道你要来。蒋爷说了你是内务府的人，我安排不了你的差事，自行方便吧。"说罢仰头望屋顶。我心里咯噔一下，遇到横人。事前我了解过，唐首领叫唐守正，在外御膳房干掌案十多年，刚提拔做荤局首领，说是厨艺精通，为人不错，怎么一来就给我下马威？想顶他一句，又想起周爷谨小慎微的话，只好推出笑脸说："别提内务府了，我就是厨子，只会掌灶翻勺不会当官，这次下来就没打算回去。"

唐首领脸上这才有了悦色。我们便嘻嘻哈哈聊起来，最后商定了我的差事，因为我是八品，下面掌案没有品，不能去做掌案，就安排我协助唐首领管全局御膳的质量，正合我意。后来我才知道，唐首领之所以冷眼对我是蒋爷的吩咐。蒋爷得知我来御膳房实习，怀疑这是毛大臣、周总管使的计，跟唐首领打招呼好好收拾内务府的人。我当时听了气得不行，蒋爷怎么这样啊？可又一想，蒋爷和内务府许大臣好，难道我们的计划泄露了？我心里七上八下，不得要领，鸡叫三遍还在折腾。

荤局责任大，每天要烹制上千份荤菜，猪牛羊鸡鸭鹅轰啦轰啦地往里赶，上百孔灶稀里哗啦煎炒爆烧，上菜太监排成长队一溜烟送上去，残汤剩菜、杯盘狼藉退下来，大功告成，厨役们这才喘口气坐下来抽烟喝茶。唐首领抽水烟，问我巴不巴几口。我说不会。他自个儿咕噜咕噜抽起来。其他厨役抽旱烟、抽水烟，各自方便。

我知道宫里有禁律，收藏烟具者从重治罪，吸食鸦片者绞监候，也知道宫里有人抽鸦片，甚至在宫内私自开设烟馆，就问唐首领："你们这儿有人喷云吐雾吗？"边说边比个抽大烟手势。唐首领正埋头抽水烟，听了一惊，抬头反问："你怎么知道？我……这里没人抽那个啊，你别胡说。"我说："瞎问一句你惊啥？我不知道啥味，好奇呗。"唐首领乜我一眼，不理我。

荤局设有七八十眼灶，整整齐齐摆在三间大屋里，编有号码。每眼灶由两个打杂、一个配菜、一个掌案四人组成，做五天，轮休一天。他们做出来的菜由内务府派驻现场的笔帖式检查做记录，不合格的退回去重来，合格的记下菜名、分量、制作人，插银牌交苏拉。苏拉早候在一边，接过菜碗加盖碗、放红漆盒、盒外套黄云缎棉袱子，提起咚咚往外跑。内务府笔帖式都是膳房老手出身。有一次检查炒豇豆，要求豇豆在上肉在下，某掌案有所忽略，把豇豆和肉混一起了。笔帖式判不合格。掌案急忙讨饶，伸筷子将菜肉分开。唐首领也过来说好话，还朝我使眼色。我做过掌案，知道退菜要挨处罚扣俸银，忙出面说和。笔帖式买我的账，要掌案下不为例。

我成天在膳房东游西逛，大家都在忙活，不理我，就是休息时也不搭理我。我主动搭话，他们问一句答一句，小心谨慎，唯唯诺诺。所以我在外御膳房待了十几天，除了顿顿好吃好喝，周爷吩咐的事一无所获，不由得暗自着急。我慢慢发现问题,陈掌案等人趁天黑无人时悄悄往外提油布包。我跟踪过几回,他们去神武门、东华门、西华门的都有,也没法一一跟。我纳闷,这是干吗啊?有次我故意问陈掌案:"昨儿夜里像是在东华门瞧见你了。"陈掌案眨眨眼睛说:"我……我溜达去了。柳管事这不犯禁吧。"跟我耍滑头。

我决定抓现行。那天收工我早早回住处。我们厨役不是太监,不能住宫里,住处在东华门外路北那排房子,离宫门不到一里地,与护军宿舍为邻,方便进宫做事。我在住处待到天黑尽,爬起来悄悄躲在东华门树林里守候陈掌案。不一会陈掌案从宫里摇摇摆摆出来,我正要上前找他,突然钻出几个小贩模样的人一拥而上围住他。我溜上去一看,嘿,原来是卖零碎,自认倒霉,掉头就走。

我做过掌案,知道这零碎买卖是个事也不是个事,膳房总管、首领是不会理睬的,内务府倒是有兴趣。只是我这个内务府有特殊任务,周爷说了不要打草惊蛇,就得睁只眼闭只眼。

紫禁城是个富裕的地,拿我们的行话说走路银子硌脚。主子、奴才各有捞钱的道。赵太妃,六十岁了还捏药丸子托人带出宫卖。张贵人,贵为贵人还卖扇面。厨役没搞头就吃零碎。

啥叫吃零碎?内务府每天给西太后宫的食材分例,单是肉类就有猪肘子五十斤、猪一口、羊一只、鸡鸭各两只,不算皇帝、皇后和各王府每月送菜,也不算西太后自个儿小厨房采购的食材,单是这些肉类,就算是西太后天天请女傧陪桌,无论如何吃不了。那剩下的去哪儿啦?近水楼台先得月,西太后宫的女傧、宫女、太监、护军可以吃,这是正吃,西太后赏的,有说法叫"老祖宗吃用,奴才们跟着也得吃点"。替西太后做御膳的厨役可以吃,也是正吃。吃不了剩下的,还有就是没上桌的,啥啊?配菜在处理食材时"四不要":鸡头不要,鱼尾不要,刀前肉不要,刀后肉不要,咋处理?宫里不要宫外要,北京城饭馆多了去,有一等就专门收了去做食材,价格自然便宜,这就是吃零碎。零碎能有多少?说多就多,说少就少,看配菜怎么下刀。这是御膳房行规。

我碰到这等事能断人财路吗?自然不能,别说我不能,内务府毛大臣、许大臣、周总管也不能。不能归不能,事情总得往上报,不然周爷要说我饱食终日,无所事事。这天收了工,我装着闲逛慢慢往内务府走。周爷有吩咐,无事不去找他,他有事找我。我刚出门便觉得有尾巴,心里咯噔一下,好像是唐首领,想干吗?我来外御膳房实习他就有警惕,我也对他警惕,背着他秘密找人问事,打探食材来去,难道今儿晚他敢跟踪我不成?

宫里一天两顿正餐,上午十点,下午五点,一早一晚有点心,御膳房做了送各宫,各宫自行处理,所以吃罢晚饭收拾完毕出得御膳房已是黄昏时分。我想甩掉尾巴,走着走着一个纵步跳进花圃,探头从枝叶中看过去,隔墙花影动,尾巴也一跳,心里又咯噔一下,来者不善。我灵机一动,堂堂内务府八品莫非还怕他唐首领了?便起身朝他走去。花丛中果然站起个人来,黑里看不真,我就问:"你是谁?躲这儿干啥?"那人嘿嘿笑,站起来说:"柳管事,是我。"

外御膳房的人多,平日各忙各,很少往来,就是我不做具体事,到处查看,也有很多人不认识,即或眼熟也叫不出名字。所以见这人能叫出我的官名,估计是御膳房的,但不知是谁,便和蔼了一些,把他上下迅速打量一番:一位四十来岁的汉子,光头,中等个头,单眼皮,一说就笑。我说:"你干啥的,认识我?这是干啥?"

这人说他叫邱贵福,在外御膳房当差,早年做掌案,后来做首领,因为与蒋爷闹矛盾,被撤了首领的差,重做掌案。我听他这么一说,马上知道他是谁了。我来辇局后有人就给我介绍过邱贵福,说他是原来的首领。我问为啥被撤了。他们七说不一。有的说他眼睛不盯事,敢说蒋爷的坏话。有的说他太耿直,不会做官。我几次想找邱贵福聊聊,可话不投机谈不下去,不敢贸然深入,但一直觉得这可能是了解外御膳房真相的一个机会,准备今晚见了周爷说说邱贵福的事。

我说:"是邱掌案啊,嘿,吓我一跳。找我有事吗?我也正想找你聊聊。"邱掌案说:"一直想找您聊聊,可……可又怕唐首领多心,守您几天了,想找机会单独与您说说,就……就跟踪您了。柳管事您别多心啊。"我说:"没事没事,那咱哥俩找个地喝一杯得了,我请客。"

宫里门禁严,冬天早一些,其余时节每晚八点钟准时关门下锁。每天到点了,敬事房太监便站在乾清门大声吆喝"大人们下钱粮啦——",众侍卫跟着吆喝"上锁啦——",敬事房太监又吆喝"灯火小心——",众侍

47

卫跟着吆喝"灯火小心——"。如此反复几遍。宫里寂静无声。这声音传到五殿十三厅。四处的太监听见了回答"呵吓——"。随着这声音,没有差事还在宫里滞留的太监、厨役、护军赶紧鱼贯而出。值班太监关宫门上锁,钥匙交敬事房。要是有特殊情况需要开门叫请钥匙,必须经过总管批准,填写日记档,说明请钥匙人、原因,供内务府查档。关宫门不只是关大门,大内里面的门也一一关上。体和殿的穿堂门关上,南北便不能通行。这时大内里面除了皇帝只能留七个男人,就是乾清门四个侍卫、月华门一个奏事官、太医院两个大夫,都有严格的活动范围规定,不准越雷池半步,有太监整夜监督。

我一看天色快下锁了,就说我们分头出东华门,在门外桥头碰面,便和邱掌案分道而行。当天晚上,我与邱掌案在城外小酒馆聊到半夜。邱掌案开初还理智,说了一些外御膳房的情况,可当我正听得专心时,大概是酒喝猛了点,他开始愤愤不平,大发牢骚,说唐首领不是他妈个家伙,背后上老子的眼药水,挑起蒋爷来整老子,弄得老子丢了官,老子非报仇不可,云云。他是大嗓门,说话声音大,引得酒馆客人朝我们指指点点。我赶紧劝他小声点,不要影响他人,又说邻座有耳,当心传到唐某耳里。邱掌案一概听不进去,越讲话越多,越说越喝酒,一直到醉意朦胧、呼呼大睡为止。我没想到邱掌案如此酗酒,对他有了看法,调查外御膳房的事不能告诉他。

第二天一大早,我借着去内务府办事找了周爷,把自己在外御膳房这段时间的情况说了。周爷说蒋爷最近正和一帮人凑银子替李统领新府邸落成购置礼品,很可能要在御膳食材上打主意,要我盯紧点。我问都有啥人。周爷说有赵太妃宫黄厨头、徐司房、内膳房点心局的王厨头、外御膳房荤局的唐首领、取水处的莫首领、南园戏班膳房的青掌厨。我问青掌厨是谁。周爷说就是你们同村的那位啊。我说是青常备啊,他啥时当南园掌厨了。周爷说这是刚下的委任,马上挂牌,又说你这个老乡不错啊,连内务府许大臣都夸他,攀高枝了。

我离开御膳房时就风传青常备要被提拔,我问过他,他说八字差两笔,没有的事,没想到这小子城府深,跟我打埋伏,碰见他要他请客,前次我调内务府被他狠敲一棒,在他坦街四合义吃苏造肉。我问周爷:"青常备有啥钱孝敬李统领？他爹早把家当吃光了。"周爷说："这就是问题所在。包括黄厨头、王厨头、唐首领、莫首领，一个月才几两俸银，还要养家糊口，拿啥孝敬？李统领新官邸是西太后赏的，先前的平王府宅子，以前去瞧过，大了去了，不值钱的东西他要吗？崇孔你好好想想。"

宫里的事我不太明白，虽然我进宫已经七年，原因是紫禁城太大，宫里的人太多，更重要的是宫里的规矩太多，别说进宫七年，就连一辈子住宫里的赵太妃也说她只知道一半。我问周爷李统领的事。周爷从招我进宫以来就是我的师傅，我像侍奉父亲一样尊敬他孝敬他，他把我当干儿子对待。我们无话不说。周爷说他对李统领也知道得不多，跟我说起李统领来。

早些年间宫里太监没有官衔品级，康熙六十一年才兴起，规定五品衔总管一名，五品衔太监三名，六品衔太监二名；到雍正元年，规定总管内务府为三品衙门，敬事房大总管为四品衔，副总管为六品衔，随侍处的首领太监为七品衔，宫殿等处的首领太监为八品衔；到雍正四年，规定敬事房的四品大总管为宫殿督领侍，从四品大总管为宫殿正侍衔，六品副总管为宫殿监侍衔，七品首领为执事衔，八品首领为侍监衔，到光绪朝太监才有了二品、三品的官衔。那年李统领伺候西太后到天津小站阅兵，把西太后伺候高兴了，得了个二品官衔赏赐，红顶戴、黄龙马褂不得了。

有官衔品级的太监就有顶戴。二品红顶，三品正蓝顶，四品镍蓝顶，五品亮白顶，六品镍白顶，七品金顶，八品金顶带"寿"字。他们穿的蟒袍也有区别。二品是仙鹤，三品是凤凰，四品是孔雀，五品是鹭鸶，六品是黄鹂，七品、八品是鹌鹑。无品级是紫色绸缎袍、蓝色布袍和紫色布袍。

我看看自己的衣冠，蟒袍鹌鹑，金顶"寿"字，再看周爷，蟒袍鹭鸶，金顶亮白顶，也不明白为啥这样，反正宫里规矩太多，就改口对周爷说："您说的我也不太明白，我只想知道蒋爷为啥这样做。"周爷说："你说为啥？吃在嘴里看碗里，碗里有了看锅里，贪得无厌呗。你知道李统领过的啥日子？"我进宫这些年见过李统领，但轮不上说话，更别说上他住宅了，只远远被人指看他的宅子跟主子宫殿似的，便要周爷往下说。周爷说李统领住皇极殿西配房，有自己的账房、茶房、膳房，每顿二十个菜，鸡鸭鱼肉，山珍海味齐全，穿绸缎狐，有十二个太监伺候他，给他泡茶、弄饭、穿衣、收拾

49

房屋,呼来唤去,跟主子派头一样。周爷还说,李统领在外边有宅子有地有店铺,有多少就不清楚了。

周爷不让我在他那儿多耽搁,怕引起蒋爷怀疑,蒋爷在内务府有耳目。我不想走。周爷撵我走。我从周爷案房出来,看看没人注意,一溜烟往回走。我回到御膳房案房泡壶茶想心事。唐首领啥时溜进来的也不知道,听他问话吓了一跳。他问我去内务府怎么这么快。我问啥时辰了。他指指窗外说太阳多高了。我暗暗咂舌,周爷和我也聊得太久了,忙喝茶遮脸不答话。

唐首领说:"又去找周爷了吧,以为我不知道。"我一惊,他怎么知道,难道跟踪我?不会吧,自从出了邱掌案,我出门特小心,三步两回头,就怕这事。我说:"没有啊,我……溜到内御膳房瞧了瞧那些老熟人儿,嘿嘿。你干吗?盯梢啊?"唐首领哈哈笑说:"瞧你这德行,没有就没有呗。不过啊柳管事,哥哥多吃了几年干饭得说你几句,别跟人瞎搞,没意思,御膳房几百年都这样,皇帝、太后都认可的事还能怎么样?就这样了呗。"我心里咯噔一下,摆明了全知道啊,嘿,我还鬼鬼祟祟干吗,不如……可又一想不对,放下茶碗乜他一眼,诡笑,讹人呢,便装着二百钱数不清,说:"说啥说啥呢,我不就这个这个……嘿嘿,你懂的啊?"

这时外边有人大声嚷嚷。唐首领正要接着往下说,外边的嚷嚷声越来越大,不禁冒火,冲外边吼道:"说啥说啥啊——这么大的声音。"边说边往外走,走到门边回头冲我嘿嘿笑。我望着他消失的背景暗自庆幸没有露马脚。他这是干吗啊?事情过去几十年,想起这事我还后怕,想起这事就感谢熙亲王。

熙亲王又是怎么回事呢?

前面我说了,外御膳房有个差事,满朝文武进宫办事误了饭点可以来外御膳房吃一顿,以便下午接着办事,进宫出宫路途遥远,又不准骑马坐车,也体现皇帝对臣下的怜悯。上朝办事的官员来来往往如过江之鲫,这个早那个晚,这个吃荤那个吃素,众口难调,不好将就,还有一帮官员嘴馋,别看他府上吃不完穿不完,要跟御膳房比差远了,趁进宫机会尝尝御膳哪里不好,便把半天的事拖过中午;还有一帮官员是吃客,对御膳研究有加,遇到咸淡有纷争,邀约进宫办事点名要某菜品,让御膳房判输赢。

满朝文武在乾清宫毕恭毕敬,到御膳房跟变个人儿似的,官场做派都出来了,稍有不周,轻则训斥,重则甩碗砸盘,谁敢顶嘴,挽袖子赏两耳光。

御膳房遇到这种事头疼,找内务府。内务府也头疼,不敢处置闹事官员,没这权。内务府大臣头顶单眼花翎,人家有双翎的,有三翎的,还有七八颗东珠的高你一大截。内务府也不敢禀报皇帝,皇帝知道准说你御膳房本来就是伺候人的。得,内务府就给御膳房增加银子,叫他们把这些爷伺候好得了。于是御膳房采取两个办法,一是开流水席,随来随吃,满足办事的;二是事前点菜,点啥做啥,大饱口福。这一招灵,御膳房和前来就餐的官员便相安无事。

熙亲王就是在这会儿出现的,不用讳言,属于大饱口福者。

唐首领出去一会,吵闹声越来越大,还传来拍桌子声,我不好回避,赶紧跟出去。外御膳房厨房有三大间,厨房外面的对面才是餐厅,中间隔着花园,所以当我三步并作两步赶过去时,小餐厅已闹得不可开交,熙亲王正冲唐首领大发雷霆,问他凭啥不会做,问他长几个胆,问一句逼近一步。唐首领唯唯诺诺,满脸通红,听一句退一步,直退至墙壁,退无可退。我纳闷了,这演的哪一出啊,见人群中邱掌案弯腰弓背像是在看热闹,眉头一皱,是不是他惹的事,走过去拍拍他肩头,冲他扭头示意跟我来。

我把他拉到外面问:"熙亲王为啥训唐首领?"他嘿嘿笑,随即绷起脸连连摇头回答:"不知道不知道。"我厉声说:"少给我打马虎眼!说!为啥?"邱掌案四处看看,压低声音说:"哼哼,我叫他吃不了兜着走!"我一把抓住他衣领说:"快说!"邱掌案扭身体甩掉我的手,拍拍衣服说:"我还不是为你好!我知道他排挤你,说你坏话,就是要收拾收拾他。跟您说吧,熙亲王是我蛊惑来吃灌汤黄鱼的,我说唐首领会做,其实他根本不会做,就是要将他一军让他下不来台。"我反复问几遍慢慢明白,邱掌案是公报私仇。

邱掌案被唐首领取代后,一直怨恨唐首领背后整他,自己是冤枉的。我来后他想找我替他申冤,见我和唐首领有矛盾就帮助我,想联合我弄倒唐首领,可见我并不准备在外御膳房长期干,又对他的事不热心,就单独干上了。他的厨艺超过唐首领,特别会做一道叫灌汤黄鱼的御膳,全紫禁城御厨没几个会。熙亲王爱吃这道菜,嘴馋了就进宫来找邱掌案,久而久

51

之混熟了。前几天熙亲王叫人带话给邱掌案,说过几天要进宫办事,好好做灌汤黄鱼。邱掌案多了个心眼,让带话人禀报熙亲王,说他的师父是唐首领,唐首领是紫禁城最擅长做灌汤黄鱼的御厨。今天熙亲王进宫先来外御膳房找唐首领,点名要吃他做的灌汤黄鱼,说是下朝就来品尝。唐首领不会做这道菜不敢答应,急忙作解释,说一定叫邱掌案做了灌汤黄鱼候着。熙亲王脾气暴,以为唐首领不肯出手,顿时发脾气说:"今儿个不要邱掌案的,就要你的灌汤黄鱼,不做就是抗王命,砍你脑袋!"

我得知这情况,傻了眼,不知如何是好。这时唐首领气急败坏冲出来,见着我走过来把我拉一边小声说:"柳管事您帮帮我!熙亲王这是要我的命啊!我哪会做啥灌汤黄鱼!不做抗王命是死,做了不是那回事犯上也是死。我今天死定了!您救救我啊!"我说:"怎么帮你?要不你试试?"唐首领把头摇得拨浪鼓似的说:"试啥试啥?见是见人做过,可我没做过啊!熙亲王嘴刁,啥稀罕没吃过?哄不了他的!"我说:"你快找蒋爷。他办法多。还有李统领。"唐首领说:"这事我早想到了。我叫几拨人找蒋爷都找不到,说出宫去了。唉!命该如此!我不活了!我这就去死!"说罢一溜烟跑了。

我急得六神无主,想去找周爷,转念一想不行,周爷五品官太小,够不着说话,又想通过周爷找毛大臣,也觉得不行,唐首领是蒋爷的人,存着心跟咱们对着干,犯不着,又想自己出马,我会做灌汤黄鱼,又觉得不行,熙亲王不是只要唐首领的灌汤黄鱼吗?正在犹豫不决,有人跑来告诉我,唐首领要自杀。我赶紧跑过去,见唐首领在厨房端了一大碗点豆腐的卤水要喝,一群人去抢他的卤水。他坚决要喝。我一看人命关天,不能再犹豫,便几大步冲上去,挥臂打掉他手里的卤水碗,因为用力过猛,一巴掌打得他鼻孔流血。他呆若木鸡。大家扭头望着我。我对唐首领说:"你别犯糊涂了!你做灌汤黄鱼我来把关,过不了关算我的,我向熙亲王领罪,好不好?"唐首领鼻孔的血顺嘴流。有人递纸给他。他擦着鼻子、嘴巴说:"这……这行吗?要是露馅不是连累你了吗?不行不行,一人做事一人当,还是让我……"

这时熙亲王的跟班过来嚷嚷说:"还不开锅干吗啊?咱亲王爷发话了,王爷上朝去了,限你们半天做好灌汤黄鱼候着,王爷下朝过来品尝。

要是弄不出来,嘿嘿,亲兵马上过来守着,有你好受的,快做吧。"说罢扬长而去。唐首领仰天长叹:"天啦!"我见他已经被吓晕了,上前两步挥臂给他啪啪两巴掌,厉声喝道:"快给我做!"唐首领这才清醒过来急忙开做。我叫人帮他打下手,我在一旁指点,这样怎么做,那样怎么做。唐首领也不是一点不会,只是不熟悉灌汤黄鱼罢了,当然也不知道做灌汤黄鱼的诀窍,而好吃不好吃的关键就在这诀窍上。我之所以老是犹豫不决,就是不想把做灌汤黄鱼的诀窍教他。

　　周爷是紫禁城做灌汤黄鱼的第一人。邱掌案当初是周爷的徒弟。周爷把做灌汤黄鱼的诀窍教给了他,要求严格保守秘密,绝不外传。周爷原来是准备培养邱掌案做品膳官的,可见他贪杯,放弃了,后来才培养我。周爷教我做灌汤黄鱼时也再三要我发誓绝不外传。我对周爷发过誓绝不外传。这会儿我实在是走投无路了。我在心里默默对周爷说:"周爷,救人一命胜造七级浮屠,请您原谅我吧。"

　　唐首领准备熬汤,问我需要哪几样食材。我正要张口,突然想起周爷的话"千万不能泄露熬汤食材",马上把嘴边的话收回来,抠着头皮说:"这个这个我想想啊,你们这一闹啊我啥都记不住了。"

　　灌汤黄鱼是紫禁城满汉全席中的头牌大菜,最关键的做法有三条:一是整鱼脱骨,二是汤汁烧制,三是灌汤煎炸烧。其中汤汁烧制又是重中之重。名角的腔,厨子的汤。厨子做菜全靠汤。做灌汤黄鱼的汤要六种海料熬制,就是瑶柱、燕窝、鱼翅、裙边、鲍鱼、海参,每种有特殊的分量要求、品质要求、产地要求、时节要求,稍有不对味道就起变化,不正宗了。灌汤黄鱼汤汁食材膳谱是朝廷机密,藏在内务府御膳档案中,任何人不许查阅。北京饮食行多少人削尖脑袋想弄到手,出价千金,可有价无市。

　　唐首领知道这些事,见我推三阻四,明白我不愿说,就说:"我就知道你不肯说。算了,也不为难你了,不做了,听凭熙亲王处置吧。"我赶紧说:"瞧你说哪儿去了。我答应帮你就帮你。你叫人取一条三斤重的黄鱼,照常规去鳞剖肚待用,叫人取五大菌用热水发了切丝待用,叫人取猪骨、鸡汤文火热着待用,叫人取洋葱、芥蓝切片待用,你随我去库房取汤汁食材。"

　　于是大家分头行动。御膳房随时备有高汤。制作高汤是御膳房配菜的必修课。我在御膳房做了两年配菜，自然清楚。做高汤用老母鸡和瘦猪肉，先用滚水烫过，再加冷水，旺火煮开，边煮边去掉汤面浮起的杂沫，待浮渣去得差不多时放入葱姜酒，改小火保持汤面微开，熬制七八个时辰，便得到清汤。清汤用于制作一般菜品。皇帝、太后的菜品不用清汤，用高汤。将清汤用纱布过滤，汤里没有一丝肉渣，再将斩成肉茸的鸡肉，放葱、姜、酒及清水浸泡片刻，放入清汤，旺火加热搅拌，待汤将沸时改用小火，至汤不再翻滚，让汤中悬浮的肉渣被鸡茸吸附，再除尽鸡茸，成为清淡茶水般的尽汤，就是高汤。这种做法我们叫吊汤。御膳房的高汤要求双吊汤。

我说与唐首领一道去库房取高汤食材是不想让其他人知道。荤局的库房存放有不少食材，是与内务府说好了的，以满足文武百官点用菜品需要，当然官员点菜因级别不同而不同，三品及以下官员做啥吃啥，二品及以上官员可以点用，点用范围在小半天时间做得出来的。

我与唐首领取了海料回到厨房，撇开众人开始制作。我先叫他将海料照常规发制切丝，与五大菌丝一起加入高汤用文火慢熬，再叫他整鱼脱骨裹粉抹盐待用。过两个时辰海料高汤熬制好了，我叫他将海料高汤灌入鱼腹，然后封口，再叫他油炸黄鱼至金黄，加高汤文火慢烧，最后将鱼放在洋葱垫底的盘里，取芥蓝片贴鱼身，便大功告成。唐首领也是御膳高手，一看做出来的灌汤黄鱼色香味形齐备，便知道我没有骗他，脸上有了喜色。

太阳越升越高，慢慢有官员前来吃饭。唐首领走来走去，局促不安。我说没事。他望我一眼，干脆走出去站在门口张望，过一会突然大声说："来了！来了！柳管事您看怎么办？"我说："没事。该怎么办就怎么办。"唐首领就招呼人伺候。一般官员就餐在大餐厅。大员就餐有小餐厅。大小餐厅各在一方。熙亲王来了，人还没到声音先来："喂，灌汤黄鱼呢？本王饿了，上菜上菜。"于是砰砰砰砰一阵忙碌。

内务府有规定，朝膳从简，二品以上大员四菜一汤。唐首领怕灌汤黄鱼不过关，特意做了拿手好菜——酿豆腐、漳茶鸭、白炸鹅、龙井竹荪汤。熙亲王落座就举箸，举箸就戳鱼腹，只见鱼腹破处缓缓涌出夹裹着粒粒小珍珠丸的清泓汤汁，眼睛一亮，脱口说"像模像样"，随即戳一小块鲜嫩雪白的鱼肉蘸着汤汁送进嘴里,细细一抿,嘿嘿笑说:"你过来。"唐首领在一边候着,心里七上八下不踏实,因为他站在熙亲王背后不知啥表情,正胡思乱想,突然听得叫唤,赶紧答应声"是",上前半步听话。熙亲王习惯背对人说话,说:"你这是怎么做的?"唐首领看不见他的表情,不知是好是歹,心里本来就是虚的就往虚方面听,忙跪下说:"求熙亲王饶命!奴才是在……"熙亲王掉头说:"饶啥命饶啥命?我要你命了吗?我问你怎么做得这么好?起来起来——本王有赏。"唐首领喜出望外,赶紧爬起来说:"谢熙亲王!谢熙亲王!"熙亲王随从走过来,从腰间掏出一把东西递给唐首领。唐首领赶紧伸双手做捧状。熙亲王随从伸出拳头慢慢放开,一粒粒金豆子掉在唐首领手里。唐首领高兴得眉开眼笑。我在远处看了长出一口气。

　　事后唐首领对我千恩万谢,要把金豆子给我,请我喝酒吃饭,就差没给我下跪。我不稀罕他这些,我担心的是怎样完成我的差事,尽快掌握外御膳房食材严重超标的原因,见他这模样,心里咯噔一下,何不趁机把他拉到周爷这边来?想必投桃报李是有可能的,我便张嘴说:"唐首领你也不必多礼,我也不要你还情,只是想问你,愿不愿意听我一句话?"唐首领说:"柳管事你是我再生爹娘,有话尽管说,别说一句话了,句句都听,肯定的。"我抿嘴一笑说:"你知道我来外御膳房啥目的?"唐首领说:"调查蒋爷。"我暗自一惊,顿生警惕,他怎么比我还清楚周爷的目的呢?难道蒋爷早已洞察周爷、毛大臣的企图?不由得怔怔无言。唐首领说:"你不是来调查蒋爷的啊?"我赶紧顺口说:"当然不是啊,我就是要跟你说这一句,要你相信我不是来调查蒋爷的。你相不相信我啊?"唐首领嘿嘿笑着抠头皮。

　　事后我想起这事就后怕。我当时想对他说,你别替蒋爷干事了,我们都听周爷的。幸好咯噔了一下,卡在喉咙没说出口。我暗自庆幸,不然自己真的暴露无遗,还怎么完成周爷的差事?我把这事告诉了周爷,想听周爷嘉奖几句。熙亲王这事早已传遍紫禁城,周爷自然知道。他听了我的话,深思半刻说:"你啊你,叫我怎么说你呢?"我心里发凉。周爷又说:"你算是白把灌汤黄鱼教给他了。"我说:"不,没有白教,他说了今后听我的。我想再找他谈谈,要他做您的人,把外御膳房乱搞的事全讲出来。"周

55

爷说:"可能吗?"我说:"怎么不可能？我是他的救命恩人。"周爷欲言又止,伸出食指指着我不说话,兀自摇头。我说:"周爷您怎么啦？我有啥不对,您教训啊。"周爷说:"知人知面不知心。你太幼稚了。"我说:"您说啥事啊？我怎么幼稚了？"

周爷起身走到窗口凭窗远望。我也起身走过去。周爷回身说:"我不是可惜灌汤黄鱼技术,是担心你的安全。这样吧,你别在外御膳房做了,我另行安排。"我云里雾里更不明白,着急地问:"为啥啊？我不是干得好好的吗?"周爷说:"先这样吧。我也再想想,只是有一点你得听我的,不要再打唐首领的主意,答应我。"我气呼呼地说声是,也不行礼,转身而去。

多少年后,我一直为自己这般幼稚而深感内疚,尽管那年我二十刚刚出头,情有可原,但差一点毁掉周爷、毛大臣精心策划的大事,并危及他们的安全,想起来实在后怕,以致在之后的很长时间里我经常做噩梦。我要把自己的幼稚讲出来让后人引以为戒。

我回到外御膳房不以为然,但也不敢造次,几次唐首领找我说周爷的事我也克制住了没有接话,看唐首领灰心的样子觉得对不起他,又觉得周爷疑神疑鬼,是不是神经过敏。这天收工后,我决定去找唐首领好好谈谈,还是想打他的主意,想把他拉过来帮我们做事。我看他没在膳房,问别人他去哪里了,说是去景仁宫司房殿那方向了,心想准是去那儿打牌,再一看天色慢慢黑下来,担心他上了桌不好叫他,便急忙赶过去找他。

外御膳房去景仁宫司房殿有一些路,要经过几处宫处偏房。宫里有上万的太监宫女,每天当值的也很多,分别住在宫殿边上的偏房里。紫禁城很大,宫殿房屋不计其数,彼此隔得很远。这些偏房并不显眼。宫里规矩大,不当值的太监宫女只准待在自个儿住处,不准东游西逛。宫里就显得空荡荡的。

我朝景仁宫走,绕过宫殿,穿过花圃,远远路过一处偏房时,窗户里传出娓娓说话声,也没注意就过去了,可随风飘来"柳崇孔"三个字令我一惊,回头一看,这地方眼熟,对,有一次唐首领带我来过,说是蒋爷的住处,顿时起了疑心,左右一看没人,悄悄溜过去蹲窗户根。屋里有两个人的声音。一个说:"柳崇孔没找你啦?"一个回答:"没了。我也纳闷,照您的意思迎合他,等他拉我入伙,好把他们的事弄清楚,怎么就没动静了?"一个说:"你没暴露吧。"一个说:"没有啊。"一个说:"你再套他的话,务必钻进铁扇公主肚里。哼!周宗啊周宗,到时候我叫你吃不了兜着走!"

我愕然大惊,浑身起鸡皮疙瘩,屋里不是蒋爷和唐首领说话吗?原来他们安了圈套等我钻啊!不由得一阵后怕,浑身哆嗦,赶紧溜之大吉。事后我立即把这事告诉周爷,要周爷告诉毛大臣,把唐首领的顶戴摘了,让这种两面三刀的人滚蛋。周爷哈哈笑,说我没长进。我问啥意思。他不正面回答,叫我回去准备换个膳房实习。我说好好的怎么要换啊。周爷说天机不可泄。

按照内务府规定,我在每处膳房的实习时间是半年。没过多久,我在外御膳房的实习期到了。周爷派人来找唐首领商量考核我的事。唐首领就出题考我,要我做酿豆腐。这是一道凤阳传统名菜。相传明朝初年凤阳人黄厨师做酿豆腐送去京城给朱元璋。朱元璋吃了很满意,叫黄厨师进宫当御厨,酿豆腐就成了御膳。我做酿豆腐的本事是周爷教的,秘诀是把三关:选料、制作、火候;走三步:打蛋清、下油锅、熬糖汁;特点是味似樱桃,外脆内嫩,爽清鲜美,营养丰富。这道菜并不难,御膳房的掌案谁都会。

我的实习成绩很重要,如果一半以上膳房都给我评合格我就可以做品膳官,反之则不能做品膳官,所以我拿出看家本事做出一道色香味俱全的酿豆腐做实习成绩。评判五人,外御膳房三个、内务府品膳处两个。评判出来了,两个合格、三个不合格,总分不合格。我气得鬼火冒,冲过去质问唐首领:"唐守正,你这个忘恩负义的家伙!早晚我要收拾你!"他嘻嘻笑。我骂了他一通还不解气,端起那盘酿豆腐猛盖他头上,也不管唐守正哇哇叫、众厨役哈哈笑,扬长而去。

第五章　妓女进宫

　　从外御膳房出来,我沮丧到极点,本来应该回品膳处见周爷,可我就是不想回去,我没脸面见周爷啊。我跟周爷拍过胸脯,说我救了唐守正一命,他肯定听我的话,他肯定会帮我们,没想到世上竟有这样背信弃义的人,我真的瞎了眼啊!邱掌案悄悄送我出来,埋怨我不该救唐守正,又说唐守正撬翻他的首领位置靠就是背信弃义,又劝我不要跟小人计较,来日方长,有机会跟他算总账。我说你算了,只知道酗酒,一点也帮不上我的忙。邱掌案急忙向我道歉,说他后悔死了,决定戒酒了,今后有事找他,他一定赴汤蹈火,在所不辞。我再也不随便相信人,听了不置可否。我叫他回去。他不走。我说你还有啥事。他嗫嗫嚅嚅说,最后托你个事,唐守正不会放过我,你帮我调个地方吧。我说我泥菩萨过河,自身难保,没法帮你。

　　紫禁城的御膳房属于内务府管,但各膳房间厨役的调动内务府管不了,属于御膳房总管管,就是蒋爷管。唐守正是蒋爷的人,他不放邱掌案,邱掌案就走不出外御膳房。唐守正要是知道这事是邱掌案挑起的,不往死里整他才怪。我望着邱掌案踯躅而去的背影,油然而生同情。

　　周爷叫人找我去他的案房,见到我起身去关上门回来说:"这事也怪不得你,要怪得怪唐守正背信弃义,还有姓蒋的太阴险,你差一点上他的当,幸好发现得及时,不然啊,嘿,我们的意图全被他们知道了,我们做啥他们一清二楚,不但没法做,还有被他们陷害的危险,说不定啊出师未捷身先死,死得不知原因。"我见周爷皱眉蹙额,一说一叹气,知道自己闯大祸了,害怕周爷撵我走,急忙跪下磕头认错,请求原谅,保证不再犯错误。

　　宫里规矩大,我刚进宫专门学过规矩。首先是称呼。皇帝称万岁爷,太后称老佛爷,妃、太妃、皇太妃称主子,同级称爷,高一级称师爷。其次是跪拜。大节大庆三跪九叩,谢恩谢赏三跪九叩,给主子请安回话摘帽跪双腿安,对上司跪单腿安。规矩有错,轻则挖苦训斥,重则挨巴掌,不能争辩躲闪,要是出大错,挨板子、关禁闭是常事。

周爷叫我起来。他望着窗外不说话。我问:"周爷您还要我吗?"周爷回身笑了说:"啥时说不要你了?净瞎想,我是在考虑怎么安排你。"我暗自庆幸。周爷告诉我:"内务府有规定,你还得继续去各膳房实习。"我答应:"是。"周爷说:"你说是还不行,还得人家接受,有人就不愿你去实习。我不正愁这事吗?"我垂头无语,暗自惭愧。

周爷跟我说,因为唐守正这么一闹,背后又有蒋爷指使,有的膳房就放话说不要柳崇孔来实习,说他哪是实习啊,是添乱;有的膳房愿意接,但害怕得罪蒋爷就起了犹豫之心。周爷说他和毛大臣反复商量了,认为这不是我个人的事,是树正气杀歪风的事,也是调查食材走路的事,如果这一步都迈不出去,后面的事没法进行,而后面的事更艰巨、更激烈,阻力更大,绝不能就此止步。周爷说,毛大臣以个人名义带话给各膳房,不得拒绝内务府安排来的实习官。许大臣与毛大臣作对,叫各膳房根据事情斟酌办理。周爷说这就是他为难之处。

我不知道因为我引起这么多事,吓一跳,不敢说好歹,只说全凭周爷安排就是,如要叫我下去做掌案我这就走。周爷训斥我还是不懂事,问我听明白没有,我个人进退事小,紫禁城膳房食材严重超标事大,只能负重前行,不可后退半步。周爷压低声又说:"这不仅是毛大臣和我的意思,还有口谕。"我顿时一惊,我的事通天啦?我陡增信心,跟周爷说:"那我就去实习。"周爷又笑了说:"不就是不好安排吗?你去哪儿啊?"我说:"我去赵太妃膳房。"周爷说:"异想天开。黄厨头会答应你去?"

赵太妃宫住四个太妃,原本不设膳房,每天去御膳房领用。四个太妃都上年纪了,不是牙不好就是胃不行,顿顿饭吃得皱眉蹙额。赵太妃做过先帝贵妃,当年风光无限,至今说话办事还有贵妃遗风。她让宫女扶着,借着年节去叩拜西太后,见着西太后丢了拐杖便跪,跪不稳一屁股坐地上求西太后恕罪。西太后素来烦太妃,得知所求,急忙答应。

赵太妃宫膳房除照顾四位太妃饮食,还带着替周边住着的遗老遗少做饭,每天也有几十个人用膳,又因为内务府几个大臣过去与太妃有关联,比如许大臣就是赵太妃的侄儿,所拨食材自然有所照顾,又因为都是老人用膳,虽说要求高点,但吃不了多少,开销自有节余,所以不少掌案都争着揽这份美差。黄厨头有师傅蒋爷罩着,捷足先登,做了赵太妃宫膳房掌案。

黄厨头是蒋爷的徒弟,啥事都听蒋爷的,被人叫作蒋爷的走狗。他讨厌我,怪我抢了青常备的进宫机会,害得青常备差点进不了宫,害得他差点没买到他坦街的地。他还讨厌周爷,说周爷手伸得长,老是干涉御膳房的事,想撬掉蒋爷做御膳房总管。其实不是这么回事。他是恨周爷查处他偷工减料的事。那次周爷去查赵太妃膳房,发现黄厨头用鲫鱼汤冒充鸡汤,扣他全月俸银。

我告诉周爷,我去赵太妃膳房实习不是黄厨头同意的,我根本没有跟他说,我背着他找的徐司房。徐司房叫徐树叶,是赵太妃宫司房。司房管宫里生活用品、经费支出账目、公文收发、书画管理等,是赵太妃宫的管事,要管黄厨头的膳房。徐司房为啥答应我去实习,不为别的,他是我的表哥。我回家时跟我娘说了烦心事。我娘说这简单,叫徐二答应你去不就成了。娘与徐司房的娘是表姐妹,去徐家走了一趟就说定了。

周爷听了哈哈笑说:"没想到你小子闷痴闷痴还有这一套!那行啦,就这么着。"周爷给我布置秘密任务,要我想法抓到黄厨头偷工减料的证据。我拍胸脯说行。我就这样来到赵太妃膳房实习。

黄厨头见到我扛着被卷走进赵太妃宫大门,喊住我说:"喂喂,走错道了,这儿全老太太,没你啥事。"黄厨头三十多岁。我二十出头。虽说我候补八品他没品,但我得尊重长者。我弓弓腰说:"我来您这儿实习了。黄爷您多关照。"黄厨头傻了眼,挤眉眨眼说:"说啥说啥你?来我这儿实习?我怎么不知道?去去,哪儿凉快哪儿歇凉去。"这时屋里响起徐司房的声音:"崇孔你来啦?进这屋说话,别理他。"我答应声"好嘞",冲黄厨头眨个眼,进屋去了。

徐司房管着这么多处宫殿,自然有顶戴,穿的蟒袍跟我一样鹌鹑样,不像黄厨头的紫色绸缎袍,也有自己的案房,还配一小太监端茶点烟。他一见着我哈哈笑说:"老弟,多年不见,跟我平起平坐了,小小年纪,不错不错。"徐司房大概四十岁,细高个,说话尖声尖气,我们有十年没见着,要不是前次约了他来家说事,走在街上也不认识。

徐司房跟我聊了一会,不外乎介绍赵太妃宫的情况,有多少人、多少房、每天都干些啥、都有谁谁吃饭、每月费用如何,等等,他是记账的,如数家珍,最后说黄厨头的事。"我没告诉他。"他说,"他算老几?我一句话他就得照办。不信你瞧瞧啊。"说罢,他掉头向窗户外喊一声:"黄厨头你来啊——"随即听到嗒嗒走路声和应答声:"来嘞。"只见珠帘一动,进来个人,笑嘻嘻说:"师房叫我啊,"就是黄厨头。徐司房吭吭咳两声说:"这个啊,你们该认识吧,柳崇孔,内务府品膳处的管事,来咱们这儿膳房实习,不不,巡查,对对,巡查差事,吃喝拉撒什么的就交你了,小心伺候啊。"黄厨头拉着脸说:"明白明白。"我忙补充说:"我来实习的,请黄厨头指教。"黄厨头尴尬一笑。

徐司房叫黄厨头领我去膳房安顿,走出几步又叫住黄厨头,要他替我提被卷。我不让。他说我是八品,哪有自个儿扛的?黄厨头笑嘻嘻抢过我的被卷,出得门狠我一眼,脸色蜡黄。赵太妃宫很大,有花园、湖泊、亭台楼阁。这会儿正是姹紫嫣红时节,沿花径走去,一路芳香。黄厨头走在头里,拿背对着我说话:"喂,别得意啊,啥时找了这么个爹?"我说:"被卷给我吧。"他手一松被卷落地上。我捡起说:"啥爹不爹的,我爹早死了,他是我表哥。"黄厨头回头说:"嘿,我还以为是爹呢,这么牛。你还学啥厨艺嘛,跟他学多好。"徐司房是太监,他这是嘲笑人。我说:"喂,打人不打脸,揭人不揭短,宫里别说这些啊,小心挨黑打。"他忙伸舌头装鬼脸,说开玩笑,转个话题说:"敢到我地盘来?不怕我像唐守正一样收拾你?"我说:"奉陪。"他说:"有本事咱们单挑,别女人家似的这告状那告状。"我说:"奉陪。"

说归说做归做,黄厨头不敢冷淡我,给我安排一处单间住宿,叫一个苏拉伺候我。当天晚上,徐司房替我接风,黄厨头和几个掌案作陪,摆了一桌好酒菜,上来就敬我三杯。大家说说笑笑也算热闹,只是只字不提我实习的事,似乎我真巡查来了。吃好喝好回到住处,经小苏拉一番伺候后我倒床就睡。睡到半夜醒来,望着窗外明月想心事。

我想啊,这徐司房有啥金刚钻吧,不然像黄厨头这样的刺头会这样服服帖帖?早些年间,徐家比我柳家还不如。徐家也是旗人,跟咱家一样从满洲那边过北京来的。听娘讲,徐司房的爷爷奶奶辈原先住大宅子使唤下人,很有钱,到徐司房爹娘辈就不行了,卖了宅子、辞了下人、住胡同,啥都得自个儿干。到徐司房这辈每况愈下,时常揭不开锅。我娘说我家那时少不了支援他们一点。徐司房五岁的时候,他爹不堪忍受,跳河自杀。徐家的日子就没法过了。他娘把四个孩子送人,问我家肯不肯收一个。我娘问爹,爹说自家孩子还饱一顿饿一顿收啥收。他娘送走三个还剩徐司房没人要,一狠心去找南长街会计司胡同的毕五。毕五与内务府会计司专管招收太监的管事熟,年年替宫里送新太监。宫里差太监了,内务府行公文向各王府要、向会计司要。王府的太监往宫里送。会计司向民间买,一个付银子五十两。毕五和地安门内方砖胡同的小刀刘专干这营生。有人家想把孩子往宫里送就找毕五、小刀刘。他们两家包干净身这事,干净利落,不留后遗症。

徐司房的娘通过毕爷把徐司房送进宫做了太监,也去瞧过他两回,见他好好的就放了心,说娘回山东娘家去了,不再来看你了,咱娘俩就算别过了吧,回家喝卤水自杀。徐司房那时还小,不懂事,听不懂娘的话,后来知道了痛不欲生,发誓要混个人模狗样,光宗耀祖。

我回家一次娘就跟我唠叨一次哭一次,埋怨她表姐不该走这条道,心痛徐司房孤苦伶仃。过了些年,娘有次喜滋滋地告诉我,说徐司房提礼品来家看她了,穿蟒袍戴顶子,好不得意。我问娘他干啥。娘说他在赵太妃宫做司房。这就引来现在我求他帮忙的事。至于他究竟有啥背景,娘不知道,我也不知道。我在赵太妃宫膳房第一夜就这么胡思乱想没睡着。

赵太妃膳房有十眼灶,配有掌案、配菜、打杂和苏拉五十人。第二天黄厨头召集大家说事,把我介绍给大家,说我是来这儿实习的,实习半年就走。我想说几句,他不让我说就宣布解散。我明白他给我下马威的意思,只好强作忍耐。他下来安排我的差事,问我想做啥。我说听从安排。他就安排我做掌案,跟其他掌案一样顶值。我心里咯噔一下,要是这样被他困在灶上,我还怎么明察暗访,就说可不可以让我做巡查。他说这不行,你是来实习的,没资格巡查。我暗暗叫苦,心想,这家伙比唐首领聪明多了。

周爷给我讲过他怎么查到黄厨头鲫鱼汤冒充鸡汤的事。我就学着周爷的办法去查,先去徐司房案房溜达,趁他不注意翻看内务府每天送来的膳单,暗暗记住几样大菜的名字,借故去库房留意每天领回来的食材,开膳时注意都上些啥菜,有空闲就去几位太妃府上问候、收集、反映,每天鬼鬼祟祟像做贼。这天徐司房见我翻看膳单,走过来拍拍我的肩膀说:"看出啥花样没有?"我吓一跳,嘿嘿笑。他说:"你看你看,我不干扰你,你有特殊使命。"我心里咯噔一下,他怎么知道?我说:"说啥啊,我不过好奇看看。"徐司房说:"哄得了谁也哄不了我。我就是干这等事起家的,好好跟我学。"

听话听声,锣鼓听音。我觉得他话中有话,四看无人,压低声音说:"徐爷您得帮我。"徐司房说:"怎么帮?你说。"我说:"我要每天的膳单,还要每天菜品记档。"徐司房说:"就这两样?"我想了想说:"就这两样。"徐司房说:"还差一样。"我一惊,脱口而言:"您懂这行?"他嘿嘿笑,从抽屉翻出一本账册递给我说:"库存账。"我恍然大悟,因为紧张忘这件了,忙接过账本说:"太好了。谢谢徐爷。"

我有了这三件东西,对整个膳房的运转就了如指掌,也用不着做贼似的瞎溜达,还收事半功倍之效,调查进展大有起色。比如这天内务府膳单有鸡鸭罐汤二十品,所配食材为鸡鸭豚肘各四十只,当天做出菜档记有二十品鸡鸭罐汤,当日库存没有鸡鸭豚肘,意味所进食材已做出菜品用了。我做过这道菜,知道这一品鸡鸭罐汤的分量,起码够十个人饮用,二十品就够两百人饮用,而当天领用这道菜品者不过四十人,显然有漏洞。

这是问题,屡见不鲜,你要查问,他有很多理由解释,最后耍横说倒了,你能怎么样?苦于没有证据。我想,怎么拿证据呢?我回想做这道菜品的每个细节:一、将两只鸡、两只鸭宰杀、去毛、剖腹、抓出五腹内脏丢掉,去头除尾,洗净待用,将两只豚肘烙皮剥洗,再把鸡鸭豚肘装入布袋,加入佐料,放入水里熬煮;二、大火煮沸,文火慢熬,若干时候取出布袋用木棒打击袋中食品直至碎烂,再放入汤中熬煮;三、若干时候从汤上取出布袋,过滤沉淀澄清,撇去浑沉渣滓,汤现清水状,取其最净如清水者舀入罐备用。

这里有什么破绽呢?我突然想到鸡鸭头,平日是砍来不用当杂碎卖给小贩,数一数鸡鸭头数量就知道当天实际用了多少食材,如果与领用和库存不符就是盗用食材证据。我豁然开朗,禁不住大笑。对,就这么做。我再一打听,赵太妃膳房的杂碎都是收起来统一送出去卖的,干这事的是苏拉李允有。宫里各膳房都有苏拉,就是小太监,正差是往宫里送饭菜,闲着给打杂的做助手,帮着劈柴、杀鸡、洗菜、烧火、洗锅。赵太妃膳房与太妃住所隔着院门,戒备森严,有太监把守。厨役不是太监不能擅自进去,饭菜做好了由苏拉送进去,送到各位太妃宫里,往往还要等候用膳完毕取回盘碗食具。

苏拉李允有只有十来岁,保定人,家世不清,多是穷人家的孩子吧。他每天收工后将各灶杂碎收在桶里,挑去东华门外卖出,当晚把卖的钱交给黄厨头。这笔收入算是膳房的外快,黄厨头用于厨役开支。我不敢明里找李允有数鸡鸭头,怕他不经事,就暗中观察他,发现他把钱财看得特紧,每月俸银分文不花,都托人带家去,就问他家里有啥人,一问他就抹鼻子,说爹瘫在床上几年了,不往家带银子不行。我知道这事后不动声色,悄悄找到往他家带银子那人,是御膳房的曾配菜,我的好朋友,与李允有住一个村,向他了解到李家情况的确如此,便给曾配菜十两银子让他带给李家,要他别告诉李允有。李允有知道这事后很感激我,说要还我钱。我不要他还钱。他就亲近我。我故意说我最喜欢吃鸡鸭头。他去他坦街买来送我吃。我说咱们膳房每天扔鸡鸭头可惜。他说我替你收拾卤来吃。他每天就从杂碎中选出鸡鸭头打整干净卤了送我吃。我就知道每天杀多少只鸡鸭了。

我去找周爷说最新发现。他听了说:"不错,有眉头。你说说具体情况。"

我说:"本月初三,膳单二十品鸡鸭罐汤,领进鸡鸭各四十只,库存为零,发现鸡鸭头十个;初四膳单二十品鸡鸭罐汤,领进鸡鸭各四十只,库存为零,没有一个鸡鸭头;初五,膳单二十品鸡鸭罐汤,领进鸡鸭各四十只,库存为零,发现鸡鸭头两只。"

周爷听得很专心,要我说细点。我掏出这个月的调查汇总递给周爷。周爷看了皱眉头说:"全月累计领用鸡鸭两千四百只,发现鸡鸭头四百只,那就有两千只走了路。没想到,没想到,一项小小的菜品就有这么大的漏洞!这两千只鸡鸭都去哪里了?你确定所有鸡鸭都领回赵太妃膳房的吗?"

我说:"每天领回食材都有账,是徐司房亲自做的账,不会假。"

周爷说:"那两千只鸡鸭是怎么出去的呢?得用车拉啊,你没看见一点痕迹?"

我说:"我整天在那儿守着,就是晚上睡觉也睁着一只眼,一有响动赶紧爬起来,就是怕他悄悄运东西出去,可……没有发现啊。"

周爷思考一会儿说:"你说苏拉天天给你卤鸡鸭头?"

我说:"是。"

周爷说:"天天?一个月都是这样?"

我说:"是。"

周爷在案房走来走去,突然停步说:"要出问题!要出问题!"

我忙问:"出啥问题?我又出啥问题?"

周也说:"不是你出问题,是苏拉出问题。你赶紧回去守着李允有,我想办法把他调出来。你怎么能这样做?你可能害了他。"

我大吃一惊,这话怎么说?我怎么会害他?忙说:"周爷您别吓我啊,我……我这就回去。"说罢转身就跑。

紫禁城分外朝和内廷两大部分。内务府在外朝西边,太妃宫在内廷北边,中间隔着很远的路。内廷以乾清宫、交泰殿、坤宁宫后三宫为中心,两边是养心殿、东西六宫、斋宫、毓庆宫、太妃宫、御花园,是皇帝与后妃居住的地方。外朝以太和殿、中和殿、保和殿三大殿为中心,是皇帝举行朝会、朝廷举行盛典的地方,两边是文华殿、文渊阁、上驷院、南三所,西边是武英殿、内务府。

我边跑边想,内务府管御膳房、敬事房,敬事房管太监、宫女,周爷可以通过毛大臣、敬事房调动李允有,就是蒋爷、黄厨头想拦也拦不住,这是规矩,内务府权力大着呢。周爷给我讲过内务府,说内务府是朝廷最大的衙门,有三千多官员,是户部人数的十倍,原因是管的事太多太杂,主要管皇家事务,比如膳房、服饰、库贮、礼仪、工程、农庄、贡品、畜牧、护军、扈从等,最肥的是广储司,管皇室的金银珠宝、皮草瓷器、绸缎衣服、茶叶贡品。内务府有七司三院和三十多个附属机构,其中就有管我们御膳房食材的掌关防处、管御膳房的御茶房、管太监宫女的敬事房。

我气喘吁吁回到太妃膳房,逢人就问李允有呢,说没看见,心里一阵紧,赶紧去厨房找,没人,又去住地找,还是没人,抬头看见黄厨头在窗边嗑瓜子冲我冷笑,心里咯噔一下,看样子他知道,忙稳住神色、放慢脚步走过去说:"黄爷瞧没瞧见李允有这小子?"黄厨头嘿嘿笑说:"找他干吗?又想吃鸡鸭头啊,嘿嘿,吃不到啰。"我心里发凉,讪讪一笑说:"啥意思?吃点鸡鸭头您也有意见?您吃香的喝辣的我可没说话啊。"黄厨头说:"去敬事房找吧,兴许见得着。"我脑袋顿时轰轰作响,大事不好,忙问他:"说啥呢?犯啥条例啦?啥时的事?我怎么不知道?"

周爷一语成谶。等我赶到敬事房,还没找人说上话,事情已无法挽回,李允有已被活活打死,罪名是偷食材,顿时令我昏厥过去。我无法原谅自己鲁莽行事,深深责备自己害了李允有,因此大病一场。当我醒来看见周爷时,一个念头像闪电划过脑际,我万分着急地说:"周爷您赶快救他!周爷您赶快救他!"周爷叫我别犯糊涂。我说:"真的真的,您赶快救他!要不还要出事!"周爷左右一看没人,凑过头压低声音问:"谁?"我说:"徐司房。"周爷哈哈笑说:"他啊,没事没事,大可不必为他担心。"我就不明白了,如果说黄厨头、蒋爷知道李允有帮我调查太妃膳房食材的事而惩罚李允有,那徐司房提供账簿不是更应当遭他们惩罚吗?如果说周爷有一语成谶的先见,怎么这会儿却毫无警惕?我浑身乏力,头痛得厉害,张嘴说不出话,急得哇哇叫。周爷却一再叫我安心养病,不必为他担心。

周爷又一语成谶。徐司房果然安然无恙。

过了些日子,我按照周爷的吩咐,继续调查两千只鸡鸭怎么飞出太妃膳房的事,也慢慢有了一点线索。前面周爷说了,两千只鸡鸭要用车拉,我就留心进出太妃宫的车。进出太妃宫的车有三种情况:一种是去内务府领食材的车,每天行程限定内务府来回,不应该有问题。第二种是太妃乘车出去游玩,我查了规矩,每月只有一次,不可能一次带走上千只鸡鸭。第三种是赵太妃每隔十天请宫里萨满来驱邪。

萨满就是女巫,职责是代表皇后行法事驱邪,受人尊敬,宫里人称萨满太太,见着了太监打横、护军行礼,如迎主子。萨满住坤宁宫,宫内行走坐驴车。赵太妃仗着先帝余威,每十天要萨满来跳神驱邪。我怀疑黄厨头利用萨满的驴车夹带私货,就准备悄悄检查一下。这天萨满坐驴车来了,被迎进去喝茶休息,驾车太监照例把车停进棚内也进去喝茶。我见黄厨头在陪着赵太妃、萨满说话,借故溜到车棚,左右一看无人,正待俯下身子做检查,突然听得一个声音说"这位爷有礼了",吓一跳,回头一看,一个太监模样的年轻人,不是太妃宫的,不认识,正客气地对自己微笑说话。我吭吭咳两声,挺直腰杆说:"不客气,有事请说。"

那人说:"请问爷,徐司房在哪儿办差?"

我一愣,找徐司房的,啥人啊,莫不是敬事房的?便多了个心眼问他:"谁是徐司房?这儿没有姓徐的。你是哪个宫的?找他啥事?"

那人左右一看说:"这儿是太妃宫吧?应该在这儿啊?"

我说:"找错地了,太妃宫在那边呢。"我胡乱给他指指远处。他掉头就走,边走边自言自语:"怎么说是这儿啊。"

我正想接着检查驴车,可一想不对,来人气势汹汹像是闹事的样子,莫不是徐司房惹啥事了,得赶紧给他吱一声,免得他被这人逮住,便往徐司房案房走。我走出不远见着徐司房的背影,要去赵太妃那儿的样子,忙叫住他说事。他一听变了脸,拉我一边小声说话,重复问我这人啥模样、啥身高、啥声音,末了抠头皮,突然喔的一声拔腿就走,走几步又返回来对我耳语:"这人是八大胡同妓女,找我闹事来了,要是再来你帮我轰走,我得躲躲。"说罢转身一溜烟跑了。我纳闷了,啥乱七八糟的,怎么会是八大胡同妓女,简直是胡言乱语,便喊着追上去想问个究竟,却听见刚才那人远远地喊我"喂,那位爷——"只好停步不敢再追,害怕暴露徐司房。

不一会,那人找不着地又回来找我。我请他进屋喝茶,趁机打量他一番,个儿不高,有脂粉味,一身太监服显得宽大,一双小脚,越看越像徐司房说的人,不由得暗自吃惊,妓女怎么进宫来的?怎么会认识徐司房?徐司房说她来闹事,徐司房是太监,与妓女八竿子打不着,闹啥事?换个人比如厨役,那肯定是风流事啰,难道徐太监也有风流事?不可能不可能。

我得打听打听。我就问她:"你找徐司房啥事?欠你银子啊?"

她咕噜咕噜喝茶,喝急了茶水顺嘴流在衣襟上。她抹抹嘴说:"可不是吗,欠银子不还老不打照面,不是存心赖账吗?那哪行呢?我们靠这个维生呢。"说罢又喝水。

我问:"你是宫外面的人吧?"

她放下碗,紧张地说:"我……我不是宫外面的人,是……内啥府

67

的……"

我哈哈笑说:"说不圆了吧,自己衙门都说错了,还跟我扯谎。说,你究竟是哪儿来的?不说拉你去见护军,打死你!"

这人禁不住恐吓,说了实话。她叫齐玉娇,是八大胡同追月楼的妓女。她说她因模样不怎么样,在追月楼揽不上生意,就去北海东侧内宫监开店做生意。北海东侧内宫监是太监齐聚之地。紫禁城的太监当值住宫里,不当值不能住宫里,每天晚八点听得乾清门喊"大人们下钱粮啦——"就得赶紧出宫。宫里太监不愿与百姓杂居,一般都住景山西侧板桥、东侧黄化门和北海东侧内宫监一带的大片地区。有人住就有生意,卖吃卖穿卖艺卖烟卖色的啥都有。齐玉娇在内宫监做的就是太监生意。

太监嫖娼原本匪夷所思,但我在宫里听说过这等事,也并不惊讶。太监虽说是净身入宫,但性情总扭不过来,不但自己如此,就连宫里的娘娘和宫女也这样认为,于是便有了太监宫女结对食的习俗,就是做假夫妻,也出现娘娘宠小太监的情形。更有甚者,有的太监净身不严,或做手脚手下留情,致使除根不净,死而复生,便出现太监嫖娼之事,至于质量,又当别论。

徐树叶属于哪一类不得而知,只是有此雅兴。据齐玉娇说,徐树叶常来内宫监追月楼玩耍,与她相识,久而久之成为相好,徐树叶时时给些脂粉、银子,有时手紧,白吃白住也有,但她并不计较,图的是来日方长。

我还是不明白,问她:"徐树叶和你好就好吧,宫里太监都知道是怎么回事,问题是你怎么想起进宫来呢?谁叫你进宫的?你怎么进的宫?你应该进不来啊!"

齐玉娇说:"我也不想进宫的,这么多护军怪吓人的,是你们……你们的人叫我来的,你们不叫我、不给我腰牌我进得来吗我?"

我大吃一惊,有人叫她进宫,还给她腰牌,忙说:"谁叫你进宫?腰牌呢?我看看。"

紫禁城城墙四边各有一门,南为午门,北为神武门,东为东华门,西为西华门,都有护军和内务府的人把守,进出凭腰牌。我进出宫就办了腰牌,木头做的,正面写衙门编号和皇帝年号,比如我的腰牌写的是御膳房,后面是一方内务府的火印。进出紫禁城的人多,各色人等都有,守门的不认识,进出全凭腰牌,有牌就进,也不管你是谁。

我接过齐玉娇的腰牌看,御膳房的,问她:"紫禁城这么大,你不怕迷路啊,当心撞到禁军衙门找死。"

她说:"我也这么说了。他说别怕,你进宫就找太妃宫,宫里的人都知道,到了太妃宫找徐树叶,有人给你指路。我……我就来了。兄弟我看你慈眉善眼是好人,放我一马吧,我也不找徐树叶了,我想回去。"

这正合我的意思,就说:"算你聪明。行,跟我来吧,我送你出去,一路别吱声,有人问也别搭话,有我应付,听见没?出了事我可救不了你。"

她答应好好,说谢谢我,伸手就拉我手。我急忙让开说:"干啥干啥,大白天拉拉扯扯好看啊?跟我留点距离啊,走吧。"

我带着齐玉娇往外走,一路走一路想这是谁干的缺德事啊,不是坑人吗?要不是我拦着,徐树叶被她找着,再这么一折腾,闹得满城风雨,徐树叶还有活路吗?我突然想起蒋爷和黄厨头坑害我的事,心里有了点线索,说不定又是他们使的坏,惩罚徐树叶,因为徐树叶帮我调查黄厨头,不由得替徐树叶担起心来,生怕蒋爷、黄厨头谁这时撞来碰着就麻烦了,便叫齐玉娇跟上我一阵小跑。

谁知担心啥来啥。我正带着齐玉娇转过弯准备绕过西六宫,突然眼睛一亮,远处正奔来一伙人,领头的正是黄厨头,正给几个护军指指画画,急忙蹲下来,示意齐玉娇也蹲下来。齐玉娇也看见护军了,吓得直哆嗦,一个劲地说:"怎么办?怎么办?"我嘘她一声别说话,左右一看我们还在内廷,前面远处是乾清宫、交泰殿、坤宁宫,边上是养心殿、东六宫,后面是斋宫、毓庆宫、太妃宫、御花园,警卫森严,把守严密,都不是下人待的地,急得脑门出汗,想了想只有回去一条路,那里我熟悉,太监、宫女多,便于隐藏,就压低声音说:"跟我回太妃宫。"起身带着齐玉娇就跑。

眼见就到太妃宫,我又急了,总不能屎盆子往自个儿头上扣、把她带自己住处吧,藏厨房吧,那儿家什多,好藏人,可又想不妥,黄厨头第一个肯定搜查厨房,那干脆藏赵太妃宫里,齐玉娇不是有腰牌吗?混进去再说,黄厨头再厉害总不至于搜太妃宫吧,搜太妃宫得请旨,一时半会请不下来,就对齐玉娇说了一番。齐玉娇六神无主,只有听我的。我带她到太妃宫门,叫她自个儿进去,要她拿出进紫禁城的勇气。我远远看她过去

69

了,看她好像在跟守门的护军说话,又看她转身往回走,心里咯噔一下,不让进?发现啥问题?没啥问题吧,怎么没抓她啊?齐玉娇回来跟我说护军不让进。我问为啥不让进。她说护军说这会儿不是用膳的点。我明白了,是我一时糊涂,差点惹事。太妃宫有规定,御膳房的人在用膳用点心时可以进去,其他时间免进。

　　这时黄厨头远远的赶过来了,我甚至还听见他张牙舞爪的声音。我一看不是这回事啊,要是他们瞧见我带一妓女瞎逛,要是齐玉娇反咬我一口说就是找我来的,我……我不冤死了吗?不行,得赶快找个地让齐玉娇藏起来。我灵机一动,想到一个最安全的地方——黄厨头的住处,他总不会带护军查他的家吧,顿时眉开眼笑,叫齐玉娇跟我走,把她引到黄厨头的家,叫她藏在床下,告诉她说:"万一被人发现就说是找黄厨头的。"齐玉娇问:"谁是黄厨头?我找他干吗,他认识我吗?"我说:"你傻啊,现在啥时候,躲命要紧,躲过去再说好不好。记住啊,黄厨头,千万别提徐树叶的事,他们最恨找徐树叶的人,懂吗?"齐玉娇还在嘀咕,这时外面响起咚咚咚急促的脚步声。齐玉娇赶紧钻进床下,撅着个大屁股。我伸腿蹬她屁股一脚,说进去进去。

　　我一想还得给徐树叶吱一声,便七拐八弯溜进他的案房。他正愁眉苦脸,见着我急忙迎上来,压低声音问:"怎么样?黄厨头要整死我啊!"

　　我说:"一切安排就绪。你就等着看戏吧。"

　　他不明白,问:"看啥戏?都啥时候了还开玩笑。人呢?千万别让她进我这屋啊,哎呀我的妈!黄厨头这家伙的主意也太毒了!要是被他们抓到证据,我不被敬事房打死啊!崇孔你一定要救救我啊!我全靠你帮了!她人呢?这会儿在哪里?还在找我吗?"

　　我把我的安排跟他说了。他听了一愣,随即哈哈笑说:"崇孔啊崇孔,没想到你还有这手!好啊,我再加把火,让护军直接去他家。"

　　我说:"你不能去,万一她改了口,你有危险。我去。你还是躲一躲好。"

　　徐树叶说:"那好,我去赵太妃那儿。她约我说事。"说罢往外走,边走边唱:

我正在城楼观山景，
耳听得城外乱纷纷，
旌旗招展空翻影，
却原来是司马发来的兵。

我回到自己的住处躺在床上歇气，听到外面响起搜查声、脚步声、叫嚷声也不理会。这时门吱的一声被推开，我想怎么搜我这儿啊？睁开眼睛想发气，一眼瞧见门缝露出一张瘦脸两只小眼睛，正冲我一阵眨，唉，邱掌案，倒头又躺下不理他。前次熙亲王闹着要吃灌汤黄鱼的事就是他撺掇的，弄得我吃不了兜着走倒挨周爷训，总结经验了，别理这种人。

邱掌案溜进来嘿嘿笑说："外面挺热闹的也不去瞅瞅？这家伙忒歹毒，怎么想出这么个玩意啊！"

我一听话中有话，歪过脸朝他说："你跑这儿干啥？当心唐首领点卯。"

邱掌案坐在床沿说："他派我来的，说今儿个赵太妃这儿活儿多，帮忙来了。徐司房呢？我找他应卯没见人，又去北海内宫监了吧？"

我坐起身说："别添乱，没看见这儿乱成一锅粥了吗？"

邱掌案压低声音说："还别说，这事我知道来由，冲徐司房来的。你大概还蒙在鼓里吧？"

我问："你知道啥？我就还纳闷，这黄厨头怎么把徐树叶往死里整啊？"

邱掌案凑过头说："告诉你啊，黄厨头算啥角色，是蒋爷指使的。我今儿过来就是专门告诉你这事的。"我一惊，怎么又是蒋爷，忙问："怎么回事？你听到啥了？"

邱掌案说了一件事。

这天邱掌案被蒋爷叫去说话。邱掌案前次撺掇熙亲王大闹御膳房心里有鬼，一直害怕唐首领发现，这会儿去见蒋爷心里七上八下不安宁，怀疑东窗事发，收拾自己来了，走半道迈不开步，想往回走，可一想蒋爷一手遮天，走哪儿都逃不脱他管，只好硬着头皮去了。他见着蒋爷，见蒋爷一脸笑，稍稍放心，问蒋爷有何训示。蒋爷要他坐下说话。他没享过这等待遇,不敢坐,说坐着头晕。蒋爷说他幽默,也不强求,刚说两句要人给他上茶,听他说不敢也不强求,说今儿个有事要重用他。邱掌案这才算明白为啥有优待,心里咯噔一下,不知还有啥优待,便请蒋爷吩咐。蒋爷告诉他,御膳房有人与他过不去。邱掌案不敢接话,心里想该说自己的事了,不由得一阵紧张。蒋爷接着告诉他,他与我过不去,我与他也过不去,礼尚往来吧,你说是不是。邱掌案说是。蒋爷说邱掌案我对你如何。邱掌案回答蒋爷恩重如山。蒋爷说你得帮我。邱掌案顿时纳闷,不是收拾自己啊,脸上便现出一丝喜色,回答请蒋爷吩咐。

　　蒋爷说北海有个内宫监,内宫监有个追月楼,追月楼有个齐玉娇,你可认识？邱掌案一想坏了,这齐玉娇不是妓女吗？怎么问上我了？要说不认识没人信,全紫禁城的厨役、太监都知道;要说认识吧,难道要清算嫖娼之罪？便犹豫着打哇哇。蒋爷往下说,你去一趟找齐玉娇,给她带一张一百两银票,叫她进宫来一趟。邱掌案越听越玄乎,傻痴痴开不起腔。蒋爷往下说,叫她进宫来不是找我啊是找徐树叶,找徐树叶讨旧账,讨得到讨不到这百两银票都是她的。

　　邱掌案慢慢明白了一点,因为徐树叶与齐玉娇的事曾闹得沸沸扬扬,说徐树叶在景仁宫司房殿输了钱,连婊子的房钱也想赖,可这哪跟哪啊,欠账还钱就是呗,用得着撺掇妓女进宫来讨要？那不闹得满城风雨啊,便支吾着不说好歹。蒋爷说你说话啊,敢情不愿意啊,不愿意也吱声,我找别人。邱掌案便顺着杆子爬,说他昨晚儿走夜路摔了一跤崴了脚。蒋爷嘿嘿笑说不早说,那行,你也别回外御膳房了,去内务府慎刑司马爷处应卯去,他找你呢。

　　紫禁城有句顺口溜,太监怕敬事房,厨役怕慎刑司。厨役犯法交慎刑司。慎刑司有七十二种刑法。所以邱掌案一听"慎刑司"三字就发抖,忙说别别,我崴了脚也没说不去啊,我去我去,只是怕走慢了耽误您蒋爷的事。蒋爷说去就好,不是脚崴了吗,坐我的车去。邱掌案说谢谢蒋爷,只是小人不明白,这妓女怎么进得了宫,如果进不来不关我的事吧。蒋爷从桌上取过腰牌递给邱掌案说,你把这个给她就是,她自个儿进来,要是进不来与你无关。邱掌案接过腰牌看,御膳房0211号,一想自己是御膳房0239号,大概是内膳房的号或者是太妃膳房的号,也不知怎么搞到手的,显然早有预谋,便不多言语,接了这差事。

邱掌案去北海内宫监追月楼找到齐玉娇,向老鸨要了间房谈公事,把自己的腰牌和一百两银票摆桌上。齐玉娇一看是紫禁城的腰牌,宫里人,心想亮银票要自己干啥事吧,便嘻嘻笑说爷啥意思,瞧您这模样是来闹事的吧,说明白要姑娘干啥。邱掌案说自己是奉蒋爷之命来的,问他可知蒋爷。齐玉娇说宫里爷多了去,来的都是主,只管伺候,不敢问啥爷。邱掌案说你别耍贫嘴,我与你无冤无仇也不害你,你只管照我说的办,保你得银票。邱掌案便将蒋爷的吩咐如此这般说了。齐玉娇一听嘻嘻笑,我说啥事这么神秘,不就是进宫讨债吗?好啊,爷不来说我也想去,这个徐爷也不像爷们,连我们这种人的房钱也好拖延,我坐你车跟你去。邱掌案要她自个儿去,细细说了进哪个门、朝哪边走、找什么宫,还画了张草图给她,并与她约定进宫时间,说他远远候着,要是有啥差错再上来指点,又说你放心,宫门守卫认牌不认人,一牌在手,进宫像遛大街似的不难。齐玉娇先不愿意,怕这怕那,后来禁不住银子的诱惑,禁不住紫禁城神秘的诱惑,烟花女子的野劲来了,说声是得瞧瞧去,便应诺下来。

追月楼妓女就这样进了紫禁城。

我听了惊讶不已,怎么会有这种事,有些不信,问邱掌案:"既然你与齐玉娇说得好好的,怎么她在宫里瞎胡转,无意中碰到我了?要是碰到禁军,不早出事了吗?"邱掌案嘿嘿笑说:"爷聪明,什么事也瞒不住爷。爷想想,这种缺德事我能好好干吗?胡乱敷衍得了,远远瞧着她进宫来躲之不及,碰到禁军最好不过,她偏偏一路畅通找到爷这儿来了。我远远瞧见,急得不行,生怕她碰上徐树叶,还好,碰上的是爷,放心一半,爷与徐爷是兄弟,会妥善处理。"

正聊到这儿,房门被人哐的一声重重推开,几个护军提着刀闯进来说见着生人了吗,这屋也得瞧瞧,随即出现黄厨头,见我和邱掌案在一块,嘿嘿笑,迈八字走过来说:"嘿,二位爷怎么在这儿聊上了,不是屋里藏了人吧?"随即掉头对护军狠狠地说:"搜——"于是便一阵瞎折腾,床板也掀了,大柜子也翻了,里间储物室也翻了,自然没人。黄厨头问我:"你刚才不是在外边溜达吗?看见生人了吗?"我说:"啥生人?"黄厨头说:"一个年轻女人,装成太监模样。"我说:"你们找她干吗?刚才我好像是看见这

73

么个人来,不过是男是女看不真。"黄厨头喜上眉梢,说:"在哪？在哪？快引护军去抓,李统领的命令。"我起身说:"要我引护军去抓？"黄厨头说:"对啊,快！别让她跑了。"我凑过头小声说:"好像在爷您的屋里。"黄厨头一愣,拨浪鼓似的摇头说:"不可能！不可能！你瞎说！我屋里怎么可能藏女人呢？一派胡言！"护军头领听见了说公事公办,也得查,要黄厨头带他们去搜查。黄厨头愤愤不平地说:"什么什么？查我的屋？李统领是怎么给你们吩咐的？李统领让你们听我的,我说查哪就查哪。"

护军头领不听他的,命军士架着黄厨头去他屋。我和邱掌案还有他们这一行人出得我的屋,七弯八拐来到黄厨头的屋,一路上黄厨头骂骂咧咧没停歇,护军一路大声训斥他,加之看热闹的人来了不少,叽叽喳喳像闹山麻雀。突然有人叫"有人跳湖了！有人跳湖了",大家立即循声望去,只见黄厨头屋的窗户爬出来个人,几大步冲到湖边扑通一声跳下去,溅起很高的水花。围观者立即高叫"救人啦,救人啦"。我手上正端着把宜兴紫砂壶,掉地上摔八瓣。

齐玉娇跳湖自杀身亡。

这是我平生第一次看见人自杀,而这个人刚才还与我有一番交谈,虽说是烟花女子,进宫来胡闹也不恰当,但一个活鲜鲜的人,而且听从我的安排,已经后悔进宫了,却突然死去,总觉得自己有一份罪孽,以致我无法安睡,一睡着便看见那个孤独无助的弱女子,令人揪心,以致我老是责备自己,要是我不去恶作剧,不让她去黄厨头家躲藏,也许不会这样,但不会这样又会哪样呢？我没文化没读啥书没法回答,但我可以改变自己。从此,我变个人似的不再恶作剧,不再钻头不顾尾。

第六章　赵太妃寿宴风波

妓女进宫的事惊动了内务府三个大臣。

出事后，许大臣接到邱掌案举报，说蒋爷蒋广宗叫邱掌案让妓女进宫，气得不行，连夜把蒋广宗叫去内务府案房训斥一通，责备他怎么这样愚蠢，要是惊动了西太后，不是摘顶子就是丢脑袋。蒋爷说邱掌案胡说，自己根本没叫邱掌案去叫妓女进宫，邱掌案纯粹是诬陷自己，要和邱掌案当面对质，揭穿他的谎言。许大臣嘿嘿笑，也不细究，只说提醒你一句，到了慎刑司，要是邱掌案一口咬你，你也是脱不了关系的，明白吗？蒋爷暗自一惊，许大臣难道知道实情？顿时泄了气，嘻嘻笑说，那……许大臣说这点事就束手无策啦？一头笨驴，自个儿回去好好琢磨琢磨。蒋爷走出许大臣案房，因为琢磨心事摔一跤，人倒没摔着，就是吓一跳，过半天心还咚咚跳。

毛大臣接到禀报，急忙找周爷说事。内务府衙门很大，三个大臣一人一个四合院当案房。这四合院是三进院，最里面是大臣案房，前两院是司房。天井里搁着几盆芍药几盆月季，正姹紫嫣红。毛大臣详细问了妓女进宫的事，边听边摸着胡子笑，插话说柳崇孔怎么想出这个点子？周爷说可不是吗，这小子脑瓜灵活，替徐树叶解了围，不然还不知道怎么收场。毛大臣说现在也还没有收场，真是胡闹，又说据你所知，是蒋广宗的主意吗？周爷说肯定是，有邱掌案做证，邱掌案已经举报蒋广宗。毛大臣说，邱掌案举报归举报，事情是真是假我有怀疑。你想啊，邱掌案忌恨蒋广宗，是蒋广宗免了他首领职务，这么重要的差事，蒋广宗怎么会交给邱掌案办？是不是邱掌案在捣乱啊？周爷一想有道理，蒋广宗再笨也不至于这么笨，但刚才叫柳崇孔问过邱掌案，邱掌案发誓说是蒋爷叫他去叫妓女进宫的啊。他便把他向我询问邱掌案的事如实告诉毛大臣。

事情发生后，周爷匆忙赶到现场，邱掌案就向他说了蒋爷指使他叫妓女进宫的事，就觉得事情重大，要做具体调查，可现场事情多，便叫我详细

75

找邱掌案谈谈，还要我做记录。我按周爷吩咐找邱掌案说事，问他怎么回事，怎么扯进蒋爷圈子去了？邱掌案说他也正纳闷，不知蒋爷为啥把这事交给他。我问了蒋爷找他的全过程，冥思一想有蹊跷，不叫黄厨头、青常备、王厨头、唐首领出面，叫邱掌案出面，不出事有一说，邱掌案便被蒋爷拿住把柄，得乖乖跟他走；出事也有一说，蒋爷死不认账，把全部责任往邱掌案头上推，一箭双雕啊。我这么一说吓得邱掌案直哆嗦，急忙问怎么办怎么办，我不是死定了吗？我叫他别急，要他拿出蒋爷要他去叫妓女进宫的证据。邱掌案傻了眼，说这哪有啥证据啊，这不是坑人吗？他说着说着说了句"我去内务府说清楚"，拔腿就走。我急着去向周爷禀报，也没去追他。

周爷把这些情况告诉毛大臣，问毛大臣见没见着邱掌案，又说柳崇孔这想法不是没有道理。毛大臣听了皱眉无语，突然一拍桌案说："就这么回事！你快带人去外御膳房走一趟，看看邱掌案的情况，要是见着了，你带他去你住处睡觉。"周爷蒙了，傻愣在那儿不动，琢磨毛大臣这话啥意思。毛大臣着急地说："还瞎琢磨啥？快去！晚了要出事！带内务府护军去啊！"

内务府只有张大臣优哉游哉，背着手信步来到许大臣案房问案情如何，需不需要帮忙。许大臣刚打发走蒋广宗，正担心他这一去如何处置，是否恰当，额头正皱成"川"字，见张大臣走来，忙装着没事人似的哈哈笑说："芝麻点事何劳张大人费心，老夫已安排妥帖，倒是看毛大人那边灯火辉煌，大人不妨过去瞧瞧，兴许有事。"张大臣说："知道了，许大臣烦着呢，老夫这就告辞。"许大臣忙说："留步留步，老夫言语笨拙，有所得罪了。既来之别慌走，反正也不是当值，借此皓月当空美景，咱们喝两杯如何？"张大臣就不好说走了，这才重新坐下。

内务府管皇室的事，是朝廷最大最富有的衙门，有"树小墙新画不古，此人必是内务府"一说。所以内务府的主要官员都由镶黄、正黄、正白旗这上三旗包衣担任，不然皇室也不放心。内务府设总管内务府大臣，级品不算高，毕竟不能与安邦治国大员一概而论，为正二品，由皇帝从满洲王公、内大臣、尚书、侍郎中特简，或从满洲侍卫、本府郎中、三院卿中升补，自然都是最信得过的人。内务府管辖七司三院，是广储、都虞、掌仪、会计、营造、慎刑、庆丰七司和上驷院、武备院、奉宸院，还管着三织造处、敬事房等三十多个衙门，集内廷诸事、诸权、诸责于一身，在紫禁城自然是要啥有啥，一呼百应。虽说内务府的人富裕有余，但地位不高，因为上三旗包衣不过是随龙入关的使唤人，外八旗的人是不屑与之联姻的，就是他们自己，也要做到一二品大员才得以抬旗脱包衣与世人平等。

张大臣是镶黄旗，祖上是皇帝的包衣奴才，到他这辈戴上二品顶戴。虽说抬了旗，还是不敢放肆，处处以前辈巴克坦布为榜样，不越雷池。巴克坦布是老内务府总管。有次朝廷花五十万银子找营造商修大内数处工程，营造商偷工减料，送车马费给巴克坦布希望他别管。巴克坦布不收，叫营造商多买石灰，把工程做结实一些。内务府一干人便都不敢收好处费，转身骂巴克坦布好狗不挡路。巴克坦布知道了暗自高兴，他就是要背骂名。事后东窗事发，一干人受罚，唯独巴克坦布没事。张大臣效法巴前辈，见许大臣、毛大臣与属下"授受不亲"便取袖手旁观、明哲保身态度。

张大臣与许大臣杯觥交错，一番应酬，不外乎说些"举杯邀明月"的空话，并不曾提及妓女进宫的只言半语，便告辞而去。转几个弯，过几道桥，逶迤来到毛大臣院子，问得毛大臣还未歇息便进去瞧瞧，意思很简单，既然去了许院，就不可不来毛院。毛大臣打发走了周宗，正为邱掌案安危忐忑不安，哪里睡得着，见张大臣到来，自然起身迎候，于是二人喝茶聊天，自有一番应酬。

再说蒋爷和周爷，趁着朗朗月光，各自带着人一前一后赶往外御膳房驻地，自然蒋爷先到周爷后到，差了大概这么半个时辰。宫里习惯早睡早起。住宿地一大排屋子都灭了灯，黑黢黢的，只有屋檐上挂着的几盏灯笼透着微弱的光亮，又因为不准养狗，除风吹树叶嗖嗖作响外，一丁点声音也没有。邱掌案此刻已经睡下，虽说一时半会睡不着，想东想西，但也慢慢朦胧进入梦乡，突然觉得憋气，伸手来抓，一把抓住两只手腕，猛地惊醒，睁眼一看，黑暗中有张蒙面脸人正卡住自己喉咙，便使劲蹬踢，可腿被人使劲按住，动弹不得，又使劲叫喊，但一丝声音也发不出来，眼前突然一黑，浑身顿感轻飘飘的，便化作一股青烟随风散去，化为乌有。

周爷带人赶到，叫人点亮烛火引往邱掌案房间，开门一看，梁上悬着个伸舌头的人，赶快叫人放他下来，一摸鼻息，没气了，叫人辨认，不是邱

77

掌案是谁。周爷忙叫带来的内务府护军封锁场地、缉拿凶犯,全住宿地的厨役都被叫醒接受审讯,折腾到天亮也毫无线索。周爷望着邱掌案的尸体发愣,希望他突然张嘴说出谁是杀手。他懊恼极了,不停地捶打脑袋骂自己是笨驴,怎么连杀人灭口的事也没有丁点预感,又想,是谁干的?做得这么干净利落,一点蛛丝马迹也不留,显然不是一般人所为,紫禁城只有禁军才有这等高手,那紫禁城禁军怎么插手此事呢?又是谁调动禁军的呢?一个问号接一个问号,令他头脑发热发痛。

第二天,内务府叫来有关衙门总管商议这事。三位大臣听完禀报,撇开众人,关门会商。许大臣是领班大臣,自然首先发言。他听了半天禀报已经疲倦,便半靠着太师椅说:"毛大臣、张大臣,家里就咱三位,那两位这会儿还不知在杭州还是无锡,先研究吧。怎么看这事?"毛大臣、张大臣说,听许大人高见。许大臣便说:"那老夫抛砖引玉。"他挺直身子喝口茶接着说:"我以为处理此案的第一步,也是最关键的一步,是首先确定这妓女是自己擅自进宫还是被人撺掇进宫。要是擅自进宫,这事比较简单,主要责任在宫禁不在内务府。要是撺掇进宫,这事比较复杂,一个牵涉面广。二是超出内务府大臣处理权限,就得报请皇帝圣旨,而皇帝圣旨不外乎指派禁军统领、内务府大臣、护军统领甚至几个亲王郡王,那就不是我们说得起话的了。你们说是不是?"

他又端碗咕咕喝茶。笔帖式后桌做记录,上前替他掺水,也替毛大臣、张大臣掺水。此事十分要紧,连伺候的太监也被叫走。毛大臣、张大臣听了这番鞭辟入里的开场白,不禁哑然,也端碗喝茶,暗自思量。

许大臣的案房里除古香古色的书案、书架、八仙桌、太师椅,还有一些新鲜物件,像墙角摆放着一座落地钟,英国货,一到正点咚咚响,还有地上铺的波斯地毯、品架上的美国望远镜、书桌上的意大利放大镜等,不外乎近水楼台先得月,从各国贡品中顺手牵羊拿来用的。

许大臣说:"诸位大人,要是到这一步,想必二位大臣久历朝事,满腹经纶,一定想得到,无论结果如何,内务府脱离不了第一责任。若是御史风闻弹劾,加之民间舆论杀人,就不是我等可以收场的了,又是何苦呢?依老夫的意思,多一事不如少一事,既然死无对证,就不要再提谁叫谁进宫的事,就说这妓女私自混进宫算了。"

毛大臣听了暗自咂舌。昨晚得知邱掌案死讯,毛大臣一夜无眠,深为自己行动迟缓而自责。他先前听周宗禀报便察觉到此事有蹊跷,明摆着是蒋广宗借刀杀人,不管成与不成,邱掌案必死无疑,所以有叫周宗马上赶去保护邱掌案之举,可惜晚了一步,不禁感叹这件事的主谋何其狡猾。正不知如何是好,这会儿听了许大臣这番话,显然一唱一和、一张一弛,更是佩服不已。他想,要是坚持说蒋广宗叫邱掌案让妓女进宫已无意义,死无对证,不可能扳倒蒋广宗,倒可能暴露自己调查食材走路的事,只好蜷脚吧。

毛大臣说:"许大人言之有理,佩服、佩服。依老夫之见,邱掌案之言不可靠。蒋广宗与邱掌案有过节,罢了他首领之职,不免招邱掌案忌恨,不可能叫他让妓女进宫。至于邱掌案之死,禁军首领也看了,听听他的意见再说吧。"

张大臣说:"这样好。再加一条,徐树叶嫖娼不给房钱之事信不得,也不能信,一信啊咱们三人都牵进去了。"

三位大臣面面相觑,突然笑起来。

经过一番商议,原以为分歧严重,必定有一番纠葛,出乎预料,竟很快取得一致意见,上报皇帝。内务府的意见是,查北海内宫监追月楼妓女齐玉娇,盗得御膳房腰牌一枚,图新鲜好玩,私自闯进宫禁迷路,遭禁军内务府官员围追,走投无路投湖自杀身亡属实。另附一单片说外御膳房掌案邱掌案之死,经禁军首领会同内务府大臣共商定,该员确系自杀身亡,与妓女闯宫无涉。最后自责一番,请皇帝处置,感恩不尽云云。不日皇帝圣旨到曰:宫禁之泛可见一斑,着内务府诸大臣罚三月俸银、禁军首领罚三月俸银,钦此。

至于赵太妃宫司房徐树叶嫖娼嫌疑,照蒋爷意见是要处理的,不过徐树叶不是他的人,鞭长莫及他管不着,只是嚷嚷。许大臣认为此风不可长,还得有所警惕。毛大臣的意见是照张大臣的看法办。许大臣就问张大臣啥看法。张大臣先是莫名其妙地傻笑,再看毛大臣冲他眨眼睛明白了,送到嘴边来的吃物不吃有罪,便脱口而言:"他是太监,归敬事房管。"

紫禁城的太监多,乾隆朝有宫监机构一百二十七处、太监二千八百六十六人,嘉庆朝有宫监机构一百零二处、太监二千六百三十八人,眼下光绪朝已大为减少，也有宫监机构六十三处、太监一千九百八十九人，犯了事都由内务府直接处置，闲了敬事房不说，给自己也上了套，整天忙太监事吧。还有一层太监不好管，时常发生违规情况，比如禁地饮酒行凶、口角斗殴、不守法度、喧哗无礼、宣招不应、抗违不至、坐更打瞌睡、假期不归等。乾隆四十九年六月，瀛台一个当差太监因为母亲病重，告假三天回家，后母亲病逝，办完丧事赶回宫销假晚了半天，被作为逃跑处理，发到南苑马棚铡草三年。与这人同时受罚的有十三个太监，七人是逃跑被抓回来的，每人身上锁九条锁链。

嘉庆初年，嘉庆皇帝因历年已久，不符者居多，向内阁要各省道府名单备查，并没有交代给奏事处太监。奏事处总管太监曹进喜主动替嘉庆皇帝催收，在勤政门外向军机大臣查问情况，严厉指责吏部办事拖沓，迟迟不报。军机大臣把这事禀报嘉庆皇帝。嘉庆皇帝派绵课、汪廷珍、那清安去当面讯问曹进喜。曹进喜供认自作主张，态度不好。嘉庆皇帝口谕，革去曹进喜五品顶戴、廷杖二十、罚端门看门。

嘉庆二十一年宫内失火，烧了九洲清晏等处。内务府大臣禧恩把管理九洲清晏等处的一帮太监关押起来，按条律提出处理意见，奏请嘉庆皇帝核准，最后的结果是，太监袁进喜、韩进玉绞监候，秋后处决；首领太监黄喜、刘文得革去顶戴、发往打牲乌拉，给官员为奴，遇赦不赦；八品首领太监王得太革去首领、罚月银十年；圆明园六品总管太监赵喜、七品总管太监王进朝革去顶戴、罚月银六年；圆明园六品总管太监张二汉革去顶戴、罚月银三年；内廷总管太监王常清革去顶戴、罚月银六年；太监袁进喜发给打牲乌拉官员为奴，遇赦不赦。

所以张大臣这么一说，内务府便把徐树叶交敬事房处理。这叫退一步海阔天空。毛大臣跟敬事房总管太监孙有子打招呼，多一事不如少一事。黄厨头恨徐树叶帮我，要蒋爷不要放过徐树叶。蒋爷管御膳房管不了敬事房，得找许大臣，请许大臣严处徐树叶。许大臣正要发话，门上报李统领派人来请安，心里咯噔一下，这唱的哪一出，既不是一年三节，又不逢生日忌日，便叫声进来，又挥手让蒋爷帐后回避。

不一会，人来了，是李统领的跟班小太监。西太后宫的人规矩大，隔着八尺地啪啪甩袖，两腿先左后右跪地，身子挺直，摘下帽子放身右边，磕一个头站起身,这叫双腿安,奴才对主子请安。许大臣问李统领有何吩咐。小太监说回大人话,李爷叫奴才前来请安。许大臣纳闷,啥花招,又问他还有啥吩咐。小太监说李爷没有吩咐。许大臣说知道了,你走吧。小太监说一声"喳",徐徐后退而去。这时内务府习总管进来压低声音说,徐树叶的事别计较了,李统领是他干爹。许大臣愕然不解,没听说过啊,问习总管何以得知。习总管说刚才听门房说的,门房说听这位小太监说的。许大臣拍拍脑袋说差点误事。

蒋爷都听见了,讪笑着走出来跟许大臣告辞,招手要习总管一道,边走边给习总管说差点忘个事,关东鹿角片子得用白蜜浸泡后熬制,别糟蹋了。习总管说蒋爷您放心,您送来这么贵重的东西我敢黑吗,已叫人送许府了。蒋爷说听岔了不是,您那份叫人送您府上了,也得白蜜浸泡,包您红旗不倒。二人嘿嘿笑。

这些事我是无法目睹,都是事后听周爷说的,后来的事也证明的确如此,那就是黄厨头见我和徐树叶平安无事,害怕我们弄到他贪污食材的证据,又使出欲擒故纵之计,令我狼狈不堪。事情发生在妓女进宫后的第二个月。

宫里太监、宫女、厨役、护军的俸银都不多,特别是无品级的每月只有二三两银子、两三斗米,往往弄得穿补丁衣服。他们也有盼头,那就是节赏、寿赏、季节赏、加班赏等多种赏赐。皇帝大婚和生皇子的赏赐最多。季节赏赐不是银子是物件,各种绸缎、绫罗、锦纱、皮毛和珠宝、玉器以及各种名贵的书画等物。节赏每年三次,春节、端午、中秋。每次赏赐,总管太监银三百两、尺头四卷;首领太监银一百两、尺头四卷;回事太监银一百两、尺头二卷;小太监银四十两、尺头一卷半;首领太监银二十两;无品级太监也有几两赏银。这些赏赐加起来比俸银多多了。

所以,赵太妃满六十的消息令太妃宫的太监、宫女、厨役、护军特别高兴,因为是甲子满寿,早就有风声出来说不仅赵太妃要赏,连西太后、皇上都要赏,便都眼巴巴盼着。赵太妃瞧着笑眯了眼,发话说好好当差,都有赏。大家听了更来劲,走路风摆柳,希望得头一份。

我自从出那事后心情一直不好,邱掌案被人卡死的样子老在脑子里转悠,总觉得自己没把事情处理好,罪孽感压在心上挥之不去。徐司房见了来劝我,说邱掌案肯定是蒋爷派人害死的,我们替邱掌案报仇。我问怎么报。他说继续查啊,把他们盗用食材的事查出来,让皇帝惩罚他们。我赶紧叫他小点声,说这事只可意会不可言传。

  黄厨头见了也来劝我,说人死不能复生,又说他也有责任,今后大家商量办事,没有必要明争暗斗。我不明白他的话,问他谁斗了。他说好好,我自个儿跟自个儿斗得了。我心里咯噔一下,也许李统领发话了,不让他们这么胡来。我进宫这么些年没能与李统领直接打交道,但听大伙儿说李统领不错,谨小慎微,唯唯诺诺,才不像蒋爷那样嚣张。我把这想法告诉徐司房。他说那当然啦,干爹说蒋广宗你不准胡来。我说李统领真这样说啊。他说这还有假,他当时在场亲耳所听。我想这样就好了。我跟周爷说了这个情况。周爷说我幼稚。我说我是大人了,不幼稚。他说你不幼稚为啥信这鬼话。我说这不是鬼话,是真话。他说你不信咱们骑驴看本走着瞧。我心里说走着瞧就走着瞧。

  转眼赵太妃的生日到了,果真十分隆重,西太后和皇帝爷除赏赐金银外,破例允许为赵太妃举办万寿宴。这可是百年少见的殊荣。大清最隆重的宴席是满汉全席,是当年为康熙皇帝六十六岁大寿特意举办的,有冷荤热肴一百九十六品,点心茶食一百二十四品,计肴馔三百二十品;菜式有满菜特点的烧烤火锅涮锅,有汉菜特色的扒炸炒熘烧;宴中有宴,有蒙古亲潘宴、廷臣宴、万寿宴、千叟宴、节令宴,要吃三天,是中华菜系的最高规格。

  万寿宴就是其中之一。

  我进宫这么些年听说过万寿宴,也没做过,找徐司房要膳单看,有茶、干果、蜜饯、馍馍、酱菜、酱鸡、御菜、膳汤、膳粥、攒盒、水果共计五十八品,具体名称是:

  丽人献茗:庐山云雾。

  干果四品:奶白枣宝、双色软糖、糖炒大扁、可可桃仁。

  蜜饯四品:蜜饯菠萝、蜜饯红果、蜜饯葡萄、蜜饯马蹄。

  饽饽四品:金糕卷、小豆糕、莲子糕、豌豆黄。

  酱菜四品:桂花辣酱芥、紫香干、什香菜、虾油黄瓜。

  攒盒一品:龙凤描金攒盒龙盘柱。

五香酱鸡：盐水里脊、红油鸭子、麻辣口条。
桂花酱鸡：番茄马蹄、油焖草菇、椒油银耳。
前菜四品：万字珊瑚白菜、寿字五香大虾、无字盐水牛肉、疆字红油百叶。
膳汤一品：长春鹿鞭汤。
御菜四品：玉掌献寿、明珠豆腐、首乌鸡丁、百花鸭舌。
饽饽二品：长寿龙须面、百寿桃。
御菜四品：参芪炖白凤、干煸牛肉、父子同欢、粉蒸鲢鱼。
饽饽二品：长春卷、菊花佛手。
御菜四品：金腿烧圆鱼、巧手烧雁鸢、桃仁山鸡丁、蟹肉双笋丝。
饽饽二品：人参果、核桃酪酥。
御菜四品：松树猴头蘑、墨鱼羹、荷叶鸡、牛柳炒白蘑。
烧烤二品：挂炉沙板鸡、麻仁鹿肉串。
膳粥一品：稀珍黑米粥。
水果一品：应时水果拼盘一品。
告别香茗：茉莉雀舌毫。

徐司房指着前菜四品告诉我，因为犯忌，内务府把这道菜取消了，其他全要。我看这四品菜的前面四个字组合成"万寿无疆"显然犯忌，又细看其他菜，多数会做，也有做不来的，比如父子同欢，便说这是啥菜啊。徐司房哈哈笑说对牛弹琴。我才记起他不是御厨，跟着笑。

鉴于太妃膳房没办过这么隆重的宴席，人力也不够，内务府派周爷亲自督阵，又要御膳房派御厨帮忙。周爷就带上亲信——御膳房副总管姜爷、御膳房荤局首领张爷、颐和园膳房钱总管；蒋爷就带了亲信——御膳房副总管王爷、外御膳房荤局首领唐守正、内膳房点心局掌案王厨头、南园戏班膳房掌案青常备过来协助。

办这样的大宴，事前就得做很多准备，比如该泡发的干货、专门熬制的高汤，等等，所以办宴前几天我们就开始忙碌。黄厨头是主办御厨。我问他我干啥。他说十六个热菜我们一人做几个。我说有些菜我不会做，别分给我做啊。他说好嘞。我想这人也不是想象中那么坏。

办席前一天，支援的人都到太妃膳房来了。大家聚在一起商议怎做。周爷是内务府的,受内务府指派,前来统筹。蒋爷是御膳房总管,负责指导。御膳房两个副总管姜爷、王爷是紫禁城最有权威的御厨,一个做酱菜,一个做烧烤。内膳房点心局掌案王厨头负责饽饽。其余的唐首领、钱总管、青常备和我,加上黄厨头五人负责十六个热菜,一人做三个,黄厨头多做一个。黄厨头是本宫主厨,所有没人管的都归他管,包括茶品、蜜饯、干果、攒盒、膳粥、膳汤、水果等,由他分配他手下人做。

周爷是统筹,召集外来的和太妃宫的厨役说事,说明天赵太妃的万寿宴是太后皇帝赏赐的,西太后指派十二位嫔妃娘娘前来给赵太妃贺生,还奉懿旨邀请了八位王府福晋进宫祝寿,西太后要是来,皇后娘娘便一起来,西太后要是不来,皇后娘娘也不来,皇帝避嫌就不来了,但派李统领带禁军前来维持。大家听了神色严峻。周爷接着说,宫里的规矩大家都知道,就不重复了,只强调三点:一、我是万寿宴总统筹,一切听我指挥;二、蒋爷是御膳房总管,是万寿宴质量总负责人,一切质量事情听他的;三、黄厨头是万寿宴的具体操办负责人,具体事宜听他的。

蒋爷和黄厨头也分别讲了话,提出一些具体要求。大事说完,分组商量。黄厨头把做热菜的几个人叫来一起分工。在这五人中,黄厨头和圆明园膳房的钱总管资历最老,厨艺最精,所以一上来他们就说你们几个先挑,剩下的归我们。外御膳房的唐首领不甘与我和青常备为伍,但又怕遇到不好做的菜,嘿嘿笑说我也……嘿嘿嘿。我和青常备最年轻,进宫时间也最短,也就不讲面子,选起来。我早把膳单琢磨透了,选定了五六个菜品,就对青常备说,我现在是半个太妃宫膳房的主人,你先选。

青常备在南园戏班,我一会儿在外御膳房,一会儿在赵太妃宫,关系又在内务府,所以最近几年我与他的往来不多。只是听说他混得不错,做上戏班膳房总管了,也是八品,还听说这还挡不住,还要攀高枝,不过也有闲话说他不走正道,无法证实,前些年见过他赌博,也不知道现在如何,不敢信。我与青常备虽说有些矛盾,但我进宫毕竟与他家地有关,多少算是沾青家的光,所以处处原谅他,不与他计较。

青常备说:"你这话我不爱听。"

我说:"为啥?"

他说:"照你这么说,我们五人就我嫩啊?"大家哈哈笑。

黄厨头说:"青总管您别不服气,能与柳崇孔柳管事比吗?别说您了,钱总管、唐首领我不敢说,起码我甘拜下风。"

唐首领说:"我也是我也是。前次熙亲王受邱掌案撺掇点名要吃我做的灌汤黄鱼,嘿,欺我不会做啊,全靠柳管事鼎力相助。"

我说:"唐首领算了,您别说这档子事,我这点手艺在您那里不待见,没考及格惭愧得很。"

钱总管说:"这就是您唐首领不对了。"

黄厨头说:"对嘛,看在人家救你一命的分上,就是不及格也该及格不是?"

我说:"黄厨头你这话我爱……"突然觉得不对,不是挖苦人吗?便说,"啥话啥话啊?我怎么就不及格啊?"大家哈哈笑。

厨役们平日各自瞎忙少往来,难得这么闲下来聊天,加之明天赵太妃过生有赏,心里特有劲,说笑起来便没个完。周爷和蒋爷见我们这边哈哈连哈哈,也过来凑热闹。周爷说:"你们快落实吧,也别按年纪分了,各有所长,谁也不敢打包票都会,除非……蒋爷。"一脚把球踢给蒋爷。蒋爷说:"这是这是,要是蒋爷我出面啊,这十六个热菜……周爷全包了。"大家哈哈笑。

最后分配给我做的是干煸牛肉、粉蒸鲢鱼、桃仁山鸡丁。

大家散了之后,按照周爷吩咐,我和御膳房副总管姜爷、御膳房荤局首领张爷、颐和园膳房钱总管,加上太妃宫的徐司房,悄悄来到徐司房的住处,关上门窗,也不点灯,借着朗朗月光听周爷说事。周爷说:"几位爷,今儿个约大家说说食材的事。我们在下面已说了不少,都觉得各膳房的食材有渠道的问题,但老是查无证据,只好听之任之。现在情况有变,我们可以大胆地查了。我现在代表内务府毛大臣告诉诸位一个事,毛大臣奉密旨查御膳房食材。"我和大家听了一惊,面面相觑,这事惊动皇帝爷啦?

周爷接着说:"我们都是皇帝爷的忠臣,食俸禄办皇事,务必尽职尽责,一定把这事调查清楚,拿到盗用食材的证据,将他们一网打尽,铲除紫禁城蛀虫。诸位敢做吗?"我和大家齐声说敢。

周爷又说:"再告诉大家,在座诸位只是调查人员中的部分,我们还组织了一批人分头行动,有禁军护军、太监宫女、各膳房各他坦厨役。我要求诸位严守秘密,暗中走访调查,不要暴露意图。我为啥在今晚说这事呢?因为据我所知,宫里有人准备借赵太妃万寿宴之机大肆盗用食材。毛大臣命令我们来这里做暗中调查,看看他们要做什么,能不能找到线索,以便下一步调查,但注意不要打草惊蛇,如发现问题及时向我禀报,不准随意行动,不准影响明天的宴席,不准暴露我们的行动,因为盗用食材这件事问题复杂,积重难返,涉及面宽,影响极大,不可能一蹴而就,要做持久准备。"

当晚我因为兴奋,久久不能入睡,一想到奉密旨查御膳房食材,心里特别得劲。我又想明天的事,黄厨头领来食材,众目睽睽之下怎么转移,如果用萨满的驴车,明天萨满会来吗?前次准备查萨满的驴车,被妓女进宫的事打搅了,明天要是来了一定看看。皓月当空,月光如泻,弄得我越发不能入睡。

第二天一早,太妃宫一片忙碌。黄厨头带人带车去内务府照膳单领食材,鞭子甩得啪啪脆响。周爷、蒋爷吆喝厨役上膳房干活。御膳房副总管姜爷昨晚领人做的酱鸡酱菜,芳香四溢。御膳房副总管正领人做挂炉沙板鸡、麻仁鹿肉串。内膳房点心局掌案王厨头指挥一帮厨役做饽饽,热气腾腾。徐司房督促宫里的太监宫女张灯结彩,布置寿堂,做最后一遍清洁,安排笔帖式在宫门边摆桌椅、备签名簿册,准备迎候贵宾。赵太妃等四个太妃本来就瞌睡少,起得更早,在宫里四处溜达看热闹。

我来到膳房围上围腰戴上帽子,告诉早已候着的两个配菜、两个打杂、两个苏拉,今天我们这眼灶的任务是做干煸牛肉、粉蒸鲢鱼、桃仁山鸡丁。我按规矩将这三道菜的特点、食材、准备工作告诉他们,使他们心中有个概念,好配合我做菜。我说干煸牛肉的特点是香辣脆,食材要牦牛里脊、芹菜;粉蒸鲢鱼的特点是嫩鲜,食材是碗口粗的鲜鲢鱼;桃仁山鸡丁的特点是鲜美香脆,食材是野鸡和核桃,配料是淀粉、火腿、香菇、鸡蛋清、樱桃。我叫大配菜先拟出所需常用佐料配料清单叫我签字再去库房领取做准备,待黄厨头领回食材我再去他那儿领主材。

于是我们这眼灶就开始做事。我们实行的是一级管一级。我管大配菜,大配菜管二配菜,二配菜管打杂,打杂管苏拉。大配菜按我的吩咐立即拟定所需常备佐料配料清单,我审核签字,他带人去膳房库房领用。打杂开始劈柴、清理炉子、铲来煤炭生火。苏拉先帮打杂的忙,菜做好了再去送菜。我一时没事,叫苏拉替我泡壶茶端着闲逛。

过一会黄厨头食材领回来了,冒尖三大车,鸡鸭鱼肉、山珍海味都有,干货都用黄绸裹着、红绳系着,鲜货都用竹笼、竹篓装着,外面系着红带,一瞧就知道是真资格的皇家贡品。黄厨头领回食材搬进库房,一番收拾后叫人去领。太妃库房我没进去过,黄厨头不让进,说是规矩。我在其他膳房也遇到这种情况,也问过周爷,回答说是这样。我只知道太妃膳房的库房很大,热天有冰砖,还有水池、鸡鸭圈什么的,干货更多,什么燕窝、鹿茸、人参、鱼翅、海参、灵芝、猴头菇、竹笋,多了去,天南海北的都有,只是都有量,都上了账,谁用得按规矩。

我带人去库房领食材,一路上看贵宾已开始陆续到来,都是女宾,有几拨坐轿来的,宫女太监前呼后拥,显然是宫里的娘娘;有几拨坐驴车来的,一人带一丫头,大概是王府的女眷,因为一概不认识,也因为自己身份太低不敢直视,急忙横站低头——让过。

我来到库房,在窗口递进膳食清单领食材。崔管事接了叫他手下人进去拿,跟我说闲话问外面都来些什么人,问皇后娘娘来不来,说要是皇后来了,赵太妃的面子就大了。库房的爷不好得罪,我便咿咿哇哇说一通。食材送出来了几大筐。崔管事说:"您不就做三菜吗?要这么多啊?"我说:"得这么多。每菜做十份就是三十份。自己几个不也得尝尝?"崔管事说:"得,还是掌勺好,咱没这口福。"我叫跟我一路来的配菜、打杂先把食材抬回去,自己和崔管事一番胡吹。

待我回到膳房,见配菜已取出箩筐食材在收拾,晃眼瞟过去发觉不对,忙过去细看,果然有问题,不由得皱着眉头说:"怎么回事?怎么回事?你们刚才直接回来的还是去别处逗留了?"配菜莫名其妙,绿眉绿眼望着我说:"没有啊,直接就回了。柳管事啥事?这食材哪不对吗?没看出来啊。"我说:"喂,你看看这个……再看看那个……嘿!都是啥食材啊?不行不行,我得找他去。"配菜东看看西看看,还在发蒙。我边往外走边回头说:"还蒙啥啊?扛着走啊!"配菜学我腔调喊打杂:"还蒙啥啊?扛着走啊!"

我走头里,配菜打杂抬筐随后一路来到库房,远远瞧见崔管事就叫:

"喂喂,你发的啥食材啊,重新给过才行。"崔管事说:"怎么啦?刚才还好好的,这会儿就翻脸啦?"我走近说:"你自个儿瞧。内务府膳单有规定,干煸牛肉用牦牛里脊,你给的啥,黄牛肉。给黄牛肉给食用黄牛肉还能应付,给制革黄牛肉算啥事啊?你再看鲢鱼,内务府膳单有规定,粉蒸鲢鱼得用碗口粗鲢鱼,你给的啥,酒杯这么细,熬汤还行,能蒸吗?能蒸吗?"

崔管事说:"抬过来我瞧瞧,兴许……"配菜把我们领的食材给他看。他也是御厨出身,还是老资格御厨,自然识货,看了不言语,掉头进库房去,一会儿和黄厨头一块儿出来,黄厨头的人没现声音先到:"吼啥吼啥?谁知道他把真货拿哪儿去了呢?"说着露了脸,瞧见我对我说,"又是你。说,怎么回事?今儿个啥日子,也敢这么嚷嚷。"

我说:"嘿,猪八戒倒打一耙啊!瞧好了,我刚来领的食材完全不符合要求,不是牦牛里脊,不是碗口粗鲢鱼,这干煸牛肉和粉蒸鲢鱼没法弄,给我换!"

黄厨头嘿嘿笑说:"比我还横啦!库房按内务府膳单发放食材,一人取一人核对不会错,还有你签字,耍啥横啊?该不会拿出去半道走了路吧?这可是犯法的事,得报内务府周爷查查。"

我气得脸青面黑,大声说:"刚领回去发现不对就来找你们,一锅烟工夫不到,他们几个人一道的,大庭广众抬回去,怎么半道走得了路?我看是你们把好的藏着掖着拿下脚料糊弄人!你给我换!不换我……"

黄厨头说:"不换咋的?不换咋的?"

我说:"你不换我……我找周爷去!"

"别闹了!都别闹了!"周爷不知什么时候已经站一边了,黑着脸说,"今儿个啥日子?谁误了寿宴我办谁!"

蒋爷也来了,说:"黄厨头你好好查查,究竟给的什么食材?今天谁误事我罚谁!"

黄厨头说:"蒋爷、周爷,你们都瞧见了,他柳崇孔血口喷人,污蔑我们库房没按膳单发货,怎么可能?二位爷瞧了,这领单上不是有他签字吗?能有假吗?"

蒋爷说:"你还有个完没有?听周爷的!"又掉头对周爷说,"您看这事……都是我平日管教不严,怎么出这种事呢?那边贵客来得差不多了,赵太妃派人叫咱们,还有黄厨头、柳管事过去问话呢。"

周爷说:"那咱们走,回来再说这事。都散了。这事谁也别往里面说啊。"

周爷便领着蒋爷、黄厨头和我往宫里去,穿过庭院长廊,越过小桥湖泊,逶迤来到太妃宫,在宫门会着正候着的太监,便随他进去。太妃宫很漂亮,不比大内,为了安全连棵树也没有,种了很多杨树柳树,高大挺拔,还种了四节名花,这会儿正争相斗艳,引得蝴蝶翩翩、雀鸟鸣唱。

见着赵太妃正与一群娘娘、福晋在院子里溜达,那太监早疾步上前禀报,只听得赵太妃朗朗说道:"都过来吧,不用回避了,众位娘娘、福晋都有话要问呢。"便鱼贯过去一溜儿排开磕头问安,祝赵太妃长命百岁。赵太妃说:"起来吧。今儿个有劳你等了,好好办,本太妃有赏。准备得怎样了?"

周爷回答:"禀报赵太妃,遵照内务府安排,一切准备就绪,届时一定让太妃和各位娘娘、福晋满意。"

赵太妃说:"膳单我们都看了。我牙不好,几位太妃也有这问题,最喜欢那道粉蒸鲢鱼,听说都是碗口粗的鱼,是吗?"

我听了心往下沉。

周爷回答:"太妃说的是。宫里用的鲢鱼来自江南,有大有小不等,看做什么菜。今儿个做粉蒸鲢鱼就得碗口粗的鲢鱼,若是熬汤则是小一点的好。"

一位娘娘插话:"宫里的干煸牛肉为啥这么好吃啊?"

周爷回话:"因为用的食材不同。外面的干煸牛肉用的黄牛肉里脊,宫里用的牦牛肉里脊。宫里的牦牛肉来自四川阿坝,是天下最好的牦牛肉。"

一位太妃说:"老了不想吃肉,能不能加一份可口的小菜?"

十几位太妃、娘娘、福晋嘻嘻笑。

赵太妃说:"老姐儿,今儿个皇帝赏满汉全席,哪来小菜啊?"

一位福晋插话:"什么小菜上得万寿宴啊?"

赵太妃说:"周总管,有小菜上得万寿宴吗?"

周爷说:"回太妃话,有。"

十几位太妃、娘娘、福晋惊讶得睁大眼睛,说真有啊,啥菜啥菜,快说快说。

周爷说:"开水白菜。"

大家捂嘴笑,三三两两议论纷纷。有的说没听说过。有的说不就是家里白水煮白菜吗?那哪上得了万寿宴啊。有的说好像听说过这道菜,特别好吃。大家便要周爷介绍一下。周爷就把这道菜简单做了介绍,最后保证大家吃了一回想二回。赵太妃说:"那你就给大家做这道菜。御膳房谁做得最好叫谁做,不准马虎。你们哪位御厨做得最好?"

周爷说:"您宫里的黄厨头做得最好。"

赵太妃说:"喔,没想到黄厨头还有这等本事,赏双赏。"大家嘻嘻笑。

我听了惊愕不已,什么开水白菜?闻所未闻,也不是宫廷御膳啊,周爷这是啥意思?而且怎么这么抬举黄厨头?他不是刚刚还在整我吗?周爷讨好黄厨头,难道放弃调查了吗?我实在忍不住,就冲周爷背拉他衣角。周爷回头厉声说:"不准插话!"

黄厨头见主子有赏,急忙上前半步叩谢,喜气洋洋,红光满面。蒋爷悄悄踢他一脚,轻声问:"你会做开水白菜吗?"

黄厨头说:"不就是开水煮白菜吗?"

蒋爷说:"放屁!你被周爷耍了。"

黄厨头顿时愣了,细细一想,万寿宴是国宴,不可能上开水煮白菜,那周爷啥意思?耍我?那怎么办?我慌着谢赏干吗啊?糊弄主子是死罪啊!便说:"蒋爷您救救我啊!"

蒋爷说:"我也不会啊。"

就在这时,赵太妃发话说:"散了吧,你们下去准备开水白菜吧。"

周爷便领着我们鞠躬后退而去。我们一行四人也不言语,鱼贯而出,待走出太妃宫,我迫不及待地说:"周爷……"话还没说出口,见黄厨头突然跪在周爷面前说:"周爷救命!周爷救命!"不禁万分惊讶,怎么回事?

周爷说:"啥事?谁要你命?你不是好好的吗?"

黄厨头说:"周爷饶命!周爷饶命!小的知错了!小的马上替柳管事取食材去。"

我又是一惊,黄厨头知啥错?替我取啥食材?

90

周爷对蒋爷说:"他说啥?我怎么听不明白呢?您明白吗?"

蒋爷一脸尴尬,掉头对黄厨头说:"还愣着干吗?自己做错了啥赶紧坦白交代,争取周爷、柳管事原谅,不然我撤了你掌案给我打杂去!"

黄厨头的脸一阵青一阵白,说话吞吞吐吐,平日挺麻利的一张嘴像是舌头打结,语无伦次。他最后把事情说明白了。他去内务府领回的食材都是符合标准的,比如做粉蒸鲢鱼的鲢鱼碗口粗、干焖牛肉的牛肉是地道阿坝牦牛里脊,回到库房见我来领食材,便多了个心眼,故意用劣质货敷衍,没想到我只顾与发货崔管事聊天,没点货就签了字,便以错为错不承认出错,趁机报复我让我出丑,以便把我撵出太妃宫。

后面的事就简单了,黄厨头去库房取出符合规格的食材,我做出精美的粉蒸鲢鱼和干焖牛肉,周爷替黄厨头做开水白菜,赵太妃和来宾吃好喝好给赏,皆大欢喜,功德圆满,一场生死风波有惊无险。

这是几十年前的事了,可现在回忆起来我还觉得太危险,要不是周爷以毒攻毒,迫使黄厨头交出好食材,我做的粉蒸鲢鱼和干焖牛肉肯定属于偷工减料,欺骗主子,那就是大逆不道,按律轻则取消御厨资格贬为打杂,重则发配满洲为奴,哪还有我现在优哉游哉的日子。为此我视周爷为再生父母,忠心耿耿替他干事,在他的领导下继续调查盗用食材的事,遇到更大更险的风波。这是后话,容我慢慢道来。

第七章 《挑滑车》高宠成花脸

办完赵太妃寿宴,周爷找我们几个说事。我和大家都夸周爷机智过人,逼迫黄厨头交出扣留的好食材,避免了一场灾难,又问周爷怎么会做开水白菜。周爷说这道菜是他最近发明的,当然大家都不知道。我说这道菜太好了,应当列入朝廷御膳目录。周爷说他已经报告毛大臣,他们正在组织鉴定,很快就可以上目录,大家都可以做了。

这时黄厨头敲门进来,毕恭毕敬地对周爷行礼,又向我们拱手,然后对周爷说:"周爷这次救我一命,我黄某感恩戴德永世不忘,还请周爷大人大量再放我一马,我保证绝不再犯。"我插话说:"你还要怎样?周爷对你已经仁慈宽厚了。"其他几个人也指责黄厨头。黄厨头一脸狼狈相,嘟嘟囔囔只管告饶。周爷说:"你要我怎么再放你一马?"黄厨头说:"请周爷不要把我的事禀报内务府,交由蒋爷处罚就是了。"我厉声说:"想得美!必须禀报内务府处罚你!"周爷说:"那柳崇孔在你这儿实习的事……"黄厨头说:"这没话说,肯定给优、肯定给优。"周爷说:"你先下去吧,我们还要研究研究。"

黄厨头走后,我们继续说事。周爷说他召集大家来说事就是要好好总结一下。他认为这次举办赵太妃寿宴,他们想占便宜没有占到,我们反击了一下也没有吃啥亏,算是打个平手,不过大家发现没有,两军对垒的气氛倒是有了。这样不好,不利于咱们调查。咱们奉的是密旨,正因为是密旨,所以咱们不能旗帜鲜明地与他们干,必须暗中调查,掌握他们盗用食材的证据,再宣布圣旨缉拿罪犯。要是现在就旗帜鲜明地与他们斗,他们必然隐瞒潜伏,消灭证据,就没法斗,反而让他们抓到把柄,所以形成两军对垒的局面不好。

周爷这番话引起我们深思。我一想,对啊,开展暗中调查有一段时间了,线索倒是发现了一些,证据确实一无所获,倒引来他们反攻,不划算。我说:"周爷说得对,现在不能与他们正面交锋。"周爷说:"柳崇孔有进步。那你觉得黄厨头这事需不需要往上禀报呢?"我说:"那……"舌头打结,说不出话来。大家哈哈笑。周爷说:"我的意见啦,咱们放他一马,缓和一下气氛,麻痹一下对手,免得我们下一步的事情不好办。比如柳崇孔,赵太妃膳房的实习就要完了,下一步去哪儿? 你做何打算?"

按内务府规定,实习个人得主动联系地方,所以我也在积极联系,最想去的是他坦房,就是设在他坦街上的许多宫处的外事处的膳房。据我了解啊,那里的情况也很复杂,可问了几家都摇脑袋,说你柳管事还需要实习啊,哈哈哈,就心灰意冷,就跟周爷说:"还没联系上呢,可不可以不实习了?"

御膳房副总管姜爷说:"柳管事去各膳房实习作用大,大家总的反映不错,同时也摸到一些盗用食材的线索,应当继续。"御膳房荤局首领张爷、颐和园膳房钱总管和太妃宫的徐司房都说对对。周爷说:"想当逃兵啊? 听着大家的意见,那不行。你是我们的斥候,是先锋大将,只有你去最方便,我们任何一个去了都会打草惊蛇。这样吧,我给你联系去南园戏班。你不是说那儿好玩吗? 天天看戏。"

我说:"好啊好啊,只是……青常备在南园戏班做膳房管事,我跟他提起过,没答应啊,怎么去得了?"

周爷说:"我自有办法。"

我问:"啥办法?"

御膳房副总管姜爷、御膳房荤局首领张爷、颐和园膳房钱总管和太妃宫的徐司房嘻嘻笑,说这都不知道啊,我们都知道。我把他们望几眼问:"啥意思? 你们都知道唯独我不知道? 周爷你告诉他们为啥不告诉我?"

周爷说:"我啥时告诉他们了? 他们比你聪明。不要瞎猜了,你去把黄厨头叫来,我有话说。"

黄厨头正在他屋里耷拉着头喝闷酒,见我来了忙说柳管事你们商议有结果了吗? 是不是要禀报内务府啊? 你得帮帮我,我们没有感情有交情,今后有啥事找我一句话的事。我说周爷找你。他问啥事。我说不知道。他说你肯定知道,快说。我说真不知道。我们来到徐司房房间,黄厨头一进屋就打躬说周爷饶命,小的知错了。

周爷说:"柳崇孔有个问题想问问你。"

93

我心里咯噔一下,我有啥问题问他啊?不是周爷叫我去喊来黄厨头说事的吗?黄厨头掉头对我说:"你有啥问题?哥哥给你拍胸膛保证,凡是我做得到的肯定帮忙。你说。"

我说:"我说啥啊?"

御膳房荤局首领张爷、颐和园膳房钱总管和太妃宫的徐司房说,你刚才不是有问题吗,怎么不说了啊?我抠着头皮说:"我刚才有啥问题来着……对对,黄厨头啊,我在你这儿的实习就完了,下一步我想……"

黄厨头打断我的话说:"明白了。说,想去哪儿?凡是紫禁城的膳房,嘿嘿,包你能去。"

我说:"我喜欢看戏,能不能去南园戏班啊?"

黄厨头说:"好嘞,爷您稍等一会儿啊,我去去就来。"说罢嘴里哼着"得呛得呛得呛"去了。

徐司房是戏迷,多次想去南园戏班做事没成,对我说:"求你一事,去了南园戏班遇着宫外好角,来给吱声啊。"

我说:"啥事啊,八字还差一撇呢。还邀宫外名角进宫演出?那是得……别吱声。"大家哈哈笑。过一会黄厨头来了,人在屋外,声音先进来"大功告成呢——"随即门缝露出张喜滋滋的脸,眉毛眼睛笑成一团。我迎上去问:"怎么样?"黄厨头疾步上周爷面前嘿嘿笑着说:"还是周爷面子大,我一提这事,蒋爷就说周爷放话了还说啥,青常备你这就接柳管事去南园吧,好好当爷伺候着啊。就这么痛快。周爷,我那事就掐了吧。"

事后我才知道这叫斗智。在我们调查盗用食材的整个过程中,周爷组织我们有进有退,有张有弛,不像我想的那么简单,说调查就抹着张驴脸谁也不理,只知道进不知道退,非败在蒋爷手里不可。事后的事证明,这次周爷放黄厨头一马的作用可大了,因为西太后常去南园看戏说事,也是蒋爷巴结西太后的地方,所以派了最信任的青常备在那儿候着,膳房其他人都去不了,严密控制着的。我当时就喜滋滋地想过,要是哪天西太后来瞧戏,吃了我做的膳食说声谁做的。还行,出来瞧瞧模样,那咱就趁机告蒋爷一状,叫他吃不了兜着走。这是后话,容我慢慢道来。

我来到南园戏班膳房实习。

青常备是膳房管事,手下有几十个掌案、配菜、打杂、苏拉。我问戏班有多少人吃饭。他说两三百。我说有这么多伶人啊。他说不仅是伶人,还有南园内务府官员、宫女、太监、护军。我说那你们很忙吧。他说那是,特别是演戏的时候天天开流水席,看戏的、伶人、场面轮流来吃。我问啥叫场面。他说吹拉弹那帮人不坐台上吗?就叫场面。

我想去戏班看看。青常备带我去戏班案房,见几个人正说事,冲一个中年人叫道:"马爷,我说的内务府柳管事来了。"马爷掉转头看看我,朝我拱拱手说:"早知道您柳爷了,幸会幸会,来,请坐。"我说:"幸会幸会。今后还请马爷多关照。"马爷说:"我来介绍一下,这位是南园戏班后台管事钱均,这位是南园戏班前台管事鲜谷雨,我的左右二臂。"我朝他们拱手叫声钱爷、鲜爷。他们拱手还礼,说我们有口福了。马爷说:"柳爷,我想问个事,前不久赵太妃寿宴上的开水白菜究竟啥味道?宫里人都觉得稀罕。"前台鲜管事说:"敢情周爷教您了,给咱们露一手。"我正要答话,突然乜见青常备,抹了脸忙说:"取笑我不是?你们现成有这么位御厨,早享受了吧。"后台管事钱爷说:"您说青爷吗?那是那是,做北京十大小吃不在话下。"鲜管事说:"听钱管事话里有不待见的意思啊,北京十大名小吃怎么啦?这是咱青爷的绝活,全北京顶尖的活儿。"青常备说:"钱管事这话我爱听。"钱管事说:"柳爷知道北京十大小吃吗?"

我初来乍到便闻到火药味。

鲜管事和马司房急忙说钱管事,没有这么待客的,柳管事今天刚到南园,还是客。钱管事不以为然,和青常备嘟嘟囔囔。既然如此,我就不得不说话了。我说:"钱爷您问得好。在紫禁城干咱们这一行,这是起码的常识。我这就唱一段您听好嘞。冯家的爆肚香又脆也,卤煮火烧要数小肠陈。吃炒肝去天兴居也,喝豆汁您得上锦馨。白魁老号的白水羊头也,还有不老泉蒸饺。烧卖要数都一处,烤鸭要数全聚德。东来顺,涮羊肉,天福号,是酱肉。咱北京老十样也,包您这样吃了吃那样。"

大伙听了发愣。青常备说:"伙计,你啥时学卖唱了?"大家哈哈笑。

回到膳房,我问青常备给我安排啥差事。青常备说我俩还有啥说的,你自个儿安排得了。我说那好,我做戏班膳房管事你愿意吗?青常备说成啊,我这就给您挪窝去。我们哈哈笑。进宫前,我们那时都还只是半大孩子,整天在宫源居酒楼瞎混,我跟我爹学厨艺,他跟他爹学厨艺,虽说谁也不服谁,但都有一个共同愿望——进宫当御厨,感情还不错。后来进宫后,我跟了周爷,他跟了蒋爷,我们的关系渐行渐远,慢慢有了隔阂,特别是我看见他打牌赌博后,就离他越来越远。

青常备毕竟是我过去的小伙伴,对我还是有所照顾,让我在他那儿做御膳品尝官,负责南园戏班膳房的饭菜质量。他还把戏班的人介绍给我,说今后想看戏找他们都行。他引我来到后台,指着个胖子说:"后台的孙捡场。"我说:"孙捡场好。"孙捡场说:"柳爷好。"我问:"捡场干啥啊?"他说:"打杂呗,收拾台上摆件、给人揭门帘、给台上人传话,啥都干。"

青常备又指着个人说:"来瞧瞧咱们的主角徐亮。"一个雄赳赳的武生站起身说:"青管事得空了。"青常备把我介绍给徐亮,说他演《挑滑车》高宠。我看过这出戏,最喜欢高宠挑滑车那节,便拱手说:"幸会幸会。"这时有人叫青常备:"青管事还有我呢?"我们循声望过去,在前台,便往外走,果然看见个人正坐在那儿调胡琴。青常备说:"胡琴师,这会儿场面怎么就你一个人啊?"胡琴师说:"这您别管。您只管介绍别人,就不介绍介绍我?"青常备便跟我说胡琴师是场面头,管着几个拉二胡、弹月琴、吹笛子、敲锣打鼓的人。我忙向他拱手。

走出来青常备告诉我,别看这些伶人没有顶戴,脾气大着呢,与他们打交道得注意了,犯不着计较。我一直对宫廷戏班感兴趣,问他们为啥脾气大,都是些啥人。青常备告诉我,南园戏班的事谁也弄不明白。我问为啥。他说历史太长,听说有两百多年了,原先都是宫里的太监,后来招了外面的人,还叫民间戏班,民间伶人来宫里演出,宫里戏班也出去演出,还都被主子宠着,反正当心就是了。

我慢慢知道了一些南园戏班的事。

南园这地在明朝时叫南池子,清朝初年扩展紫禁城,在这儿遍植花草树木,取名南花园,就是南园得名。南园在紫禁城南面的边上,离西苑门不远,出去就是太平村,有好几百间房子。南园起来后,内务府嫌一班戏子太吵闹,就把他们一部分移景山一部分移这儿,先叫南园戏班,后叫升平署,景山的后来也归到升平署,但宫里的人还是习惯叫南园。内务府的部分官员也来这里办事,所以又称为南府。宫里的戏子早先都是太监,由内务府拨银子养着,遇到宫里有事就演出应承戏,算是自娱自乐。后来为了提高演出水平,也为了宫里人能看到时下精彩的剧目,就招民间戏班进宫,一种是演出,演完就走;二种是留在宫里教太监唱戏,也参加宫里演出。太监充任演员,称为内学。民间戏班的职业演员叫外学,又称为内廷供奉。内廷供奉多为民间杰出艺人,如谭鑫培、王瑶卿、杨小楼等人。外学进宫当差、出入宫廷以腰牌为证。腰牌是木质的,两面有火印,正面文字为腰牌,内务府颁发,背面有升平署、光绪年号和艺人姓名。这些人得罪不起,所以青常备给我打招呼在前。后来的事证明戏班的确是是非之地,引来一系列麻烦。

我到南园戏班膳房后发现不少问题,比如食材浪费啊、饭菜浪费啊,等等,就给青常备提出改进意见。青常备说你是品膳官,你处理我支持。我想青常备是个开通人,也没顾忌那么多就着手改进,主要是加强食材管理,严格按内务府食材使用标准执行,谁超出扣谁的月银,等等。这样一来,戏班膳房情况大有好转,各项要求基本都能到达。我给青常备说贵在坚持。青常备说你做我支持。我说你是管事,也得说说意见啊。他说没意见、没意见。

前面说了,来南园戏班膳房吃饭的以伶人为主,而这些伶人分外学和内学两部分。内学都是太监,宫里伙食就这样都清楚,也没多少考究。外学就不同了,一个个在民间都是了不起的角,被人捧着,久而久之养成不少坏脾气,讲吃、讲穿、讲排场,稍有不如意便发脾气甩牌子不上台。戏班膳房就得将就他们,哪样好吃弄哪样,哪样有剩再不弄哪样,还依据他们的不同口味开小灶。外学这样了,内学跟着学,学好不容易,学坏不用教,很快也养成一身臭毛病。你说你是内学也。那行,演出时做给你看,外学在台上咿咿呜呜,内学在后面跑场没精打采,台下观众起哄,弄得外学下不了台。外学说宫里人怎么没精神啊,吃只鸡提提神吧。

这天皇上赐戏给张贵人。内务府通知戏班进宫。这是大事,全戏班的人都得出力。提前几天就开始整理衣箱,收拾道具,安排戏码,分配角色。这衣箱就不得了,分大衣箱、二衣箱、盔箱、把子箱,全套是十八箱。演出当天,我们膳房天不亮就开出饭来,还准备好中午的饭菜带着,预防点戏过多,误了饭点吃不上饭。天刚亮戏班就出发,驾着几挂驴车,提着挑着随身用的小物件,逶迤来到宫门外候着,见着张贵人宫的管事太监,由他领着进去，穿过夹道，绕过一座座宫处，来到张贵人宫一个小四合院厢房歇息。大家一起动手从车上将戏箱道具搬运下来。我带着一帮掌案、配菜、打杂、苏拉随戏班效劳。

宫里演戏与民间不同，都是从早上开始演，怕的是晚上演戏引来火烛之灾，叫不准带灯演戏，也不怕戏码长，可以从早演到晚。不一会管事太监出来招呼，大家便去戏台。这天是张贵人点戏，演出场地就在张贵人宫里，没有戏台，只是在一处过厅演戏，张贵人和一帮女宾在对面楼上看戏，中间隔着天井，天井不坐人，空着，内务府毛大臣、许大臣照例前来伺候，坐在楼下过厅八仙桌旁，由贵人总管陪着喝茶、嗑瓜子，还有几桌男宾，其他人则站着蹲着自己找地方便。

演出开锣，照例由场面先吹一个将军令牌子，整个场子就安静下来了，来晚了的赶紧找地。将军令结束，一伙伶人穿着蟒袍、系着玉带从后台跑出来跳加官，跳着跳着展开手里的卷子现出"大富大贵、长命百岁"字来，赢得满堂喝彩。张贵人叫一声"赏——"贵人宫的管事太监领着两太监早候在过厅边上，身旁一箩筐制钱、一箩筐碎银，便往过厅扔制钱。四面人叫好。跳完加官跳财神，跳完财神上来一个头戴开场巾的老者，四下拱手说今天的戏码，叫粉墨登场。之后音乐响起，正戏开始。

这时没我啥事，就与青常备等人坐下来看戏。我们膳房接下来的事不多，张贵人宫预备了膳食，到开饭时我们的人去帮助，也把我们准备的膳食拿出来，有人吃不惯宫里的就吃戏班自己做的。今天第一出戏叫《银空山》，薛平贵、王宝钏的故事。戏中有一场代战公主和高恩继双枪对打的重头戏，你来我往，银枪闪闪，十分精彩。特别是我们戏班著名武生徐亮演的高恩继，身材魁梧，相貌英俊，动作潇洒，回回赢得满堂喝彩。我最喜欢这场戏，一看徐亮手持长枪上场，一个转身亮相，便与众人一起拍手叫好。徐亮与手持长枪的代战公主开打，顿时眼花缭乱，目不暇接，正待拍手叫好之际，突然出现意外，徐亮一枪杀过去竟失手丢枪，被代战公主一枪将他的枪挑起来飞到半空落在天井地上，哐啷一声，惊得众人目瞪口呆。

戏班马司房有个习惯，每次演出都坐在戏台下面不远的地方，图的是看得真、听得真，也便于临场指挥，所以今儿个在靠演戏过厅的天井边上

98

找个小凳坐着。他一看徐亮的长枪失手,心里咯噔一下,不由自主起身猛跳过去,抓住长枪并把枪掷向徐亮,然后一个落地滚回到座位。徐亮在台上正狼狈不堪,刚才失手那一瞬间就蒙了,急忙顺着枪飞弧线打望,突然见那枪飞回,急忙跃身飞过去一把抓住,与代战公主继续对打起来。

这事发生在眨眼瞬间,令在场的人看得眼花缭乱,莫名其妙,随即却响起一阵热烈掌声、叫好声。张贵人先是一惊,随即叫好又叫一声"赏——"戏台边上管事太监便指挥太监往台上扔铜子。一把把铜子在台上滴溜溜转。毛大臣、许大臣管着南园戏班,是京剧行家,也多次看过这出戏,一看就知道出了错,顿时黑了脸,再看张贵人等人没有看出破绽,心里略略踏实一点,忙让人叫马司房问话。

毛大臣、许大臣二人坐一桌,见马司房来了叫他坐下说话。马司房说声不敢。毛大臣压低声音,厉声说:"你坐下,说说怎么回事。"马司房半坐着回答:"禀报大人,刚才……"然后左右一瞧,附过头小声说:"失手了。"毛大臣和许大臣面面相觑。许大臣说:"胡闹!"马司房说:"小的该死!小的该死!求大人包涵!"毛大臣说:"给我去后台盯紧点,要是再出事,我办你!快去!"马司房应诺一声起身要走。许大臣叫住说:"给我把刚才那家伙看紧了,不准乱走,演完戏叫他,还有你、前后台管事去你们戏班说事,非狠狠收拾你们不可!"

我并不知道发生了什么事情,还在为徐亮和马司房的精彩配合击节叫好。演出完毕,又该我们膳房忙了,全体人员回到南园戏班,一个个散了架似的躺着、靠着,要吃喝。青常备和我早有准备,已安排大部分厨役回家做饭做菜,还按演出规矩加菜加酒。所以不等他们收拾完毕,厨役已把饭菜摆上桌,香味扑鼻。我忙碌一阵来饭厅看,嘿,奇怪,空荡荡的一个人儿也没有,不是饿得叫吗?人呢?我问青常备。青常备说有情况。我说啥情况。他指指马司房案房。我顺手看过去,一屋的人,轻风雅静,好像在说事,再一瞧,嘿,好像有内务府毛大臣、许大臣,忙问青常备:"两位大人来戏班啦?出啥大事了吗?"青常备嘿嘿笑说:"不知道?这么大的事真不知道?"我说:"不知道。不是好好的吗?啥大事?"青常备说:"你不知道,我也不知道。"我一看他脸上浮起的冷笑,心里咯噔一下,他这是捣啥鬼?便说:"你不说,我去问马司房。"说罢就走。

99

马司房案房的门半掩着,我还没走近就听到毛大臣的声音:"徐亮你失手究竟是啥原因?"心里一沉,徐亮失手啦?又听马司房声音:"不是我及时为你补场,看你怎么下场。"又是一惊,刚才徐亮和马司房不是配合啊,不由得脱口而言:"怎么会这样?"许大臣问:"谁在外面?"马司房开门见是我,扭头回答屋里,"是柳管事。"许大臣说:"来得正好,进来,叫青常备也来。你们干的好事。"我顿时纳闷,怎么又涉及我和青常备了?

我进屋一看,屋里坐着内务府许大臣、毛大臣,南园戏班的前台管事鲜谷雨、后台管事钱均、武生徐亮,马司房是早看见的,便溜进去挨钱管事坐下,也不敢张望就盯着地上。不一会青常备也进来坐下。许大臣说:"事情基本清楚了,就是一次严重失事,全部责任在徐亮身上。原因也问了,与膳房有关,所以叫你们膳房的来听听。我们接着说。徐亮,你再说说为啥失手?这么重要的演出竟敢失手?不要命啦?要是换个主,是西太后,熟悉这出戏,一见你这样敷衍,立马口谕拉出去打,今儿个遇到张贵人算你侥幸。"

我更犯糊涂,就算失手,那也是演艺不精,找师傅怎么找膳房,不至于是吃饱了撑的吧?

徐亮说:"我也不知啥原因,只觉得肚子饿,心发慌,手里的枪就飞出去了。小的知错了,恳请许大人、毛大人高抬贵手,放小人一马。"

我听了愤愤不平,这就是与膳房有关啊,张口要辩驳,却被青常备抢了先。他说:"这事也怪我,我是膳房管事。我查了最近的伙食,确实有问题。比如猪肉,原本每人每天一斤改成半斤,羊肉每人每天半斤改成二两,还有其他就不多说了,以致伶人普遍反映吃不好吃不饱。徐亮事前就跟我反映过,说是武生体力消耗特别大,这样扣减不恰当,怕是要出问题啊。我准备下来与柳管事商量解决,谁知就出事了。我检讨、我检讨。"

我听了心里嘿嘿笑,终于明白了,原来唱的这出啊,正想解释,许大臣发话说:"这么说本大臣还是糊涂。青管事你先别检讨,先说清楚事情,谁叫扣减食材的?为啥要扣减食材?扣减的食材都去哪啦?一个个问题说清楚。"

青常备说:"回大人话。柳管事来到戏班膳房发现食材浪费大,每顿饭菜的浪费也大,就提出整改,要扣减每日所用食材。我不同意,说食材的量是内务府规定的,我们也是按这规定去领用的。他说规定是规定,戏班膳房的实际是浪费大,可以先试着扣减,也算摸索经验。他是内务府派来的,是上司衙门的人,我不好反驳。至于扣减的食材都去哪了得问他。"

我气得脸青面黑,青常备怎么这样啊,事前我不是多次征求他的意见而他说没意见,支持我啊,这会儿怎么说不好反驳呢?就说:"禀报许大人,小人有话说。"许大臣说:"你别说。马司房你的意见呢?青管事和柳管事的分歧你知不知道?"马司房说:"回大人话。青管事跟我反映过这事。我不熟悉膳房的事不敢直接处理,叫他与柳管事商量着办。"许大臣说:"柳管事你说说怎么回事。"

我早已有一肚子话要说,便像决了口的江河,滔滔不绝讲了一番。我主要说了这么几点:一、戏班膳房开支浩大,比许多膳房都多很多,有必要调查原因,寻求解决办法。二、戏班膳房的食材标准早超出内务府标准,应当想办法降下来。三、具体的食材使用是青管事在掌握,我不知道,具体哪些减少、减少了好多,我更不清楚,也不是我决定的。四、我没听说过伶人吃不饱的话,今天是第一次听到。我最后说,出了这样的事我很难过,愿意做详细的调查再报告大人,听凭大人裁决。

许大臣听了鼻子哼哼,转头问前台管事鲜谷雨、后台管事钱均,你们也说说情况。前台管事鲜谷雨说他支持青常备的意见,并说了理由。后台管事钱均说他不同意青常备的意见,并说了理由。

毛大臣说:"你们戏班五个人三种意见。青管事和柳管事意见对立。马司房没表态,叫商量办。鲜管事支持青管事。钱管事支持柳管事。既然如此,本大臣以为调查清楚再处理,让周宗参与调查。许大人意下如何?"

许大臣说:"那就责成周宗、马司房负责调查呈报内务府。本大臣有言在先,南园戏班是宫中极重要的衙门,是西太后喜欢光顾的地,只准搞好不准搞坏,谁多事我拿谁是问!"

这话听来刺耳,好像指我多事,令人沮丧。事后我一直闷闷不悦。我不理解徐亮为啥要这样做、这样说,更不理解青常备的所作所为,苦闷了几天。周爷带人来戏班调查了几天,找了许多人问话,最后找了我。我向他大倒苦水。周爷沉思片刻说,他已经了解了全面情况,比较复杂,有人存心与你过不去,要撵你走。我问谁要撵我走。周爷说青常备。我说怎么会是他?不能吧,他不是处处照顾我吗?再说了是徐亮出了事乱咬人,与青常备没有关系吧?周爷说我幼稚。他说他问了徐亮和有关人,演出那天早上徐亮吃了一斤猪肉一斤羊肉,根本不存在肚子饿、心慌失手的情况,是故意这么做的。我十分惊讶,徐亮怎么会撒谎陷害我啊?我说,周爷,您怎么知道的?周爷说是钱管事举报的。

内务府最后的处理意见是,徐亮台上失手纯属演出过失,扣月银六个月以示惩戒。我这才略略放心,也为自己的幼稚深深后悔,怨恨自己一个幼稚接一个幼稚,要不是周爷和毛大臣替我顶着,怕是早已被撵出紫禁城,甚至遭受更大的惩罚。于是,我按周爷的教导小心行事,立即停止对戏班膳房的整顿,尽可能减少青常备对我的防范和攻击,改为暗中调查,结果不错,我在戏班的日子好过多了。其实我有所不知,不是我调整策略收到实效,是对手调整策略,改变主攻方向,把矛头对准替我说话的钱管事。

钱管事仗义执言,举报徐亮,使得青常备他们趁机整我的阴谋失败。他们不知从何处得知举报,就怪罪钱管事。青常备管不着钱管事,就撺掇马司房收拾钱管事。马司房年纪偏大,不愿意惹事,就两面敷衍。青常备就找蒋爷诉苦,说这事是您安排的,现在怎么收场您得拿主意。蒋爷说别急,水路不通走旱路,咱们先把姓钱的弄下台再说。青常备说蒋爷您干脆让内务府叫马司房养老成了。蒋爷笑说等不及想抢班夺权啊,内务府又不是咱开的。青常备说反正您推我上去得安梯子让我下来。蒋爷说你傻啊,现成的路子不走,绕这么远干吗?青常备问,啥现成路子?蒋爷说这事找鲜管事,他有办法收拾姓钱的。

青常备就去找鲜管事,说蒋爷如何如何。鲜管事说:"知道知道,你不找我我也要收拾他,咱们就联手折腾一番。"青常备说:"好。你有啥法子?"鲜管事想想说:"解铃还须系铃人,还得找徐亮。"青常备问:"为啥?"鲜管事说:"隔行如隔山,你不懂。咱们相互配合就是。"鲜管事戏班出身啥不懂,内行收拾内行才知道哪儿是七寸。鲜管事又说:"解铃还须系铃人。"青常备问:"谁是系铃人?"鲜管事说:"徐亮,还得让他出面。"青常备说:"叫他出面不就得了。"鲜管事笑着说:"知道徐亮在干吗?有情绪,不想跟咱们干了。"青常备拍脑袋说："这咋办？他要撒手咱们就得瞪眼。"

原来，徐亮台上失手的确是有意为之，是青常备、鲜管事要他这么做的。早先，青常备听说我要去南园戏班膳房实习，一百个不高兴，要不是黄厨头求蒋爷，蒋爷反过来压他，才不愿意接受我，所以勉强接受我后依据蒋爷计谋，笑脸相迎，处处照顾我，顺着我，然后再利用我的幼稚，与鲜管事狼狈为奸，撺掇徐亮在台上肇事，嫁祸于我，谁知半道上钻出个程咬金，不但坏了他的好事，还让徐亮吃不了兜着走，一个人吃了大亏，自然牢骚满腹，愤愤不平，如果不安抚徐亮，后面戏没法唱。

鲜管事接着说："明白就好。我这就找他去。不过他正在气头上，得浇浇水凉快凉快才成。"青常备说："鲜爷您就别兜圈子了，直接说要我干吗。"鲜管事说："痛快。你先把徐亮六个月俸银解决得了。"青常备说："我哪来银子？"鲜管事说："你在膳房哪里挤一点不是银子？"二人哈哈笑。

鲜管事就去安抚徐亮，一上来就说本管事替你解决俸银，你就别成天耷拉着脑袋了。徐亮从小学戏，没啥社会经验，谁关心他就认谁是朋友，所以才有了台上肇事的事，但事情做了才知道不是那么回事，白挨罚半年俸银不说，还落得里外不是人，所以发誓不再瞎折腾。他听了鲜管事的话，头朝天看麻雀，没有反应。鲜管事追问他啥意思，是不是攀高枝了？徐亮年轻气盛，不善言语，气呼呼地说："你一边去，我烦。"鲜管事一张脸没处搁，愣在那儿哑口无言。

徐亮后来跟我说，他就这么一句话，把鲜管事给堵死了。我们笑得前仰后翻。徐亮的豪爽给我留下好感，也让我暗暗替他捏把汗，鲜管事在戏班混几十年又有爷罩着，绝不会就此罢休。接下来的事印证了我的料想，徐亮有了一系列麻烦事。

前面说了，南园戏班是朝廷养着的戏班，遇上一年三节和其他庆典就去演出，宫里人叫应承戏。前来观看的多是宫里人，上至皇帝太后，下至皇后嫔妃，都是丝毫马虎不得的主。他们高兴了说声赏，铜子碎银甚至整锭的银子只管往上扔，铺一戏台也是有的；不高兴了说声给我长记性，拉下去就打屁股，也不说打几下，直到喊停才停。所以前次张贵人宫里演戏飞枪的事确实吓死人，不是马司房临时救场掩盖，不是张贵人没看过这出戏,那就是给我长记性的事了。

过了些日子,内务府交代下来准备上演《挑滑车》。这是一出老戏码,南园戏班的保留剧目。我慢慢知道一些戏班常识。比如像这类老戏码,内务府点了就得立刻开始排练,因为角色可能有些变化,特别是主角要是变了更得重新编排,不然其他角色不好配戏。安排角色叫派戏。这是马司房的事,其他人替代不了。以前有个派戏的笑话。派戏人不熟悉戏码,把《界碑关》排在《罗成叫关》前面。老戏迷看了哈哈笑,说罗通既然在《界碑关》里已经死了,怎么又在后面的《罗成叫关》里活过来?而且只有三岁。这叫前后矛盾,让人转不过弯子。

马司房派徐亮演《挑滑车》里的高宠。高宠是岳飞手下的一员虎将,使一杆碗口粗虎头枪,武艺精湛,力大无穷。牛头山战役,岳飞与金兀术大战三十回合不分胜负。高宠单枪匹马下山助战。金兀术招架不住,回马飞奔。高宠纵马杀得金兵人仰马翻。金兵从山上推出铁滑车阻挡高宠。此车每辆重千斤,加上从山上滚下来,惯力力大无比。高宠见车就挑,接连挑翻十一辆,待挑第十二辆时,座下战马吐血卧倒,将高宠掀翻,高宠落地被铁滑车碾死。

徐亮是南园戏班第一武生,饰演高宠是他的拿手好戏,所以接了《挑滑车》并不紧张,只是有些日子没演这角色了得练练,便在马司房指导下与大家练起来,不几也就熟了。到了演出这天,是宫里的端午戏,光绪皇帝偕同西太后等后宫各位太妃嫔妃前来观看,上演的剧目除《挑滑车》还有很多戏码,比如《瑞雨丰禾》《灵筏济世》等,但内务府说了,西太后就喜欢这出《挑滑车》,好好伺候。

这天一大早,我和戏班所有人照例赶车、挑担、提箱前往宫门口等候,被重华宫太监接进去,逶迤东行,来到重华宫东侧漱芳斋一个偏院歇息,准备上台。马司房等人多次来这儿演过戏,熟知这儿的情况。我就一路问起,得知漱芳斋是明朝永乐年间修建的一处建筑,清乾隆帝即位后改乾西二所为重华宫,将头所改为漱芳斋,在院内增建一座露天戏台和一个室内戏台,作为重华宫演戏之所。

马司房叫人拆卸行头,带胡琴师几个人出偏院去看戏台,我跟在后面长见识。我们来到露天戏台。马司房一一指给我们看说:"瞧好呢,这戏台叫亭式建筑,黄琉璃瓦,重檐四角攒尖顶,风格高雅,再瞧戏台上有楼,天花板上有天井,演神仙剧就从天井往下放井架辘轳,再瞧这儿最绝啊,台板下有四眼水井。"我十分惊讶,跑台板下看了果然有四眼水井,问马司房:"宫里讲究啊,用水多方便。"马司房说:"不是用水方便是水井有共鸣,唱腔听起来特别回旋委婉。"大家哈哈笑。

我问皇帝太后坐哪里看戏。马司房指着戏台对面的建筑说:"瞧那儿是漱芳斋的正殿和东西配殿,与这戏台正好成院落。皇帝太后在正殿看咱们演出,嫔妃娘娘、皇亲国戚坐小院环廊看戏,离咱们远着呢。"

准备就绪,戏班伶人场面管事一干人都在后台候着等传话。不一会,漱芳斋太监小跑上台来说开戏。马司房答应是,立即叫钱管事、鲜管事开戏。鲜管事管前台,就急忙招呼胡琴师上去。胡琴师就带着笛子、唢呐、笙、南弦子、月琴、大锣、小锣、堂鼓等全堂乐器自个儿提凳鱼贯而出在台边上就座。钱管事管后台,就冲一伙整装待发跳加官跳财神的伶人说准备上场了啊,又对孙捡场说门帘挑起来点啊别出不去啊。孙捡场负责挑门帘,已候在帘子边答应声"知道了",转身做鬼脸。

马司房掀帘探头看看下面,回身冲鲜管事说:"起呢——"鲜管事便冲正往里面张望的胡琴师做打鼓动作示意开始。胡琴师便踢一脚鼓手。鼓手便咚咚咚一阵乱锤。大锣小锣跟着哐哐乱敲。我问身边钱管事:"没敲到正点上啊。"钱管事说:"这叫开场锣鼓乱锤。"这会儿鼓手突然有规律地敲打三下,锣声骤停,乐器便奏起将军令曲牌。钱管事说:"这叫开场曲。"我问:"他们怎么还不上场?"钱管事说:"稍待片刻。"正说着,只见一个太监又急匆匆跑上后台说:"迎请啊——"马司房忙说:"一枝花、一枝花——"鲜管事就冲胡琴师小声喊:"迎请——"场面骤停将军令,改奏一枝花曲子。

钱管事笑笑说:"皇帝太后来了。"我正被弄得一愣一愣听了才明白。孙捡场说:"柳管事带包没有?今儿个赏钱多啊。"我说:"皇帝太后看戏赏多少啊?"马司房说:"孙捡场别只顾赏钱,草纸备够没有?别到时又抓瞎扣你赏钱。"孙捡场嘻嘻笑说:"还真不够,得多备一点。"说罢过去翻戏箱。我又不懂了,问钱管事:"演戏要啥草纸?"钱管事说:"用来卸妆和收汗。这草纸叠了三层,每层淋过豆油,不管油彩和汗一擦就掉。台上的伶

105

人又打又唱常常是一脸汗水,不及时擦掉要花脸吃倒彩。"我又问:"孙捡场究竟干吗的啊?"钱管事说:"捡场事杂,什么挑门帘、递草纸、递话、递活儿都是他的事。"

我们这么随便聊着,开场戏过去,该上正戏了。我知道一点规矩,戏班派了戏得把戏码报上去,经内务府审核没问题才能演,但先后顺序还定不下来,得依看戏主子的雅兴,认可戏班的就不说了,不认可随时可调换,就是演到半出也会飞张条子来调换。这不,说曹操曹操到。太监小跑来后台递条给马司房。马司房一看上面写着"着《挑滑车》先上",知道是西太后的懿旨,就她老人家喜欢这样,皇帝爷演啥看啥,便立即冲钱管事说:"上正戏《挑滑车》。"

一阵锣鼓响,随着哐起台起锣经点子,孙捡场站矮凳上高高挑起门帘,徐亮个头高大,又扎着被靠,歪着身子出得"将出",踏着锣鼓点子健步上台挥手踢脚一个转身亮相,顿时赢来一阵喝彩。我不由得暗暗叫好,对钱管事小声说:"徐亮今儿个的状态不错。"钱管事说:"西太后喜欢看他的戏,保准他今天得头赏。"

这时徐亮正在台上做一连串的起霸动作,不外乎提甲、抬腿、跨马、理袖、整冠、紧甲,而动作却是云手、按掌、托掌、运靠、抖旗、跨腿、踢腿、控腿、翻身、涮腰,干净利索,精彩漂亮,随即唱道:

气得俺,怒冲霄,
哪怕他兵来到,
杀他个血染荒郊,
杀他个血染荒郊,
百万军中人翻马倒。
管教贼性命难逃,
管教贼性命难逃!
匹马单枪东闯北捣,
抖威风今日把贼剿!

这一番打唱下来,我从帘布空隙处瞧去,徐亮已是满头大汗,眼看汗珠子流淌,要花脸,不由得暗暗着急,问钱管事:"刚才说的草纸该派上用场了吧。"钱管事嘿嘿笑说:"早有安排。您瞧孙捡场——"我顺着他手势看过去,孙捡场啥时已溜到台上桌后蹲着,问:"他这是干吗?"钱管事说:"递草纸啊,不然徐亮怎么擦汗。"我说:"明白了,孙捡场责任重大,不然这一脸汗非把徐亮一脸色彩弄成一张花脸。"钱管事说:"是这个理。你看你看,就要递草纸了……"我抬眼看徐亮唱着唱着走到桌边,一个转身背对看客,双臂伸开做白鹤亮翅动作,便问:"怎么递?"钱管事说:"孙捡场把草纸搁徐亮手里,徐亮擦了汗再把草纸搁还孙捡场手里。"我看不对啊,忙说:"你看不对、你看不对,徐亮没接着草纸啊!"钱管事正捧壶喝茶跟我聊天,一听这话忙抬眼看,顿时皱了眉头,失声叫道:"干吗干吗啊?"

戏班有规矩,后台的事归后台管事管,其他人不能插手,包括马司房,不然都说话,台上的人听谁的?不乱套吗?所以这会儿马司房不在后台,钱管事找不到帮手急得跺脚。我说:"快叫孙捡场补递啊,要不来不及啊!"钱管事就冲台上的孙捡场喊:"递啊递啊!"孙捡场急得满脸通红,手里的草纸就是递不到徐亮手里去。我见徐亮同样着急,总不能老是白鹤亮翅啊,只得收回双臂;也不能老是背对看客啊,只得转过身去,而这一转身没有理由再回头,只好继续往下演。不多一会,台下有了嚷嚷声,开初还只是蚊子嗡嗡,后来越来越大,成了嘘声倒喝彩声。我一看,天啊,徐亮整个就一大花脸。

马司房急匆匆跑到后台问:"怎么回事、怎么回事?"见钱管事在吵:"孙捡场你是怎么搞的?为啥没把草纸递在徐亮手上?"孙捡场嘟嘟囔囔解释说:"不是我不递,是他动作太快没接上。"钱管事说:"我亲眼看见是你的事,你要将就他,不是他将就你,知道吗?"孙捡场不服气,说了一通。马司房发火说:"你还嘴硬,当心上面罚你!"这么说着说着,徐亮退场进来,一脸沮丧。马司房问:"你又怎么啦?不是没完吗?怎么就下来了?"徐亮头一犟说:"看我这脸我能唱下去吗?都起哄了,也没法唱了啊!都是孙捡场弄的!人呢?我找他算账!"便提着碗口粗虎头枪四处找孙捡场。孙捡场吓得东躲西藏,不接招。

这时那太监带着两太监又跑来后台说:"太后懿旨——"马司房心里咯噔一下,忙跪下接旨,心想坏了,不知如何惩罚。我和其他人赶紧跟着跪下。太监展开手里的一张纸条念道:"高宠不宠,罚十板子。"说罢将纸条递给马司房,又说,"领罚——"那两太监上前几步问谁是高宠,过来。徐亮犹豫不前。马司房、钱管事、鲜管事和我赶紧劝他领旨,抗旨死罪。徐亮就走过来。行刑太监说:"脱了裤子趴在条凳上。"徐亮就脱了裤子趴在条凳上。行刑太监带着家伙上前就开打。徐亮被打得惊叫。事毕,三个太监扬长而去。

马司房有经验,立即从戏箱取出金疮药替徐亮敷上,叫人抬他回去休息。刚走下戏台,那太监从那边赶来边走边喊:"等着等着,别走。"我想坏了,还有惩罚。那太监过来说:"西太后口谕:赏高宠银子五十两。"说罢从怀里掏出两锭官银递给徐亮,又微微一笑说:"小哥十板换五十银子,值了。"徐亮躺在门板上没法谢恩。马司房便领着大伙替他朝漱芳斋正殿下跪谢恩。这就是皇家雷霆雨露。

演完戏回到南园,我和钱管事去看徐亮,问他当时究竟怎么回事。徐亮说:"孙捡场害我,故意不把草纸给我,甚至躲避我的手,肯定是故意的。"

我问:"为啥?孙捡场为啥要这样做?"

徐亮想了想说:"我明白了,肯定是鲜管事指使孙捡场干的,因为我没答应他事。"

钱管事问:"没答应鲜管事啥事?"

徐亮便把那天鲜管事找他的事说了。钱管事听了说:"那就是这回事。"

我不明白,问:"孙捡场是后台的人,属钱管事管,怎么去讨好鲜管事?"

钱管事说:"他不想待在后台,学了笛子,想做场面,做场面轻松不说,月银也比捡场多,我没答应。"

我知道孙捡场笛子吹得好,每天一早在小山上练习,还问过他怎么吹,他说叫随腔运气的满口笛,就问钱管事为啥不同意。钱管事说:"别听他瞎吹,不过是见异思迁罢了,不能答应,要是都这样,后台没法管。"

徐亮从枕边拿出那两锭银子对我们说:"钱爷、柳爷,这银子我也不要了,给你们喝酒,求你们替我做主。我不能白挨黑整。今后谁还敢上场啊！"

我和钱管事自然不要他的银子。钱管事答应替他报仇。我想这事与自己有牵连，最先是青常备、鲜管事撺掇徐亮说膳房伙食不好，才有鲜管事进一步拉拢徐亮不成，撺掇孙捡场坑害徐亮，就不能不有所表示，就说："咱们是得好好合计合计，不光是孙捡场，那是小巫，不足虑，要对准他的后台。"我这一说，他们都表示同意，说南园戏班的歪风邪气都是青常备和鲜管事掀起的，得好好收拾收拾。

事后我借着去内务府的机会找了周爷，把南园戏班的事向他作了禀报。周爷听了，说戏班情况复杂，外学内学有冲突，前台后台有冲突，生丑净旦有冲突，还牵涉西太后和各宫嫔妃，千万不要搅进去误了正事，问我如果暂时没法调查，不如先出来去内御膳房。我一想也对啊，去南园戏班膳房日子也不短了，青常备防范太严，一点线索没摸到，反而被他牵着鼻子走，处处被动，就答应离开戏班膳房。周爷说你要走也不能示弱，不能被人小瞧。我说这简单，不就是收拾一下他们吗？我有办法。

过几天戏班又有演出，不是宫里的应承戏，是熙亲王府请戏，就是前面说的要吃灌汤黄鱼那位熙亲王，后来我才知道他敢于大闹御膳房，因为他是光绪皇帝的表兄。这回听马司房说，熙亲王新近纳侧福晋，按规矩不好大办婚庆，就借口喜欢听戏找皇帝要南园戏班去他府上唱一天。南园戏班除了满足宫里需求，还是皇帝联络王公大臣的工具，凡是一品以上官员，谁家有喜事了，都可以请戏，也可以由皇帝赐戏，所以熙亲王一奏即准。

南园戏班最喜欢去宫外演戏，因为代表皇室出演，身份高人一等，哪怕亲王郡王也得礼让三分，伙食赏银自然丰厚，所以这消息传来皆大欢喜，盼着这天早点到来。

到了去熙亲王府头天晚上，钱管事和徐亮来找我，悄悄问我想出啥法子没有。我说眼下就是机会。钱，你说这次去熙亲王府？我说，怎么样？徐亮报复心切，问我："怎么个做法？需要我做啥？"我说："你啥也别管，只做一件事，明天早上吃饭时把这东西放在孙捡场碗里就行。"我从抽屉取出个小纸包递给他。徐亮一惊，说："不会是毒药吧？"我说："想哪儿去了，不是毒药，是泻药，叫他……明白了？"徐亮和钱管事哈哈笑

109

钱管事说:"我知道怎么收拾他了。"徐亮问:"怎么收拾?"钱管事说:"他吃了泻药肯定跑茅厕,那就得误场。嘿嘿,我就把他的赏银啊月俸啊统统扣掉!"徐亮说:"好!"我说:"别这样,我的意思只是让徐亮争回面子。"他们问啥意思。我对徐亮说:"到时候我叫孙捡场来求你,说你有止泻药。你就叫他当面给你赔礼道歉,然后把这个给他服下就行,立马见效,不耽误演出。"说罢又取一包药给徐亮。徐亮和钱管事打开包看,一点白粉,闻闻无味,问啥东西,管用吗?我说这是御厨的诀窍,你们别问。徐亮说,要是他不服输呢?我说,他能不服输吗?要不你这会儿就试试?徐亮赶紧摆手说不用试不用试。我们哈哈笑。

第二天凌晨戏班膳房就开饭了,因为马上要出发去熙亲王府,没时间四碗八碟座席吃,一人一大碗面条外带馒头足够。我和钱管事配合徐亮,趁孙捡场不注意给他面里加了泻药。这泻药没味,孙捡场吃了不知道。大家吃完就出发,赶着装戏箱的驴车,乘坐熙亲王府派来的马车,出得南园,从西苑门出宫,经过太平村,上官道直驶熙亲王府。徐亮与我同车,悄悄问我:"柳爷,您那东西灵不灵啊?"

我说:"灵不灵你知道啊。"

徐亮问:"啥意思?难道我吃成他那碗面了?"

我说:"就是这么回事。"

徐亮马上喊肚子痛,叫停车。我急忙制止他说:"喂喂,哄你的也信?"

徐亮说:"没弄错啊?"

我说:"你觉得灵不灵啊?"

他说:"灵灵。"

我们哈哈笑。

来到熙亲王府,由太监引进去东弯西拐来到后花园戏台歇息准备,然后照例一番乱锤、一番跳加官跳财神就要开始正戏,孙捡场就不对了。钱管事见他捂住肚子往外走就喊:"喂,孙捡场挑门帘——"孙捡场急忙跑回来,一看没人出场啊,就说:"钱管事谁上场啊?"钱管事说:"我。"孙捡场说:"你出啥场啊?这不是……"钱管事说:"我可不可以出场?你还管得了我吗?挑帘——"孙捡场只好忍着肚子痛去挑门帘。钱管事走两步不走了,说:"放门帘——"孙捡场说:"你……"钱管事说:"我怎么啦？可不可以不出场？"

孙捡场被这么一折腾正想发气,可肚子又是一阵绞痛,急忙弯腰蹲着说:"钱……钱爷我告假上茅厕……"也不管答应没答应弓着腰往外跑。钱管事冲我和徐亮捂嘴笑。过一会,孙捡场回来了,可刚走进后台又往外走,边走边说"告假告假"。不一会儿时间孙捡场跑了三趟。眼看正戏就要开始,孙捡场又要告假。我跟他小声说:"今天的差事耽误不得,小心熙亲王惩罚,找郎中看看吧。"

孙捡场说:"这哪儿有郎中啊？你不是逗我玩吧？"

我说:"徐亮有祖传的止泻丸。"

孙捡场说:"他……真的还是假的啊？"

我说:"肯定真。我吃过,药到病除。"

孙捡场便去求徐亮。徐亮说:"药丸我有,保证吃下立刻见效,只是……"

孙捡场说:"你说你说——"

徐亮说:"前次的事你得向我道歉,当着大家的面道歉,我就给你药丸。"

孙捡场左右一看,大家正盯着他。马司房说:"我不管你道不道歉啊,但要是误了场看我怎么收拾你！"孙捡场没法,只好向徐亮道歉。徐亮便把我给他的丸子给孙捡场服下。

结果效果不错,孙捡场只去了一趟茅厕就没事了。他高兴得直讨好徐亮。这时正戏开始,又是徐亮的《挑滑车》做打炮戏。徐亮在"将出"门边问孙捡场:"今儿个草纸能递准吗？"孙捡场站在矮凳上挑着帘子响亮地应一声:"保准递到。"徐亮扭头冲我和钱管事眨眼睛。

我处理好这事就收拾东西离开了南园戏班膳房。马司房留我别走。钱管事、徐亮和孙捡场拉着我不放。青常备和鲜管事站一边半笑着说客气话。这是我第一次在戏班当差,没有成绩,惹了不少事,最后一招也是无奈之举,但因此与青常备结下冤仇埋下祸根。这是后话,容我慢慢道来。

111

第八章　喝茶辨水

夏天到了,御膳房忙着做两件事:一是做大麦碾转,一是准备樱桃。这两种东西是用来祭祖的,也赏给宫里人享用,大家沾光,所以用量比较大,各膳房得忙好几天。我来到内御膳房正遇到这事。大麦碾转是用当年新出产的青大麦做的,把麦米粒去外皮,碾成扁粗条,下锅炒熟,拌上白糖,吃起来有股子清香味,很黏糊。樱桃不是民间那种,大颗粒,深紫色,肉薄核大味酸,有点像李子。

吃了大麦碾转和樱桃,也就是过了农历四月初一,西太后就去颐和园了,带走一帮人,原先进宫朝拜的福晋、公主也都转而去了那边,宫里清净不少。光绪皇帝还在宫里办事,内御膳房还是忙。我被周爷派来内御膳房实习。内外御膳房都归蒋爷管。我虽说是周爷通过内务府派遣来的,但蒋爷不想让我知道得太多,还是有意拦我,不好明里不准我去内御膳房,就怂恿内御膳房荤局首领王平民刁难我。

王平民就是王厨头,当初与黄厨头争着买青家地那位主,曾经与黄厨头闹对立,后来因为都是蒋爷的徒弟,握手言和,这些年与蒋爷亦步亦趋,做了内御膳房荤局首领。内御膳房是直接伺候皇帝的,不比赵太妃膳房、南园戏班膳房,规格高得多,要求严得多。我被分到荤局,顶头上司就是王首领。我去王首领案房报到说:"王厨头你好!我来你这儿当差来了。"

他乜我一眼问:"你叫谁?"

我说:"叫你啊,你不是王……"我猛然想起他不高兴的原因了,忙改口说,"对不起啊王首领,我来您这儿当差了。"

王首领这才缓过神色来,但还是没有笑脸,说:"你先别说当差,不敢当,你现在是内务府的爷,来咱这儿也不嫌委屈?"

来之前周爷有言在先,内御膳房是紫禁城所有膳房的核心,不是谁想来就可以来的,这次派我来这儿实习也颇费周折,最后是毛大臣一再坚持才有条件答应,这条件就是荤局考核合格。我当时听了火冒三丈,不想去了。周爷说这是对你的考验,也是我们食材调查必须进去的地方,你一定要闯过这一关。

我极力压制住内心的气愤,堆着一脸笑容说:"王首领说哪儿去了?您这地儿可是咱们这些掌灶翻勺人的圣地啊,谁不想来跟您学几手呢?"王首领说:"得,这些年没瞧见,小嘴吧嗒吧嗒有出息了。闲话少说,咱们说考核事。"说罢转身叫人请薛首领。不一会来了位爷,进门瞧我几眼,款款一笑说:"你就是柳崇孔柳爷吧。我叫薛昌宜。"我听周爷介绍过他,马上起身回答:"给薛爷请安。"边说边拱手。按内务府规矩,荤局首领是七品,管事是八品,下对上理当请安。薛首领甩甩手示意我坐,走过去坐王首领对座。

王首领要我回避一下。我起身拱手出去,背着手在荤局大四合院溜达,只见进进出出的人不少,事情挺多的样子,又见院里有一株婆娑多姿的老柳树,微风过处,柳枝摇晃,别有风趣。过一会我听到屋里人叫我,就回到案房。

王首领冲我说:"你考核的事我和薛首领定了,也不难为你,考一道品菜题,答对了来实习,答错了你另找门道,好不好?"

薛首领说:"咱们这儿品味最重要,要是品不出味道在这儿没法待。你放心,这道菜不是王首领做,也不是我做,我们请一个荤局掌案做,但我和王首领全程监督,并负责当评判。"

我说:"行。我来这儿就是学习的。你们考吧。"

他们去膳房准备,叫我在这儿喝茶歇着,一会儿做好了叫我。这会儿太阳悬在半空,明亮的阳光透过浓密的柳枝筛下来,在案房地上投下斑斓光点。我捧着茶碗发呆,心里七上八下不踏实。昨天周爷跟我说这事时我还以为不过是过场,内务府安排人实习多大点事啊,用得着如此这般,没想到还真考啊。咱掌灶翻勺这行不被人看好,属于"万般皆下品",没读书人肯干,可真的小看不得,绝活多了去,不说别的,单说品味就是一门大学问,哪怕在御膳房做一辈子也不敢说十拿十稳,品走味的事搁谁身上都有,不稀奇也不丢人,可眼下却要我一品定乾坤,悬。

我不是怕考品味,是怕人故意为难,要是王首领和薛首领串通掌案有意为难,我可以负责任地说,天下厨子没有不被难倒的。为啥这样说呢?前面介绍了,我十四岁还在宫源居酒楼混时就被我参考过品味,我爹叫张配菜拾掇我。张配菜随便指着一份配好的糖醋味和荔枝味叫我品尝。我品尝后回答哪是糖醋味哪是荔枝味,完全正确,技惊四座。这点本事不算啥,张配菜要是故意考我我肯定出错。

侍者过来给我加水。我冲他笑笑。他说,你不是柳爷吗?准备到咱这儿来啊。我说你认识我啊。他说谁不认识你柳爷啊,宫里都说你的事呢。我笑笑说你别听他们瞎吹,我是来这儿实习的。他说你还需要实习啊,这不是刁难吗?正在这时,王首领和薛首领远远走来,王首领随风听到半句就大声说:"谁刁难人?谁啊?"侍者吓得不说话。我赶紧迎上去一番应酬,掉转话题问,可以考核了吗?他们叫我跟他走。我就跟在他们后面往外走,出得四合院,往东去二三里地有一排房子。我到这儿来过,知道是膳房。皇帝进膳多在乾清宫,膳食就往里面送。这儿的膳房自然不是给皇帝用的。皇帝召见臣子时间过长,需要吃了饭接着说,或者看着到饭点了,心疼臣子往往要赏饭,就到这儿来吃饭。

两位首领引我径直走进膳房。王首领进屋边就座边说:"牛掌案你出来。"薛首领招呼我坐。一会儿从里间出来个人,笑嘻嘻走过来叫声王爷、薛爷、这位……爷。王首领:"刚才叫你准备一道菜就是招待这位爷的。"他指指我,接着说:"准备好没有?这会儿就要。"牛掌案说:"一切按吩咐准备就绪。那我这就去弄?"薛首领说:"等等。我们刚才的要求明白没有?"牛掌案说:"明白啊,做一道宫里日常菜品,一切符合御膳谱。"王首领说:"我的话呢?"牛掌案掉头朝王首领嘻嘻笑说:"爷的话也明白,味道特殊一点。"

我心里咯噔一下,薛爷的话爱听,王爷的话费解,啥叫味道特殊一点?御膳谱上的菜品一菜一味,百菜百味,都叫特殊,要是考一个偏味,我怎么答得上来?要是答不上来,我就进不了内御膳房实习,周爷的计划便无从实施,甚至连我进内务府品膳处的事也要泡汤。

牛掌案去了一会,里间便传来哧哧炒菜声,又传来阵阵香味。我深深吸气,使劲品闻,像是做的肉,再使劲闻,有蒜香、葱香、豆瓣香、辣椒香,对,还有鱼香草,不对,还有个香味,是什么,是……不是……我一下子着急了。我们厨子品味不用嘴,用鼻子,闻一闻酸甜苦辣咸便都明白,更重要的是五味杂陈产生的综合味道,我们叫醇厚,又叫五味合一,一般人是品不出来的,厨子也有品不出来的,就是厨子的高低。

过一会牛掌案端一盘菜出来,往我们桌上一放说声"献丑",果然是一盘色香味形俱全的鱼香肉丝。鱼香肉丝是川菜。相传康熙爷巡游四川来到重庆已是黄昏时分,也不想打搅川东道,便循着香味来到长江边上一艘囤船上,竟然是一家水上酒楼,便登船用膳,问小二要这儿的特色菜。不一会一桌菜上齐,四荤四素一汤,在烛光的映照下熠熠发光。康熙爷一筷子尝了几口肉丝,顿觉满口鱼香,不觉惊讶,忙用筷子翻找,并没有一丁点鱼,便叫厨子来问,这鱼香肉丝的鱼味从何而来。厨子说这是小的讨饭吃的看家本事,不好讲。康熙爷也不多说,吃饭付银子走人。几天后,康熙爷办完事,上川东道衙门亮出身份,交代把这位厨子送到北京来。鱼香肉丝就成了御膳。

这故事我知道,也知道鱼香肉丝的做法和所有佐料,而且这道菜不算很特殊,只要掌握好糖醋就行,怎么用来考我呢?不由得心生疑窦,觉得应当还有蹊跷,但蹊跷何在,那种味道是什么味道,却不知道,心里便七上八下,很忐忑。

王首领说:"柳爷怎么样?说说都用了啥佐料。你是周爷的高足,又是内务府品膳处管事,一定不吝赐教。"薛首领说:"你也别急,慢慢品,如果不清楚不妨凑近一些。"牛掌案抱着双手嘿嘿笑。膳房的其他人不知啥时围了过来,冲我指手画脚,叽叽喳喳。

我再使劲深呼吸品闻,朦胧里觉得那种醇厚味哪里闻过,是高汤?不是。是鱼汤?也不是。那是啥啊?我开始有些紧张,额上沁出汗珠,头脑发胀,心里咯噔一下糟了,败在王首领手下了,今后怎么在紫禁城膳房混?丢丑丢大了,还是认输吧,认输可以不说答案,以免说出来牛头不对马嘴,贻笑大方。

王首领嘿嘿笑说:"柳爷可不能谦虚啊。大家说是不是?"围观的人一起嚷嚷答不出来了。薛首领急忙招呼说:"闹啥闹啥?都安静了!这是正经差事,不是弄着玩。"他又对我小声说:"柳爷你别受他们影响,自个儿想自个儿的。"

这会儿快到中午了吧,屋里开始发热,屋外柳树上知了吱吱叫,里间炒菜声哧哧响,围观者因为紧张,鼻子呼呼出气。我的心咚咚跳。我闭上眼睛在脑海里寻找那种味道,好像在宫源居酒楼闻过,不对;好像周爷教过,不对;好像……对对,是在太妃宫……不对不对……

王首领手里拿着块表,不断低头看时间。我们商量好了的,品味时间不能超过半小时。我不知道过去了多久,只觉得度日如年。王首领站起身说:"最后十秒计时开始,十、九、八、七、六、五、四、三、二……"我突然眼前一亮,豁然开朗,便大声叫道:"我知道了!我知道了!"

薛首领急迫地说:"太好了!太好了!我知道柳爷你一定胜利!"王首领被我的叫声吓一跳,睁大眼睛问我:"知道什么?你知道什么?"我不慌不忙地说:"我知道这道菜的全部佐料了。"牛掌案惊讶地问:"啊?你知道?别的不啰唆了,主要佐料是啥?"我一仰头说:"鲫鱼泡菜。"全场的人顿时傻了眼,有的面面相觑,有的睁眉瞪眼,有的窃窃私语。王首领和牛掌案成王八吃绿豆,大眼瞪小眼。薛首领一把抱住我,不断拍我的背。

王首领吭吭咳两声说:"都别嚷嚷,柳……柳爷,你说……说啥叫鲫鱼泡菜?有啥特点?怎么弄的?"薛首领说:"王爷你……"王首领说:"大家都想知道嘛,对不对啊?"围观者说:"对——"我说:"那我说出来请王爷、薛爷、牛爷指教。这道鱼香肉丝的最大特点是鱼香味醇厚。鱼香味不是一般做法加糖加醋,而是用了特制的鲫鱼泡菜。鲫鱼泡菜是四川泡菜的一种,具体做法是将晾了一天的鲫鱼放在泡好的辣椒、花椒、老姜水里,使鱼味慢慢融进去,融进辣椒、花椒和姜里,一个月后取出鲫鱼扔掉,因为泡水里有盐,鲫鱼不会腐坏,再用泡椒泡姜炒肉丝,醇厚的香味就出来了。"大家热烈鼓掌。

王首领气呼呼掉头就走。牛掌案跟上去解释。王首领边走边说:"有啥好解释?扣三个月俸银!"

我就这样进了内御膳房。

多年后我还为此沾沾自喜,时不时作为经典讲给别人听,赢得阵阵喝彩。直到前不久的一天,家里来了两位不速之客,都跟我一样是耄耋老人,一看不认识,一经介绍大吃一惊,竟是当年紫禁城御膳房的薛首领和牛掌案。大家聊天,说起当年我识别鱼香肉丝味道的事,牛掌案一语惊人。他说:"柳爷啊,您大概还不知道,是薛首领让我做鱼香肉丝考您的。如果换个菜,嘿嘿,您估计就过不了关。"我大吃一惊,忙问,这话从何说起?薛首领说:"牛爷这就是您不对了,都过去这些年了,还提它干啥?"又对我说,"您别听他瞎说,过去的事用不着刨根问底。"我坚持要他们说明实情。薛首领拗不过我,只好说了。

原来,周爷怕王首领刁难我,悄悄托付薛首领要他帮我过关,薛首领就暗中找牛掌案商量,说紫禁城三千御膳一膳一味,考谁谁答不上,你千万别刁难人。牛掌案说不好办,刚才王首领还吩咐来着要考倒他,您说出啥题好?薛首领说你就做泡菜鲫鱼鱼香肉丝,难度适中,估计柳崇孔品得出来。如果他连这也品不出来,那我们就帮不上他了。

我听了心里咯噔一下不是个味,从此再不说这档子事,就是有人问起,也以好汉不提当年勇为由推辞。人啊,一辈子不容易,有人整你,有人帮你,都是有缘由的,不会无缘无故。周爷帮我,薛爷、牛爷帮我,帮了我不告诉我;而我蒙在鼓里还自以为是,相形见绌,令人汗颜。这是后话。

我进了内御膳房茔局。王首领和薛首领叫我做掌案。这儿的情况与太妃膳房、戏班膳房不同,一个是大,内外膳房有三百厨役;二个是顶戴高,外膳房总御厨是四品;三个是内膳房不做饭菜,所需饭菜多由外膳房供给,内膳房只管孝敬皇帝,也做一些皇帝钦点膳品;四个是设有记膳司房,记下每顿皇帝用膳情况,报内务府存档;五个是遇到大宴群臣,则需内外膳房通力合作。

我是御厨,有一身本事,来内御膳房实习是学习更多的厨艺,可王首领排挤我,明里让我做掌案,实际让我管炭箱。内膳房有五只炭箱,炭箱上有铁板。外膳房送来的饭菜放在炭箱保温。御膳用粗瓷碗盛着盘子盖着。点心和饭有蒸锅。粥有粥罐。都放炭箱的铁板上温着,待皇帝叫用膳时一样样送上去。原来管炭箱的是配菜,现在叫内务府管事管炭箱,真让人沮丧。

没想到管炭箱还只是第一步,接着还有意想不到的事。

我管了一段时间炭箱,因为接连几个大宴需要能上灶的御厨,我又被叫去做菜。宫廷大宴要求特别高特别严,出不得丝毫差错。那次举办蒙古亲藩宴,事前一个月我们就开始做准备。我一看内务府交下来的膳单,单是热菜就有十八品,每品都是御膳精品,有凤尾鱼翅、红梅珠香、宫爆野兔、祥龙双飞、爆炒田鸡、宫爆仔鸽、八宝野鸭、炒墨鱼丝绣球干贝、炒珍珠鸡、奶汁鱼片、干连福海参、花菇鸭掌、五彩牛柳、挂炉山鸡、生烤狍肉、山珍刺龙芽、莲蓬豆腐、草菇西兰花等,哪一样都不省事。就说莲蓬豆腐吧,看起来简单做起来复杂,得将豆腐、肉末、虾仁、干贝加调料打成糊,放进小碗嵌青豆上灶蒸熟。

到了开宴这天,来了二十桌贵宾,内外膳房的厨役忙得一塌糊涂。蒙古亲藩宴是皇帝招待与皇室联姻的蒙古亲族所设的御宴,设在正大光明殿,由满族一、二品大臣作陪。苏拉送菜上去回来跟我说,蒙古亲族视此宴为大福,对皇帝所赏食物十分珍惜,把鸡鸭鱼肉装进袍子带回去,说是带福还家。我才明白为啥要做这么多御膳。

除了蒙古亲藩宴还有不少宴,比如廷臣宴,皇帝招待大学士和九卿,设在奉三无私殿,都坐高椅,必须赋诗饮酒;九白宴,皇帝招待蒙古外萨克等部落首领,这些部落首领以白骆驼一匹、白马八匹九白为贡;节令宴就多了,如元日宴、元会宴、春耕宴、端午宴、乞巧宴、中秋宴、重阳宴、冬至宴、除夕宴等。

这样一来,还没算各种生日宴、庆功宴,宫里一年到头都有大宴,都由内外膳房负责办理,这就是御膳房与其他膳房、他坦房大不同之处。我来这里一段时间后也就慢慢知道了这些,但因为宴席多、规模大,加之王首领对我时刻防范,所以调查食材的事进展缓慢。我原来想通过薛首领打听情况,他不是对我友善吗?可薛首领口风很紧,说到食材,退避三舍,不接招,只好另辟蹊径。

我发现牛掌案态度还好,就有意无意接近他。他没事爱出内右门到西沿河的他坦街游玩。这天我远远跟着他来到他坦街,见他先去剃头铺剃头,出来在街上溜达逛货栈,最后进了六合义。我赶紧走过去,装作无意碰见似的跟他招呼道:"牛爷好雅兴。"牛掌案刚落座,抬头看是我,说:"是柳爷啊,来来,一块坐。里面的东西吃厌了改改口味。"我上前与他对坐说:"正好,我就是来解解嘴馋的,我做东了。"说罢掉头喊伙计,"点菜——"又对牛掌案说,"来点啥?这家苏造肉不错。"牛掌案说:"柳爷您这是干啥?先入为主,我做东。"我说:"下次你做东啊。"牛掌案嘿嘿笑说:"就来苏造肉吧。"伙计跑过来候着。我说:"一份苏造肉,一个拼盘,半斤酒。"

他坦街上人来人往,店铺吆喝声此起彼伏。来这儿的人除了宫里的人之外,还有很多其他人。宫里嫔妃娘家人有事了,那是不能随便进宫的,就来这儿,找着这位嫔妃的他坦,就是外回事处,设有专职太监,告诉太监,若是急事,太监立刻给你传;若不急,慢慢给传,保证传到。宫里嫔妃找娘家有事,也由这儿的太监传话。这就有了一大拨人。宫里嫔妃没有膳房,除了就近膳房用餐外,好多嫔妃不愿意搭餐,就在这儿的他坦办了伙食送进去,自然就请了厨子杂役。这又是一拨人。内务府管着紫禁城,每日需要大量工役差人。这些人来自四面八方,每天白天由官员领进宫,傍晚由官员领出宫,第二天再这样。这又是一拨人。街上各种店铺三天两头需要进货,就有送货人驾着马车牛车送来,有需要出货,又由马车牛车运走,加上前来谈生意的人,又是一拨。太监、宫女有病,由本宫处主子送到这儿治疗休息,就住在本宫处他坦,自然也请了郎中、杂役照看。这又是一拨人。这几拨人加上宫里出来溜达的内务府官吏、写字人、苏拉、太监宫女、厨役护军,自然十分热闹。

不一会拼盘和酒来了。我和牛掌案对敬一杯,然后吃菜聊天。又隔一阵苏造肉上桌,只见热气腾腾,芳香怡人,一看便知道选用的是红白相间的五花肉,切成方子,还有零星猪肝肠、肚块、肺头等,红焖肉做法,软烂汤多,再闻闻多酒多香料,不禁赞一声不错。牛掌案举箸说声请,拈块肉送进嘴里吧嗒吧嗒,嘟囔着说:"肥而不腻,烂而不糟。你也来。"我便举箸过去。

你一箸我一箸,不一会一盘苏造肉消去小半才停箸说话。牛掌案比我年纪大一些,进宫的年头也比我长,指着苏造肉说:"柳爷可知道它的出处?"我说请牛爷赐教。他说起苏造肉的出处。乾隆御驾南巡驻扬州陈元龙府。陈元龙是告老还乡的文渊阁大学士,感激皇恩浩荡,叫自家厨子陈东官精心制作糖醋樱桃肉奉上。乾隆爷举箸尝后顿感爽口,龙颜大悦说有赏,当即赏给陈东官二两官银。几日后乾隆爷起驾离开扬州。陈元龙请皇上允许家厨陈东官随伺。乾隆爷点头照准。陈东官便成了随驾御厨到了北京,把糖醋樱桃肉也带到北京,改名叫苏造肉。

说到这里,牛掌案压低声音说:"皇帝爷也常叫人来这六合义买苏造肉吃。"我有些惊讶说:"啊?咱宫里不会做啊?"牛掌案说:"这谁不会做?是嫌咱做的没这儿味儿好呗。"对此我也有所耳闻,压低声音问:"照牛爷这么说,这六合义周掌柜的侄儿进宫做苏拉是沾苏造肉的光啰。"牛掌案说:"正是正是。"

　　我见牛掌案高兴,趁机劝他多喝了几杯,借着他有几分朦胧,问他内御膳房食材的事。他说这有啥好说的,主子有吃,奴才小子们也有份不是?他又说柳爷你初来乍到不知道,皇帝爷一天吃多少米、多少鸡、多少猪肉,说出来吓你一跳,五十斤米、一百只鸡、一百斤猪肉。我听了不吱声。他又说,你知不知道这些东西都去哪儿了?告诉你别出去乱说啊,分了,大家分了,都有份,连两个打杂的,一班做下来也要分十斤米。何况上头?懂不懂?何况上头。我又敬他一杯酒,问,这些食材不是都领回膳房了吗?怎么出得去啊?他突然惊觉了,问我问这些干吗,不该知道的别问,喝酒喝酒,休谈国事。我再怎么套他的话都不行了,只好作罢。

　　回到住处,我躺床上百思不解。皇帝爷是这样,皇帝赏膳、朝廷大宴大概也都是这样,那就不是个小数,也不是当值厨役手提肩扛拿得出宫,得用多少车拉才行啊,护军、禁军能同意吗?要是出不了宫,自个儿吃了用了也没啥,作用也不大,只有出宫变现才值钱啊,那怎么出宫的呢?我想这大概就是蒋爷他们最机密的事了。

　　第二天当差刚走进膳房,牛掌案神情紧张地跑来小声告诉我,昨天喝酒聊天别当真啊,都是酒后戏言,还拍着我肩头说别瞎打听了,然后哼着小调扬长而去。我心里咯噔一下,啥意思?难道暴露了?也没问几句啊,他也没说啥啊,他说的有些已是公开的秘密,不算啥啊,还拍肩头算啥?友善的警告?我抬眼看,他正在远处与王首领说话,一张脸笑开了花,不禁暗暗着急,牛掌案难道是替王首领来试探我?

　　这是我当时的思想,后来我才知道,我是以小人之心度君子之腹,错怪牛掌案了,但当时他那表情的确让人费解。后来我们都老了,都远离紫禁城了,他和薛首领来看我,我还问过他这事。他说他当时很矛盾,既想告诉我御膳房食材被盗用的情况,又害怕蒋爷知道了要挟处罚,进退两难,所以有这些似是而非之举,请我原谅。原来不是陷害我啊,我心里一块石头几十年后才落地。

我接着往下说。

过了几天,我正在做事,王首领让人叫我去他案房。我心里咯噔一下,不是牛掌案揭发我东窗事发了吧?便听到自己一颗心咚咚跳,又想不至于吧,就算我在打听食材的事,就算我想知道御膳房的事,也不算犯法吧,便慢吞吞走去。王首领见到我,起身迎上来说:"柳爷,好事好事。"我堆着笑脸说:"又让我去管炭箱?"王首领让我坐,说:"就爱跟我开玩笑。你这次要大发啦!不骗你,真的,你这回要发啦。嘿嘿,到时候别与我一般见识啊。您坐,我给您泡茶去呢。"说罢往里走。

我心里又咯噔一下,见他一脸认真神色,不像是恶作剧,难道真有啥好事?难道周爷答应调我回内务府品膳处?不对,昨天还见着他,没说这事啊!要不是毛大臣,前次他好像有提拔我的意思,是不是升我做荤局局管?那就对了,正好管着王首领,马上叫他去管炭箱。

正想着,王首领端了碗茶过来放我面前说:"蒋爷刚刚通知我,要你准备去万寿宫奉差。"

我听了大感不解。万寿宫在颐和园,是西太后的寝宫。四月初一吃了大麦碾转和樱桃,西太后就去了颐和园乐寿堂,要住到九月才回宫。叫我去乐寿堂奉差干啥?不会是去那儿的寿膳房做事吧?便脱口而言:"乐寿堂干吗?寿膳房有缺啦?"

王首领嘿嘿笑说:"这……我就不知道了,蒋爷只叫我这么告诉你。蒋爷还说了,叫你准备准备,好像西太后要看你本事。嗨!要是被西太后看中,我的妈,您柳爷前途无量啊!恭喜恭喜!"

我越发不明白,问:"啥?西太后看我的本事?我有啥本事,不就是掌灶翻勺吗?"

王首领说:"对啊,就是看您厨艺啊。您不知道吧,您现在在紫禁城可是大名鼎鼎了啊,谁不知道您会做灌汤黄鱼?连熙亲王吃了都满意。兴许啊,这话传到西太后耳朵去了。这两天您别当值了,好好准备,等着领赏吧。"

这事来得太突然,我从王首领案房走出来不知去哪儿好,既然不叫当值了,干脆去找周爷问问,究竟啥事啊,便一头往内务府走。我一边走一边想,王首领这话有道理,说不定啊西太后真的知道灌汤黄鱼的事了,叫我去做给她吃吧,要是她吃了满意问我要啥赏,我就说禀报太后,我不要赏,您下旨让我调查盗用食材的事吧。西太后就说你去调查吧。我边走边这么瞎想。

我来到周爷案房,见他正忙着办差,就上去给他鞠躬请安,然后把这事对他讲了。周爷说我来得正好,他正要找我。我问啥事。他说就是这事,又说这事蹊跷,不知道毛大臣知不知道,叫我等他一会,他去问问毛大臣。周爷去见毛大臣。我在他案房溜达,望着窗外的亭台楼阁和更远处的南海,听人说颐和园就在那边的那边,不由得有些兴奋,进宫这么些年了,紫禁城倒走了不少地方,唯独没去过颐和园,更没进过乐寿堂,这回有机会开眼界了。

周爷还没回来。我坐着乱想。周爷给我说过乐寿堂,说乐寿堂面临昆明湖,背倚万寿山,东达仁寿殿,西接长廊,是颐和园内位置最好的地方。我想那儿既然有湖就可以坐船,既然有山就可以打猎,要是能去那儿当差该多好。

周爷回来,急匆匆的样子,进门就顺手关门,还没坐下就说:"这事不妙,这事不妙。"说罢端碗喝茶,喝急了茶水顺脖子流。我一听顿生警惕,忙问:"怎么啦?毛大臣怎么讲?不就是看我的厨艺吗?难道……"周爷抹抹嘴说:"岂止是厨艺啊!是要你的命!你还高兴呢。"

我一惊,惊得全身毛孔顿开,问道:"啊?谁要我的命?西……"

周爷忙冲我嘘一声,不让我提那名字,小声说:"当心隔墙有耳。毛大臣说他刚接到消息,说西太后得知你厨艺高超,能够品闻出鱼香肉丝中的泡菜鲫鱼,要你去表演表演。"

我说:"就这事啊?也不要我命啊。"

周爷说:"还没说完呢。你知道这次叫你去品闻啥?"

我说:"不知道。"

周爷说:"喝茶辨水。"

我心里咯噔一下,喝茶辨水,那可是御厨的最高境界啊,不由得害怕起来,忙说:"我不会喝茶辨水。我不去。周爷,我不去。"

周爷说:"你还是小孩子啊?西太后的话就是懿旨,抗旨杀头,能说不去的话吗?"

我说:"那怎么办?那怎么办?周爷您救救我。"

周爷说:"崇孔你别急,我和毛大臣正想办法呢。唉,这是谁出的阴招啊!"

周爷安慰我一番,也说不出解决的办法,叫我先回去,别声张别乱动,等他的消息,毛大臣和他一有消息他马上来找我。我只好悻悻离去。刚走出案房,周爷又把我叫回去,说这样吧,我帮你准备准备,不一定派得上用场,有备无患。我就坐下来。周爷告诉我一个喝茶辨水的故事。

宋朝宰相王安石老年患痰火症。太医要他饮阳羡茶,用长江瞿塘峡的中峡水煎服。他就托在四川黄州做官的苏东坡回京时带回瞿塘峡的中峡水。苏东坡过三峡时睡着了,醒来船已过中峡,让人就近取水带回。王安石接到水,叫家童烧水泡出茶来,一看便说这不是瞿塘峡的中峡水。苏东坡只得如实相告,并问王安石怎么分辨的。他说用上峡水泡茶味太浓,用下峡水泡茶味太淡,用中峡水泡浓淡合适,适宜我的病。你这水泡茶茶色半晌才开始出现,必定是下峡水。

周爷接着说,咱们紫禁城用的水你都知道,我也给你讲过,你得好好体会一下各自的特点,不妨回去将各种水再温习温习。他又把宫里使用的各种水的特点给我讲了一遍,才叫我回去准备。我听了很受启发。回到住处,我就按照周爷说的做准备。内御膳房预备有各种水,分别有不同用处,比如大东井水用来做大宴,大西井水用来做宫里人饭菜,西河水用来淘洗,玉泉水用来伺候西太后、皇帝、皇后。我对这些水已经很有研究,喝一口便知道是什么水,但用来泡茶又另当别论,因为茶味与水味混为一体确实难辨。我用各种水泡了茶慢慢品味。

我边品味边想起当年在宫源居酒楼的事。我爹做总厨,管着几十个厨子,耀武扬威,一呼百应,他的话就是圣旨。我爹跟大家讲,做厨子不是靠眼睛鼻子,是靠舌头。他又说靠舌头什么呢?靠舌头上的味觉。这么多年来,我一直记得爹的话。我做菜靠舌头,不管啥菜需要啥佐料做成啥味道,首先得过我舌头这一关。不是自夸,天下味道都在我舌头上。我由此又想到为爹报仇,进宫这么多年了,大海捞针,没有一点六指脚的线索,完全无从下手,不由得又是一番哀叹。我想这一次冒再大的风险我也要

123

参加，还要好好表现，一定让西太后满意，这样我就可以请西太后允许我调查盗用食材的事，说不定就会查到六指脚。

吃过中饭我还在自个儿琢磨，有人来叫我，说周爷叫我马上去。我想毛大臣、周爷有主意了，就兴冲冲地赶过去。周爷见着我说："崇孔，毛大臣打听到了这事的来由，太危险，你不能去。"

我心里咯噔一下，忙问："什么来由？不就是西太后想看我表演吗？"

周爷说："不是这么简单。毛大臣去了一趟颐和园，打听明白了。这事是蒋爷使的阴招。"

我惊讶地问："啊？又是蒋爷啊，他怎么撺掇西太后了啊？西太后能听他的？"

周爷说："他自然不行，隔西太后远着呢！可他与西太后宫的李统领有特殊关系，是通过李统领撺掇西太后的。这也怪我求胜心切，要你找牛掌案打探情况。牛掌案与你交谈的事被王首领知道后告诉蒋爷，蒋爷怕你在内御膳房找到啥线索，就设下这个计谋，不但要撵你走，还要你的小命。"

我大吃一惊，一下子站起身说："怎么要我的命啊？我没……没干啥啊！"

周爷叫我坐，说："我们奉密旨搞调查是有风险的，不仅是你，我和毛大臣都有风险，甚至丢官掉脑袋。因为我们这样做触动了不少有权有势人的既得利益，还可能将他们绳之以法，他们肯定不会偃旗息鼓，而绝对会拼死反抗。所以我们一定要谨小慎微，讲究策略方法，尽可能保护自己，没必要'出师未捷身先死'。我和毛大臣的意见是，趁西太后还没下懿旨，我派你出宫办事，先避避风头再说。"

我这时的想法有些怪异，不是害怕，倒觉得有些失望，失去在西太后面前表现的机会觉得可惜，也许今生再没有这种机会了，就犹豫着无话可说。周爷见我神情异常，就问我："你怎么啦？我都替你安排好了，出宫先去我朋友处躲躲，宫里由我替你承担。"

我想了想说："周爷，我想试试。"

周爷没听明白，皱着眉头问："你说啥？"

我说："不就是喝茶辨水吗？我想试试。"

周爷一声惊叫,说:"啊?你想试试?人家挖好坑就怕没人跳,还有真敢跳的啊?你知不知道试试的后果?闹着玩啊,弄不好落个欺君之罪,你承担得起吗?我跟你说实话,换了我也不敢去喝茶辨水。全紫禁城的御厨也没人敢拍胸膛喝茶辨水,就你敢试试?要是出了错,老佛爷一句话要你小命,知道不?"

我嘀嘀咕咕,话不成句。周爷又说:"还犯傻啊?你知道这是谁的阴招吗?李统领。你知道李统领吗?全紫禁城最厉害的太监。你遇到他还说啥,肯定一败涂地。好了好了,听我的没错,准备出宫吧,我这就给你开出宫条。"

周爷去开出宫条。我原地不动,脑袋轰轰作响,全身发热。我知道我要是出宫去了肯定回不来,还要遭追捕,就还得隐姓埋名流落他乡,我一身厨艺就不能正常发挥了。更重要的是,我怎么替爹报仇?我进宫来干吗?我这么孜孜以求干吗?不就是要进宫来寻找六指脚吗?我怎么能出宫呢?我要是出宫见到娘怎么跟娘解释?娘要我回宫怎么办?还有黄师兄几个见了面怎么解释?还有脸见人吗?

不一会周爷回来,给我出宫条。我拿上条子一言不发往外走。我在回住处的路上还在想这事,我觉得我不该出宫、不能出宫,不仅有上面这些理由,还有个理由,我在宫里御膳房学习了十来年,我的一身本事没有得到发挥,我要在西太后面前展示我的高超厨艺,一炮打响,为我们调查盗用食材开辟一条新路,哪怕出事挨罚也在所不惜。

我决定不听周爷的话,去颐和园接受这次严峻的考核。

于是我回到住处,一看天色还早,就去找王首领说我准备就绪。王首领说他正找我,因为颐和园太远,这会儿就得出发到园子外面住下,不耽搁明儿一早进园子。我和他简单收拾一下就出发了。御膳房有马车。我们坐车离开御膳房,从神武门出紫禁城,一路嘚嘚扬鞭前行。我扭头望着渐行渐远的内务府楼阁,估计周爷正倚窗企盼。想到这些年周爷对我恩重如山,还没来得及报答,也许从此一别再不相见,不禁忧从心起,潸然泪下,心里默默说"再见了周爷"。

来到颐和园外面旅社住下已是一片昏暗,也看不清园子景色,只觉得黑黢黢的怪吓人的,也就随王首领吃了饭早早吹灯入睡;又因为累了也没法想心事,也就随遇而安酣然入梦。第二天睁开眼已是红日含山,朝霞满天。王首领叫吃早饭。我狼吞虎咽大吃一顿。

颐和园的大门叫东大门。从东大门进园子走不多远又有一道门叫仁寿门。进仁寿门走一会就是仁寿殿。这是西太后召见文武百官的地方,警卫森严,空旷无人。我们自然不能这么走。王首领凭条子找到候在大门的乐寿堂太监,由他领着进园子。他怎么领我们怎么走。他不说话,我们也不说话。我们从小角门进颐和园,沿小路过仁寿门,远远绕仁寿殿,再沿昆明湖东墙走,进一道红门,看见不少车马轿夫三五成群闲聊着。再往前走不多远就是知春亭。领路太监叫我们在这儿稍事休息,待他前去禀报。

知春亭位于颐和园昆明湖东岸,是一座重檐四角攒尖顶,亭子周边种着柳树桃树,站在亭里凭栏眺望全园景色,湖光山色,美不胜收。王首领熟悉颐和园,指着"知春"二字告诉我,每年春天昆明湖解冻总由知春亭这儿开始。他又指着北边的柳荫桃坞对我说,看那一排排鸟笼,听见声音没有?啥鸟都有啊,鹦鹉、八哥、画眉、百灵、红脖。

不一会那太监来了,说声跟我走吧,甩手往前走。我们答应一声赶紧碎步跟上,也顾不得东张西望,小心走路,生怕有所闪失。走了一段路来到乐寿堂一处偏房,领路太监叫我们在这儿歇息候着,哪儿也别去,有事再来叫,便去了。我们刚坐下,有小太监送茶上来,急忙起身弓腰又坐下。我们在紫禁城多年,也大致知道规矩,这是在等西太后叫,就是随叫随到。至于啥时叫谁也不知道,得看西太后高兴,就是李统领提醒了也不一定,兴许西太后改主意了,那明儿再来候着,候个三五天也是有的。所以我们哪儿也不敢去,只在屋里活动。我凭窗看出去是昆明湖,只见湖水是深绿色的,微风过处泛起层层涟漪,湖面上有一些铜子儿大小的浮萍,极嫩的尖尖的荷叶刚冒出水面,有蜻蜓立在上面,一群群黑黢黢的鱼儿游来游去,和煦的阳光斜照在水面上,反射出粼粼波光。

一会儿领路太监来说老佛爷叫,快走。我们就起身跟他走,一路小跑,走了好一会来到乐寿堂正屋。他把我们从侧门引进去,走到一间房里叫我们候着别吱声。我就听到前屋有声音,隔了几间房听不太真,好像有人说书,又有人评论,偶尔传来刘邦、项羽的话,又听到刘邦是硬汉子的话。过一阵便传来窸窸窣窣的响动声,便见领路太监进来说老佛爷叫,跟我走吧。我心里咯噔一下,就要见到西太后了,便埋着头小心翼翼跟着走,走过几间殿堂,前面豁然明亮,又听得声音说"总管,你传话下去,叫寿膳房送些甜碗子来赏给你们吃吧",就走到正堂,见西太后正歪靠着椅子说话,后面站着四个宫女,一个抱着只猫,一个端着烟盘,两个嘻嘻笑说"谢老佛爷赏",李统领斜站着回答"喳——",又说"老佛爷折煞奴才了,千万别这么叫奴才才是啊",说罢要退去,远远见着我们上来一溜儿在边上候着,对身边太监说了句话转身对西太后说:"老佛爷这会儿也该轻松轻松,别老想刚才那档子说书的瞎编,奴才送个稀奇,老佛爷请瞧瞧可好?"西太后正眯眼养神,听说看稀奇,睁开眼说:"你说的是喝茶辨水吧,好好。我就纳闷了啊,谁有这等本事啊!那可了不起了,叫吧。"

我们便被引着往上走,走到隔西太后十丈之地被叫站住。李统领说:"这就是御膳房那边过来的两位厨子。"王首领和我赶紧跪下磕头说老佛爷万安。这都是事前领路太监交代了的。西太后抬眼瞧瞧,朝李统领摆摆手。李统领便说:"老佛爷叫平身。"他见我们站好后又说:"今儿个是讨老佛爷喜欢,叫你们来喝茶辨水玩玩,有本事尽管表现,可别扫老佛爷的兴啊。"又掉头说,"上茶呢——"

只见寿茶房的人带着几个托茶碗的太监鱼贯而入,将茶碗一一摆放在我们面前的茶案上,一共四碗。李统领说:"柳崇孔上前一步。"我心里正咚咚直跳,第一次当着西太后的面品茶让我万分紧张,听了李统领的话没反应过来,还在那里发呆。王首领扯扯我衣袖。我这才明白,赶紧上前一步。李统领说:"你面前有四碗刚泡好的茶,用的是四种不同的茶叶,用的是四种不同的水。你说你能喝茶辨水,你这就辨一辨,辨得准老佛爷有赏,辨得不准,嘿嘿……"我心里咯噔一下,坏了,我哪说过我能喝茶辨水?这不是强加之词吗?脸色顿时发白。这时西太后说:"别吓人了,不就是玩玩吗?你叫啥来着?"我赶紧弓腰答道:"小的是内务府品膳处八品管事柳崇孔。"西太后说:"崇孔好,崇孔好。"我说:"谢老佛爷!"西太后说:"你就品吧。"我答道:"是。"

这时叫的甜碗子来了,就是宫里的零碎小吃,有甜瓜果藕、百合莲子、杏仁豆腐、桂圆洋粉、葡萄干、鲜胡桃、怀山药、枣泥糕。我一眼扫过去大

127

致明白,甜瓜果藕冰镇过,葡萄干、鲜胡桃蜜浸过,青胡桃浇有葡萄汁,盛在四个大碗里,托碟托着,刚揭开盖盘,几把小银勺,都供在西太后面前的御案上。西太后吃了点,赏给宫女、太监吃,自有一番折腾。没我和王首领的份。我们低头看地,听咀嚼声。

李统领叫我品茶。我人生最关键一刻到了。

我慢慢端起一杯茶送到鼻子边闻闻,顿觉清香扑鼻。我再一一闻其他三杯,无不清爽芬芳,细细一品,没啥区别,不禁茫然。我提醒自己别急别急。我再闻第二遍,感到它们的细微不同,有的醇厚,有的单薄,有的浓香,有的清香。这离辨水还远远不够。我开始饮茶,每杯浅酌一口,细细品味,刚才的区别有所明显,再每杯浅酌一口,却没了感觉,不由得暗自着急。记得我爹和周爷都说过,百味好辨,醇厚难分。这茶经过开水浸泡,两味杂陈,已成醇厚之味,分辨更难,得细细还原本味。于是我使出最后一招,喝一大口茶在嘴里不吞,让舌头在茶水里搅动品味,如此喝过四杯便有了不同的感觉,但究竟谁是谁,却难下定论。我不敢再喝茶,浓烈的茶味反而会冲掉我已获得的感觉。我闭目凝神,用心品味,把存储于心的各种水味与之一一对比排斥。

我眉宇一动,玉泉水的味道浮现脑海。周爷跟我说过,当年乾隆皇帝命内务府制作银斗量水,济南珍珠泉斗重一两二厘,镇江中泠泉斗重一两三厘,杭州虎跑泉斗重一两四厘,北京玉泉水斗重一两。我重点研究过玉泉水和紫禁城北京的水的味道,便以玉泉水的重量为基准分别将眼前这四杯茶水排出顺序,第一肯定是北京西郊玉泉山的玉泉水,因为全北京,甚至全国的名水都没有比它更轻的了。我再根据紫禁城只准使用西大井水、东大井水和西河水的规定,把最重的茶水定为西河水。有了最重和最轻,中间就好办。我长出一口气。

我这么想着,也不知过了多少时辰,又因为全神贯注,连李统领的叫声也没听见,只听到背后王首领的声音"时间到了",扭头一看,王首领正朝我说话,便看看上面,李统领极不耐烦地冷笑着,西太后兀自玩着猫,四个宫女各自摆弄手绢,寿茶房的人和四个太监一字儿站着望地上。

我吭吭咳两声,大声说:"禀报太后,小的品出来了。"西太后抬头把猫递给宫女说:"说来听听。寿茶房的你们听好了,对就对,错就错,别打马虎眼。"茶房人应"喳"。全堂的人都紧盯着我。我突然感到脸上发热。屋里静悄悄的,只有墙角那尊落地钟发出哐噌哐噌声。

我大声说:"这四杯茶的水从左到右依顺序分别是玉泉山水、西河水、西大井水和东大井水。"

西太后急忙说:"茶房快说对不对、对不对?"

茶房人回答:"禀报太后,他的回答全部正确。"

全堂的人立刻发出赞叹声。西太后嘻嘻笑着说:"真这么神啊!说说你怎么弄的?怎么就辨得出水来呢?我喝了一辈子茶,连哪种茶也辨不了啊。"我心里正热血沸腾,兴奋得浑身发抖。我说:"回太后话。小的……小的……"李统领说:"不得无礼。"西太后说:"你自己也激动了吧。好,我不问这事了。我要重重赏你。你说说喜欢什么?"我哆嗦着说:"谢太后!小的啥都不要,只求太后允许小的到内务府品膳处当差。"西太后问:"你不是已在品膳处吗?"我回答:"小的还在各宫处实习,一旦合格才能回品膳处。"西太后掉头问:"毛大臣,是这样的吗?"我一惊,毛大臣啥时来了?忙抬眼看,果然看见边上的毛大臣、周爷。毛大臣说:"回太后话,是这样。有的宫处膳房对柳崇孔的厨艺还有看法。"西太后说:"糊涂不是?柳崇孔这样的御厨百年难寻。好了,柳崇孔你就回品膳处去吧,也别做管事了,就做总管吧。"毛大臣、周爷、王首领齐声说"遵旨"。我急忙跪下磕头谢恩。

李统领与西太后小声说了几句,掉头对我们说:"老佛爷有旨,散了吧。"我们又磕头谢恩,退出。我走在最后,无意间扭头回望了一眼,见李统领正冲我的背影冷笑,急忙扭头而去。

几十年来我时刻记得这一幕,不管过去多久,回想起来仍然心血澎湃。这是我人生最大的成功和最大的荣誉,也是对我从厨多年来的最高肯定,实在让人难以忘怀。我从此回到品膳处,悄悄开展盗用食材的调查,没有哪个膳房敢与我公开作对了,就连蒋爷、御膳房总管也让我三分,为毛大臣和周爷的调查工作铺平了道路。不过我也因此得罪了紫禁城最有权势的李统领,他那冷笑的面孔让我不寒而栗,我因此成了他的对手,遭到他一系列的打击,比蒋爷更厉害的打击。这是后话,容我慢慢道来。

第九章　买房风波

　　从乐寿堂出来,毛大臣、周爷和王首领向我拱手祝贺。王首领说:"柳爷不得了,这么年轻就是总管,比我品级还高吧。"毛大臣说:"品膳处总管是五品,你是六品,当然比你高。今后见着了你得向他行礼。"王首领马上向我拱手说:"何止今后,现在就该。柳爷,小的这厢有礼了!"说着对我深深一躬。我说:"算了,今后你别为难我就对了。"王首领嘿嘿笑说:"不敢不敢,那不过此一时彼一时罢了。"大家哈哈笑。

　　毛大臣身份高,由周爷陪着先走。我和王首领随后。出得颐和园,王首领要我坐他的马车。我说我要去内务府,搭周爷的车,便与他拱手告别。我见他驾车而去,忙走过去跨上周爷的马车。周爷刚送走毛大臣,正等着我。我说:"周爷怎么到颐和园来了?"周爷说:"崇孔,你差点急死我了!你昨天改变主意怎么不预先告诉我呢?害得我东找西找,最后找到毛大臣,毛大臣派人四处打听才得知你跟王首领去了颐和园,又急得不得了,一夜没睡踏实,今儿个一早就来这里了,还拉上毛大臣一道,不然我进不了园子。"我说:"对不起了周爷,我是怕您不让我去。"周爷说:"你啊你,叫我怎么说你好啊!"他紧紧拉着我的手。我知道这是周爷心疼我,怕我出事,感动得掉头抹眼泪。我爹去世多年。我娘疼我。我没爹疼。周爷像爹一样疼我。

　　周爷说了他和毛大臣来颐和园的事。

　　昨天周爷给我开了出宫条,嘱咐我回住处收拾一下就出宫。他送我走出内务府,见我心事重重,不放心,待处理完急需办理的一些事务后,就到内御膳房来看我走了没有。一看我没在,还以为我听话出宫了,谁知碰见熟人一问,说是与王首领去了颐和园,顿时急得跺脚,赶紧驾车赶来,可到宫门一问,已经出去一个时辰了,只好作罢。

　　周爷不知如何是好,急忙去找毛大臣。毛大臣说别找了,柳崇孔既然敢去,就有敢去的道理。周爷不同意,说柳崇孔年轻、不懂深浅,被人陷害

130

了还不知道人是谁,要赶去颐和园阻拦。毛大臣不准他这样做,说他这才是不懂深浅。周爷一听才明白自己气糊涂了。西太后召见柳崇孔谁敢阻拦,阻拦就是大逆不道。周爷想来想去还是不放心,请求毛大臣第二天带他去颐和园看看,万一有个闪失也好临时弥补。毛大臣就答应今天一早带周爷来颐和园。毛大臣的内务府管着宫里和园子的皇家事务,有权拜见西太后。今儿早上他们赶到颐和园乐寿堂,听说我已被召进宫,急忙参拜进来,远远见我和王首领,也不敢招呼,而我正专心品茶,无暇张望。周爷和毛大臣商量好了,如果我品尝不准,毛大臣一定出面替我说话。

我听了很感动,说:"谢谢周爷,谢谢毛大臣!"

周爷说:"你不用谢我。你受到西太后赞赏,做了品膳处总管是件好事,今后谁也不敢刁难你了,可以好好开展调查了。"

我说:"我也是这么想,今后谁要刁难我,我就告御状。"

周爷哈哈笑说:"你当了五品总管还是幼稚。我问你啥叫御状?那不过是戏文里的唱词,办事情还得一级一级地禀报,比如品膳处总管得向内务府大臣禀报,大臣怎么说就得怎么做,官大一级如泰山压顶。"

我听了嘿嘿笑说:"周爷您得多指点。"

周爷说:"我可不敢指点你。你现在和我平起平坐。"

我赶紧说:"周爷您千万别这样说。我还是您的学生,您还是我的爷。我永远都听您的。您叫我干啥我就干啥。"

周爷说:"你还年轻,任重而道远。毛大臣说了,需要你勇往直前,更重的担子还等着你。你该怎么干就大胆干。比如这次,要是依我的主意这一躲,哪来这么好的事?说不定你这会儿真被缉拿呢。崇孔,我也想好了,今后你就大胆干,我和毛大臣在背后支持你,做你的坚强后盾,好不好?"

我说:"好。"

我们在回宫的车上这么聊着。

回到紫禁城,我就正式去内务府品膳处当差,就任品膳处总管。毛大臣亲自来召集全处官吏开会,宣布我的任命,安排我负责紫禁城膳品质量,又宣布周爷为品膳处领班总管,负责紫禁城所有膳房人员的厨艺培训。我们品膳处有上百人,都是从宫里各膳房厨役百里挑一选上来的,个

131

个都是御厨高手,不然也制服不了那帮膳房的厨子。我虽然最年轻就做了他们的上司,但因为我有喝茶辨水的成绩,又是西太后钦点,加上又有周爷做后盾,他们都很服气,表示服从我的领导,支持我的工作。

我那年二十八岁。

我出宫回家把这消息告诉我娘。我进宫这些年我娘回娘家住,和我姥爷、姥姥、姨父、姨母、姨侄生活,我时不时带些银子给娘。娘也大方,把银子给我姨母补贴家用,还卖了十几亩地,添置了一挂马车,大家和睦相处,还算行。我娘和一家老小见我穿着五品官服坐着轿子带着随从衣锦还乡,惊讶万分。我娘不相信是我,要我脱了顶戴官袍让她瞧瞧。我说娘这怎么行,大庭广众有失官体,儿子现在是有身份的人了。大家哈哈笑。

晚上我和娘拉家常。我悄悄给娘一把银票,总有好几百两吧。娘拿着说烫手,不要。我说娘这是儿子孝敬您的,是儿子在宫里得的俸银和赏赐。我从宫里还带了东西回家,就去打开箱子包袱,一件件翻给娘看,有貂皮、貂脖子、绫罗绸缎、珠宝玉器、名贵书画,单是绸子就有宁绸、江绸、川绸,缎子有织锦缎、闪缎、洋缎。娘看了说都只听说没见过,今儿个大开眼界了。我说您老人家就慢慢享用吧,下次儿子再给您带回来。娘说你也别带了,娘老了,穿不得吃不得,也不稀罕。我说,娘您怎么啦?好好的就不高兴了。娘不说话,回身坐炕上不搭理我。

过一会姥姥进来见了说我,崇孔你不知道你娘的心思。我这才发现还有件大事没说,就急忙把在宫里寻找六指脚的事说了,说不是儿子不尽心,实在是因为紫禁城太大、宫里人太多,大海捞针没法找,但娘您放心,儿记着这事。如今儿是品膳处总管,管着全紫禁城膳房的膳品质量,涉及范围更广,人更多,一定能找到六指脚替爹报仇。

娘这才缓过神来。娘说:"崇孔啊,娘送你进宫不是贪图钱财官位,是指望你替你爹报仇。你爹当年死得不明不白啊。娘老是做梦,梦到你爹向我喊冤啊。你爹就没给你托梦?"

我爹死那年我才十四岁,半大孩子,那时常梦到爹,这些年再没梦见爹,但不好实话实说,就说"咋没梦见"。姥姥说:"你娘老是说梦到你爹,姥姥再三劝她也不顶用。你爹死都死这些年了,不能老是梦到啊。"

娘又说:"儿啊,你也老大不小了。你爹生前就要给你谈一门婚事,是娘说还早,推掉了,现在该谈得了。"娘掉头对姥姥说,"娘知道的,一般孩子谁不是十七八岁就谈婚事啊"姥姥说:"敢情是,咱这村小伙子二十没成亲的没啦,不信你明儿个问问去。"我说:"还早呢。"娘说:"早啥?你都二十八啦。你爹像你这年纪都娶我进门几年了。"

姥姥说:"这我记得真切。你爹那年上咱家求亲,跟在你娘身后小半天不吱声,还以为哑巴呢,傻乎乎的小样。"

大家哈哈笑。

我在娘这儿住了三天,天天和娘、和姥姥姥爷他们聊天,无忧无虑,其乐融融。娘和姥姥坚持要替我说一门婚事,还说姥姥村里就有不少好姑娘,赵家如何,李家怎样,过几天就上门提亲去。我做了五品总管,按内务府规矩,可以娶亲成家,还给分配小院安排人伺候,便答应下来,但一再强调要说好人家的女儿,连女儿家的父母爷爷婆婆也得是好人,宫里要审查的,不是什么人都能和宫里五品官员成亲的。娘说知道啦,比你姥姥还啰唆。姥姥说啥话啊,崇孔别听你娘的,你娘比姥姥还爱瞎叨叨。我们哈哈笑。

我回到宫里开始履行总管职责。我首先向周爷请教,从他那里弄来宫里所有膳房、他坦的资料,一看吓一跳,太多,特别是他坦,说起来是外回事处,各宫各处各嫔妃都设有他坦,比如我们品膳处也在他坦街设有他坦,本来的目的是对外联系,但因为他坦街采购食材方便,宫外的厨子也好请,还能吃到宫里没有的味道,各宫处就以对外联系需要为名在他坦办起膳房。宫里除了皇帝、西太后、皇后、张贵人、赵太妃宫有膳房,其他嫔妃一概没有,御膳房也不替她们专门做,要吃可以去御膳房领用,有啥吃啥。她们往往嫌这样的伙食不合口味,也为了图新鲜和方便,便花钱在这儿办伙食,每日叫宫女、太监来领,进宫享用,顺便也买点他坦街上的吃食,比如六合义的苏造肉,带回宫里吃。内务府各处在他坦街上的膳房更多,一到吃饭点,成群结队的内务府官吏都从宫里出来吃饭,特别是那些低级官吏,比如懋勤殿、奏事处、南书房、敬事房的写字人,各处的苏拉都来这儿各自的他坦膳房吃饭。宫里有个按摩处有两百人,替宫里人剃头、修脚、按摩,包括替皇上服务,原来设在宫里,后来因为人来人往太多太嘈杂,搬到他坦街。按摩处就设有膳房。

133

紫禁城太大,人员太多,我一时半会也理不清,反正每个宫处他坦都有账可查,内务府会计司月月都要查他们的账,也不怕他们跑路,就慢慢来吧,当务之急是继续调查盗用食材的事。我就全身心投入调查工作。

除调查张贵人,我还有一大摊子事,选拔一批编撰官来编修御膳经典,对他们提出的疑问做解答。我从各宫抽调五十名御厨集中编修膳谱,每天对他们的工作进行指点。我正忙着修膳谱和调查张贵人时,娘叫人带话说家里有急事,要我一定回家一趟。我安排好差事就回家见娘,问娘啥急事。娘笑嘻嘻说给你说媳妇。我说娘这也算急事。娘说不孝有三,无后为大,给你说媳妇就是天大急事。我笑了说娘啥时学会款文了。我们哈哈笑。

娘给我说的媳妇是一百里外的郑家小姐,年方二八,美貌端庄,贤惠能干,家境富裕,爹是河北廊坊五品道台,两个哥哥都在朝廷礼部、工部做七品官,算得上官宦人家。我听了暗自赞同。我是五品,郑小姐爹也是五品,门当户对,谁也不嫌谁。我问娘这些情况可都真实。娘说,怎么不真实?都是闫媒婆牵的线。我问,闫媒婆是谁啊?娘说你一天到晚关在紫禁城,是啥也不知道,闫媒婆是北京九城第一红娘。我说还是得叫人再去看看。娘说还要你教啊,娘叫你哥你嫂前去打听清楚了,没有假。我心里暗自高兴。

按娘的安排,我叫人给媒婆送去我的生辰八字,又向媒婆要来郑小姐的生辰八字,再找八字先生测算,说是天造地设的一对,都欢天喜地。我又带了礼品去拜见我未来的岳父。他老人家已经从道台位置上告老还乡。他很喜欢我年轻有为,一口答应这门婚事。这桩婚事算是定了下来,就等我添置房屋家具迎娶。

我不能在家多耽搁,把这些必须我亲自处理的事忙完就准备回宫,至于买房添置家具等一应杂事就拜托哥嫂。我们柳家到我这一辈是单传,就我一个。哥哥不是我亲哥,是舅哥,是位私塾先生。我全权委托他替我购买房子置办家具。我把银票留给娘,让娘和舅哥商量办。

我安排好这事就回到宫里忙差事,因为耽误了几天,编撰的很多事等着我处理,而张贵人那边也有了消息,我安排的内线告诉我,黄厨头在他坦街上的估衣铺成交了一笔古字画买卖,卖主是北京琉璃厂余记,还拿到了买卖清单,都是宫里的东西,问我怎么处理。我听了暗自高兴,叫内线别动,盯紧琉璃厂余记就是。自从经历了这么多波折后我逐渐变得成熟了。张贵人和黄厨头联合盗卖宫里古字画不是我调查的主要事,只是突破口,我的主要差事是执行皇上密旨、弄清盗卖食材的事,不可因小失大,捡了芝麻丢了西瓜。我要按照毛大臣和周爷的吩咐,耐心等待张贵人露馅,然后抓住她的把柄,盗卖食材的事就可能水落石出。

过几天,我又接到徐司房报告,说张贵人宫的大姑娘白云与阳太监是菜户。我听了大为惊喜,抓到白云姑娘的把柄离抓到张贵人的把柄就不远了。我要徐司房拿贼拿赃捉奸捉双。徐司房说这简单。我正等徐司房的消息,内务府品膳处外回事处来人告诉我,说我舅哥来他坦街了,要我马上去他坦街见他。我心里咯噔一下,出啥事啦?平日娘要见我都是托人带信到他坦街外回事处,今天舅哥怎么亲自出马?一定有大事,便赶紧往他坦街小跑。

前面说了我舅哥是私塾先生,虽说没有中举做官,但知书识礼,文质彬彬,是个读书人。他一见到我远远来了就喊叫着迎上来告诉我,出事了、出事了。我问出啥事?是不是娘……他说不是娘的事是你的事。我更糊涂,问他啥意思,我好好的没事啊。他说你别急。我说你才别急,慢慢讲究竟出啥事。他说了一通我明白了,的确是我的事,是我委托他买新房的事。

事情是这样的。

舅哥答应了我的委托就四处寻找房子。娘的意思,我成婚后她要与我住一起,要替我带孩子,但她不想离她的娘家太远,最好挨着不远,便于有个往来。娘的娘家在县城边上。娘希望新房就在这附近不远。舅哥根据我娘的意思寻得一处房子,一处两进四合院,房主举家迁徙,一切家具也还现成,一堂红木家具。舅哥带娘去看了也满意,就与房主谈价。我虽说做品膳处总管、总编撰官,月俸银子多了不少,但时间不长,还没得过赏赐,积蓄有限,不免囊中羞涩,所以临走时留给的买房银子不多,加之原来计划先买一进四合院完婚安身,将来再说,谁知看中的是两进四合院,银子就有些紧张。

舅哥与房主反复讨价还价,甚至提出不要家具,最后达成协议,连房带家具差不多是我留给的银子数,于是皆大欢喜,找中人写买卖契约,准备举行买卖仪式,签字交银票成交。舅哥说的出事就出在这个时候。举办买卖仪式的头天晚上,娘和舅哥一家人刚吹灯上床睡觉,突然有不速之客敲门,问是谁,回答是卖房人,说貪夜打搅实在抱歉。舅哥和娘穿衣起床暗暗合计,来者不善,怕是要涨价,心里便惴惴不安。

开得门来,请进房主就座,说烧水泡茶,便被房主叫住说,说几句话就走,不打搅了,但坐下却迟迟不开口。舅哥稳不住,说,咱们的房价可是当面锣对锣鼓对鼓说定了的啊。娘叫舅哥别说话。房主嘿嘿笑说,说定了也可以改嘛。舅哥和娘面面相觑。舅哥说我们估计来者不善嘛,果不其然,你硬是来涨价的啊。娘说房契都写好了还要改啊。房主吭吭咳嗽说,你们别急啊,听我解释。他解释说,他隐瞒了房屋的问题,一个是修建时间延后了五年,一个是地基曾塌陷过,想起来觉得对不起你们,不应当欺骗你们,所以连夜上门商量,你们若是不要,咱们明天就不签约了,若是你们还是要,我半价卖给你们。

舅哥和娘本来睡觉被叫醒就犯糊涂,这会儿听了更犯糊涂。舅嫂和娘的大哥大嫂在里屋听了也忍不住出来问这问那,请房主说清楚一些,究竟发生啥事了。房主又把他的话重复说了一遍。娘和舅哥一屋人算是大概明白了。舅哥是屋里的当家人,又是我的委托人。大家要他拿主意。舅哥一时也犹豫不决,便对房主连夜造访表示感谢,说这事太突然,请容许我们商量后明天回话。房主说正是这个意思,你们就商量吧。

这一来这觉就没法睡了。大家围坐八仙桌商议到东方欲晓。娘的意见是这房还是要,房主说的地基问题是老问题,这么多年都过去了,不是好好的吗?舅嫂说降价一半谁不要谁傻。娘的大哥说这屋要不得。大家问为啥。他说反正要不得。娘的大嫂说老头子说要不得肯定要不得。娘一想也觉得要不得,说哪有主动说自家货不好降价的啊。娘这一说她大哥大嫂异口同声说就是这个理由。舅哥舅嫂坚持己见。一家人分成两派,谁也不服谁。

雄鸡高唱,红日含山,大家还是各持己见,也就顾不得早饭的事,各自分头行动。娘和她哥嫂去找买卖的中人希望暂停买卖。舅哥夫妇去找房主人继续办理买卖手续。谁知中人正在房主家里。舅娘和舅哥一家人找来找去又会师了。中人是县里的青帮大爷,不是白做中人,要收手续费。他一听有人出尔反尔,火冒三丈说,那不行那不行,说好的事必须做。大家自然不干,就与中人发生争执。房主说你们别争了别争了,如果还嫌贵的话,我……我再让一成。中人说你们捡大便宜了,还不快答应。娘把一家人招呼到一边说这房更不能要了。舅哥夫妇也觉得蹊跷,已经让了一半,再让一成,不是白送啊,脑袋进水了吧,便一致决定不要。舅哥把这意见告诉房主和中人。房主说那我再降。舅哥说我们更不要。中人拍桌子发脾气说今天你们不要也得要,不然休想从这屋里走出去。说罢,他冲院里他的一帮人发命令说,都给我守好了,不准他们任何人出门。

舅哥说到这里喊口渴。我急忙给他倒一杯茶。舅哥赶了几十里路又一口气说半天,端过茶杯仰脖子一饮而尽,茶水溢出来顺脖子流。我越听越糊涂。这世上强买强卖只有加价的,没听说过傻到降价的,便问舅哥:"你是说他的房子硬要降价卖给我?"

舅哥边抹嘴边说:"就是这个意思。所以你娘和我爹、娘,叫我赶车来告诉你,你说怎么办就怎么办。"

我问:"你这不是说中人不准你们走人吗?你怎么……"

舅哥说:"可不是不准走人吗?我们商议半天想出个主意,说派我出去取银票,中人才答应放我出去,但派两人跟着。"

我问:"那怎么办?"

舅哥嘿嘿笑说:"活人还能让尿憋死?我到了集市钱庄,前门进后门出,把那两家伙甩钱庄门口了。"

我叫舅哥稍等,我想想。

我起身走到窗边,凭窗眺望蓝天白云,心里咯噔一下,天下事无奇不有,怎么会有这等好事呢?是不是房主真缺钱啊?一想不对,谈好的价钱是随行就市,我不买自然还有人买,如若肯降六成,岂不成人人争抢的便宜货,还用得着一定要卖给我吗?是不是中人图手续费?就转身问舅哥:"你们不要房也给中人手续费成不成?"舅哥说:"我们也不傻啊,说了,中人不答应,非要我们买不可。莫名其妙啊!"

想来想去,只想到莫名其妙,想不出其他原因。舅哥在一边急了,说崇孔你快拿主意,你娘和我爹娘媳妇还被关押着。我说那走,你带我去看看再说，又说你等我请个假。我扔下手里的差事去隔壁案房跟周爷说了情况。周爷听了一会儿也没明白，只是叫我快去快回，注意别仗势欺人。我说我的周爷，我哪是仗势欺人啊，我大概被人讹上了。周爷这才引起警惕，皱着眉头说你等等，别走，啥事你被讹上了啊？我说我也没明白，反正这房我不买也得买，这便宜不占也得占。周爷说不对，这是有人向你行贿。我大吃一惊，问周爷啥意思，谁向我行贿，为啥要贿赂我？周爷说你别急啊，我想想。我说您慢慢想吧，我娘还被人关押着呢，我得立即赶去救娘，说罢起身就走。

我与舅哥赶车来到事发地。房主一见我来了，忙迎上来做解释，说他完全是一片真心，并无半点假意，又说我是紫禁城著名御厨，理当受到他的尊敬，这折价房子权当孝敬。我见我娘和家人毫发无损，放心了，要家人回去，由我来处理。中人从里屋钻出来，人未到声音先到，说不行不行，然后走出来一个络腮胡黑大汉，乜我两眼接着说，你是宫里官员更应该懂道理，咱们这行有规矩，谈好的房子就得买，何况人家是一让再让，你没有理由不买。我没有穿官服也没带随从，就是考虑了周爷说的不要仗势欺人，可一见这么横不讲理的人心里就发火，便说朗朗乾坤，你有啥权力扣人？中人嘿嘿笑说老子就要扣人，你把老子怎么样？我气得七窍生烟，正要亮出身份，被我娘制止了。娘一把拦住我说，儿啊你责任重大，不能和他一般见识，不如就买下吧。舅哥一家人也劝我买下算了。

我尽力压抑住内心的愤怒，但一想起周爷说的有人可能趁机贿赂我的话就不敢答应买下来。我对中人说："你是中人，不外乎赚几个手续费，可以理解。这样吧，房子我不需要了，请你替我退了。你替我介绍买房又替我退房，我给你两份手续费如何？"

中人眉头一扬像要答应，可被旁人扯扯衣服又变了样，说："不行不行，不能让你坏了规矩。"我气得七窍生烟，大声说："天下没有强买强卖的生意，我就不买了，公了私了随你。"

中人顿时抹了脸，桌子一拍说："不知道老子的厉害！来人啦——"院子里一帮人冲进来，绿眉绿眼盯着我。中人走近我，恶狠狠地盯着我说："我最后问你一句话，买还是不买？"我正要回答，突然屋外传来一个声音"要买"，顿时傻了眼，有这么多嘴的吗？转身一看，嘿，不是别人是周爷,正急匆匆从院里走进屋,忙迎上去说:"周爷您这是……"

周爷穿着官服,带着随从,进屋冲我笑笑,掉头对中人说:"你就是中人吧。房主呢?"房主上前半步答应。周爷说:"你要卖这房子是吗?"房主回答:"是。"周爷说:"价钱都谈好了是吧?"房主说:"是。"周爷说:"好。我现在宣布一件事,内务府决定出资给柳崇孔柳大人购置这套房子做新婚之房,作为朝廷对柳大人担任品膳处总管的赏赐。现在办理买卖手续吧,内务府司房马上支付银票。"周爷身后的司房即答应一声"是"。

我和屋里所有人顿时傻了眼。我急忙上前小声问周爷:"周爷您这是唱的……"

周爷冲我眨眨眼睛,掉头对房主说:"喂,别傻不拉几发呆啊。"

房主和中人面面相觑。房主说:"我这房价可不是给您……您准备的啊,是……"

周爷说:"没错,我也买不起,是朝廷给柳大人买的。"

中人对房主说:"咱们这价……价也忒便宜了吧,你不是说不愿意吗?"

房主说:"对对,这房价怎么会这么便宜呢?不可能,不可能,是您中人擅自定的吧?"

中人说:"什么什么?怎么会是我擅自定的呢?我可从来不做这亏损的买卖。"

房主说:"不是您是谁?难道还是我?我有这么傻吗?自个儿砍自个儿价啊!"

中人说:"地基塌陷不是你说的?建房时间不是你说的?不砍价也不成啊。"

房主说:"根本没这回事,地基没塌陷过,建房时间也没错,是……"

中人说:"是啥?不就是你这张嘴说的吗?"

房主说:"你傻啊?我这张嘴说的就是我说的啊?"

中人说:"嘿,奇了怪了,你说的不是你说的是谁掰你嘴说的啊?"

房主对中人身旁那位说:"是……"

那人说:"老瞧我干吗?你不是也答应得脆生生的吗?怎么这会来了官爷你就糊涂了?不行瞧郎中去治治你这健忘症。"

房主说:"你……"

娘悄悄问我:"他们这唱的哪一出啊?"

我也糊涂,问周爷:"他们这唱的哪一出啊?"

周爷将就我的话问房主:"喂喂,人家问你唱的哪一出?该收场了吧。"说罢掉头对随从护军头领说,"杨使军,这儿剩下的事按本总管吩咐交由你处理。"

杨使军拱手答道:"遵命!"马上掉头对他的一排部下军士说,"给我把这院子封锁住了,不准房主、中人等一干人离开!"众军士一声喝道:"遵命!"随即封锁院子,两人看一人,看住房主、中人等人,又喝令中人带来的那帮人都去院里地上蹲着不许出声。

周爷对我说:"崇孔咱们走。"我还在发蒙,一听赶紧招呼娘走又招呼舅哥一家走。我们走出院子,我迫不及待地问周爷:"您这是干吗?您是真买房还是假买房啊?我可不要那房啊,您说过那是有人贿赂我,我才不上他们的当。"

周爷哈哈笑说:"崇孔,你瞧那是谁?"我抬眼望去,不远处树荫下有一乘轿子、几个跟班,再细瞧,嘿,轿窗露出个人脸,不是毛大臣是谁?我大吃一惊,毛大臣怎么也来啦?赶紧小跑过去冲毛大臣要行跪拜礼。毛大臣探头出来向我摆手说:"别惊动人。你上轿来说话。"

我跨进毛大臣的轿子又要下跪,可轿子狭窄,怎么也跪不下去。毛大臣哈哈笑说:"免了免了。"我在轿里弓着腰没法直立,又不愿违礼,与毛大臣对坐十分尴尬。毛大臣说:"不必拘礼,坐下听我说。"我只好坐下。毛大臣说:"你刚离开紫禁城周宗就来找我。我听了觉得蹊跷,同意周宗有人贿赂你的意见,但怎么办却一时没有主意,我想啊,你肯定不会买这房子,势必与他们发生冲突,后果难料,急中生智,立即与周宗赶来这里,让周宗去吓唬住他们,就说内务府准备用你们说好的价钱买下这个院子奖赏给你……"

我禁不住打断他的话说:"您不会这样做。我也不敢领受。"

周爷倚在轿窗插话说:"这是毛大臣救你的计策。"

我越发糊涂,怎么是救我,就问毛大臣:"属下愚钝,请大人赐教。"

毛大臣说:"这是我和周宗想的计谋。内务府不会给你送院子,只是

140

一说,目的是逼迫他们不卖房子给你。"

我还是不明白。周爷说:"你这是聪明一世糊涂一时啊。"

毛大臣说:"现在时间紧迫,容不得我们细说,你照我吩咐做就是。你马上回去。他们肯定请求你退房。你就退房吧。"

我说:"他们会请求我退房?不可能吧,刚才不是强迫我买房吗?"

周爷说:"叫你去这么做就这么做。快去吧。"

毛大臣笑嘻嘻说:"去了就知道。"

娘他们正眼巴巴望着我。娘老远见我走过去就迎上来问我:"崇孔崇孔你们这是干吗啊?那轿子里是啥人?你怎么要跪拜啊?嘀嘀咕咕又说啥?这院子究竟要不要啊?"

我说:"这院子咱不能要。"

舅哥说:"内务府不是要替你买吗?多好的事啊,就买吧。"

娘说:"崇孔说不能买就不能买。"

舅嫂说:"说不买就不买啊,他们死活要卖给咱们咋办?"

我说:"你们随我来,看我怎么叫他们求我退房。"

舅哥说:"啥时候了,还开玩笑。"

舅嫂说:"我看是你求他们退房还差不多。"

我心里咯噔一下,毛大臣、周爷说得准不准啊?到时候在家人面前可丢不起人啦。

我带着家人走进那四合院,还在院里,房主、中人和中人边上那人就跑出来给我跪下求情。我心里暗自高兴,毛大臣料事如神啊,就掉头对舅哥夫妇眨眨眼,回头抹着脸说:"喂喂,刚才还那么凶,这会儿怎么啦?我是来看买房手续办好没有。"

房主说:"请柳大人高抬贵手,放过我吧!"

中人说:"奴才有眼不识泰山,得罪大人,给大人赔礼道歉!这房还是求大人别买了吧。"

我说:"为啥?刚才还硬要我买,这会儿为啥又求我不买呢?"

房主说:"这价也忒便宜了啊,我亏死了啊!"说罢指着中人说,"都是他要我这么做的!"

我对中人说:"你为啥硬要房主降价卖给我?"

中人支支吾吾,突然指着他身边那人说:"都是他指使的!都是他指使的!"

那人啥也不说,只顾给我磕头。

我心里咯噔一下,这人是谁?周爷说可能有人向我行贿,是不是指的这人?我问他:"你是谁?"他不说话。我问房主和中人这人是谁。他们面面相觑不回答。我心里明白了几分,此刻也不必与他计较,自有他说出实情的时候,就对房主和中人说:"好吧,看在你们求情的分上,这院子我就不买了,不过告诉你们,今后不许这么做了,让我发现再做的话决不轻饶!"

他们答应再不敢了。我就对杨使军说:"奉毛大臣令,你们撤了吧。"杨使军应声"遵命",带着他的护军走了。我和家人走出四合院。我准备去禀报毛大臣,一看哪里还有人,连周爷也走了,就与家人回家。一路上大家问这问那,又夸我神气十足,还说我料事如神,羞得我满面通红,幸好红日高照,替我遮羞。

事后我才知道这场闹剧是蒋爷导演的。蒋爷见我当上品膳处总管,很不服气,加之我以前调查盗用食材的事,旧仇新恨,对我就有了必欲除之而后快的念头。他打听到我准备结婚在买房,就指使人,就是站在中人身旁的那位先生,是宫里御膳房的姜配菜,收买中人,前面说了是青帮老大,要他促成此笔买卖,再通过中人威胁房主,要他把房价一降再降,一定把房子卖给我,说是降价部分由他补贴,还说事成之后有重奖。蒋爷的阴谋是只要我以低价买下这个院子,就叫房主告官说我仗势欺人,由中人做证人,已联系好当地的县令,一告就准,致使我身败名裂,朝廷内务府就会免去我的总管。谁知毛大臣和周爷识破了他的阴谋诡计,将计就计,趁房主把房价一降再降之际,假装说内务府要替我买房,正好看中这院子便宜要买。房主不敢得罪内务府,又不愿意这么便宜卖房,问中人怎么办。中人也不知道怎么办,问姜配菜。姜配菜赶紧叫人溜出去向蒋爷报告。蒋爷这会儿正躲在附近茶楼监督,一看惊动了毛大臣,再看内务府趁低价要买房,很着急,立即改变主意,叫人通知姜配菜取消卖房补贴。房主一听取消卖房补贴,心想这不是支人上墙半道撤楼梯吗?我傻啊,便坚决不卖房。周爷故弄玄虚,命令护军坚持要买房。这时我再出面,房主只好求我别买。我就顺水推舟不买了。

这么些年来我一直对蒋爷这个做法耿耿于怀,太卑鄙太阴险,要不是毛大臣和周爷妙计安天下,我早被蒋爷整下马了,哪里还有后来的故事?所以我渡过这一关后,坚决抛弃妇人之仁,对蒋爷再不心慈手软,抓住他通过黄厨头串通张贵人盗卖古字画的蛛丝马迹,追踪张贵人宫里的白云大姑娘和阳太监,发现开进张贵人宫里的黑车,慢慢揭开紫禁城盗卖食材的冰山一角。这是后话,容我慢慢道来。

这件事后我再不敢大意,害怕还有人安套等我钻,就拜托周爷和毛大臣找房子。内务府的旧空房不少,报经皇上御准,拨了一处院子给我,还派人做一番整修,就在紫禁城外不远的地方,方便我进出紫禁城。我有了房子,请娘过来主持,雇了几个下人,添置一些家具,选择一个黄道吉日,吹吹打打把新媳妇娶进门。新媳妇美貌温柔,过门第二天就下厨做饭。娘终于见到我娶媳妇,高兴得流泪,说我爹要是还在该多好啊。我劝娘大喜日子别瞎想,爹的事我记在心上的。每天清早,媳妇起来替我做好吃的。我吃了早饭出门去宫里办差天还没亮。每天傍晚我从宫里回家,媳妇已准备好饭菜等我。休班时候我带娘和媳妇驾马车游西山。我的小日子其乐融融。

第十章　有人往西太后菜里加东西

日子过得快，桃红柳绿，白雪皑皑，转眼过去两年。在这两年里，我一边熟悉品膳处总管的差事，头绪繁杂，事情麻烦，很费了不少劲，算是慢慢有所熟悉；一边继续调查食材的事，因为初任总管，一时忙不过来，毛大臣和周爷让我把这事先搁一搁，由周爷多做一些，我只是从旁协助，也取得一些成绩，只是仍然没有突破；一边过自己的小日子，享受新婚之乐，还有了一个可爱的儿子，生下来九斤，逗人喜爱。

这天我有食材调查的事找周爷商量。周爷说得请示毛大臣。我说那好，我就等你请示了来吧。周爷笑着说，你都做了两年品膳处总管了，还把自个儿当八品管事啊，要我和他一块儿去见毛大臣。我也好笑，说在周爷面前我总觉得还小。周爷和我一道去毛大臣府，边走边说些做总管的规矩，慈祥可亲，循循善诱。

内务府是皇帝的大管家，替皇上管着紫禁城，比如内务府的广储司管宫里的六大库，银库、皮库、瓷库、缎库、衣库、茶库。银库为六库之首，存放金、银、珠、玉、珊瑚、玛瑙、宝石，设在紫禁城太和殿西侧的弘义阁里面，派禁军日夜守着。内务府大臣自然有点特权，比如在宫里有四合院，一个大臣一个院。我和周爷逶迤来到毛大臣院子。毛大臣忙完他的事过来见我们。我们说起当务之急，正准备展开话头，却被毛大臣打断。毛大臣说："你们先别说调查的事，眼下有桩大事要办。"我心里咯噔一下，调查不算大事，还有比调查更大的事？啥事？

侍者送上茶。毛大臣接着说："皇上口谕，着内务府编撰《中国宫廷御膳》。"我和周爷顿时眉开眼笑，原来是这等好事啊，不由得异口同声说好好。按规矩，《中国宫廷御膳》每十年编撰一次，该加的加，该删的删，该改的改，也是对千年御膳的一次大检阅，是朝廷非常看重的一件大事。大清两百来年曾多次编撰《中国宫廷御膳》，使中国几千年御膳传统得以继承发扬，御膳菜品得以更加完美。

毛大臣笑着说:"你们高兴,我可高兴不起来,方才还与许大臣争得面红耳赤。"周爷和我面面相觑。周爷说:"修御膳不是好事一桩吗?怎么还有分歧?"毛大臣说:"可不是,好事一桩变成争论不休。争啥?总编撰官啊。本大臣不知十年前是怎么处理的,这次分歧大了。你们来得正好,我正要找你们说这事。"毛大臣端碗喝茶,放下茶碗抿抿嘴,与周爷小声说起来。

我想他们肯定有重要事回避我,忙起身走到窗边凭窗眺望蓝天白云、楼台亭阁。周爷与毛大臣在背后咿咿呜呜说啥也没在意,心想总编撰官与己无关,是周爷、蒋爷的事,正忘情,远处突然听到周爷的声音"崇孔你坐下说事",忙回身坐下。周爷说:"毛大臣刚才和我说了,这次你上。"

我云里雾里不明白,问:"上哪?还去颐和园啊?"

毛大臣和周爷哈哈笑。周爷说:"崇孔,怎么说你好呢?你现在是总管了。告诉你啊,毛大臣和我的意思啊,准备推荐你去竞争总编撰。"

我心里咯噔一下,张嘴说不出话。我去竞争总编撰?《中国宫廷御膳》总编撰?开玩笑吧,我才三十岁,刚当总管,进紫禁城也才十多年,官位也才刚升五品,够格吗我?哪回总编撰不是德高望重的前辈啊,起码也得是周爷这种中流砥柱。

毛大臣说:"你别惊讶。我刚才征求了周总管的意见。我们一致认为你是总编撰官的合适人选。"

我说:"禀报毛大臣,小的才疏学浅,资历不够,哪里配做总编撰官啊,请周总管做总编撰官,小的跟周总管学习。"

周爷说:"注意礼节。听毛大臣吩咐。"

我急忙答应:"是。请毛大人示下。"

毛大臣捋着下巴胡子嘻嘻笑说:"不必拘礼。柳总管,本大臣的意思你听好了。本大臣刚才说争得面红耳赤就是为这总编撰官人选。许大臣的意思推荐蒋总管。我的意思推周总管。刚才征求周总管的意见,我们决定推荐你。这里的原因有三条:一、你是西太后钦点的总管,好比新出炉的状元,胜人一筹。二、你虽然资历不够,但有喝茶辨水的功夫,而且为西太后亲眼验证,名满紫禁城,谁不服气不行,有本事找西太后验证去。三、咱们推荐的总编撰官人选要呈报皇上御批,你是奇兵,不但比蒋总管胜算

145

大,比周总管的胜算也大。"

我忍不住又失礼抢话说:"不不,周爷比我强多了。我是周爷教出来的。"

周爷扯扯我的衣角,狠我一眼。我忙闭口不说了。

毛大臣也不生气,端碗喝茶,笑眯眯地望着我。我说:"禀报毛大人,小的失礼了,请给处罚。"

毛大臣说:"我就喜欢你这直爽性子。我知道周总管是你的师傅,也知道周总管比你强,但本大臣说的三条你没听明白,下去好好想想吧。这事就这样了。周总管,你下去为柳总管申报总编撰官准备资料呈报。"周爷忙起身答道:"是。"我跟着起身拱手。

多年后我还为自己官场失礼好笑。我那时真的不会做官,不知道怎么与一位内务府大臣说话,还是使用对周爷的办法,后来才知道这叫大不敬,是官场忌讳。其实我对周爷也很失礼,只是周爷是瞧着我长大的,原谅我、不跟我计较罢了。周爷下来就狠狠训我一通,说怎么能跟大臣抢着说话呢?大臣怎么说就怎么办,大臣没有征求你的意见你就不能说你的意见,这是官场规矩,必须执行。我那时后悔不已,说周爷我错了,我跟毛大臣赔礼去。周爷又训斥我不懂规矩,说毛大臣日理万机,不准没事找事去打搅,要是为赔礼事去禀报,非挨训斥不可。我当时是又糊涂又急,急得那个劲啊,恨不得扇自个儿两耳光。后来我做官做久了才慢慢懂得官场礼节,再不敢与上司抢话,也不允许属下与我抢话。

总编撰官的推选不是我愿不愿意的事,也不是毛大臣说了算,还得取得内务府三个大臣的一致同意才能呈报皇上,所以这天这么议过之后便没了消息。没了消息我反倒着急,因为我嘴上说自己不行,该推荐周爷,心里却想着自己被推荐出去的事,甚至做梦都梦到皇上御笔一点就点在我名字上,高兴得哈哈大笑,醒了还很失望。我哪里知道毛大臣正为此事同许大臣、张大臣较劲呢?

内务府三个大臣商议推荐总编撰官人选。毛大臣推荐我。许大臣推荐蒋爷。张大臣不置可否。大家便达不成统一意见。毛大臣希望张大臣支持自己。张大臣犹豫不决。许大臣希望张大臣支持自己。张大臣模棱两可。大臣商议事情不像我们这样是就是是非就是非,而是遇到分歧点到为止，不必当面争个你输我赢，而是退后一步海阔天空。于是这事就拖起了。毛大臣不急。许大臣不急。谁急谁被动。谁不急谁主动。我后来知道这些事，简直对大臣们的本事佩服得五体投地，甚至一度对官场望而却步。

  我对这些事自然一无所知，是周爷告诉我的。周爷还说了接下来的事。内务府三个大臣意见不统一，总编撰官人选迟迟不能呈报皇上，编撰工作自然一拖再拖，就引起人着急。这个人不是三个大臣中的一个，也不是我，我一直认为自己没有资格，而是另一个候选人蒋爷。蒋爷见他的名字一直不能提交皇上，这是他从李统领处得知的，认为是我在暗中使劲，就找到李统领，送上刚从黑龙江运来的一只熊胆，希望李统领帮忙解决内务府三个大臣的分歧。蒋爷这种请求本来毫无道理，内务府大臣有分歧只有皇上管得了，怎么求着一个太监了呢？谁知李统领听了一口应承，马上掉转话题问熊胆怎么服用。蒋爷是御膳高手，自然清楚。他告诉李统领，这熊胆是从活熊身上破腹取出，小心剥去胆囊外附着的油脂，用木板夹扁，悬挂于通风处阴干，置于石灰缸中干存放，用时去净皮膜，研成细末，有撞伤、肝病、关节炎，用一小勺熊胆粉兑一小杯白酒饮用，蒙被出汗即可治愈。

  过几天是西太后母亲忌日，各省督抚照例都有贡品孝敬。有的是一座寿石，有的是一幅不老松苏绣，有的是名家字画，等等，都包裹得好好地从四面八方送到北京紫禁城来。负责接收的是内务府张大臣，也不复杂，送礼者有送表，注明礼品大小、多少、尺寸、方圆、质地、产地特征，等等，张大臣派人逐一验收登记交西太后宫李统领就行了。

  这天张大臣照例巡视送礼现场，只见人来人往、货来货去很是热闹，也就坐在一边悠然自得地喝茶抽烟。这时两广总督代表送进一个稀罕物，打开木箱看是玻璃柜子，介绍是从英国进口的，宫里少有，在英国也是最新发明，立即吸引来大家围观。张大臣也起身走近观看，自有一番品评。张大臣叫人将玻璃柜登记送往西太后宫点验。过了会西太后宫来人禀报张大臣，说是李统领有请。张大臣虽说官居二品，但做官谨慎，素来不愿得罪人，一直在毛大臣、许大臣之间骑墙，特别讨好李统领，每次遇见李统领，本来的规矩是李统领向他请安，他反而抢先向李统领请安，为人不屑。他一听李统领有请,急忙起身往西太后宫走。

西太后宫是紫禁城看守最严的地方,无论王公大臣,没有西太后召见一律不得进入,就连皇上前来请安也须报西太后允诺,所以张大臣走了好一会来到西太后宫外面就停住脚,等那太监前去禀报。不一会李统领远远来了,身后还叫人抬着那玻璃柜子,隔着一段路就说:"张大臣啊,你出大事了!"

张大臣心里咯噔一下,急忙问:"出啥事了?出啥事了?"

李统领指指身后的玻璃柜子说:"这破玩意你收进宫来干啥?"

张大臣犯糊涂了,问:"请李统领明示。"

李统领慢慢走过来,摆手示意后面的柜子停下,自个儿走到张大臣面前几步路地方站住,小声说:"你也是大意啊,瞧这玻璃不是起丝了吗?显然碰坏了啊,不能收啊!"

张大臣大吃一惊,忙要上前细看。李统领张臂拦住他说:"请张大臣自重。"旁边有太监喊:"太后宫禁地啊。"张大臣一看脚下,可不是,往前一步就是西太后宫禁地,边上立一铁牌,上书"擅越雷池者杀无赦",吓得脸青面黑,连连后退。

李统领说:"张大臣,你瞧瞧这柜子玻璃是不是有一条丝啊?"

张大臣与那柜子大概隔着两丈远吧,抬眼看去玻璃上是有一条一尺长的黑丝,怕自己眼神不好,又叫随从笔帖式瞧。笔帖式瞧了说是有一条黑丝。张大臣顿时吓得浑身哆嗦,结结巴巴地说:"这……这如何是好?请……请李统领周旋一二才是啊!"

李统领说:"不好办,很不好办。您想想啊,玻璃裂了口的东西也敢送,你也敢收,我敢让老佛爷瞧吗?那不是要我脑袋吗?"

张大臣说:"那……那求求李统领了,不看僧面看佛面,看在内务府孝敬西太后分上您帮帮忙吧!今后李统领要张某干啥张某都效劳。"

李统领说:"张大人过谦了。只是……这样吧,我试试啊,你呢也记住今儿个的话了啊。"张大臣感恩不尽,膝盖一软差点跪下,忙深深向李统领鞠了一躬。李统领嘿嘿笑,也不还礼,径直而去。

张大臣回到内务府百思不得其解,好好的玻璃柜子,自己亲眼看了,笔帖式专门查了,原封不动往西太后宫抬,怎么会有裂口呢?他把这事告诉许大臣。许大臣听了说有可能有可能,又说你幸好遇见李统领了,要是换个人,你这是大不敬。张大臣想起后怕。许大臣估计这里面有蹊跷,转身就去找蒋爷,问张大臣的事是怎么回事。蒋爷嘿嘿笑。许大臣明白了两分,要蒋爷说说。蒋爷就把这事的来龙去脉说了。他找过李统领,问过他怎么说服张大臣。李统领说我不用说服他,我叫他求我就行了。蒋爷说他不出错不求你。李统领说他不出错我让他出错不就得了。许大臣听了暗自吃惊,李统领这套讹人伎俩太吓人。

这事是个谜,张大臣不知道,许大臣不知道,我们更不知道。不过多年以后,李统领年老出宫之后,事情的真相慢慢浮出水面,有当事人揭发了李统领的鬼把戏。原来那玻璃裂丝不是玻璃丝,是沾在玻璃上的黑头发,隔了两丈远怎么看怎么是玻璃丝。

这样一来,张大臣的态度就改变了。三个内务府大臣再次商议推荐总编撰官时,张大臣说:"我想了这么久啊,觉得姜还是老的辣。"得,言下之意是支持许大臣的意见,推荐蒋爷。毛大臣气得嘿嘿笑说:"有道理有道理。"

周爷把这消息告诉我,要我别灰心丧气。我说我不灰心丧气。周爷说你进步了。我说不是我进步了,是我不信我能做总编撰官。周爷生气了,伸手要打我。我嘻嘻笑,溜之大吉。

内务府推荐意见呈报上去如石沉大海,杳无音信。我不着急,蒋爷着急。蒋爷去找李统领。李统领说这事跑不了,就等着上任吧。蒋爷说别,求李统领再使使劲。李统领说一只熊胆有多大劲啊。二人哈哈笑。蒋爷就又送只熊胆给李统领。李统领就趁西太后高兴,提起编撰《中国宫廷御膳》的事。西太后说你不提我还忘了,叫柳崇孔干吧。李统领说:"喳。老佛爷英明。奴才这就传懿旨去。"

我就这样当上《中国宫廷御膳》总编撰官。那年我三十一岁。

我当上总编撰官才知道为啥蒋广宗要全力争当这个官,因为总编撰官对全紫禁城御膳房的影响力太大了。比如说,总编撰官有权修改御膳谱,我就可以把蒋广宗的拿手好菜改一部分,他就得重新学习;总编撰官有权确定最佳御膳,我就可以把蒋广宗的杰作的名次往后挪一挪。这都还在其次,总编撰官有权评判一道御膳的好坏,这就涉及每个御厨的厨艺，而厨艺高低自然与赏赐多少、前途大小挂钩，哪怕像蒋广宗这样功成名就的老御厨也害怕马失前蹄，而总编撰官就是最权威的评判官。

西太后叫我做总编撰官不是让我马上上任，照规矩有三个月公布期，就是把我作为候选总编撰官的事向全紫禁城公布，如果有人认为我不配当总编撰官，并且能提出依据，内务府就得组织调查。这项规定主要针对厨艺是否精湛而言，防止滥竽充数。我有信心。我的厨艺是西太后鉴定的，谁也不敢说我厨艺不精，谁说我厨艺不精就是说西太后鉴定有问题，那就是大逆不道。所以我一点也不担心，只等着走马上任。

周爷不这样想。他找我说要小心，这三个月千万不能出事，要我暂时停止调查，也别去招惹蒋广宗和他那帮人，特别不能得罪李统领，说是李统领这些天火气大，动辄就发脾气。我问周爷，李统领怎么不帮蒋爷。周爷说他怎么没帮，不然张大臣的态度怎么会改变，肯定是李统领找张大臣说了话。我问周爷，张大臣是二品大臣，李统领是三品太监，李统领有啥资格说张大臣。周爷说我还不懂官场，老话说宰相家人七品官，何况西太后宫统领。我说张大臣被李统领拿了短，不得不听李统领的。周爷问我这话从何而来。我说宫里都传开了，张大臣验收不负责，把裂了口的玻璃柜往西太后宫里送。周爷说瞎说，张大臣跟我说了他冤，他不可能放过裂了口的玻璃柜，肯定是往西太后宫里搬运中出了问题。周爷又说，他也认为有问题，张大臣带了不少人验收，个个都是长年当这差的人，更何况谁敢往宫里送破裂货啊，吃豹子胆啦，送到宫门口也要检查三遍才敢往里送，不可能。

我和周爷这么聊了一通，也聊不出个准意见，便各自忙差去了。

过了两个多月，平安无事，眼看我就要上任，我正积极做上任准备，拟了一份编撰官名单，分别征求他们的意见，联系编辑用房，准备调集存档的数万册御膳档，起草编撰大纲和实施步骤，联系全国各地厨艺大师，准备招他们进京磋商，忙得团团转。

这天周爷过来找我，一进门就关门，压低声音说，"崇孔有个新情况。"

我脑袋还沉浸在编撰事务中，问："啥情况？有人举报啊？"

周爷说："不是你那档子事。我刚接到毛大臣通知，说西太后懿旨，点名要吃我做的八仙过海闹罗汉。"

我说："啊？怎么想起吃这道菜？这是孔府寿宴第一道菜啊。咱们宫里御膳谱上没有。"

周爷说："这还是其次，反正我会做也没啥，做就是了，问题不在这里，在……"周爷又四处看看，压低声音说，"醉翁之意不在酒。"

我书读得少，听到之乎者也就头痛，就问："您的意思是……"

周爷说："这还不明白吗？有人找我的茬。什么时候西太后点过我的菜啊？我都有五六年没上灶了，不是存心刁难人吗？"

我说："也是啊，您做上品膳处总管没机会没时间上灶了。不过没关系，我会做八仙过海闹罗汉，要不我……"

周爷说："你啊还没明白，不是我不会做八仙过海闹罗汉，是有人找我茬，存了心要找茬，啥茬找不出来啊？"

我明白了。我抠抠头皮想了想说："谁这么折腾人啊？"

周爷说："蒋广宗没这么大的神通，八成是李统领。"

我说："啊？是他啊？那怎么办？张大臣都斗不过他，何况我们？他怎么会这样啊？"

周爷说："我知道会有这一天的。"

我问："会有哪一天？"

周爷说："自从咱们奉密旨调查食材开始，我就知道会有这一天，那就是和他们正面交锋的一天。现在你做了总编撰官，直接威胁到他们的切身利益，甚至将揭开他们盗用食材的真面目，他们向我们发起正面交锋了。我不怕，我奉密旨那天就做了最坏的打算，丢官坐牢砍头。"

我大吃一惊说："有这么严重啊？是因为我做了总编撰官啊？那……我还没做丢官坐牢砍头这些准备呢。不过周爷您放心，您说做最坏准备我就做最坏准备，我也准备丢官坐牢砍头。"

周爷上前一步拉着我的手冲我直点头。他眼圈发红。我心里发酸。我们四只手紧紧握在一起。

我们的心情慢慢平静下来。我出去给周爷端来一杯茶。周爷抬碗咕咕喝茶。我说："周爷您这事都是我闹的，我负责，您别去做八仙过海闹罗汉了，我去找西太后，说我比您做得好，我去做得了，要杀要砍冲我来。"

151

周爷说:"孩子你还没明白,这不是你做我做的事,是我们奉密旨完成皇上交付的大事,何况他们与我们正面交锋岂止只针对我,也会针对你的,我们不能都出面去交锋,还得考虑里应外合。我想这样,我去西太后宫做八仙过海闹罗汉,你与毛大臣保持密切联系,听从毛大臣调遣,绝不能去西太后宫找我,明白吗?"

我不明白,一头雾水,但不能显出我还不懂事,就说:"明白了,我听周爷您的。"

到了周爷去西太后宫这天,我默默送走他的背影,鼻子发酸,眼泪就往外涌。我赶紧控制自己的情绪,可怎么也控制不住,反而越发哭出声来。我哭了一阵不哭了,想起上次我去西太后宫喝茶辨水的事,周爷不是去找毛大臣一起去颐和园看我吗?就起身去找毛大臣,央求毛大臣带我去西太后宫,到了那里也许能帮上周爷。

我起身就走,刚出案房门迎面碰着两个人进来,差点碰着,正要发火,抬头一看,不是内务府品膳处的人,是西太后宫太监,忙退回案房说声"失礼了"。这两个太监也不计较,进得我的案房也不坐也不要茶,领头的说声"老佛爷口谕——"。我赶紧跪下接旨。那人说:"奉老佛爷懿旨,着品膳处总管柳崇孔进宫品膳。"我心里咯噔一下,这会儿怎么传我进西太后宫品膳啊?周爷不是前去做八仙过海闹罗汉了吗?难道让我品周爷做的八仙过海闹罗汉?怎么回事啊?有啥蹊跷啊?我这么一思量,耽误领旨谢恩了。那太监恶声恶气说:"怎么啦——"我赶紧磕头领旨谢恩。

两太监宣完懿旨不走,示意我这就跟他们进西太后宫。我想去找毛大臣,没法去,只好随他们而去。我一路走一路浮想联翩,想到周爷做八仙过海闹罗汉如何了,想到自己这一去要是品尝周爷的八仙过海闹罗汉又该如何。周爷的本事我知道,全紫禁城名列前茅,只是周爷五六年没掌灶,不知厨艺如何,俗话说三天不摸手艺生,要是有瑕疵怎么办,说了周爷受罚,不说我是欺君之罪,两难。我又想到毛大臣,他应该知道这事,也许已经去了西太后宫,那就好了,要是不知道这事,或许根本就不在紫禁城,那可有麻烦了。我希望走到西太后宫就能看见毛大臣。

西太后夏季多住颐和园乐寿堂,每月也回紫禁城一两次住几天。这次西太后回宫就要吃周爷的八仙过海闹罗汉,就要我去品味,好像早有安排,会是谁的主意呢？西太后日理万机,才没有这份闲心,一定是李统领。周爷前几天告诉我张大臣喊冤,就怀疑是李统领使阴招,这次又是啥阴招？我又想起喝茶辨水的事,事情也不能老往坏处想,要是没有那次冒险,又哪来我眼前的荣华富贵,也许周爷的机会来了。

我就这么一路胡思乱想。

我跟着两太监进百子门,穿过长长的西二长街,经过翊坤宫、长春宫,来到西太后住的储秀宫,远远看见大门口立着的寿鹤福鹿,绕到侧门进去,来到一处偏殿驻足。那太监说候着吧,扬长而去,有太监迎着坐下喝茶歇息。我来过储秀宫。储秀宫分为两部分,南边是体和殿,后面是储秀宫,是一个整体,西太后睡在储秀宫,吃饭在体和殿。储秀宫并不大,五间房,是西太后的卧室、活动室。体和殿也是五间房,主要设施是设宴的地方,平日摆一两桌,常常都有人在这儿陪着西太后,就赏饭,遇节庆得派三桌,叫天地人,更热闹。

我在偏殿候着没事,脑子里就浮现出刚进宫时老宫人讲的储秀宫的故事。西太后刚入宫时叫兰贵人,住储秀宫,次年晋封懿嫔,后来生下同治皇帝,晋封懿妃,也在储秀宫,次年晋封懿贵妃,咸丰帝驾崩后与孝贞显皇后两宫并尊称圣母皇太后,上徽号慈禧,后联合慈安太后、恭亲王奕䜣发动辛酉政变,诛顾命八大臣夺取政权,形成"二宫垂帘,亲王议政"格局,史称"同治中兴",同治帝崩逝后光绪帝继位,两宫再度垂帘听政,慈安太后去世后,慈禧独掌大权,还住储秀宫。

我正胡思乱想,突然看见毛大臣疾步而来,正起身要叫,他已匆匆进去,心里顿时放心了一半。毛大臣是朝廷重臣,也是西太后信得过的人,如果出事,是可以说几句话的。我待着无聊,靠着椅子眯觉,不一会被人叫醒,睁眼看毛大臣啥时下来了,正坐在那边等我说话。我赶紧过去准备问这问那,还没开口便被毛大臣制止。毛大臣小声说:"情况本大臣都知道了。容本大臣好好想想再告诉你。"我便站一边候着。毛大臣慢慢喝茶想事,过一会对我说:"周宗这会儿在寿膳房做菜,做好送到这边来伺候西太后,到时候你就要上去品膳。本大臣打听明白了,这使的是一箭双雕之计,周宗做菜有问题叫不敬,你若隐瞒不说叫欺君,都是大罪。这个套把你俩套一块儿了,谁也帮不了谁。你注意啊,品膳有一说一,切不可隐瞒。

后面有蒋广宗一帮厨子盯着你的。"

我急了,也顾不得礼节,说:"那不行啊,我要是说了周爷的短处,不是害周爷吗?不行不行!"

毛大臣抹了脸说:"啥时候了,还跟本大臣犟嘴!照本大臣说的办,不然本大臣办你。"

我才记起礼节,忙拱手说:"是。"

毛大臣又说:"至于周宗,本大臣有办法,你别多事,本大臣刚才已上去做了铺垫。总之这次很麻烦,大家要小心谨慎。"正说着,又来一帮人,我一看竟是蒋爷几个。蒋爷见毛大臣在这儿,赶忙过来行礼问好。我与他彼此一笑,心照不宣。

西太后的寿膳房离储秀宫比较远,在宁寿门东边的那两排平房里,原因是厨役不是太监,不能离内宫太近。寿膳房是西太后的膳房,规矩跟御膳房一样,每道菜从择洗开始,直到送到西太后餐桌上,哪道菜谁配菜、谁掌案、谁送的都由内务府笔帖式做记录,责任明确,奖罚有据。

时间慢慢过去,储秀宫的宫女、太监进进出出忙完清洁活。院里有响动,西太后从养心殿回储秀宫了,于是一拨一拨的人进去出来。眼看太阳升老高了,听见由里到外的喊传膳的叫声,我心里一阵紧张,不知道周爷做的菜做好没有、做得如何、是不是上路了、啥时传进来,他人呢,是跟菜一块儿进来还是在寿膳房候着,一颗心悬得多高。

我从窗口望出去,远远地看见体和殿已摆放好两个圆桌,两圆桌中间有一个方桌,西太后已出来坐旁边椅子上,太监正陆续送饭盒进来。寿膳房过来的饭盒都用黄云缎包着。李统领站在门口,接过送来的饭盒,转身进来,由人打开包袱,再将饭盒端到方桌,当着西太后的面儿打开饭盒取出饭菜放方桌上。

这样一番忙碌后,两张圆桌便布满了菜品。西太后坐上桌。她身后站着四个太监。一老太监站西太后边上替西太后一一揭开盖盘盖碗。西太后眼睛扫到哪儿,老太监就让伺餐人把那碗菜送过来,用汤勺舀了放在西太后面前的菜碟里。西太后便拈着品尝。也有西太后眼睛够不着的菜,就由老太监换着奉上。如果有啥新奇菜品,或者西太后特意点的菜品,则由老太监专门推荐,得到允诺才舀来品尝。西太后吃了一勺说不错,老太监便给两勺。

　　我望着望着也看不清楚啥,便东张西望寻找周爷,没人,也不知道周爷做的八仙过海闹罗汉上桌没有,也不知道啥时叫我上去品膳,心里急得慌,掉头看毛大臣,兀自眯眼养神,赶紧学他样子坐好。

　　过一会有人进来叫"传柳崇孔"。我赶紧起身答应"柳崇孔在"。那太监说跟我走吧,便往外走。我快步跟上,转弯抹角,穿廊过厅,远远瞧见西太后用膳的体和殿,便听得一声叫"就这儿歇着"就停了步,四周一看,是一处偏殿。我再看前方,嘿,那不是周爷吗?旁边那人眼熟,嘿,怎么是毛大臣?啥时出去的、怎么出去的,我怎么一点也不知道啊。他们好像也看见我了,冲我笑笑。我想大概没事了吧,不然他们怎么笑得出来。

　　后来我才知道他们怎么出现在体和殿的。

　　周爷离开内务府,随储秀宫太监去寿膳房,按指定灶位做八仙过海闹罗汉。周爷与这里的首领、掌案、配菜都熟悉。他们照规矩为周爷做菜、提供服务。这一环节刚才介绍了,每道程序都有内务府笔帖式做记录,所以不会出事。周爷多次做过八仙过海闹罗汉,虽说最近几年没做了,但早已烂熟于心,做起来也不费力。

　　八仙过海闹罗汉是孔府喜庆寿宴的第一道菜,乾隆皇帝七次前往拜祭,吃过这道菜,感觉不错,本想带入紫禁城作为御膳,但考虑到这是祭拜孔子的第一道菜,就放弃了。这道菜没有进宫,但同样成为天下名菜。这除了孔府名声外,这道菜本身的确非常好吃。它选用鱼翅、海参、鲍鱼、鱼骨、鱼肚、虾、鸡、芦笋、火腿为主料,鸡作罗汉,八料为八仙,故名八仙过海闹罗汉。

　　周爷叫配菜将鸡脯肉剁成鸡泥,拌在碗底做成罗汉钱状,将鱼肚切成条,用刀划开夹入鱼骨,将白鸡脯肉切成长条、虾做成虾环、鱼翅与鸡泥做成菊花鱼翅形、海参做成蝴蝶形、鲍鱼切片、芦笋水发待用。接下来调口味是关键。周爷也不避嫌,当着配菜的面调制各种调料分别和进食材,上笼蒸熟摆桌成八方朝鸡状,撒上火腿片、姜片及余好的青菜叶,浇鸡汤即成,瞧上去色泽美观,闻起来鲜香诱人,吃进嘴醇厚绵长。

　　周爷做好这道菜,起锅装碗交给苏拉。苏拉接过去,上盖装盒加包袱,一路小跑去储秀宫。周爷做完菜坐下来喝茶抽烟等懿旨。过了一会,有人传懿旨叫周爷去储秀宫。周爷来到储秀宫,门口有人候着说西太后召见,便径直进去来到体和殿。这时毛大臣也奉旨来到这里。西太后问毛大臣:"说你手下人很会做什么来着……"李统领一边插话:"八仙过海闹罗汉。"西太后说:"对,闹罗汉,听着热闹,在哪儿啦?"伺膳老太监忙叫人将这道菜移到前面,揭开盖盘,伸调羹要舀。西太后说:"别忙。瞧着就舒服。"李统领说:"得尝尝。"西太后说:"新菜品吗?以前不是吃过吗?"李统领说:"毛大臣清楚。"毛大臣便说:"禀报太后,这道菜虽不是御膳,但名满天下,是孔府喜庆寿宴的第一道菜,所以弄来孝敬太后。"

这是内务府的规矩,凡是非御膳菜品,可以做了送上来,但皇上、太后吃之前必须由品膳官先行品尝,说出味道才决定吃与不吃。西太后进宫几十年,熟知规矩,更知道这是对自己负责,所以听李统领这么一说就说:"那就品吧。"

李统领就扯开嗓子叫一声:"品菜呢——"就有人跑来叫我去品菜。我急忙跟着走过去,走到体和殿餐桌前三丈远就自报出身、姓名并跪下磕头请安。西太后掉头说:"是你啊,平身吧,起来说话。"我起身站好回答:"禀报太后,小的是柳崇孔。"西太后说:"前儿个你不是来园子喝茶辨水吗?怎么样,做总管好不好啊?"我回答:"禀报太后,很好。谢太后隆恩!"西太后说:"好好干。今儿个来干吗?"我说:"禀报太后,小的奉旨前来品膳。"西太后说:"对对,正等着你呢。你说这道菜叫啥来着?"我回答:"禀报太后,八仙过海闹罗汉。"西太后说:"对对,名字怪好听的。你品品看味道如何?"

伺膳老太监便舀一勺菜放盘里,连筷子一起递给我。我双手接过盘子,退后几步准备品膳,一眼瞧见蒋爷几个也来了在一边候着,再看周爷和毛大臣正目不转睛盯着我,不由得心跳加速,头脑发涨。我这一品啊事关周爷安危前途,重如泰山。我起了犹豫,端着盘儿没动。周爷向我使眼色示意我品尝,毛大臣也示意我品尝。李统领和蒋爷一旁冷笑。

我先闻闻,还好,味道纯正,再拿起筷子拈了一点放入嘴里细品,还好,是这个味,可突然间舌根传来另一个味,这是啥味啊?我判断不准,好像是……我的脸色顿时严峻起来。对面的周爷和毛大臣一见我这模样,皱了眉头。李统领和蒋爷面面相觑。西太后不知究竟,只管吃自己的。

我每次品膳多数是闻一闻就十拿九稳,最多品尝一口便可做出决定,可今天我本该做最后决定了,心里却乱成一团,不知如何是好,只好再品尝一口。我举箸又拈一点放入嘴里,先不咀嚼,只是含在嘴里让舌根品味,然后再轻轻咀嚼,所得感觉与前次一样,确实有一种重味,皱眉一想,豁然明白,盐重了,不是菜骨子里的咸,是菜表皮的咸,便生出蹊跷,怎么会这样呢?这道菜我熟悉,得调好味道再上笼蒸,不是蒸好再放调料,那这盐从何而来?显然来自事后。我这么一想,顿觉脊梁发凉,这还得了,谁敢在事后加调料,也加不上去啊,装进饭盒包上包袱,要等到了餐桌当面打开的啊,谁这么大胆敢在太后菜里加东西啊?

我这么一耽搁,被人发现了。周爷是内行,一眼瞧见我神色走样,就暗自跺脚着急。毛大臣一看周爷这模样也急了,小声问周爷:"你干吗?他怎么啦?"蒋爷也是内行,也看出端倪,悄悄对李统领说:"有戏了。"李统领抿嘴一笑,掉头冲我说:"怎么啦?老佛爷还等着进膳呢。"我咬咬牙,上前一步对着西太后说:"禀报太后,这道菜太后不能吃。"我这是一语惊人。西太后听了掉头厉声问我:"啥?不能吃?里面有啥了?"李统领上前护住西太后说:"你说啥?这菜不能吃?为啥?快说!"周爷听了浑身直哆嗦。毛大臣着急地说:"柳崇孔你不能乱说!"

我跪下说:"禀报太后,这道菜食材质地优良,菜品色香味形优秀,只是盐味过重,影响味觉,不利健康,所以小的的意见是不能吃。"

西太后皱着眉头说:"怎么回事?盐重了?谁做的?"

李统领说:"报老佛爷,这道菜是周宗做的。"说罢掉头对周爷厉声说,"周宗你怎么搞的?还不快向老佛爷说清楚。"

周爷赶紧小跑过来跪在西太后面前说:"臣该死!臣该死!请太后恕罪!"

西太后没了吃饭的兴趣,甩了筷子,说:"怎么回事?说你厨艺好,特意叫你来做道菜,还准备赏你,怎么就搁这么重的盐?你是品膳处总管,知道我不能吃重盐,为啥偏这么干?"

周爷说:"这都是臣多年不上灶的缘故,甘愿领受太后重罚。"

李统领说:"还在狡辩!你管着全紫禁城膳房,还不知道盐轻盐重?显然是故意做的!"

这句话就重了。毛大臣赶紧上前跪下说:"禀报太后,周宗不是那种人,臣敢担保。"

李统领说:"毛大臣,你们内务府平日都怎么管理的啊?周宗这么个品膳总管竟然居心不良,你也有责任。"

我一看不得了了,如果故意往西太后膳品放重盐,那不是死罪啊?顿时吓得直哆嗦,也顾不得礼节了,大声说:"请太后明察,这道菜的重盐是后来加上去的。周宗不是这种人,臣也敢担保!"

蒋爷上前跪下说:"禀报太后,臣以为李统领的话言之有理,周宗这就是有意为之,请太后重重治他的罪!"

西太后一脸肃气,一言不发,站起身在院里走动。宫女迎上去扶持。众官员齐刷刷下跪。太监弓腰低眉。体和殿寂静无声。阵阵微风佛面。西太后驻足回身说:"毛大臣、李统领你们去查查。"说罢径直回储秀宫去。毛大臣、李统领答应一声,随即带护军前往寿膳房。按规矩,做菜的所有程序都有记载。毛大臣、李统领带人来到寿膳房,找来寿膳房阳总管,要他马上叫笔帖式送来做"八仙过海闹罗汉"的记录,命令随行护军将涉及这道菜的所有人看管起来,再逐一审查,顺带检查有无违规行为。检查的结果,打杂、配菜没有问题,掌案是周宗,嫌疑最大,再就是送菜苏拉不贵,一个十六岁小太监,在毛大臣的严审下浑身哆嗦,语无伦次。毛大臣心里有了主意。他想周宗肯定不会放重盐,柳崇孔也说了重盐是后来加上去的,那后来只有不贵接触过这道菜,不贵的嫌疑最大。

毛大臣与李统领、寿膳房总管去一边商量,说了自己的怀疑。寿膳房阳总管说:"不贵不可能在菜里加盐啊。"

毛大臣问:"为啥肯定?"

阳总管说:"周宗做好菜递给不贵,不贵当面加盖装盒加包袱,再送进体和殿交给李统领,半途是不允许打开包袱打开饭盒的,就是想这么做,半道上送菜人一长串,也没有机会悄悄加盐啊。"

李统领说:"阳总管言之有理。我接过包袱要检查是否动过,没有动过。"

毛大臣说:"那就奇了怪。"

李统领说:"这有啥奇怪的,肯定是周宗干的。毛大臣,你可不能包庇啊。"

毛大臣说:"我肯定秉公办理。我再问阳总管,谁负责菜碗菜盘菜盖?"

阳总管顿时皱了眉,望了一眼李统领,回答:"照规矩,每个灶的苏拉负责。"

毛大臣又问:"今天周宗灶的苏拉有几个人?"

阳总管说:"两个。"

毛大臣问:"还有谁?给我叫来。"

阳总管望李统领。李统领说:"瞧我干吗啊,快去叫啊!"随即悄悄对阳总管眨个眼。毛大臣看在眼里,心里明白两分,咯噔一下没开腔。

阳总管去了一会,回来说人这会儿没在,估计歇班走了。毛大臣心里嘿嘿笑,也不点破,掉头对护军首领说:"你去,走哪儿也给我马上请来。"胡军首领答应一声,叫上阳总管,带人而去。不一会这苏拉就被护军带来。毛大臣问他:"今天周宗做菜用的碗盘盖是谁负责?"那苏拉说是不贵负责,他没插手。毛大臣心里又明白两分,对护军首领说:"你赶快去体和殿,将太后没动过的八仙过海闹罗汉连同盘盖全部给我用饭盒包袱包好送这儿来,再把周宗、柳崇孔、蒋广宗带来。"护军首领答应而去。

阳总管想出去。毛大臣不让他动,又叫护军封锁寿膳房,不准任何人进出。李统领有些尴尬,又不好干涉,这都是内务府大臣应有的职权,只是不跟他商量就行事有违西太后"毛大臣、李统领你们去查查"的口谕,便说:"毛大臣雷厉风行啊。"

毛大臣拱拱手说:"请李统领谅解,事情太急,稍有缓慢怕歹人有所掩盖。"

阳总管嘀咕说:"我总不至于放盐吧。"

李统领正好朝他发气说:"什么话啊?寿膳房任何人出了事你都有责任!"

阳总管一脸委屈。

过一阵护军首领带着周宗、我、蒋广宗和一包东西来了。东西打开一看,是没动过的八仙过海闹罗汉的盖盘。毛大臣对我说:"你看看这盖子。"我不明白,又不好问,只好拿起盖盘看,正看反看都看不出问题,但不

159

好说没问题,就怔怔无语。毛大臣说:"没看出问题?"我说:"没有。"毛大臣说:"你的鼻子不是很灵吗?闻闻看。"我就闻,正面闻反面闻,突然闻到一股盐味,心里咯噔一下,难道是这盖盘的问题?再重点闻,这下闻到了,盖盘内面有浓浓的盐味,就伸舌头轻轻一舔,立即感到盐味,不由得欣喜若狂,大声说:"这儿有盐!这儿有盐!"

周爷一听,忙凑过头问:"在哪儿?在哪儿?"边说边接过盖盘凑上鼻子闻,也跟我一样欣喜若狂,说:"毛大臣,在这儿!盐在这儿!盐在这儿!我说嘛,我怎么会放重盐呢?我都是严格按膳谱做的啊!明明是有人陷害我啊!我要向西太后申冤啊!"

阳总管有些不明白,问我:"这与菜里的重盐有啥关系?"

我说:"我品膳时就发现这重盐是后来加上去的,现在证明我的判断是对的。阳总管你看啊,有人把盐抹在盖盘内面,再盖在热菜上,这盐不就慢慢融化,随水蒸气滴进菜里了吗?"

阳总管顿时吓得脸青面黑,浑身哆嗦,说:"啊?这……这也太大胆了啊!我的妈啊!"

李统领突然厉声叫道:"来人啦,把不贵给我捆了!"

不贵早已吓得上牙打下牙,浑身哆嗦,一听捆人更是吓得瘫在地上,嘴里嘟嘟囔囔:"不是我……是……"

李统领咬牙切齿地吼道:"不是你是谁!就是你这个犯上作乱的家伙!"边说边走过去,突然飞起一脚踢不贵的头,一脚踢到不贵的太阳穴,只见不贵啊的一声没叫完就布口袋似的倒在地上,口吐鲜血而死。我和大家惊得目瞪口呆。

这事不了了之。

多年后李统领去世,有人才说出事情真相。原来这是李统领和蒋爷精心安排的一场戏。蒋爷见我做了总编撰官,害怕我整他,更害怕盗用食材的事大白天下,就谋划在公示期陷害我将我拉下马,又觉得周爷是我的坚强后盾,不除掉周爷就除不掉我,就想出个一箭双雕之计。李统领趁与西太后聊天时无意说起八仙过海闹罗汉这道孔府菜,暗中怂恿西太后叫周爷做这菜,再钻空子,不是御膳谱上的菜必须由品膳官品尝吗,叫我来品尝。再买通寿膳房的苏拉不贵,他娘得病要死,没钱买药,又保证他平安无事,再加以恐吓迫使其就范,在准备盖盘时悄悄在盖盘内面抹上重盐,接过周爷做的菜立即盖上抹了盐的盖盘,致使这菜变得很咸。事到临头不贵想说出真相,可哪知道李统领早有准备,不等不贵开口就一脚将他踢死。事后李统领非但没受到惩罚,反而得到西太后"不过是替主子气愤填膺罢了"的好评。

我现在回想起来真是后怕。李统领和蒋爷这计谋太阴险太狡猾,要不是毛大臣明察秋毫,当机立断,周爷就没命了,我就成了杀害周爷的千古罪人,那我肯定痛不欲生,遗憾终生,说不定早就自杀追随周爷去了。周爷有惊无险,照说应当埋怨我,甚至恨我,可周爷没有这样,反而赞赏我做得对,夸奖我能够判断出重盐是后来加上去的,救了他一命,不然在太后膳品加东西是十恶不赦的大罪,西太后早下旨杀头了。周爷这样说才使我有所安心。

不过这事没完,毛大臣因为破坏掉李统领的阴谋诡计,成为李统领的眼中钉,遭到他的打击报复。而周爷虽说侥幸逃脱,却因为李统领在西太后面前的缕缕诽谤而被冷落。我首当其冲,成为李统领打击的第一目标,但我年轻好胜,无所畏惧,继续追查他们盗用食材的事,惹来更多麻烦,反倒让蒋爷、李统领不敢害我。这是后话,容我慢慢道来。

第十一章　张贵人卖扇

八仙过海闹罗汉这事有惊无险地过去了，我正式上任做了《中国宫廷御膳》总编撰官，自然有一番忙碌，不外乎组织一批御厨重审宫廷御膳谱啊，招来外地厨艺高手现场切磋啊，查阅御膳档案勘正错误啊，最重要的是核实现在紫禁城各膳房的实际情况，比如哪些御膳可以保留，哪些御膳应当修改，哪些御膳应当淘汰。这项事情事关重大，涉及很多人事关系，特别涉及食材使用，由我亲自抓。

经过一段时间忙碌，在毛大臣和周爷的帮助下，我写出了大纲。照规矩，内务府大臣先审我的大纲。我就把大纲提交给毛大臣。我的大纲的重点是：一、目前御膳的状况，包括品种、需求量、消耗量、各种食材耗量。二、确定《中国宫廷御膳》需要保留、需要修改、需要删除、需要新增的目录。三、目前存在的三大问题，1. 质量，2. 用膳浪费，3. 食材严重超标，4. 厨役培训。四、组织措施。

这里面的要害问题是食材严重超标，虽说没有提出具体解决办法，但只要这条大纲被确定，那将为食材调查铺平道路。我和周爷商量并报毛大臣同意，将这条纲要列在大纲里，希望不引起对手过分注意而得以通过。

内务府大臣讨论我提交的大纲。许大臣开口就说这大纲不成，比如什么叫食材严重超标，这哪是大纲，简直就是结论，谁做结论？是他柳崇孔吗？没资格，得咱们内务府大臣发言。再说了，眼下的食材标准是十年前制定的了，明显滞后，需要修改。可这大纲提这事了吗？没有。再说了，御膳给谁做的，给咱们皇上、太后做的，给朝廷做的，给国家做的，肯定得是最好的最精的最上等的，就得配最好的最稀罕的食材，如果说这就是所谓超标，那就超得对超得好，不超反而有问题。

这是许大臣的老生常谈。毛大臣听了不以为然，想辩驳却开不了口，许大臣句句有道理，无从驳起，好比老虎吃天，没法下嘴。毛大臣想了想，不能正面驳斥,那要上他的当,得从反面说,从问题说起。毛大臣说:"佩服,许大臣这番言论是老臣持国之论。不过本大臣想请教,按照咱们历年的《中国宫廷御膳》规定,任何一品御膳都有严格的食材要求,只有严格按规矩做出来的御膳才是真正的御膳,才对得起皇上、太后,对得起朝廷,对得起国家,否则不成其为御膳,就是大不敬大不恭。所以历朝历代很重视食材标准的制定和使用。柳总编撰官把这条列入大纲是可行的。不知二位大人以为如何?"

许大臣说:"毛大人言之有理。御膳标准是我朝多年积累的瑰宝,自然不可轻易改动,所以才有十年一重编的盛典,最后还得报皇上御批方可施行。本大臣以为,柳总编撰官的大纲不可说食材严重超标,因为就是眼下有这种情况,也得由我们来说,由皇上来说。张大人以为如何啊?"

张大臣自从上次挨了李统领一闷棍,就更加小心翼翼,一改超然立场,转而偏向许大臣,因为他已经看出来李统领是支持许大臣的,而毛大臣背后是谁目前还不知道,但最近闹得沸沸扬扬的八仙过海闹罗汉事件又让他糊涂了,怎么连李统领操办的事也被毛大臣翻过来了,难道西太后不信任李统领转而信任毛大臣啦,为此张大臣是夜不能寐。

张大臣见这二位又唱对台戏,不禁十分棘手,一想到他们要问自己的态度就不知如何是好,在听他们的发言时已经反复在打腹稿,最后决定还是骑墙为好。他说:"许大人言之有理。御膳标准是否超标是一回事。不过毛大人同样言之有理,御膳标准就是标准,就得严格执行。本大臣倒有个折冲向二位大人讨教,不妨在柳总编撰官的大纲里的这句话的后面注明'这是一说'一句,二位大人的分歧不就迎刃而解了吗?"

毛大臣和许大臣听了皱眉头,心里想这是啥折冲,要是报到皇上那里非被驳斥不可,便不约而同嘿嘿笑。毛大臣端碗喝茶,说声"茶到这会有味道了"便咕咕喝茶。许大臣噗噗吹火抽烟。张大臣才知道把二位都得罪了,忙喝茶遮脸。议事厅一时没了声音,只听得窗外叽叽喳喳麻雀叫和风吹杨柳飒飒响。

内务府三大臣这种情况皇上不是不知道,而是知道得太清楚,不然早调换了,正是如此皇上才高枕无忧,要是三人精诚团结,非调整不可。

最后的意见往往是互相让步。这次也不例外。毛大臣在这一条上不得不让步,同意驳回重写,但在接下来的讨论中坚持照柳总编撰官的组织人选执行。许大臣自然有一番驳斥,但最后同意了。至于张大臣,也算捞回脸面,支持毛大臣一条意见,支持许大臣一条意见,而且态度坚决,不容分辩。

我的大纲被内务府大臣驳回重写。

说实话,这大纲也不是我写的,我没文化,会写啥大纲,是叫笔帖式写的,我说他记,写好了他念我听再改,但是以我的名义,所以被驳回,我的脸面不好看,新官上任第一把火没点燃。我去找周爷诉苦,说我不是写文章的材料,更不是做总编撰官的材料。周爷哈哈笑,说我还是小孩脾气。我问周爷怎么改。周爷说这简单,陆路不通走水路,按既定方针办,抓到他们盗用食材的证据是硬道理,到时啥都好办。我说我明白了,就是把原来奉密旨调查食材的事同编撰《中国宫廷御膳》相结合,一明一暗,明暗结合,以明为主,以暗为辅,抓到他们盗用食材的罪行,编撰出历史上最好的《中国宫廷御膳》。周爷把我上下打量一番说:"柳崇孔啊柳崇孔,自从你十四岁进宫我就没见你明白过,今儿个怎么豁然明白了呢?"

我以为又说错了,忙说:"周爷瞧我哪点不对啦?"

周爷哈哈笑说:"你说得很正确!"

我心里咯噔一下,真话还是假话啊?可一看周爷正儿八经的样子,也跟着笑了,说:"本总编撰官总有对的一回。"

我们哈哈笑。周爷告诉我,我刚才说得很好,出乎他的想法,他很高兴我有了这么大的进步,希望我再接再厉,把这两件大事抓好。我说我还有一件大事要抓好。周爷说你还有啥大事。我说找到六指脚替爹报仇。周爷说好,你是一箭三雕。我说周爷您放心,我保证完成这三件大事。

回到住处,我也有一个小四合院了,是西太后赏给我的,还给配了下人,本来有宫女,我没要,我说我还没完婚,就只要了四个小太监、一个管事太监。我现在是五品,新近又做了总编撰官,虽说总编撰官不是常设官位,没有相应品级,但照历年规矩,总编撰官都由一二品官员充任,西太后说了,我做总编撰官期间可以享受一二品待遇,所以我住小院有下人伺候也心安理得。不过每回管事太监前来禀报我都不习惯。他说时辰到,请总编撰官用膳。我就站起身往外走。他忙说请总编撰官就在这儿用膳,已经安排好了。我才坐下嘿嘿笑说我预备方便方便。管事太监背过身嘿嘿笑。我吭吭咳两声,吓得他跪下请罪。我哈哈笑说起来起来,逗你玩呢。

我给周爷保证,要完成三件大事,晚上在床上睡不着才知道话说大了,谈何容易啊,蒋爷是谁,李统领是谁,就是不算他们,单说赵太妃宫的黄厨头、内膳房点心局的王首领、外御膳房荤局的唐首领、取水处的莫首领及南园戏班膳房的青管事、鲜管事,谁是省油的灯?谁也没把我看在眼里,要是与他们单挑,我不是说厨艺啊,是说为人处世,我肯定落下风。我就想啊想啊,想到三更天时分有了主意,咱别傻了吧唧跟他们正面起哄,咱绕着道儿端他老窝去。

第二天我就转移视线,找来一帮心腹,我以总编撰官身份招来编书的御厨,要他们悄悄打听个事,咱宫里都谁在北京城开饭馆酒楼了。这帮人在宫里关系多,又来自各宫各处,下去一打听就回来消息,这个如何、那个如何,我都不感兴趣,唯独有人告诉我蒋爷在北京城开有宫源居让我大感意外。宫源居不就是当年我爹做总厨的酒楼吗?我不是在那儿学厨艺的吗?我记得原来宫源居的老板姓蒋。眼下宫里这位爷也姓蒋,这两个"蒋"是不是一个"蒋"啊?我心里咯噔一下紧张起来。我十四岁进宫找六指脚,找了十几年没找着。前次回老家娘问起这事,我一问三不知。这个六指脚是不是姓蒋?如果是,那与宫源居那个蒋又是不是一个"蒋"?我的思绪像一团乱麻,越理越乱。

我决定出宫去瞧瞧。

我现在是总编撰官,有自由出宫的权力,还可以叫马车送我,就叫了马车出宫,也不带人,叫车夫把车开到离宫源居还远的地方停下,说声"原地等候"抬脚就走,径直来到宫源居,一看快到中午饭点,信步朝宫源居走去。还是老规矩,进门处站两迎客小哥,远远见着来客就热情招呼"老客这边请了您",待客官走来立即笑脸相迎道"咱宫源居御膳全北京城第一,除紫禁城啊",再领着客官往里走,边走边重复那句话,走到座位前取下肩上毛巾啪啪佛椅,高声唱道:"客官驾到,烟茶伺候来也——",便将客人交给来人,自个儿再去门口候着。

我这么被引进宫源居就座,立刻产生无穷联想。当年我来爹这儿玩耍，最初喜欢学站门小哥说话"客官驾到，烟茶伺候来也"，因为人小紧张，往往叫成"烟酒驾到，客官伺候来也"，惹得哄堂大笑，现在再身临其境，心里油然响起这句错话，禁不住兀自好笑。

　　小二过来接待，不外乎背书似的念菜名：五香酱鸡、盐水里脊、红油鸭子、麻辣口条、桂花酱鸡、番茄马蹄、油焖草菇、椒油银耳、玉掌献寿、明珠豆腐、首乌鸡丁、百花鸭舌，都是耳熟能详的御膳，不觉一惊，脱口而言："请问小二，这些可都是御膳？"小二说："禀报客官，都是。"我纳闷了，这些菜都是满汉全席中的万寿宴菜品啊，可不是闹着玩的啊，需要天南海北的食材，需要厨艺高超的厨子，宫源居不过北京城一普通饭店，哪来的食材、厨子？怎么会做？又怎么做得出来？又脱口而言："请问小二哥，这些菜品可是地道御膳？不会是哄人的吧？"

　　这就惹麻烦了。小二哥顿时抹了脸说："这话我就不爱听。愿吃就吃，不吃拉倒。"我忙赔不是，说开个玩笑，随便点了玉掌献寿和百花鸭舌，再叫了个青菜汤。小二这才破愁为喜，边向厨房报菜名"献寿玉掌、鸭舌百花外带汤青菜也——"边离去。这故意颠倒菜名的叫声又把我拉回从前，我那时最喜欢颠倒叫菜名，特有趣，现在还记得几个笑话，砂锅煨鹿筋叫作鹿筋煨砂锅，维吾尔族烤羊肉叫作羊肉烤维吾尔族，巧手烧雁鸢叫作雁鸢烧巧手。

　　不一会菜上桌酒上杯，我便独自享用，先看菜品色香味形，还行，再拈一夹送嘴里品味，也还行，心里咯噔一下又纳闷，不比宫里膳房差啊，如果打分起码及格，比宫里不少御厨强，还有这食材，巧妇难为无米之炊，没有好食材弄不出好御膳。

　　就在这时，隔座发生争吵，我掉头一看，是两个食客和一个小二发生争执。一食客说："你们这是啥御膳啊？比街边大排档还差！"另一个食客说："可不是吗？瞧这鸡，嘿，嚼不动啊，哎呀我的牙！"那小二说："说啥？你说啥你啊！吃得来御膳吗你们？"两食客更不服气了，啪啪扔了筷子站起身大吵大闹要退菜。我一眼瞟去，是五香酱鸡、盐水里脊、红油鸭子、麻辣口条四个菜，颜色还不错，味道不知道。

　　这时里面出来一人，疾步走过来。小二忙说："陈管事您瞧瞧，这两位说咱们菜不地道。"陈管事走过来看看闻闻，说："二位客官误会了不是，这四道菜都是本店的拿手好菜,真资格的御膳,绝对没假,要是假了本店包赔十倍银子。"两食客气呼呼不服输,嘟嘟囔囔说这说那。陈管事说:"二位要是还不信请进后厨看看。"一食客问:"看啥?"陈管事小声说:"看看咱店的食材都是些啥家伙。不是吹的话,本店食材全北京城找不到第二家,什么镇江鲥鱼、乌珠穆泌羊肉、关外的关东鸭、广东的金丝官燕、苏州糟鹅、金陵板鸭、金华火腿、常熟皮蛋,等等,是应有尽有,而且都是刚到北京的鲜货。再说句吓你们的话,都是各地官府的贡品,还裹着明黄锦缎、扎着大红绣带呢。"

两位食客面面相觑,伸舌头说声"乖乖",坐下不言语了。陈管事忙叫小二重新递上筷子,说声二位爷慢用,自己去了。我在一旁听了大感不解,陈管事是唬人还是确有其事啊?比如镇江鲥鱼,康熙皇帝就将其列入贡品,令江苏巡抚从扬子江"飞递时鲜,以供上御",因为这鱼肥嫩鲜美,爽而不腻,味甘性平,强壮滋补,温中益气,暖中补虚,开胃醒脾,清热解毒,被誉为鱼中之王,为江南三味之一,被列为朝廷御膳,不是北京市面上经常见得着的,这里怎么会随时都有呢?

我叫小二过来,点一份镇江鲥鱼。小二说好呢,就往里面高唱"鲥鱼镇江一份呢——"。我问小二:"你们的镇江鲥鱼新鲜吗?"小二说:"保证新鲜,昨儿刚到北京城。"我问:"清蒸鲥鱼去不去鳞啊?"小二说:"这还真不知道。我给您问去。"说罢去了,一会儿跑回来说:"这位爷真会开玩笑,清蒸鲥鱼都不去鳞。"我暗自一惊,鲥鱼鲜美,贵在鳞下脂肪,宜带鳞蒸食,如若去鳞便是外行,这店有讲究。

不一会陈管事来问我:"这位爷有礼了,请问爷点的啥鱼?"我说:"镇江鲥鱼。"他说:"本店没有镇江鲥鱼,只有正江鲫鱼,大概是爷听错了吧。"我说:"怎么没有镇江鲥鱼啊?那你们那小二哥怎么说有呢?还报了菜名进去的啊。"陈管事说:"我已训斥他了,耳朵有问题。请爷多多包涵。请问还要正江鲫鱼吗?"我说:"那算了吧。"

我边吃饭边想这是怎么回事啊,明明小二哥说有镇江鲥鱼,怎么我一问镇江鲥鱼的弄法就变成正江鲫鱼了?究竟是小二哥耳朵有问题还是故意隐藏呢?他们为啥不拿镇江鲥鱼给我吃呢?是我问事暴露了目标吗?我不敢多留,匆匆吃了饭走出宫源居,走到马车停放地,车夫早候着,便坐车回宫,一路上老想着这事有蹊跷,有机会还得再来。

　　回到宫里我还在想宫源居的事。我想宫源居肯定有问题,但我并不是追查宫源居问题本身,而是追查蒋爷与宫源居啥关系,想来想去决定暂不去宫源居,先落实蒋爷是不是我要找的六指脚。我就注意蒋爷的行动,发现他有一个爱好,就是三天两头准去他坦街按摩处按摩洗澡。

　　前面介绍了,内务府下面设了按摩处,原来在宫里,有两百人,全宫的人,包括皇帝、嫔妃、内务府官员、太监、宫女、厨役、护军上万人都来这儿剃头、修脚、刮鬓、按摩、洗澡。这里还有个作用,就是用按摩方法治疗一般小病,所以有句话说皇帝有御药房、太监有按摩处。因为按摩处人来人往,影响宫里办差,后来内务府就把按摩处迁到西沿河边的他坦街。早些时候蒋爷不喜欢去按摩处,嫌太监多,宫里人多打眼,他有他的玩法,爱去城里西郊胡同,那儿也是宫里人聚集的地方,啥都有,而且离宫源居近,便于抽空过去看看或者叫管事的过来问问。后来按摩处迁到宫外他坦街,也对外开放,多了不少外面的人,没这么打眼了,加之进城的确远不方便,就改在按摩处休息。

　　按摩处人来人往,我就装作剃头修脚进去寻蒋爷。我知道他常在周三傍晚来,就早早去候着。这天我远远看见蒋爷来了,心里有些紧张,忙埋头装作等候修脚,希望蒋爷过来修脚我就能看见他是不是六指脚了,可蒋爷一瞧这边人多,转身去了那边。我急忙跟过去。那边是按摩地,也有不少人。蒋爷是御膳房总管,人头熟,那里的人让他进单间按摩。我慢慢溜过去,趁人不注意绕到背后窗口时不时偷看一眼。

　　单间按摩室摆着一张木床一张桌子一把凳子。蒋爷进去坐在凳上。按摩人问蒋爷哪里不舒服。蒋爷说头痛。按摩人就自个儿搓双手,然后双掌合一刹蒋爷的头,从头顶刹到脖子,再从脖子刹到头顶。我看一眼就缩回头装作等候,不能让人怀疑我在偷看。我想按摩完了蒋爷准去修脚,到时候就得脱鞋脱袜,就能看清,就等吧。我垫脚又往里看看,只见按摩人给蒋爷捶背,不是用掌而是用拳头,紧一阵慢一阵,重一阵轻一阵,按摩人的十个指头发出咯咯脆响,嘴里还在哼歌:"前捶胸来后捶背,这个名字叫放捶;由涌泉到百汇,周身三百六十个穴道要全会,五花拳为啥打得这样脆,都只因学徒的时候受过累。"

我瞧了小半天没见着蒋爷脱鞋袜,十分扫兴。这期间时不时有熟人路过与我打招呼,问我干啥来了。我稳住精神笑嘻嘻和他们应酬。蒋爷按摩完了,我想该出来了,赶紧躲一边,可老不见他现身,再溜过去偷看,嗨,睡上了。我还得候着。我这么候了也不知多少时辰,突然看见蒋爷伸胳膊伸腿儿地出来了,忙悄悄跟上。按摩处地方很大,人很多,我混在人群里不显眼,就是被蒋爷发现也很正常,他头痛我胳膊酸总行吧。

我见蒋爷东转西转不像是要去修脚的样子,就有些着急,要是他只是前来按摩我不是白费力了吗?正这么胡思乱想,见蒋爷径直去了浴室,便赶紧跟上。按摩处设有十个大浴室和几十间小浴室。大浴室分为三个太监室、两个厨役护军室、三个内务府室、两个女浴室。小浴室则是皇帝、皇后、嫔妃和二品以上官员使用。西太后不来这儿。皇帝、皇后也很少来,倒是一般嫔妃,特别是太妃喜欢来。她们年纪大了,容易出现失枕啊、筋骨痛啊什么的,来这儿找人按摩,其他也没啥治疗办法了。

我跟着蒋爷来到厨役、护军浴室。大浴室在一间大屋子里面,有一个大池子和相连的三个小池子,池里是温泉,这会儿是夏天,在温泉里加了冷水,但还是雾气腾腾。池子里人不少。我远远下到水里,慢慢朝蒋爷走去,在雾气中看过去,看不到他的脚,只好耐心等待他上岸休息或许可以看到。

蒋爷泡了一会果然上岸坐在木凳上休息,露出两只脚。我心里咯噔一下,浑身哆嗦,马上就可以知道他是不是杀害我爹的六指脚了。我屏住气息,爬上岸慢慢从蒋爷背后走过去,再走到他背后从侧面看他的脚,这一看大吃一惊,就是六指脚,蒋爷就是六指脚。我头脑顿时嗡嗡作响,全身血液好像直冲头顶,心底升起一股杀气,不由自主地举起拳头朝蒋爷砸去……可就在这一瞬间,我胳膊被人架住,掉头一看,嘿,周爷,正竖起食指示意不要说话,只好放下胳膊,随周爷牵扯离开蒋爷。

周爷带我出去。我一路愤愤不平,嘟嘟囔囔。周爷带我来到他坦街一家酒店坐下,要了一瓶酒两样菜。我涨红着脸说:"周爷,您拦我干啥?您知不知道他是我的杀父仇人啊!我找他找了十多年啊!您知道我为啥要进宫的,您知道啊!"周爷在来的路上就不断劝我,现在见我还是这样,突然一拍桌子吼道:"柳崇孔,你还是不是我徒弟?"

前面介绍了,御膳房的规矩很严,徒弟拜师学艺要行跪拜大礼,而且必须遵守"一日为师,终身为父"的准则,否则是大逆不道。我一听周爷说出这样重的话,要是再一味任性,下一句话就是"我不再认你是徒弟",那便是被逐出师门,所以赶紧起身跪下说:"请周爷原谅,徒弟知错了。"周爷一见邻座客人往这儿瞧,忙一把抓住我手臂将我提起来,小声说:"知错就听师傅讲。"我说:"请师傅训示。"周爷说:"我观察你好久了,知道你心里有股杀气,就时时提防着你,今天见你一脸怒气出门就跟了你。你刚才差一点做蠢事了知道不?"我不说话。周爷又说:"你怎么这样冲动啊?即或他是杀你爹的仇人,也不能在这里动手啊!你没长脑子啊!再说了,你不能因为他是六指脚就判断他就是杀害你爹的人,紫禁城住着几万人,万一还有六指脚呢?你不是冤枉人了吗?你不还是没有替你爹报仇吗?做事动动脑子好不好?"

我本来不是一个莽撞的人,只因为突然发现蒋爷是我找了十多年的六指脚,一时冲动才差点做蠢事,所以听了周爷醍醐灌顶的一番话便逐渐冷静下来。我说:"周爷,我……我知错了。"周爷说:"你啊你!你知不知道毛大臣和我对你抱有多大的期望?知不知道毛大臣和我拼着丢官丢命的危险保护你?为啥?是把完善中国御膳的重任寄托在你身上啊!你怎么说起报仇就忘乎所以了呢?你个人报仇事大还是振兴中国御膳事大?孩子你不能糊涂啊!你一糊涂他们就有机可乘,就会把御膳弄得面目全非,中国御膳就危险了啊!"

我的心像是被重重地撞击了一下,豁然醒悟,我身上压着振兴中国御膳的千钧重担啊,要是我刚才那一拳砸下去,砸碎的不仅是蒋爷的头盖骨,还砸碎了毛大臣和周爷对我的殷殷希望,砸碎了皇上密旨调查盗用食材的大计,砸碎了振兴中国御膳的全部努力,我成千古罪人了啊!我顿时感到五脏六腑阵阵疼痛,全身痉挛冒冷汗,不由自主要下跪告罪。周爷赶紧抓住我小声说:"这儿不是发泄情绪的地方。"

我赶紧控制住自己激动的情绪,冲邻桌客人尴尬一笑,又掉头对周爷说:"我知道该怎么办了。"

周爷说:"说来听听。"

我说:"我去查实蒋爷是不是宫源居的老板就行了。"

周爷浅浅一笑说："为什么？"

我说："宫源居使用宫里的食材是事实。宫源居怎么弄到宫里的食材只有他的老板最清楚。如果蒋广宗不是宫源居老板，那就另有其人，我就不能老缠着蒋广宗；如果他是宫源居老板，那就不说了，我不仅找到杀害我爹的凶手，也抓到他们盗用食材的把柄，将他们绳之以法，还有了编撰《中国宫廷御膳》的依据，一举三得。"

周爷说："好小子！这才是师傅的徒弟。就这样干！毛大臣和师傅支持你！"

这件事对我的教育太深了，使我一下子成熟起来，真正成为一个合格的御厨。从此我再不任性，再不只考虑个人报仇，变得沉着冷静，思考周密，行动果敢，胆大心细，将报仇、调查和编撰三副重担一肩挑，为振兴中国御膳出一份力。

事后我反复考虑周爷的教导，经过深思熟虑，决定再去宫源居。

我在去宫源居的道上想，上次他们说有镇江鲥鱼，我一打听弄法他们就改口没有镇江鲥鱼，只有正江鲫鱼，大概已经引起他们警惕，这次要小心，绝不要打草惊蛇。我坐车出宫来到午门，午门转弯去王府井，在王府井下车叫车夫候着。我一看时间还早，背着手在大街上溜达，瞧见满大街的店铺琳琅满目，人来人往，有了个主意，别空着手去宫源居，得像乡下进城的人，就进店里买了前门正明斋的大油糕、喇嘛糕，东四芙蓉斋的鸡油饼、黄蜂糕坨，打包提着，慢慢向宫源居走去。

我说过我小时候常在这儿玩耍，对这儿的一草一木特别熟悉，走着走着就爱停下来揣摩这儿哪不对啊哪儿有啥变化啊，心里就浮现出当年的模样，油然生出一番感慨。我这么走着，远远瞧见宫源居门楼子了，突然有人在我后肩轻轻拍了一下，我回头一看，嘿，是多年不见的黄师兄黄大厨，高兴地打他一掌说："怎么在这儿碰见您啊？陈大厨、罗大厨他们呢？你们都好吧？想死我啦！"黄大厨食指碰嘴唇示意我别讲话跟他走。我心里咯噔一下，啥意思？也来不及多想就跟他走，走段路转弯进到一个院落，黄大厨伸头出去左右看看，回身关上门进来说："崇孔你变富态啦！我差一点没敢认啊。"我说："黄大厨你这是唱的哪出？"这时屋门口出现个中年妇女冲我笑。黄大厨说："这是我家，她是我媳妇。"又朝他媳妇说，

"娃他娘,这位就是我常跟你唠叨的柳崇孔——柳师傅的儿子。"我叫声嫂子。她拍拍围腰说:"稀客稀客,请屋里坐。我这就烧水泡茶去。"

黄大厨引我进去就座说:"你在打宫源居的主意吧?"我顿时纳闷,他怎么知道?难道跟踪我?就有些严肃地说:"你怎么知道?"黄大厨哈哈笑说:"怪我没说清楚。崇孔,是这样的。十年前我师傅,就是你爹死后,我就离开宫源居去别的饭店做厨师,后来与陈大厨合作开店,就在前门那边。"我插话问:"罗大厨呢?"黄大厨说:"多年没见着他了。我们常去乡下看师娘,就是你娘,听师娘说你在宫里混得不错,又说你还没找着六指脚,我们说起也挺着急,都想替师傅报仇,就开始关注宫源居。前不久我从宫源居一个小二哥那里得知你的事……"

我打断黄大厨的话说:"慢,宫源居的小二哥?怎么会认识我啊?"

黄大厨说:"嘿,这就是我们替你着急的地方啊。你听我慢慢说。那小二哥是我一远房侄儿,叫狗儿。我们想通过狗儿了解宫源居的情况,就把狗儿约到这儿说话。狗儿跟我说了件事,说有个年轻男子来酒楼吃饭,要吃镇江鲥鱼,还问怎么个弄法,引起大厨注意,怀疑是官府的人,婉言谢绝了。狗儿说了这人的模样、年纪、说话口气,我一猜就是你。你说是不是你?"

我十分惊讶,说:"啊?他们怀疑我啦?那我还准备今天再去呢。"

黄大厨说:"我估计你这几天还会来,就来候着,果真把你给逮住了。崇孔你不能去。他们正等着你去呢。"

大嫂送茶进来,还端来两盘茶食,一再说不比宫里,请将就用一点。我说:"大嫂别客气,我与黄大哥是一家人。"黄大厨说:"对,一家人,今儿个你就别走了,我给你弄俩菜下酒。"我们客气一番又说正事。我说:"黄大哥,你们都掌握啥情况没有?"黄大厨说:"我正要告诉你这事。"

黄大厨跟我说了他们掌握的情况。他们通过狗儿认识了宫源居的卿大厨,并和卿大厨成为好朋友。卿大厨告诉他们,宫源居的老板还是原先的蒋老板,还是像以前那样神出鬼没,所以不知道究竟是谁,但有个情况,宫里的人时不时拿些扇面出来卖,都是值钱的历代名人字画,很卖钱。

我听了不以为然,要黄大厨说食材的事。黄大厨说其他就不清楚了,又说这事蹊跷,送扇面来的人不是蒋老板,姓黄,见厨子做菜还给予指点,说是蒋爷叫他来找卿大厨的。我一听姓黄,还会做菜,突然来了兴趣,急忙问:"这人啥模样?"

黄大厨说:"我问了卿大厨,卿大厨说这人好记,大腹便便,光头小眼。"

我心里咯噔一下,这不是宫里赵太妃宫膳房的黄冠群黄厨头吗?就问:"他说他是宫里哪儿的没有?"

黄大厨说:"卿大厨没有说,大概不知道。崇孔,你们宫里是不是有这么位厨子啊?"

我说:"可能是太妃宫膳房的管事黄冠群。"

黄大厨说:"我看他既然打蒋爷的旗子,不管真假,先调查他倒卖宫里古字画的事好不好?"

我听了很受启发,说:"你这想法好。宫里那头的事我负责,要查到他们怎么弄到古字画的,又是怎样带出宫的。外面卖字画的事你负责,要查到他们的古字画都卖给谁了、卖多少银子、经手人是谁。咱们里应外合把这姓黄的先抓起来,再顺藤摸瓜查他究竟是不是蒋爷派来的、是哪个蒋爷派来的。"

黄大厨说:"好好。我们正愁没法查宫里那头的情况呢。陈大厨听了肯定高兴。"

黄大嫂在门口叫黄大厨出去做菜。我说我来做。他们夫妻不让,说来的都是客。我说你们别客气,我给你们亮一手宫廷绝活——八仙过海闹罗汉。黄大厨说这不行。我说怎么不行,不相信我的厨艺啊。黄大厨说不是你的问题,是我的问题。我问你啥问题。他说他家只有一只鸡,没有鱼翅、海参、鲍鱼、鱼骨、鱼肚、虾、鸡、芦笋、火腿,不能做八仙过海闹罗汉,只能做金鸡独立。我们哈哈笑。

我回到宫里开始调查盗卖古字画的事。这事蹊跷。黄大厨说的情况太简单,只有一个黄厨头的线索,至于他盗卖的是宫里哪儿的古字画、怎么弄到手、怎么带出宫则一概不知。我想了想,黄厨头现在升官了,做了张贵人宫膳房总管,成了张贵人的红人,不好随便动,就决定先从张贵人宫徐司房调查起。

我现在是总编撰官,可以自由出入各宫膳房或他坦,当然该办的手续还是要的,毛大臣支持我,手续自然不成问题。我去张贵人宫膳房了解编撰情况,找黄总管谈过,就礼节性拜访张贵人。张贵人年轻漂亮,能说会道,对我很客气,说了不少关于膳房的事。我从张贵人处出来又去拜访徐司房。徐司房原来在赵太妃宫做司房,是我的远房表兄,曾经帮过我。他见到我很高兴,拉着我问长问短,祝贺我荣升总编撰官,问我那儿需不需要人,他愿意去我那儿当差。我纳闷,他这是啥意思,问,这儿不是人人羡慕的地方吗?怎么还想跳槽?他说明里看张贵人宫富丽堂皇,暗里问题多了去。我不明白,但不敢往下问。张贵人地位高贵,按大清规定,紫禁城后宫品级为:皇后、皇贵妃、贵妃、妃、嫔、贵人、常在、答应、秀女。张贵人年轻美貌,性格温柔活泼,深得皇上宠爱,在后宫的实际地位超过贵妃,所以太监、宫女、厨役、护军都愿意来张贵人宫当差。

徐司房又说:"不说别的,单从我管的账来看就是一个'亏'字。"我暗自吃惊。紫禁城各宫各处实行独立核算,就是皇上通过内务府每月拨给一定的固定经费,由各宫处自行包干掌握使用,并节约归己,超支自负。

我不明白啥叫亏,更不明白啥叫超支自负。徐司房给我解释一通。他说所谓亏就是入不敷出,支出大于收入。所谓超支自负,就是多支出的钱皇帝不管,自个儿想办法还上,或者想其他办法解决。这里面的蹊跷就多了。我听了明白了两分,张贵人宫填补亏损的办法不外乎东拉西扯,或欠人家的,或找人借贷,或变卖东西,豁然贯通,对啊,黄大厨说黄厨头替嫔妃卖古字画不就是变卖东西吗?便装作百事不懂,继续问这问那。徐司房一身本事没处发挥,正好诲人不倦,就滔滔不绝讲了一通。

原来各宫表面上看来光鲜耀人,其实暗地里也有不少窘况,所谓大有大的难处。比如张贵人,每月皇帝固定给她的银子物品很多,还随时有赏赐,衣食自然无忧,但她的开支就不仅仅局限在吃饭穿衣上,最大的开支有这么几笔:一是人情开支,二是照顾娘家开支,三是做生意开支。

徐司房告诉我,张贵人的人情开支不得了。皇帝、太后、皇后过生,宫里各嫔妃都要送礼,一个比一个送得好送得贵。上月皇后过生,张贵人为送礼物准备了半年,通过娘家兄弟买到一件稀罕物,是一柄战国时期的如意,稀罕的是现在还光鲜如新,可以使用,花了不少钱。临近皇后生日,各嫔妃互相一打听,听说张贵人准备了个稀罕物,纷纷不甘落后,纷纷调换给皇后的礼物。张贵人见大家都准备送这方面的物件,而自己准备的古如意相形见绌,十分着急。皇后秉承西太后旨意主持后宫,手握生杀贵贱大权,是各嫔妃包括太妃讨好的对象。特别遇到过生这类事,大家的礼品都送上去登记造册,皇后一看便清楚谁重谁轻,表面不说,心里就有了亲疏。于是张贵人赶紧另外准备礼物,因为时间紧迫,只好花冤枉钱买来一对金龙银凤,送上去后听说皇后很喜欢,了却一桩心事,但钱箱里的银子被一掏而空。

除去皇帝、太后、皇后过生送礼,宫里其他嫔妃、太妃过生也得送礼,这就多了,虽说礼品可以轻一点,但人多啊,加起来也不得了。这还没完,不单过生要送礼,一年三节、娘家爹娘过生、升迁喜庆都得送礼,虽说是礼尚往来,但拿出去的礼品得花银子,而收到的礼品就是礼品,不能变现,能用的不多,其余只好压箱子。这是第一笔大开支。

第二笔大开支是照顾娘家。张贵人出身贫寒,老家就在北京郊区,家里出了皇嫔是大喜事,也是大麻烦,四面八方的人都来拉关系,不但地方官要来,就是八竿子打不着的亲戚也要来。他们来倒是要送礼,问题是张家贫寒,只有三间房两亩地,连个雇工用人也请不起,与皇嫔身份格格不入,传出去贻笑大方,张贵人就得不断往家里带银子,慢慢修起一个四合院、买了百来亩地,用起一群仆人。张贵人的爹是秀才,不善经营。张贵人娘来他坦街看她,说家大开支大,手里还是紧,眼泪就来了。张贵人孝顺,又给银子。

至于第三笔大开支,说来好笑,因为做生意图的是赚钱,怎么还老往里面填呢?张贵人不懂做生意,宫里也不准嫔妃做生意,是张贵人偷偷干的。前面不是说了黄厨头从赵太妃宫调来张贵人宫的事吗?做生意的事就是从那时开始的。黄厨头不是在他坦街买地开店铺吗?开的是一家估衣铺,就是收购卖出二手衣物和各种生活器件,顾客盈门,生意兴隆。宫里东西多,皇上的东西、各宫的东西,哪儿没有不遗失的,哪儿没有三只手,就拿了往黄厨头店里跑,因为是贼货,也不杀价,老板给几两是几两,欢天喜地拿去嫖了赌了。来得便宜卖得便宜,不少人就喜欢来这儿淘旧货。还有一层,黄厨头时不时收到好货,就是不摆出来,怕护军追赃,悄悄带到北京城卖。这类东西因为有来路,卖得起价。城里的主扭着黄厨头

175

要货,甚至点名要某某货,再贵也要。这一来黄厨头有销路缺货源,就打张贵人的主意。

张贵人不是有许多压箱子的东西吗?在宫里无法兑现,手里又急需钱,就通过黄厨头的估衣铺往外卖,渐渐尝到甜头,也想开个店,可一是宫里不允许,二是他但街早没有地建店铺,而要转手的店铺要价又太贵,只好打消自个儿开店的想法,转而想与黄厨头合伙,张贵人供货,不仅是她压箱子的货,还包括她向其他嫔妃太妃收来的货。黄厨头听了眉开眼笑,说好。

这就是张贵人的生意。

张贵人十六岁进宫,十来年工夫成为贵人算是有福之人,但长年身在宫里,大门不出二门不迈,说起做生意是两眼一抹黑,全凭一股傻劲,认为黄厨头是伺候她的,平日百依百顺,欺负人也不会欺负她,就老老实实把自个儿压箱子的东西给他,说好了由黄厨头代销,不抽头。合伙的生意是代卖宫里娘娘的货。张贵人和黄厨头有言在先,凡是她收来的货交黄厨头拿去卖了,她要抽头。黄厨头一口一个答应。张贵人便去各宫串联一帮后宫娘娘,说可以帮她们调剂多余的东西拿去换银子。娘娘们与张贵人的情况大同小异,有机会悄悄拿点一时用不着的东西换钱自然愿意。张贵人和娘娘们也说不清价值几何,又碍于娘娘面子不好斤斤计较,交给黄厨头说卖几个算几个。过段时间,黄厨头来交钱,回话说这些东西不值钱,只卖得这几个。张贵人着了急,原来给娘娘们许诺若干,还盼着自己抽头,现在好,远远没达到许诺的数目,就是自己不抽头也还差一截,就问黄厨头怎么会这样。黄厨头说这还算好的,这些货差一点没被护军查去,他是一个子儿没赚着。张贵人不知怎么跟娘娘们开口,为了保住脸面,只好倒赔钱按原来许诺的数目跟娘娘们结了账。

这就是张贵人第三笔大的开支。

徐司房这么跟我一讲,我又明白了两分,黄厨头卖的古字画很可能就是通过张贵人这个渠道得到的,就旁敲侧击问徐司房最近的生活怎样。徐司房说:"你不问还好,一问啊我一肚子是气,几个月没领份例了。"我原来在膳房,现在又在内务府,不知道各宫的份例都有些啥,就问他啥份例。徐司房说:"敢情你们内务府吃皇粮啥份都有,可怜我们在宫里当差就贫富不均了。比如天冷季节每人每天的份例是一个什锦锅子、酸菜血肠、白肉白片鸡切肚啥的,到正月十六了撤锅换砂锅,到热天每天的份例是西瓜一个,其他宫都这样,吃不了砸着玩的都有,可我们宫什锦锅子没有,砂锅没有,连西瓜也没有,请示张贵人,张贵人说有人反映忌冷,今年就免了。嗨,女人家忌冷,咱们大老爷们忌啥冷啊,不是逗着玩吗?"我听了暗自好笑,太监也没忘自个儿是大老爷们。

徐司房又说:"又比如了,每月初二关饷是吧,紫禁城哪处宫处都这样,像储秀宫还允许宫女、太监去神武门西边西沿河城墙豁口处看家人,还要传小戏,可咱们宫往往延后好几天,苦了家里等着钱用的了。"

我说:"这就叫超支自负吧。"

徐司房说:"就是这个理儿。"

我说:"那你们怎么解决?"

徐司房说:"活人不能被尿憋死不是?八仙过海,各显神通呗。"

我听了心里咯噔一下,又明白了两分。我顺着他的话说:"你们大老爷们还好想法子,宫女能想啥法?连宫门都不准离开一步,谁在宫里乱窜,左腿发右腿杀,不是砍头就是充军啊。"

徐司房说:"这你就外行了。主子有主子的办法,宫女有宫女的办法。宫女一进宫就要学刺绣和针线,宫里自己的衣服都是自个儿做,所以个个都是女红高手。她们闲暇时就做打络子,用五颜六色的珠线、鼠线、金线,挑勾拢合,编织成各种图案,比如喜鹊啊蝙蝠啊,活灵活现,栩栩如生。她们编了托人带出宫去琉璃厂、古玩铺和地安门外估衣铺卖,没少赚外快。"

我一听又明白两分,看来张贵人宫的人都会找钱啊,想了想干脆跟他挑明,就说:"徐爷肯定也不会闲着,听说你手里就有扇面,我的朋友托我买几张呢。"

徐司房说:"你怎么知道?可不准乱说。我们表兄弟不妨说实话,我手里正有几张扇面。不知你朋友喜欢哪种?隋唐宋元、山水鸟兽、楷草隶篆都有,都是一代名家的作品。崇孔你找我算是找对人了。"

我问:"你哪来这么多扇面?张贵人给你的?有没有假啊?"

徐司房左右一看,压低声音说:"怎么会有假?不瞒你说,都是从宫里的扇子上取下来的。张贵人有皇上特许,可以从宫里的库房领用小型日常生活用品,比如扇子、手绢、香皂、牙粉、香脂等,库房见她的条子发给。库房里这类东西堆积如山,随娘娘们任意领用。有一次我看到张贵人手里的扇子是明朝大家唐寅的老虎,十分惊讶,说这扇面太漂亮。张贵人说你喜欢拿去就是。我得到扇子后悄悄撕下扇面带到外面琉璃厂卖了个好价钱。琉璃厂老板转手卖了高价,缠着我要扇面。我就跟张贵人实话实说,问她想不想找这个钱。张贵人问清情况,想了好些天回话说不必了。徐司房就纳闷,说得好好的怎么变了?便四下打听,从琉璃厂老板处得知,宫里一个姓黄的卖给他们好几次扇面了。徐司房回宫再打听,可不是这样,张贵人把扇面给黄厨头卖出去了。"

果然是黄厨头干的。

徐司房之所以告诉我这个秘密,显然是发泄不满,一怨张贵人过河拆桥,二怨黄厨头私吞好处。我便利用他的不满拉拢他替我办事。他见我现在是总编撰官,又深得西太后信任,提拔一二品指日可待,加之他对蒋爷他们盗用食材大为不满,又对张贵人、黄厨头的做法有意见,便答应替我做事,要求事成之后调出张贵人宫,最好去西太后储秀宫。我答应一定帮忙。

有了徐司房做内线,张贵人宫盗卖宫中东西的情况便逐步为我了解。我并不急于去追查盗卖扇面的事,而是不动声色,以扇面为线索调查黄厨头盗卖食材的事。我把掌握的情况向毛大臣和周爷汇报,建议立即动黄厨头,逼迫黄厨头交代蒋爷盗卖食材的事,就可顺藤摸瓜,将他们一网打尽,绳之以法,完成皇上密旨交代的差事。

毛大臣不同意我的意见,说卖扇面只是个突破口,但后面有张贵人,不可贸然行事,要是我们动黄厨头,不知道黄厨头与张贵人究竟有多深的关系,要是张贵人出面保黄厨头,我们就被动了。周爷同意毛大臣的意见,说张贵人身份高贵,投鼠忌器,不要弄巧成拙,打狗反被狗咬。毛大臣说我们既要找到突破口,又要讲究策略方法;既要弄清蒋爷盗卖食材究竟与张贵人有无关系,又不能打草惊蛇反遭蛇咬。周爷出个主意,要动黄厨头就要惊动张贵人,要惊动张贵人只有一条路,那就是抓到她的把柄逼她闭嘴。我说这办法好,我们不是抓到她盗卖扇面的事了吗?我再去找黄大厨他们落实证据,就可以逼她不保护黄厨头了。毛大厨说我这主意不行，因为盗卖扇面不算多大个事，她可以改口说这些扇面都是从用坏了的扇子上撕下来的，叫废物利用，皇上知道了也不当回事。

我们想来想去一时找不到好办法，只好定下下一步办事的原则，就是暂不动黄厨头，集中精力调查张贵人的情况，力争抓到她重大违法乱纪行为，再逼迫她牺牲黄厨头与我们合作。

多年后我回忆这个决定，还佩服毛大厨和周爷的英明，要是按我的意见直接惊动黄厨头，难免惹怒张贵人，甚至与张贵人发生冲突，惊动皇上，惊动西太后，那整个密旨计划将面临失败，毛大臣、周爷和我都面临极大的危险，说不定皇上会否认密旨，反而降旨处罚我们破坏御膳房差事，那就满盘皆输。我还为当时一口答应调查张贵人而后怕，要知道这种事一旦暴露就是大逆不道的死罪，而我竟敢答应竟敢去做，现在想来还不寒而栗，幸好我有毛大臣和周爷保护，顺利抓到张贵人的把柄，一举扭转调查的被动局面，也救了处于危险境地的我。这是后话，容我慢慢道来。

第十二章　黑车开进张贵人宫

　　调查张贵人可不是一件小事。一、张贵人身份高贵,深得皇上宠爱。二、张贵人住在西六宫的咸福宫,警卫森严,外人概莫能入。三、张贵人与后十二宫的娘娘关系不错,与不少娘娘还有买卖关系,牵一发而动全身。我要调查张贵人首先得了解后宫的基本情况。这事周爷也不甚清楚,是毛大臣告诉我的。

　　毛大臣说,紫禁城后宫制度是康熙皇帝当年确立的,主要分为这么三部分:一、后宫设置,皇后一人,皇贵妃一人,贵妃二人,妃四人,嫔六人,贵人、常在、答应无定数。二、住宿,太皇太后、皇太后住慈宁宫,太妃、太嫔随住,皇后住中宫,皇贵妃、贵妃、妃、嫔、贵人、常在、答应随皇贵妃分住东西六宫。三、待遇,每年的津贴,皇太后二十两黄金、二百两白银;皇贵妃八百两银子,配八名女佣;贵妃六百两,八名女佣;妃三百两,六名女佣;嫔二百两,六名女佣;贵人一百两,四名女佣;常在五十两,二名女佣;答应三十两,二名女佣。四、处罚,对嫔妃的处罚分为静思、降级、打入冷宫、贬为宫婢、自缢、赐死等。

　　我进宫十来年了,对紫禁城有所了解,毛大臣说的东西六宫指的是东六宫和西六宫。东六宫是景仁宫、承乾宫、钟粹宫、延禧宫、永和宫、景阳宫。西六宫是永寿宫、翊坤宫、储秀宫、启祥宫、长春宫、咸福宫。西太后住储秀宫。隆裕皇后住钟粹宫。瑾妃住永和宫。珍妃住景仁宫。张贵人住咸福宫。

　　咸福宫是西六宫之一,从明朝起就住后妃,先后住过明朝万历皇帝的李敬妃及清朝道光帝的琳贵人、成贵妃、彤贵妃、常妃。咸福宫为两进院,正门咸福门为黄琉璃瓦门,内有四扇木屏门影壁。前院正殿额曰"咸福宫",面阔三间,黄琉璃瓦庑殿顶。殿内东壁悬乾隆皇帝《圣制婕妤当熊赞》,西壁悬《婕妤当熊图》。前有东西配殿各三间,并配有耳房数间。后院正殿名"同道堂",面阔五间,东西各有耳房三间。殿内西室挂王维《雪溪图》、米之晖《潇湘白云图》。西太后当年做懿贵人时在此居住。咸丰帝遗留给慈禧的印章叫同道堂。

张贵人身居咸福宫,按后宫规矩可以与各宫往来,但没有西太后允许不能去前三宫,不能出紫禁城,而后宫警卫森严,除了当值可以自由出入,其他人,包括厨役、护军,没有出入条子是进不去的。我虽说是总编撰官,可以找毛大臣批进出后宫的条子,也受到严格限制,比如时间、地点、会见人等,所以对张贵人的调查进展缓慢,甚至一度搁浅。

前面说了,张贵人宫的徐司房告诉我一个线索,张贵人宫里的大姑娘白云和阳太监是菜户,早已引起我的注意,只是因为买房结婚的事来不及追究,现在我有空了,就把徐司房找来说这事。我在紫禁城生活了十来年,听说不少太监、宫女的事,但因为自己不是太监,对太监了解甚少,徐司房例外,他虽说是太监,但也是我的远房表哥,彼此没有那种芥蒂。至于宫女,我进宫就受到严厉教育,不准与宫女说话,不准与宫女联系,虽说整日见着宫女,却是视而不见,从来不敢直面,所以知之更少。至于什么叫菜户,我也只是有所耳闻,并不知道详情,所以徐司房落座我就迫不及待地问:"表哥,你说白云和阳太监是菜户。啥叫菜户?"徐司房嘿嘿笑,只顾端着茶碗用茶盖来回拨浮茶,过一会儿才说一句"你们有所不知"又没话了。

宫里的太监凡是遇到正常人有所询问而不好回答者便以"你们有所不知"作敷衍,我也熟悉了便不再多问,就转移话题说:"阳太监我见过,是不是张贵人宫里那位爱说爱笑、长相英俊的少年郎?"

徐司房说:"正是他。崇孔,我一直后悔告诉你这事了。"

我心里咯噔一下,原来如此。我说:"表哥你别多虑,如果实在不愿意我也不好勉强。我已找到张贵人盗卖古字画的线索,一样可以顺藤摸瓜,找到张贵人的其他问题。"

徐司房说:"也不是这个意思。我只是觉得……这个这个揭发人家的隐私不太好。你们有所不知。"

我说:"我能理解。我向你保证,咱们知道这事了绝对只用于公事,绝不干涉他们个人爱好。"

徐司房说:"这也正是我所顾及的。你们有所不知,紫禁城数千太监宫女自然有他们的隐私,不过是长年幽禁在紫禁城的他们对天性的朦胧追求而已,实在不值得小题大做。既然你能理解,我就告诉你吧。"

徐司房十岁进宫做太监,在宫里生活了三十年,对此间的太监、宫女有深切的了解,这是外人永远无法认知的事,说出来自然需要一番勇气。

"咱们紫禁城这会儿大概只有两千太监一千宫女吧。"徐司房喝茶抽烟开始对我娓娓道来。"早先可不是这样,要是说远点说到明朝,紫禁城有九万太监,不得了啊,到咱们顺治爷当朝,明朝的太监机构是统统废除了,太监机构改为十三衙门,什么司礼监、御用监、司设监、尚膳监、尚衣监、御马监、惜薪司、钟鼓司、直殿局、兵仗局等,太监人数减为九千人,到康熙爷当朝,废除十三衙门,设内务府,设敬事房,跟眼下情况就差不多了,到乾隆爷当朝,紫禁城有太监机构一百二十七处、太监近三千人,嘉庆朝有一百零二处、两千多人,到咱们光绪爷大大减少,只有六十三处、近两千人。"

这是紫禁城概况,我也知道一些,特别是做了内务府品膳处总管后看了不少这方面的资料,更熟悉一些。比如咱们眼下的太监机构有三十四处,有管理处敬事房、乾清宫,有各宫守门值夜太监内左门太监、内右门太监、乾清门太监,有具体办差的自鸣钟兼端凝殿太监、四执事和四执事库太监、奏事处太监、御茶房太监、御膳房太监、御药房太监、尚乘轿太监、鸟枪处太监、造办处太监、做钟处太监、古董房太监,有打杂的打扫处太监、熟火处太监,有管花园的北花园太监、御花园兼天穹殿太监,有祭神的祭神房太监,等等,总的归敬事房管,敬事房又归内务府管。

徐司房喝口茶接着说:"崇孔你也知道,顺治爷当朝年间,紫禁城太监一概没有官衔品级,到康熙爷才赏了一个五品衔总管太监、两个六品衔太监,算是太监做官的开头。后来太监的品级就多了,雍正爷提拔敬事房大总管为四品衔,到眼下太监品级最高达到二品,比如咱们储秀宫的李统领,全紫禁城首屈一指。"

我说:"宫女的情况如何?"

徐司房说:"眼下紫禁城的宫女有一千人吧,分为宫女子、家下女子、精奇、嬷嬷。宫女子伺候主子,管理主子的衣食住行。家下女子是打杂的。精奇、嬷嬷做体力差事,多在辛者库、浣衣局当差。宫女子中的年长者叫大姑娘。我跟你说的白云就是张贵人宫里的大姑娘。"

我问:"白姑娘是张贵人宫的领班宫女了吧?"

徐司房说:"算是吧,不过不称为领班,称为大姑娘,可以管教小宫女,往往是主子最信任的。"

我说:"那白云一定知道张贵人的事。"

徐司房说:"应当是这样。每个宫都有几个大姑娘,一人负责一个方面的差事。"

我见徐司房的话匣子逐渐打开,便又把话题引回正题。我问:"白云年纪不小了吧?"

徐司房说:"应当有二十七岁了吧,早该放出宫了,可每回说起放人,张贵人就舍不得白云,不同意放。《大清会典》规定,进宫十年的宫女,经本宫主子同意,允许出宫回母家,自行或被父母安排婚配,主子特别喜欢的可以延长两年。白云十四岁进宫,本该二十四岁出宫,已延长三年了。"

我说:"那阳太监多大岁数?"

徐司房说:"阳太监是张贵人宫的管事太监,应该有三十了吧。他们的事啊,一言难尽。"

徐司房主动说了他们做菜户的事。

白云家是正黄旗,但早破落了,爹游手好闲、不务正业,家庭经济困难。她从小长得五官端正,行动敏捷,口齿清楚,十四岁那年,内务府派人去她们那儿招收宫女,她想进宫,缠着父母替她报名。她爹穷得快揭不开锅了,就给她报了。选宫女每年春秋两次。候选者两人坐一辆轿,车上贴秀女二字,从神武门进紫禁城,在门外下车排队步行进顺贞门,每人发一木牌挂在襟上,上写"某旗下某佐领下某职某人之女某年某岁",在御花园站立排队。西太后和后宫娘娘都来选宫女。西太后先选,皇后接着,再是瑾妃、珍妃。白云都没被瞧上,被送到慈宁宫让太妃选,被赵太妃选中。

宫女入宫由大姑娘教她们各种技巧、礼仪、梳妆打扮的技巧。白云聪明灵巧,一学就会,半年后被派在赵太妃宫当差,膳食、衣服、胭脂水粉等由内务府供给,另有月钱四两,还有主子的各种赏赐,日子就好过了。

过了几年,白云在张贵人宫当差,长得越发漂亮,个头高挑,身材丰腴,五官清秀,脸色红润,走在西二长街上步履轻盈,婀娜多姿,一根扎着红蝴蝶辫坠儿的长油辫左右晃动,引得来往行人回头。这回头客里就有阳太监。内务府有规定,太监在宫内行走遇上宫女应横站低头让过。阳太监一看这宫女穿的是五福捧寿鞋,不禁抬头看了一眼,正巧与白云四目相视,忙低头看地,但白云的美貌过目不忘。

  阳太监是离北京两百里地的河间府靠子牙河边村人,说话鼻音很重,进宫二十年,是张贵人宫的管事。他对白云素有好感,也对白云多有照顾,而白云初到张贵人宫,处处需要阳太监照顾,也心存感激,所以二人处得很好。徐司房说到这里,停顿下来喝茶。我也不催,各自喝茶。徐司房接着往下说。阳太监高个子,身体特棒,面容英俊,除了缺阳刚之气外也算得上堂堂男子。

  阳太监虽是太监,但对宫女仍然有所渴望。俗话说跛者不忘其行,哑者不忘其言,聋者偏欲听声,盲者偏欲窥光,大概就是这个道理。不过阳太监比之跛者、哑者、聋者、盲者又有所不同,属于阉割未净者,就是所谓玉茎重生,自然喜欢宫女也得到宫女喜爱。自从白云来到张贵人宫,一颦一笑、一举一动都惹得阳太监心跳,自然主动向白云献殷勤。

  白云原来在赵太妃宫当差,调到张贵人宫自然好得多,算是高攀。她怎么跳槽的呢?说来荒唐。她进宫第三年,十七岁,正是情窦初开年华,没事独自跑到湖边对着湖水跳舞自娱,偏偏被皇上发现,便被带到乾清宫做了皇上的一夜情人。皇上倒想留她下来,无奈碍于西太后管教甚严,不敢造次,答应她把她从赵太妃宫调出,便打发她回去少安毋躁。她回去很快调到张贵人宫,还等着再攀高枝,谁知便音信杳无,没了下文,又未身怀龙子,只好断了念想。

  女子如若未被宠幸并不知道那事究竟如何,而一旦尝到个中滋味,要想不想就有些困难,所以白云就有了深宫春怨。这事羞不可言,但遇到紫禁城一帮大姑娘却忍不住要说一说。白云便从一帮大姑娘那里弄请到一小截幼鹿茸角,硬中带软,恰到好处,便是闺房秘传的角先生。

  徐司房说到这里,不禁嘿嘿笑。我也结了婚,知道女子这方面的事,比之徐司房容易理解一些,但碍于徐司房面子,也跟着嘿嘿笑。徐司房继续往下说。

  角先生虽好,毕竟不是正道,久而久之白云就不太喜欢了,可环视四周常接近的男人,除了厨役与护军,便是太监,不禁心灰意冷,唯一的希望是熬满十年出宫。一次偶尔听得那帮大姑娘说菜户,白云起了好奇,细细一打听禁不住面红耳赤,但晚上睡在床上一想,接触太监不费力,唾手可得,如若真有那功夫,倒不失为一条路。

阳太监雄心不已,虎视眈眈。白云姑娘柳暗花明,殷殷有盼。这就有了戳破那层纸的基础。这天张贵人出宫陪同西太后,带走两个宫女。内务府领生活用品又去了两个太监。阳太监是管事,一看机会难得,留下白云,打发剩下的太监、宫女出去自由活动,偌大个张贵人宫就剩下孤男寡女二人。阳太监自然不辜负天赐良机,找个理由叫来白云姑娘说事,说着说着就抱住白云亲热。白云早瞧出阳太监阴谋,只是愿意上当,也就没有躲避,现在被他抱住亲热就有些后悔,害怕被人发现那可是死罪,无奈力不从心,怎么挣扎也无济于事,反倒如胶似漆和他抱成了一团。

一番云雨之后,二人穿衣整戴都有恍若隔世之感,不知道刚才究竟是怎么回事,但从此把对方的心拴在了自己的心上,成了心心相印的菜户。

我听到这里才完全明白菜户的意思。

我说:"既然白云是张贵人宫的大姑娘,就一定知道张贵人的秘密;既然白云是阳太监的菜户,阳太监就一定知道白云的秘密,所以我们只要抓到阳太监的把柄就抓住张贵人的把柄。表哥你说是不是?"

徐司房说:"嘿,你脑瓜子比车轱辘转得还快啊,是这个理儿。阳太监的把柄你就不用抓了。"

我问:"为啥?他是⋯⋯"

徐司房说:"想哪儿去了?阳太监的把柄是秃子头上的虱子全摆在明面上的,一抓一把。"

我们哈哈笑。

过一天,我找周爷商量,周爷找内务府慎刑司钱爷商量,以内务府的名义叫阳太监来一趟,钱爷吓唬几句忙他的去了,留下我和他继续说事。我说:"都明白了吧?"阳太监说:"回柳大人话,明白了。"

我说:"明白啥啊?学来听听。"

阳太监嘿嘿笑说:"柳爷您就别折腾了,不就是有啥吩咐吗?得,打开天窗说亮话得了。"

185

我一惊,嘿,这老小子真是啥都明白啊,便哈哈笑说:"那行,我要你做件事。"

阳太监说:"关于张贵人还是白云的?"

我心里咯噔一下,真明白啊,便说:"那我还说啥?不如你替我说得了。"

阳太监嘿嘿笑说:"我的爷,您也别小瞧咱了,要不是这个……嘿嘿,说不定你五品我四品呢。"

我说:"嘿,给点阳光就灿烂不是。行啊,你不妨说说看。"

阳太监说:"你们不就是盯上张贵人了吗?不好下手了吧,就打白云主意,白云也不好下手吧,就打我的主意呗,我是你们菜板上的肉,任你们横切竖切。"

我说:"嘿嘿!死猪不怕开水烫啊!"我们哈哈笑。

多年后我还记得这一幕,真的忘不了,为阳太监的圆滑击节扼腕了,又感叹紫禁城之腐败可见一斑,但我又感谢他的直爽和精明,甚至有些羡慕他的精明,不仅节省了我的时间和精力,更重要的是他愿意真心帮助我,说不清为啥。我曾问过他,他狡黠一笑不搭理。我想了多年才明白,他虽然腐败,却对腐败深恶痛绝。这大概就是当年紫禁城爷们普遍的想法吧。

我和阳太监再无秘密可言。我就直截了当告诉他,让他找白云要张贵人的把柄,当然话可不能这么说,得策略一些。阳太监说他懂。我说你懂啥。他说他知道怎样对白云说。我说你知道就行,但有一条你记住……他打断我的话说:"这只是你个人的事与任何人无关。"这正是我想说的话,一字不差一字不错。我被他的话惊讶得不敢与他合作了,因为他实在太精明,精明得把我卖了我还为他数钱。我心里决定必须密切监督他,不能让他骗我。

阳太监开始履行我给他的任务。我没有告诉他徐司房是我的人,我甚至故意在他面前说徐司房的坏话,暗地里我叫徐司房监督阳太监,我甚至想好了,如果他精明得敢骗我,我已将他的把柄告诉内务府慎刑司钱爷,钱爷答应接到我的口信马上逮捕他。

阳太监找白云姑娘商议出宫的事。白云在紫禁城已经超龄三年了,最近张贵人已答应放她出宫。白云眼下最关心的不是自己出宫,而是阳太监能不能出宫,如果能出宫,他们出了宫怎么办。所以阳太监找她说出宫的事自然兴趣盎然。阳太监问她出宫后有何打算。白云反问他愿不愿意跟她一起出宫。阳太监心里暗自叫苦。说实话,太监与宫女在紫禁城里做菜户不过是权宜之计,哪里就说到许配终身了呢?但见白云一片真情,不由得动了感情。

阳太监说:"我愿意是愿意,可出不了宫啊。"白云说:"你别管可能不可能,只要愿意,剩下的事我来解决。"阳太监这么精明的人竟糊涂了,不知白云会有什么办法,就说:"要我跟你出去也行,得弄一笔钱,咱们出去得买房买地,没钱不行。"白云说:"这是你的事,你就想办法吧。"阳太监说:"你得找张贵人要一笔钱。"白云说:"那会有多少?最多不过二百两银子,够吗?"阳太监说:"二百两够啥?"白云说:"那我就没有办法了。"阳太监说:"你有办法。"白云问:"我有啥办法?"

阳太监左右一瞧,压低声音说:"咱么讹张贵人一把。"白云大吃一惊,张起嘴巴说不出话来。阳太监捂住她的嘴说:"你怕啥?我有她卖古字画的把柄。"白云掰开他的手说:"你想钱想疯啦?怎么敢打主子的主意呢?我不干!也不准你干!"阳太监说:"无毒不丈夫。"白云说:"你算啥丈夫?"阳太监说:"你……你……"白云知道说错了,忙改口说:"你算啥能干?能干就自个儿找钱去啊,怎么打主子的主意呢?不行、不行啊!"阳太监说:"妇人之仁。我们出去了就与张贵人永别了,再没有任何关系。她出不来。我们进不去。你怕啥啊?"白云说:"我怕我的良心要痛苦一辈子。"阳太监说:"那行,你就讲你的良心吧,我就待在宫里哪儿也不去。"白云气得跺脚说:"待着就待着,我再也不理你了!"说罢起身就跑,一条长辫左右甩起多高。

阳太监冲白云远去的背影嘿嘿笑。他哪是真讹张贵人啊,让他讹也没这胆,用的是激将法,让白云去气去急,然后再退而求其次,听你的,不讹也行,你得帮我弄到张贵人的把柄,不是为了讹她,是防她讹咱们。所以,阳太监见白云气呼呼哭着跑了也不追,转身往他坦街喝酒去了。

过两天阳太监轮休,也不跟白云言语一声,自个出宫搭乘马车来到郊外白云的娘家。阳太监熟悉这地方,以前来过几次,白云娘家的房子就是

187

他出钱盖的。白云爹不务正业,祖上传下来的家产全当了花了,一家人住牛棚。白云进宫后也不是没给她爹银子,月月都给,都被她爹拿去进烟铺抽了。白云气得再不给她爹钱,悄悄拿点银子给她娘。阳太监在追求白云时得知这事,花一百两银子给白云娘家修建起三间瓦房。白云得知此事很感动,和他好上了。阳太监送银子建房时留了一手,没说送,说的是自个儿建来养老的,这会儿空着也是空着,你们没住处就给咱守屋吧。

阳太监来到白云家,被白云爹娘迎进去坐上桌抽烟喝茶,告诉白云爹娘,这屋他准备收回去了,他老家兄弟就要来北京讨吃,准备住这儿。白云爹娘大吃一惊,没想到阳太监还有收回房子这手。白云娘求阳太监别收房,收了房,牛棚已拆了也回不去了。阳太监就是要他们求他才好说话,听她娘这么说正准备说条件,却被白云爹的话打断了。

白云爹是旗人,祖上也曾耀武扬威,说:"她娘别求他,让他收,哪天要房吱一声我给您腾。"

白云娘说:"你傻啊,腾了咱住哪?"

白云爹说:"住庙里去,我当和尚你当尼姑,活个人样儿给他瞧,不就是三间房,多大事啊!"

白云娘又求阳太监,让他别听白云爹胡说,说白云爹吃了雷,瞎咋呼,求阳太监让他们住着,慢慢想办法搬家腾房。阳太监起身拱手说:"白云爹好样儿的。一个月后我来收房。"说罢往外走,任凭白云娘挽留也不停步。

白云原本有个做生意的哥哥,早些年去四川贩牛皮摔死在悬崖下。白云爹娘的老家不在这儿,他们是几十年前迁来的。这儿都住着汉人,瞧不起白云爹旗人的臭毛病。白云爹自恃是正黄旗,也没把这儿的人看在眼里。所以遇到这种事,村里人不愿搭力,白云爹也不愿求人。白云娘叫他进城去求求正黄旗主子。他不去,说来说去还是那句气话,要收就收,我给你腾。

白云娘瞅着就要到腾房的日子,实在想不出办法,只好进紫禁城他坦街找白云。张贵人宫在他坦街上设有外回事处。白云娘来过这儿找姑娘。不一会白云急匆匆赶到这儿,一见她娘在那儿抹眼泪,三步并作两步跑过来拉住娘的手问:"咋的啦?娘,您这是咋的啦?家里出啥大事了吗?

您说啊!"

白云娘说:"姑娘啊……"叫一声哇哇哭。

白云忙掏出手绢替娘抹泪说:"您说话啊,不是爹死了吧?"

白云娘说:"胡说!你爹好好的,不准胡说!"

白云说:"那你说啥事找到这儿来了啊?"

白云娘说:"那个该死的要收咱家房子啊!"说罢又哇哇哭。

白云知道自己爹不争气,有一个钱用两个钱,就不愿再把自个儿在宫里赚的银子往坑里填,所以听说阳太监替自家修了三间房一直心存感谢,一直认为是阳太监送给自己爹娘的,现在听娘诉苦才知道还有这一出,顿时气得脸青面黑,牙齿咬得咯咯响,一时没了主意。白云娘说:"姑娘你说咋办啊?腾房的日子眼瞅着到了,总不能让爹娘真住破庙吧?"

白云说:"村里的破庙早断了香火,只剩下断壁残垣,哪里还能住人?这家伙太不成话!看我怎么收拾他!"说罢要走。白云娘一把拉住她说:"就走啊?娘在这儿咋办?出门大半晌还没吃饭呢。"白云回身说:"娘,咱们吃饭去。"

他坦街的店铺多,吃的用的玩的应有尽有,人来人往,接踵擦肩,很是热闹。四合义饭店、六合义饭店、黄厨头估衣铺、蒋爷酒楼、王厨头旅店顾客盈门,谈笑风生。白云带娘在饭店匆匆吃了饭,给娘一些银子,叫娘先回去看好爹,别乱来,她这就去找阳太监算账,算了账再抽空回家。白云娘拉着女儿的手不放,眼泪又来了。白云鼻子一酸,也哭了。两母女抱成一团。

白云好不容易脱了身,可刚走出几步又被她娘叫住。她娘说:"姑娘你也别为难。娘也想好了,人家的房得腾给人家,娘就……"说罢掉头就跑。白云不敢走了,赶紧追上去抱住娘说:"娘您想啥?您想啥?您可不能想傻事啊!过几月我就出宫回家团圆了啊!"白云娘抽泣着说:"娘也想好了……娘也想好了……"白云说:"娘您不要我啦?我就要出宫回家了啊!"两人哭成泪人。

白云心里明白,这是阳太监逼自己跟他办事,不由得愤愤不平,怨这人太不讲交情,怎么可以这样啊,便决心与他一刀两断,可眼下的事怎么办?不答应替他办事他肯定收回房子,他收回房子娘肯定想不开,娘想不开就要做傻事,娘做傻事爹咋办?而自己还得在宫里待几个月,手里倒是有些银子,也准备出宫买房子,但数目有限,得加上宫里的遣散费、张贵人的打发钱才够,这会儿到哪里抓钱去?

白云想来想去觉得只有一条路可走,还是听他的吧,虽说说起讹人太难听,张贵人也不是啥善主,稍有不对就吵,要是不服还要打,这些年也没少受她的气,反正要出宫了,就由着他干吧,只是自己不和张贵人打照面就行了,何况还能解决眼下的问题,让爹娘安心住他的房子,不是啥事也没了吗?

白云脸上浮现一丝喜色。她对娘说:"娘您也别多想了,我这就叫他不收房,还叫他给您老赔不是,好不好?"白云娘说:"有这等好事?那快叫他来啊。你爹在家急得火上房了啊!"白云便叫娘在外回事处歇着,她进宫去叫阳太监,说罢转身就跑,风吹长衫噗噗响。

从他坦街进宫得顺护城河南岸、沿紫禁城根往东走,从神武门进宫。神武门里面叫紫禁城,是大内出入要地,把守严密,由首领太监带人看守。神武门内外有锁,两锁开启大门才开。内锁由宫里太监掌握,外锁由护军掌握。每天到关门时候,门内太监一声吆喝"下钱粮啰",便把大门推来关上并咔咔上锁;外面护军便配合拉上大门,并从外面咔咔上锁。里面太监上了锁把钥匙交敬事房掌管,外面护军上了锁把钥匙交侍卫处掌管。神武门是紫禁城的北门,也称为后门,是后妃及皇室人员出入紫禁城的专用门,内设钟鼓用以起更报时,城台开有三门,帝后走中门,嫔妃、官吏、侍卫、太监、工匠走两侧门。

白云急匆匆走进神武门,穿廊过殿,逶迤回到张贵人宫,找到阳太监,拉到僻静处告诉他,她想明白了,就照他的意见办。阳太监听了高兴,拉住白云的手说"谢谢"。白云甩开他的手说:"别急着谢我,有条件。"

阳太监嘿嘿笑说:"我答应你的条件。"

白云说:"你答应我啥条件啊?我还没张口呢。"

阳太监说:"你不张口我也知道,不就是把你爹娘住着的三间房送给你爹娘吗?咱有空就去把转让手续办理得了。"

白云惊讶地叫着说:"啊?你……怎么成我肚子里的蛔虫了啊!"

阳太监说:"你先别惊讶,你还叫我这会就去他坦街见你娘对吧,走嘞。"说罢转身就走。白云高兴得嘻嘻笑,边走边一巴掌打他肩头说:"喂!你这人怎么这样啊?"阳太监左右一看,压低声音说:"我不这样你会那样?"白云红了脸说:"去!给根杆就成猴啦。"二人哈哈笑。

有了白云的支持,张贵人的软肋就暴露无遗。我约白云谈话,在宫里不行,内务府的官员也不准与宫女授受不亲,他坦街也不行,宫里人太多,只好去宫外,就约到她请假回家的时间,在离她家不远的集镇上。白云化装成村妇,我化装成农夫。我们在茶楼见面说事。我首先解释不是阳太监说的讹张贵人,我不会做违法的事。白云听了嘻嘻笑,说他已经更正了,又说他不过是开玩笑,请我不必认真。我看得出她对他的掩饰。来之前我老想一个好好的大姑娘怎么会和太监相好,现在谈话一开场我便明白两分,她是个正常的女人,只是对他好。

我不敢对她说得过多,就说我有事求张贵人,可怎么求也无济于事,只好出此下策,请她谅解。白云说这不关她多少事,她只是帮他。这话让我惊讶。他只是一个太监啊。我又明白了两分。我问她张贵人的情况,问张贵人除了卖古字画还做啥了。白云问"还做"啥意思。我说就是类似卖古字画的事,或者说违背宫里规矩的事。

白云嘻嘻笑说:"谁不做些违背规矩的事啊?就拿我们宫女来说吧,一说一大串,什么做了针线托人送琉璃厂卖啊,什么几个姐妹悄悄喝酒划拳啊,什么……"

我打断她的话,请她说张贵人。

白云说:"主子娘娘同样啊,卖字画算吧,偷宫里玩意卖算吧,克扣宫女、太监赏钱算吧,找太监上床算吧,黑车接人进宫算吧……"

我猛一听"找太监上床"就意外,再一听"黑车接人进宫"更是惊讶,忙打断她的话说:"且慢且慢。啥叫黑车接人进宫?"

白云没文化,进宫前没读过一天私塾,进宫后宫里不准宫女读书识字,有事当差,没事打络子,打了络子拿去外边卖也行,就是不让识字。所以白云说话有口无心,一说一长串。她听得我问黑车的事顿时哑口无言,反问:"你说啥?"

我说:"你不是说黑车接人吗?咋回事啊?说细一点。"

白云啊的一声说:"啊,你说这事啊?嘿嘿,不说行吗?这可是张贵人的秘密。"

我笑着说:"你别顾忌啥,我不过顺便问问。"

白云说:"那咱们有言在先,哪里说哪里丢好不好?"

我说:"行啊,听你的。"

白云就给我讲张贵人黑车接人的事。

张贵人十五岁进宫做答应,也有过龙恩浩荡之时,逐步升至贵人,因为没有为皇上生儿育女,也逐步沦为怨妇,整日里荣华富贵是有的,只是二十来岁的女人独居深宫,除去宫女、太监,不见一个男人,难免久而生怨,抑郁成疾,这疾不是那疾是相思病。到了三十来岁,越发无法抑制,不免出下策,看宫里哪位太监年轻貌俊,调来内室当差,遇到实在忍无可忍时,便借口瘙痒唤那太监上床,也不管他愿意不愿意抱住便是。那太监本是男人,虽说被阉成了废人,但毕竟做过男人,有这等好事自然不用回避,也就迎上去逢场作戏。张贵人自然不能满足,进而要舌耕。这倒难不住那太监,遵嘱就是。

白云说起这事面无表情,似乎这并非男女之事。我自然不好说话,容她随意说来。

白云接着说。久而久之,张贵人还是无以解渴,在与宫里娘娘闲谈中得知有黑车事,不禁怦然心动。紫禁城后宫历代娘娘都有怨言,也不知说的哪朝哪代哪位娘娘,买通运水太监,由此人负责联络外间男子悄悄运进宫来云雨,第二天再悄悄运出宫。张贵人听得又惊又喜,哪里敢做尝试,权当听故事而已。不过从此张贵人便夜不能寐,每每想到黑车之事就惴惴不安。

这时白云发生作用了。白云比张贵人小不了几岁,因为关系融洽,没有外人时常以姐妹相称。白云一看张贵人这模样已明白几分,只是碍于脸面不好明说。张贵人看白云与阳太监卿卿我我也不是不明白,就把心事告诉了白云。于是二位常作彻夜长谈,渐渐达成一致意见,既然皇上顾不得奴婢,奴婢不妨一试。

张贵人有钱,就叫白云去买通运水人。紫禁城每天派车去北京西郊玉泉山运回玉泉水。这是乾隆爷当初定下的规矩。内务府运水处有几十辆毛驴车,轮流出宫运水。毛驴车有特权,白天不受检查,夜间城门关了得特别开启，因此常做一些违规的事，比如私自夹带违禁物品进出宫等。运水处首领太监人称孙爷，不过四十来岁。张贵人打探得知孙爷好酒，就投其所好，每次孙爷押车来张贵人宫送水总要留他喝几杯，自然在院里由太监陪着喝。久而久之孙爷成了习惯，总喜欢押车来张贵人宫。这天孙爷押车来张贵人宫，在院里多喝了几杯，云里雾里，听到屋里有人叫肚子痛，一看四周没人，就进去看是谁，需不需要帮助，因为醉醺醺也忘了规矩，便走了进去，一看床上躺着白云，就上前询问，还没靠近便听到后面传来厉声呵斥"姓孙的你好大的胆"，掉头一看是张贵人，顿时三魂吓飞两魂，一身酒气也没了，才知道犯了死罪，急忙跪下磕头求情。白云从床上起来和张贵人相视一笑。这是她们安的套。

接下来的事不用啰唆，孙爷自然一口答应按张贵人的吩咐办，只是颇费思考，运水车怎么带人啊，但一想太监擅闯贵人宫调戏宫女便不寒而栗，便一门心思考虑技术问题。孙爷能当上运水处首领自然有他的道法，他与紫禁城护军武统领是结拜兄弟。孙爷将这事跟武统领说了。武统领说这不难，你指定辆车做这事，我叫手下见车放行就行了。孙爷考虑再三也只有这法，便悄悄将一辆驴车送外面做改造，水箱中间隔木板，上半装水、下半装人。

张贵人有个弟弟是市井无赖，没钱花就来他坦街找姐姐要，不给不走，弄得张贵人头痛还不得不给。张贵人想叫弟弟替她在外面找男人，可一想这话实在说不出口，心生一计，要弟弟替冷宫娘娘找面首，每次十两银子。她弟弟说姐姐是不是想男人了。张贵人说胡说，姐姐有皇上，还要啥人？这边谈妥，张贵人就叫白云出宫去接人，也不白做，一次十两银子。运水车太监每次也是十两银子。一次就是三十两。

说到这里，白云嘻嘻一笑说："柳大人千万别见笑。"我说："我知道宫里是这样，也没啥可笑的，人人都有一本难念的经。"白云说："可不是吗？张贵人不也是人吗？还是柳大人理解人。那我就接着讲。"

这么安排好后，张贵人迟疑着不敢尝试，倒是她弟弟贪图两边钱财，多次来催促，白云因为好奇心也全力玉成，张贵人终于下了决心。这天傍晚，白云钻进运水驴车出了宫，找到张贵人的弟弟，带上早已候着的面首，等那驴车装水回来的半道上，白云和面首钻进水车空隙处，乘驴车进紫禁城，到张贵人宫卸水，白云便带着面首下车溜进去。张贵人自然早有准备，该打发走的人一个不留，偌大个宫里就白云一个下手。白云知趣，原本要回避。张贵人害怕，不让她走，要她陪在外间，说是有个风吹草动要靠你。白云就将面首引进张贵人房间，再送张贵人进去把门关上，留在外间，一会儿就听得里间声响，又传来张贵人嬉笑声和面首欢愉声，脸上一阵红一阵白，走也不是，不走也不是，不觉下面潮湿。第二天天没亮，白云带面首去坐运水车出宫，望着远去的驴车，心里一块石头才落地。

白云说到这里端杯喝茶。

张贵人黑车的事就是这样。

我听了十分惊讶，如果不是当面听白云说来，简直不会相信。我再三向白云保证，绝不拿这事讹张贵人，也绝对为这事保密，绝不会让第三人知道，连毛大臣和周爷我也不说。白云谢谢我。我说该我谢谢你。她说不要我谢，她不是为我做事，是为他做事。我望着渐行渐远的白云的背影，不禁为一个女人的这种爱感慨万千。

我信守承诺，没有将张贵人黑车的事告诉毛大臣和周爷，更没有告诉任何人，只是独自找个机会去拜见张贵人，先说了她宫里膳房的事，然后话锋一转说："我在琉璃厂淘到一幅唐伯虎的扇面，想请张贵人鉴赏。"说着掏出扇面呈上。张贵人的宫女上前接了过去递给张贵人。我看张贵人的脸上顿时起了涟漪，又说："听说张贵人喜爱收藏扇面，不知可否让下官开眼看看？"

张贵人的脸色更显不对，边看扇面边说："别听瞎说，本宫哪里有那闲心，不过玩玩罢了。柳总编撰，你这扇面从何而来？"

我说："禀报张贵人，是下官进城在宫源居吃饭，那儿的总管送的。"

张贵人抬起头惊讶地说："你去了宫源居？吃饭还送扇面？有这等好事啊？本宫怎么闻所未闻啊？"

我说："禀报张贵人，下官还得知贵人喜爱驴车，便在乡下买得一头好驴送给张贵人，不知张贵人肯不肯赏脸？"

张贵人顿时一惊，站起身，盯我看看，拂袖而去。

我心里暗自着急，张贵人看来是听明白了，但突然离去是啥意思？是愿意配合还是记恨在心？我悻悻而去，心里七上八下，突然听得后面有人说"柳大人请留步",回头一看是白云,正追上来,便站住等候。白云上来说:"张贵人赏柳大人吃面。"我说谢谢张贵人。白云叫我跟她去膳房。主子有赏不能不领。我便跟了上去,随白云来到张贵人膳房,远远看见黄厨头正砰砰砰砰挥刀砍鸡,便冲他招招手说:"张贵人赏面,你别糊弄人啊。"他说:"你现在是总编撰,我敢糊弄吗?"我们哈哈笑。

我吃了碗鸡汤面走出去迎面碰着白云。她迎上来小声说:"跟我来。"便径直往前走。我不紧不慢跟着,转个弯过道门来到一处偏殿的案房,进门看见堂上端坐着的张贵人,忙上前磕头行礼道谢赏面。张贵人示意白云去外边看住门,扭头对我说:"看来你知道得不少啊。"我说:"不敢。"她说:"这儿没有外人,你起来坐下说话。我有话告诉你。"我遵命坐下。

偏殿静悄悄的,屋外鸟儿喳喳叫。

原来张贵人和白云商量好了,这里有白云一份功劳,认为我大概知道了张贵人卖古字画和黑车进宫的事,不然也不会跑来说这样的不咸不淡的话,要是一味装作听不懂,事情便可能恶化,对人对己于事无补,还不如与我共商解决办法,最多把黄厨头盗用食材的事抖出来,如果我实在过分,再和我拼个鱼死网破不迟。张贵人便含沙射影地说起黄厨头,说黄厨头的估衣铺收了多少赃物,样样都是宫里的宝贝,见我不甚感兴趣,又说蒋爷,说他是宫源居酒楼的老板。我一听蒋爷是宫源居的老板暗自吃惊,问张贵人是怎么回事。张贵人便将蒋广宗开宫源居的事说了,说得有根有据,令人信服。我心里咯噔一下,我终于找到害死我爹的仇人蒋广宗了。

我马上向张贵人说明,我根本不知道卖古字画的事,更不知道什么驴车马车的事,只知道张贵人帮我知道谁是我的杀父仇人,我感激不尽,还希望张贵人如果知道,将蒋广宗盗用食材的事情告诉我,当然我绝不会说是谁说的。张贵人不愧是贵人,心有灵犀一点通,立即将她知道的有关蒋广宗的事一一告诉我,其中最有价值的是蒋广宗盗用食材出宫的路子与萨满有关。

我当时很怀疑张贵人的话,认为她一股脑儿把蒋广宗的事说出来完全不可信,很可能是欺骗我的,甚至是挑起我和蒋广宗去决斗,让蒋广宗打倒我，达到灭我的目的。后来的事实证明我这是以小人之心度君子之腹。张贵人没有骗我。她告诉我这些完全是为了换取我不追究她的过失，令我深深自咎。所以当我完成任务，受到皇上重用，而张贵人因东窗事发，皇上指派我负责调查时，我毫不犹豫保全了张贵人。这是后话，容我慢慢道来。

第十三章 黄厨头奉献一箭双雕膳谱

　　我从张贵人那儿弄到两个重要情报：一个是蒋爷是宫源居的老板，就是杀害我爹的凶手；二个是蒋爷盗用食材出宫与萨满有关。我把这两个情况跟毛大臣和周爷汇报了。他们很惊讶，问我怎么从张贵人那里得到如此重要的情报的。我对张贵人有承诺不说有关黑车进宫的事，就不说这事，只说张贵人盗卖古字画被我抓到把柄，她就积极配合我了。他们说不对吧，古字画的事也算不了啥大事，扇子用坏了，扇面也没用，拿来换点钱无可厚非，是不是还有啥秘密啊？我说没有。

　　我们商量下一步怎么办。我的意思，既然萨满浮出水面，就调查萨满。周爷说这不好办，萨满由皇后管着，比调查张贵人还麻烦，是不是从外围开始调查，比如先调查替萨满赶驴车的人。毛大臣说我们的意见不冲突，只是先后问题，可以同时进行，又说萨满的确很棘手，是紫禁城里很特殊的人物，稍有不当会惹出大麻烦，一定要小心。我们最后的意见是调查萨满。

　　我进宫十多年了，知道萨满，也见过萨满，但与她们没有交道，只觉得她们是一群神秘人物，宫里哪里出了问题，比如弄神闹鬼啊，就请她们出面辟邪驱鬼，然后宫里就太平了。我问过毛大臣，说是紫禁城里有二十几个萨满，都是女的，又称萨满太太，住在南三所的一个院子里，有自己的膳房，平日里吃饭穿衣和普通人一样，也定时到西太后宫请安送平安帖子，大家也不拿她们当神。萨满太太奉差时穿官服戴钿子，代表皇后任职，坐驴车进神武门，护军站班敬礼，进苍震门，太监立正笑脸相迎道"太太上来了"，路上遇着太监也不让道，而太监则须驻足打横敬礼，要是夜里进宫，宫门值守太监还须提灯送迎。

　　毛大臣说，萨满的主要差事是每年五次的祭祀活动。宫里人信神信鬼，讲究祭祀。平日里各宫除供奉祖先外，还供着五位真人，就是狐狸、黄鼠狼、老鼠、刺猬、长虫。每年的五次祭祀活动是二月初一、五月五、七月

十五、九月九和冬至。最隆重的是二月初一祭鬼神，由皇后主祭，在坤宁宫大四合院举办，竖起三丈高的杆子，宫里除皇上、西太后和其他体面人物都参加，有两拨乐队和一大群小太监装扮的小鬼，主角自然是萨满，踏着音乐节拍，围着木杆翩翩起舞，又说又唱，最后向西太后三跪九叩呼万岁。祭祀完毕，第二个仪式开始，就是杀猪祭祖。只听一阵锣鼓声后，司祝、司香上场，两个司祝抬着一头煮好的整猪紧随其后，抬到旗杆前的祭台上放好。这时又是鼓乐齐鸣。皇后带着两个王爷、福晋起身祭拜，然后在院里四处洒酒。皇后祭祀完毕，食肉仪式开始。司祝、司香将祭祀用的整猪切割开来分成若干小块放在盘里，再配上熟盐，先呈给西太后，再呈给皇后，大家都有份，然后开始一起吃肉。祭祀完毕，主子散去。祭神房太监去乾清门侍卫处叫声"请大人们吃肉去啦"。侍卫护军便分批随太监来到坤宁宫，先磕头后坐在案前吃肉，一人一盘。

我研究了萨满在宫里的活动特点，一是可以坐驴车，这是常人不可比拟的；二是可以自由出入紫禁城，各宫门值守太监和护军不得阻拦；三是带有神秘色彩，人人敬畏，便觉得萨满的确是盗用食材出宫的一条路子。但又一想，萨满为啥要与蒋爷同流合污？他们又是怎样合作的呢？便决定好好查查。

我一边着手调查萨满，一边还得履行总编撰官的职责，处理编撰官们送来审核的御膳食谱。紫禁城宫廷御膳食谱都是历朝历代宫廷菜演变而来的，都有准确的档案记载，对所用食材的种类、重量、色泽、产地、季节、包装、选择、搭配、佐料、火色、烹饪等都有具体精确的规定，不可有任何马虎。每十年重编宫廷御膳就是要对每道御膳做重新审查，若有不当处得做修改。这是一项十分艰巨复杂而浩大的差事，几十个编撰官要干一年。

这天我在案房审查食谱时发现一个问题。每届编撰御膳食谱有一个不成文的规定，要从千百个御膳中选出最好的、最有特点的十大御膳作为本届推荐御膳，又叫本届十大御膳。这十大御膳代表当今中国御膳的最高水平，将隆重呈给皇上和西太后品尝，并将作为国家御膳用于招待各国来华使者，以显示中华民族五千年的灿烂饮食文化。十大御膳必须是中国悠久饮食文化的代表作，必须具备齐全的档案记载，必须得到当代大厨一致的肯定。我发现的问题是，到目前为止，我找到的十大御膳里面还有一个御膳缺乏足够的档案资料,或者说叫资料不全。这道御膳叫一箭双雕。

据大清档案记载,一箭双雕是嘉庆年间纳入紫禁城御膳谱的。传说嘉庆皇帝在北京微服暗访,走到四川会馆闻到饭菜香味觉得好奇便走了进去,正逢举办宴席,便应邀举箸品尝。只见上来一道菜十分奇特,从未见过,是一只大盘盛着的两只雏鸡,一只金黄脆,一只白鲜嫩,味道各不相同,不禁暗自赞赏,待举箸品尝,白鲜嫩那只鸡果然名副其实,鲜嫩无比,金黄脆那只外焦里嫩,不觉脱口而言,连连说好,也就不客气吃了不少,问主人这是何菜。主人说这是四川厨子带来的新菜品,叫黄白鸡。嘉庆皇帝说这名字俗。主人见嘉庆皇帝仪表堂堂,威风凛凛,知道非等闲之辈,便请嘉庆皇帝给这道菜重新命名。嘉庆皇帝说,一箸品两鸡不就是一箭双雕吗?大家拍手叫好。这道菜便得名一箭双雕。嘉庆皇帝回宫后时时想念这道菜,叫人去四川会馆把那厨子带进宫做了御厨,一箭双雕也成了御膳。这是一百多年前的事。

我对这道菜格外关注,因为我进宫时就向周爷提出要学做这道菜。周爷说他不会做。我说有膳谱,可以照着学。周爷说紫禁城只有这道菜的一半膳谱。我问怎么会只有一半。周爷说当年他进宫时听他的师傅说过,为了保护这道菜谱,将菜谱分藏在北京紫禁城和杭州云藏阁。这是十几年前的事了,当初因为初进宫并未多留意,现在回想起来觉得蹊跷,怎么会一谱分两地呢?眼下编修膳谱怎么办?得调杭州云藏阁档案了。我想省事,也许宫里哪位御厨会做这道菜,就想到蒋爷,他是御膳房总管,又是大内御膳高手,如果紫禁城有人会做这道菜,非他莫属。我本来不想与蒋爷发生关系,他是我的杀父仇人,可一想到时间紧迫,内务府已多次催促报送十大御膳,只好向他请教,结果让人失望,他也不会,只好找杭州要了。

杭州远在千里之外,也不能因为一道膳谱动用六百里加急,便按正常程序向杭州发去公函,也就无法按时报送十大御膳了。毛大臣得知这个情况也原谅我,让我缓些日子报送。这天我正在审核膳谱,周爷突然进来说:"崇孔,怎么西太后想起要你做一箭双雕?你不是不会做这道菜吗?你啥时学会做这道菜了?"我听了莫名其妙,反问周爷:"您说啥?我怎么听不明白?我啥时学会一箭双雕了?"周爷问我三个问题。我反问他三个问题。我们面面相觑,哈哈大笑。

我笑着笑着突然想到啥,马上抑住笑问:"您刚才说啥?西太后要吃我做的一箭双雕?"

周爷说:"是啊。我刚刚接到毛大臣通知,说储秀宫传懿旨,着柳崇孔做一箭双雕呈上。我就纳闷了,问毛大臣怎么回事,毛大臣反问我怎么回事。我说紫禁城已多年不做这道御膳了,连这道菜的膳谱也不齐全,没人会做,柳崇孔也不会做,我是他师傅我清楚。"

我说:"是啊,我不会做一箭双雕啊,周爷您是清楚的,西太后怎么想起这一出啊?不是坑……"我急忙捂住嘴没把大不敬的话说出来。

周爷说:"注意。会做不会做是一回事,领旨抗旨又是一回事。"

我说:"是。"

周爷说:"你究竟会不会做一箭双雕啊?"

我说:"不会。我哪里学过这道菜嘛。储秀宫是不是弄错……"我又捂住嘴没把大不敬的话说出来。

周爷说:"你不是在哪里说过你会做这道菜吧,不然怎么会叫你做呢?"

我说:"我做不来就不会说做得来,真是奇怪了。"

周爷沉吟半刻说:"我和毛大臣简单商量了一下,你得准备做这道菜。你不是向杭州要这道菜的膳谱了吗?进行得怎样?什么时候到?"

我说:"公函才发出去,还不知道离开北京没有,膳谱到北京起码是一个多月后的事了。储秀宫啥时要这道菜?"

周爷说:"毛大臣的意思,最迟不能超过一旬,已经替你打掩护了,说你最近几天非常忙。没有膳谱你能做吗?"

我说:"周爷您也是御厨,您不会做,又没有完整的膳谱,我敢做吗?"我又赶紧捂住嘴连连说,"对不起周爷,我这……这是慌不择语了。"

周爷说:"啥时候了还玩这虚头巴脑的事。问题是我也不会做啊,我要会做,像以前做灌汤黄鱼,教你不就行了吗?"

我想起给蒋爷说过这事,急忙跟周爷说给蒋爷说过。周爷听了不说话,皱眉蹙额说:"你说给蒋广宗说过?他回答他也不会?你啊你,兴许就是他捣乱啊!"

我大吃一惊说:"啊?我是想省事,他要是会做一箭双雕,就能将杭州那部分膳谱写出来,我的十大御膳就完成了,没想到会这样啊!我……"

后来发生的事果然证明周爷分析正确,的确是蒋爷捣乱。他从黄厨头那里得知我多次找张贵人宫的人说事,还找了张贵人,就怀疑我是不是抓到他串通张贵人盗卖宫中食材的事,决定找我的碴,借西太后来惩罚我打击我,甚至将我拉下总编撰官的位置。他一听我的十大御膳正差一箭双雕,就动了歪心,撺掇李统领向西太后说我的拿手好菜是一箭双雕,被西太后听进去下懿旨要我做了呈上。我当时自然不知道,是周爷这么点了一句,是后来的事实证明的。所以多年后我念念不忘感谢周爷,要不是他在我人生路上的多次关键时刻帮助我,我哪是蒋爷的对手?我怕早就死无葬身之地了。

我一听周爷说也许是蒋爷捣乱就更着急,要周爷帮助我渡过这一关。周爷唉一声不说话,背着手在屋里踱来踱去。我心里咯噔一下,这次完了,连周爷也束手无策,怎么办?这可不比喝茶辨水,那是考基本功,现在是考具体做法,不是蒙得到的。

紫禁城御膳啥都好,就是这条不好,一切严格按膳谱做,不许有丝毫差错。你说厨子也是人不是,一道菜几十种食材佐料还有火候,哪能回回做得都一样呢?这在民间是允许的,我在宫源居酒楼时就允许自由发挥,甚至还特意根据客人的要求做加减法,做出来的菜有个性,客人欢迎。紫禁城不行,不但不行而且是大不敬,要受处罚,轻者扣月俸扣赏钱,重者打板子革差事南苑吴甸喂马去。

我和周爷没有办法,只好去找毛大臣。毛大臣问清情况后说只有一条路,赶紧向杭州要膳谱。我说已经发函去要了,问题是时不我待,等不及了。毛大臣想了想说特事特办,你再以内务府的名义写公函给杭州云藏阁,我想法给你装进六百里加急驿袋。我和周爷喜出望外。我赶紧回案房写了公函,找毛大臣签字盖章。毛大臣在封皮上批个"六百里加急",叫笔帖式赶紧交驿站处。

我心里这才一块石头落地。回到案房准备做事,可刚下眉头又上心头,公函能否准时送到又成为我心中的悬念,没法做事,就去隔壁案房找周爷。周爷见我忧心忡忡的样子便开导我,把大清朝驿站的事讲给我听,说毛大臣签署的公函肯定不会延误。我听了又舒展眉头,道声谢谢,回屋办差。

　　大清朝的公文传输靠驿站。驿道上每隔二十里设一个驿站,全国共有一千六百三十九个驿站,有驿站人员两万多人,其中驿兵一万七千人。驿站设有驿舍,配有驿马驿驴驿船,分为陆驿、水驿、水路兼并三种,按包皮上的批示传送。马上飞递每天三百里,火速飞递每天四百里,特别火速飞递每天六百里,最高快飞递每天八百里。

　　我没有文化没有读书,周爷告诉我个故事。唐朝安禄山在范阳起兵叛乱。唐玄宗正在西安华清宫,两地相隔三千里。唐玄宗在兵变发生六天的时候得知这一消息,可见当时的传递速度就是每天五百里。我听了自然放心。

　　驿站处不属于内务府管,属于军机处管。毛大臣派遣的笔帖式就跑去军机处驿站处投递这份公函。

　　驿站处有规矩,六百里加急公函得报总管批准,也就是严格控制的意思。收函笔帖式按规矩送交总管。这总管姓梅。梅总管接手一看,嘿嘿笑,提笔批一个"退"字。军机处对六百里加急有明确规定,只有紧急军情方可这样。六百里加急不容易,不能常用,每次六百里加急都要死马死人。更何况梅总管早接到李统领吩咐,最近要是内务府有公函外送给他,三百里得了。这是我后来得知的秘密,当时蒙在鼓里哪知道,别说我不知道,连毛大臣也不知道。

　　毛大臣见六百里公函被退回,暗自冷笑,显然有人半道拦截,也不与驿站处计较,叫来周爷和我,问我们如何是好。我一听公函被退回,吓了一跳说:"那……如何是好?"

　　周爷说:"崇孔,毛大人问我们如何是好,不要失礼。"

　　我赶紧说:"知道了,只是公函不能走六百里,能不能走五百里或者四百里呢?总比前面那封公函三百里快啊。"

　　毛大臣说:"这不是三百里、四百里问题,是有人半道拦截,显然咱们向杭州要膳谱的事被人发现了。"

　　周爷说:"毛大人分析得是。怕前面那封公函也走不到杭州了。"

　　我说:"他们要卡下那封公函啊?不可能吧,都有登记的啊。"

　　周爷说:"这有啥不可能?随便找个理由,就是不跟你说理由你也拿他没法。"

毛大臣说:"你们别纠缠这些琐事了。我再问崇孔一句,你是不是一定要膳谱才能做出这道菜?"

我和周爷异口同声说是。

毛大臣沉吟片刻说:"你们下去吧。"

我和周爷面面相觑,显然毛大臣也没了主意。我回到自己的案房,叫下属关上门不让人打搅,独自倚在窗旁想问题。不远处是金碧辉煌的乾清宫,乾清宫前有江山社稷亭和铜龟铜鹤。我望着那只龙头铜龟发呆,心里默默说龙头铜龟你别老是沉默寡言,快告诉我怎么办。

我正在发呆,毛大臣属下过来说毛大臣召见。我心里咯噔一下,又是啥事?难道储秀宫又来了懿旨?也来不及多想,起身就去见毛大臣。毛大臣办差的院子离我的案房有一定距离,中间隔着长廊庭院夹道。我快步走过去,进门一眼就看见周爷已在那儿正和毛大臣说话,也顾不得礼节就问:"毛大人您找我?"

毛大臣抬头哈哈笑说:"周郎妙计安天下。"

我不明白,问:"谁是周郎啊?"

毛大臣说:"远在天边,近在眼前。"

我掉头看周爷正冲我笑,就说:"周爷您想出办法啦?"

周爷说:"我刚才给毛大人禀报了,毛大人说可行,才叫你过来。"

我迫不及待地问:"究竟啥办法啊?快说快说。"

周爷说:"你是总编撰官,你有办法。"

我说:"您的办法是我有办法啊?"

毛大臣和周爷哈哈笑。

周爷说:"一朝权在手,便把令来行。你一发号施令办法就来了。"

我心里咯噔一下,有点意思了,我一发号施令办法就来了,是说……我还是不明白,又问:"您是说我发号施令?向谁发号施令?为啥发号施令?"

周爷说:"你不是可以调动全紫禁城的御厨吗?问他们要一箭双雕啊!紫禁城数百御厨难道就没一人会做一箭双雕吗?"

我恍然大悟,顿时高兴得手舞足蹈,说:"可不是吗?我怎么只想到眼

203

皮子底下几个人呢？我向他们要一箭双雕，谁会做一箭双雕不呈报，我请旨办他对不对？这就叫周郎妙计安天下！"

我们哈哈笑。

我们又细细商量了很久，考虑了方方面面的情况，然后由我去落实。晚上回到家吃了饭，我告诉娘和媳妇有急事要办，别打搅，就把自己关在屋里做文章。我没啥文化，更不会写啥文章，但毛大臣和周爷硬要我写。其实不是写文章，只是写个纲要。我属下有笔帖式，明儿个让他具体写。大纲也不好写，好多字我也不会，就采取自己给自己说自己记的办法。我说第一是奉旨征求十大御膳差事已告一段落，目前还差一箭双雕这道菜的完整膳谱。我边说边记。我说第二呢是奉旨征求一箭双雕完整膳谱，全体厨役有知道者必须向内务府呈报，否则视为抗旨。我又边说边记。我说第三呢这事责成御膳房总管蒋广宗完成。这一条是我灵机一动刚想到的。我不是总编撰官吗？西太后曾赋予我在编撰期间拥有一二品官员的实权，我就可以命令蒋广宗来做这件事。

第二天我叫笔帖式按照我这三条写成呈文，拿去给周爷看。周爷能文能武，会拿勺会使笔。他看了我的呈文说："好好，特别是最后一条叫以其人之道还治其人之身。"我真的没文化，听不懂周爷说的啥，就嘿嘿笑说："我的爷，您可不可以不款文，说白一点啊？"周爷反问我："你为啥要写这一条？"我说："他设套让我钻。我傻啊，我不知道将就这套套他啊？"周爷哈哈笑说："你不傻啊，这就是以其人之道还治其人之身。"我说："啊？我也会款文啊。那我哪天好好写一篇诗词歌赋呈报皇上……"周爷打断我的话说："还诗词歌赋呢，诗词歌赋是一篇吗？别写了，还是掌灶翻勺得了。"我们哈哈笑。

周爷把我的呈文作了些修改，我叫笔帖式重新抄了一遍，和周爷一起去见毛大臣。毛大臣一目十行看了呈文说还行吧，我替你呈报上去，看皇上做何处理再说。我们就回去等消息。朝廷有规矩，只有一二品官员才能给皇上报呈文。我和周爷都是五品，没有资格，但朝廷也考虑到这点，规定一二品以下官员的呈文可以由一二品官员代呈，只是代呈者得承担推荐之责。我觉得这个规定好，如若人人都给皇上呈报公文，皇帝不吃饭不睡觉也看不完。毛大臣肯为我的呈文担责推荐让我感动。

过了几天,毛大臣叫我和周爷去他院子,告诉我们说皇上批示下来了,批了"照准"两字。我和周爷很高兴。我问接下来怎么办。毛大臣说这就不用你操心了,自有南书房向紫禁城各宫处行文周知,就不仅仅是编撰膳谱的事了,是贯彻圣旨的事了。毛大臣要周爷和我也别闲着,派人督促各宫处头目走访调查,究竟有没有人会做一箭双雕,如若有人阻拦,可以请旨办他。

　　我和周爷下去后便遵照毛大臣的吩咐办。周爷从品膳处抽人,我从编撰处抽人,抽出十几人去紫禁城各宫各处督促总管首领落实这事。我也闲不住,我急啊,眼看就要到给西太后做一箭双雕的日子了,不知紫禁城究竟有没有人会做一箭双雕,不知道这么敲山震虎会不会把那人逼出来。我心里没数,只能在紫禁城瞎逛,这个膳房进那个膳房出,问了这个问那个,跑一天白费口舌,没收获。

　　我成家后,每天当差进宫、完差出宫,所幸内务府替我物色的院子就在皇城不远处,也还方便。这天我忙一天回到家,筋疲力尽,吃了饭也提不起神,在椅子上歪着发呆,心里想着一箭双雕,不甚厌烦。娘问我是不是哪儿不舒服、要不要看大夫。我说心烦。媳妇给我端来茶要我早早休息。我说你别烦人好不好。我住的是四合院,请有下人做饭做家务带孩子。娘要我找个小厮伺候我。我说我多大年纪啊就要人伺候。我要娘请个小姑娘伺候。娘说她没这个福气怕福不住。倒是媳妇发言说她得请个丫头。我说娘都怕福不住你就福得住。她说你不懂。我说我啥不懂也懂你的心思,不就是想吆喝人吗?她说你就不懂就不懂,说着还抹眼泪。娘进来问缘由,吵我不懂事,悄悄说我要当爹了。我大吃一惊,原来是这一出啊,急忙答应请丫头。媳妇怀孕不告诉我咋回事啊。

　　我正在理家政,有人敲门,家务大娘开门问找谁,就听见说"找柳总编撰官有急事",便知道宫里人来了,忙说"谁啊,进来吧",便走出房间,一看那人已经进门,不就是我属下的笔帖式吗?就说:"薛笔帖式你怎么来了?有啥急事?来书房说话。"薛笔帖式是我的心腹,是我派去各宫处调查督促队伍的头。

　　他一落座就说:"禀报总编撰官,有消息了。"

　　我心里咯噔一下,脱口而言:"谁会做一箭双雕?"

205

薛笔帖式说："黄冠群。"

我愣了一下，问："谁是黄冠群？哪个膳房的？"

薛笔帖式说："您认识的啊，就是张贵人宫膳房的黄厨头啊。"

我啊的一声恍然大悟，原来是黄厨头，可又一想，顿生疑义，黄厨头怎么会有这独门绝技？他不是连罐汤黄鱼都不会做吗？就迫不及待地问："准确吗？没弄错吧？谁告诉你的？"

薛笔帖式走急了喉咙冒烟，端起茶碗揭开茶盖边刮浮茶边鼓起腮帮子噗噗吹，抬头说："是徐司房告诉我的。徐司房要我马上出宫来告诉您。徐司房说千真万确。"

我一听消息来自徐司房，相信了两分，可又一想，黄厨头这家伙不是蒋爷的徒弟吗？从我想进宫开始就与我作对，十几年来何时支持过我，莫不是其中有诈？便问："徐司房是怎么得知此事的？"

薛笔帖式说："这我不知道，他也没说，您得问他去。不过我看徐司房那着急劲，有谱，不然我也犯不着屁颠屁颠老远跑这来打搅您了不是，家里还一摊子破事呢。"

薛笔帖式是内务府官员，不是太监，跟我一样办差进宫，办完差事回家。他有学问，在我属下办理文书事宜，包括翻译满汉奏章文书、记录档案文书等，品级不高，只有七品，但经验丰富，熟悉差事，成为我的左膀右臂，加之是旗人，年纪又比我大，说话自然没上没下，我倒也不计较。我说："你手下那帮人还有啥消息？"他说："大海捞针的差事能有多少消息？今儿个跑了小半个紫禁城就得徐司房徐爷这点消息，您看能用吗？不行咱明儿个接着跑圈去。"

我打发走薛笔帖式后娘进屋来问我出啥事了。我说没事。娘说："骗娘不懂不是，娘一瞧你两人鬼鬼祟祟模样就知道有事。"媳妇倚在门边说："崇孔，咱娘啥眼光你不是不知道，还是老实交代吧。"我们哈哈笑。我说："娘你还记得黄厨头吗？"娘说："咋不记得？不就是你进宫他反对那位爷吗？"我说："嘿！咱娘是过目不忘啊，都过去十几年了啊。不像有的人早上吃啥这会儿也记不住了。"我媳妇说："说谁呢说谁呢？俺这不是有特殊情况嘛。"娘说："别打岔，说正事。黄厨头想干啥？"我说："不是他想干啥，是我在想准备把他怎么办。"

我把宫里最近发生的事,隐瞒了我不会做一箭双雕的细节,告诉了娘和媳妇,要她们别担心我,我现在是总编撰官,是五品现役、一二品待遇,只有我收拾黄厨头的,没有黄厨头收拾我的。她们听了笑容满面,叽叽喳喳和我说半天。

第二天我进宫来到内务府径直去周爷案房,把昨晚上薛笔帖式告诉的事说了一遍。周爷听了大惑不解,说黄厨头怎么会做一箭双雕,又说这事不靠谱,跟我昨晚一个腔调。我说:"我的爷,就是嘛,这事根本不靠谱,说不定又是蒋爷使坏心眼,别理识得了。"

周爷把我上下一番打量,嘿嘿笑说:"我的爷,你啥时变聪明了?不对,不对。你这么说啊我得反着想。"

我说:"啥意思啊周爷?您这不是门缝里瞧人吗?难道我不能正确一回吗?"

周爷哈哈笑,冲我点食指说:"你啊你,周爷跟你闹着玩呢。不过这靠谱不靠谱不能凭我们在这儿瞎掰,得问问徐司房如何弄到这消息的。"

我嘿嘿笑说:"这还差不多。那咱这就去张贵人宫一探究竟?"

我从周爷案房出来,去自己案房收拾一下,叫上薛笔帖式一道去张贵人宫。自从调查张贵人黑车事件后,我和张贵人形成了默契,我有事找她她一定帮我,但我一般情况下不去找她,就像一笔钱存在钱庄别经常去取,取一笔少一笔,到时候办大事就没钱了。这次也是这样,我去张贵人宫直接找徐司房。前面介绍了,徐司房是我的远房表哥,是这儿的总管太监,以前曾帮助过我。

他一见我跨进门立即起身相迎说一番客套话,吩咐下人上茶上烟,然后关上门主动问我:"昨儿晚薛爷找你没有?"我说:"找了。我正为这事来的。你说说这是怎么回事啊?你怎么知道这事儿的啊?靠谱吗?"徐司房得意一笑说:"小瞧人了不是?你不妨买二两线纺纺,徐爷啥时干不靠谱的事?"我说:"是是。我只是担心啊,您是我表兄我也不瞒您,西太后等着我做一箭双雕呢,可我手里没这膳谱正急得上墙啊。"徐司房说:"得,咱俩谁跟谁啊。这事是真的,黄厨头真会做一箭双雕,骗你我不是人是……神。"我们哈哈笑。

徐司房说了他知道这事的情况。

我征集十大御膳的文告发布后,徐司房便留意寻找。说来也巧,遇着黄厨头满四十岁请客请了他,地点在城里宫源居。徐司房是张贵人宫的总管,自然算是黄厨头的上司,不说别的,单是每月的膳食账就是徐司房在做,都懂得的,笔下生花。所以黄厨头办席请了徐司房不说,还派车来接去宫源居。这天的席桌办了二十桌,济济一堂。徐司房被请到头桌,与御膳房总管蒋广宗、南园戏班膳房总管青常备、内膳房荤局首领王平民、外御膳房荤局首领唐守正、南园戏班前台鲜管事一桌。

徐司房说到这里解释说:"你别多心啊,我和他们可不是一伙的,纯粹是偶然。以前在赵太妃宫我就不与他们往来,你是知道的。"

徐司房继续往下说。坐席喝酒自然免不了划拳。一桌人都是划拳高手,四季财啊六六顺啊,一阵乱吼乱叫,反正比谁喉咙大。徐司房也是拳坛英雄,还是个见了酒就迈不开步的人,自然不让步,与他们轮番划拳。一场酒席下来,一桌十个醉五双,包括主人黄厨头。

喝酒人不怕醉,俗话说酒嘛水嘛醉嘛睡嘛,最多一"睡"方休。徐司房被人引进房里和衣躺在床上休息,刚躺下,肚子上挨一脚,睁眼一看是抵足而眠的黄厨头,便一把将他脚搬开,不一会那脚又飞来压着,又搬开,又飞来,又搬开,最后生气了,一脚蹬过去,只听一声响,一看黄厨头不见了,再一看滚到地上坐着揉眼睛抠头发嘀咕怎么睡地上了。徐司房忙把他拉上床。这一来二人没了睡意,但身体软绵绵的,不想起来就躺着聊天。

黄厨头问他吃好喝好没有。徐司房说都有啥吃的啊。黄厨头说你醉了不是,八大碗八大盘不是菜是啥。徐司房说那就是菜啊。黄厨头说不是菜是啥,难不成是饭。徐司房说我说不是菜嘛你还骗人,你这主人不地道。黄厨头说是是,那我再做菜给你吃。徐司房说这还差不多,准备做啥呢,猪肉别来,羊肉别来,牛肉别来。黄厨头说那就做鸡鸭鱼嘛。徐司房说我喜欢吃鸡你做鸡。黄厨头说做鸡就做鸡,你要吃啥鸡,芫爆仔鸡、炒珍珠鸡、绒鸡待哺、五香酱鸡、首乌鸡丁、桃仁鸡丁、挂炉沙板鸡、怪味鸡条、熘鸡脯、御膳烤鸡、持炉珍珠鸡、鸡丝豆苗、荷叶鸡,都是满汉全席的御膳,随你挑。徐司房说这些鸡我都吃过,不稀罕,还有啥。

这时青常备进来说你们闹啥,还让人睡不,边说边挥拳给我们一人一拳,又出去睡去了。徐司房被这一拳打醒才发现是在说醉话,不禁哈哈笑。黄厨头体胖肉多,挨一拳没有反应,还在说醉话:"那我做绝活一箭双雕。"徐司房好笑说:"净说醉话,一箭双雕是啥鸡?"黄厨头说:"你不是厨子你不懂,不跟你说了。"

这就是徐司房消息的来源。

我听了发愣,说:"表哥且慢。你说黄厨头说的是醉话,怎么又相信他会做一箭双雕呢?不是自相矛盾吗?"徐司房说:"这就是你不懂了,酒后吐真言不是?"我又问:"当时您不也醉了吗?怎么就记得他说过这话呢?"徐司房说:"听话分心了不是?我说青常备过来给我一拳打清醒了不是?我的记忆肯定没错,他就说过他做一箭双雕给我吃。"我问:"你以前知道一箭双雕这道菜吗?"徐司房说:"不知道。他说了我才知道。"

徐司房就告诉我这些。我听了似是而非,既觉得言之有理,又觉得玄而又玄,一时也没了定见,本想再详细追问,可一看徐司房较真样儿,话到嘴边变了样,说:"那您找黄厨头做给您吃。他不是给您承诺了的吗?您事后找他说这事没有?"徐司房说:"这……他说醉话也当真啊?"

我的个妈,闹着玩啊!

事后我反复想了还是拿不定主意,甚至怀疑徐司房做套给我钻。自从我多次上当受骗后我进步了不少,凡事三思而后行,绝不可盲听盲从。我把我弄到的消息和我的分析禀报毛大臣。我现在是品膳处总管,又是总编撰官,可以直接找内务府大臣。毛大臣不这样想,他听了叫我去把周爷叫来一起商量。我去把周爷请来,又把刚才的话重复一遍。

周爷沉吟片刻说:"棘手。这徐司房自个儿也认为黄厨头说的是醉话,可又要我们相信,啥意思啊?"

我说:"我也是这么认为。现在问题是没有依据证明黄厨头会做一箭双雕,遵旨也办不了他。"

周爷说:"徐司房的话不能当依据。"

我说:"那怎么办?薛笔帖式那帮人空忙两天也没有收获。毛大人,储秀宫又有懿旨没有?哪天要我去做一箭双雕啊?"

毛大臣说:"暂时没有,可能这几天就有懿旨,你得做好准备。"

我说:"要做我也能做,只是害怕不符合膳谱,遭人非议。蒋广宗包藏

209

祸心,一定拿这事说事。"

毛大臣说:"我看黄厨头这事啊,宁可信其有。"

我和周爷十分惊讶,这话从何说起?毛大臣接着说:"崇孔我问你,徐司房与你关系如何?"

我回答:"很好。他素来支持我。"

毛大臣问:"我再问一个问题,黄厨头知不知道你们关系很好?"

我回答:"知道。前次在赵太妃宫,黄厨头还为此与徐司房过不去。"

毛大臣说:"这就是宁可信其有的原因。"

我和周爷再度惊讶,啥意思啊?怎么听不明白呢?

事后多年我还为这事惊讶,惊讶毛大臣高人一筹的见解,别说我了,连周爷如此聪明的人也犯糊涂。我平日老爱说时运不济的话,总觉得给我机会我也能做一品二品。那次事情教育了我,不是人人都可以做内务府大臣,不是个个高官都是酒囊饭袋,江山社稷总是建立在一大批干臣基础上的。从此我更加发愤学习,特别是学文化,从"人之初"开始,《大学》《中庸》《论语》《孟子》兼收并蓄,看不懂原著就挑灯夜读朱熹的《四书集注》,算是慢慢有了学问,也不枉做一场总编撰官。这是后话,容我慢慢道来。

我和周爷蒙在那里接不上话。周爷说:"请大人明示。"

毛大臣说:"书到用时方恨少。你们还得多读书。我们爱说知其不可为而为之是一种境界、一种追求、一种信仰,其实不然,还是一种策略。你们想想,黄厨头明知徐司房与崇孔是亲戚是朋友,照说应当回避,可为啥还要请他喝酒?还要告诉他一箭双雕?明修栈道,暗度陈仓也。"

周爷有所醒悟说:"毛大人的意思是,黄厨头明知不可为而为之是别有企图,那就是通过徐司房的嘴把他会做一箭双雕的事转告崇孔。"

我一听恍然大悟,哎呀叫一声说:"原来是这样啊!有可能,完全有可能!毛大人料事如神啊!我又犯糊涂了。"

毛大臣说:"崇孔你刚做官,自然有所不知,不足为怪。我也并非料事如神,不过是一种思路。为官者思路要清楚,不可犯方向性错误。你们下去照这思路做做,看黄厨头葫芦里究竟卖的什么药,咱们再做最后决策。"

我和周爷便依据毛大臣的这个思路下去商量对策。我再也不敢妄下评判,请周爷指教。周爷说他也在学习,要我也别妄自菲薄,大家按毛大臣思路一起商量。我们认为,黄厨头这样做有三种企图:一是愿意帮助我们解决一箭双雕膳谱困难,帮我渡过难关;二是不想让人知道他帮我,特别不想让蒋爷知道;三是他不想与蒋爷脱离关系,很可能有重大把柄被蒋爷捏着。我们决定"宁可信其有",想法悄悄从他手里弄到一箭双雕膳谱。我们也做了"宁可信其无"的准备,不能让他抓住我们真的没有一箭双雕膳谱的把柄。我们的办法是解铃还须系铃人,由徐司房来办这个差,但又不能对徐司房和盘托出。

当天傍晚快关宫门时,我在路边候着徐司房,说是娘有话要带给他娘,把他拉到他坦街喝酒说事。他坦街晚上生意格外兴隆,宫里不当值的太监、宫女、护军和内务府官员都出宫来到这儿消遣娱乐会朋友商量事,人来人往,比肩接踵,而鳞次栉比的临街店铺则是灯火辉煌,把整个护城河辉映得波光粼粼。

我带徐司房来到皇城根酒楼楼上的一个包间,点了几个菜,要了一壶酒,对小二哥说声"有事别打搅",便关上门喝酒聊天。徐司房娘是我娘表姐,从小在一个村长大,自从嫁人各奔东西也只有过年回娘家时聚聚,倒是因为我的缘故,我那时刚进宫娘怕我受欺负,去了徐司房娘那儿两次,平日断无往来。我说我娘有话要带不过是幌子。

徐司房坐下就问带啥话了。我边替他斟酒边说:"喜事喜事。娘叫你带话给你娘,请她老人家下月来我家吃红蛋。"徐司房惊讶地说:"你媳妇要生啦?啥时的事啊?没听你吱声啦!"我说:"瞧郎中了,说是下月十号左右生。娘说了,娘和你娘事先有约,有孙子都得请请。"徐司房说:"就这事啊,用得着跑这儿破费吗?也真是的。"我说:"没事咱兄弟就不能聚聚啊?你才真是的。"我们哈哈笑。

徐司房好酒,闻着酒味迈不开腿,有人请客还有客气的?自然当仁不让,端起酒杯一饮而尽。我可以喝酒,但没有酒瘾,陪客自然没有问题,就替他斟上酒和他碰杯一饮而尽。三杯酒下肚,徐司房的话来了,说前次跟你说的那事如何了。我正等着他这句话,就说:"我还是不相信。"

徐司房说:"你这人怎么这样啊?不靠谱的事我能跟你说吗?我敢拍胸脯,这事没错,要是错了我……跟你姓。"

我说:"当真?"

徐司房说：“一言九鼎！”

我说：“那好，我就信你这回。不过送佛送到西，你还得帮我。"

徐司房说：“这自然。怎么帮？”

我指指窗外斜对面的店铺说："你瞧那是啥店？"

徐司房踮起脚顺我手指的方向看去，嘿嘿笑说："让我去他那儿干吗？"

我说："你知道我不好出面找他的，再说他答应的是你，未必肯买我的账，又再说你是他的上司，县官不如现管，只有你去合适。"

徐司房说："我去他那儿干吗？"

我说："他不是要请你吃一箭双雕吗？你去找他做给你吃。"

徐司房嘿嘿笑说："知道你的鬼主意了。"说罢端杯喝酒抿嘴笑。

我说："想歪了不是？"

徐司房说："你知道我咋想的？"

我说："怎么不知道？"

徐司房说："说来听听。"

我说："让你白吃一顿呗。"

徐司房说："把人看扁了不是？我姓徐的啥时上门讨吃的了？要去你去，我不去。"

店小二敲门送菜进来又出去。我替他斟上酒与他碰杯喝干，说："我不是让你去占便宜，是有件事要你帮忙。"

徐司房说："这我可以去。咱们旗人就这脾气，扫面子的事再行也不行。"

我说："你也不问去干啥就答应？"

徐司房说："你瞧你还是不理解咱旗人，兄弟帮忙还需问原因吗？你说咋干都行。"

我听了心里咯噔一下，真旗人，要不当年也进不了山海关，便端杯敬他，暗地里脑子飞快地转，叫他去做什么呢？叫他去吃一箭双雕他不干，叫他去学做一箭双雕怎么样？他会答应吗？就说："你去向他学一箭双雕吧，看他愿不愿意教你。"

徐司房说："这主意好，咱们旗下男人讲究做菜。也不是自夸，咱厨艺要是与您比嘛不行，要是与黄厨头比呢半斤八两差不多。"

我怕的就是他看不懂黄厨头怎么做,没想到他挺自信,心里放心几分,但怕黄厨头拒绝,就说:"你不怕黄厨头拒绝你吗?去了怎么说啊?"

徐司房想了想说:"这简单。他不是答应让我吃一箭双雕吗?他一边做我一边学不就成了。"

我说:"你有这本事吗?你得找他要膳谱。你在宫里这么多年了也应当知道,做御膳必须要按膳谱做,不得有丝毫差距,否则就不算御膳,还要安你个大不敬的罪名办你。你得想想办法。"

徐司房说:"我有啥办法?喂,不对不对,怎么是我想办法呢?是你托我去找黄厨头办事的啊,你说怎么办我就怎么办啊。"

我说:"这就好。你去告诉他,说我要一箭双雕膳谱。他如果有啥要问我,你就引他过来,我在这儿等你们。"

徐司房说:"说了半天你只要我带这一句话啊?早说不就得了,哪还用得着溜这么大个圈啊?行,我这就过去。"

徐司房起身朝我刚才给他指的方向而去。黄厨头的估衣铺就在斜对面那边,我刚才指的就是黄厨头的估衣铺。徐司房是老紫禁城人,当然知道。我在窗边望着他走出酒楼,急匆匆走向估衣铺,然后消失在估衣铺里面,心里咯噔一下想,是不是太冒险了?要是黄厨头那天根本就是说酒话,徐司房这一去必定碰壁不说,还怕黄厨头顺藤摸瓜知道我的短处,伙同蒋爷、李统领害我,不是自讨苦吃吗?我望着黄记估衣铺窗户闪烁不定的灯光,心里七上八下。

过了一会儿,我正独自喝闷酒,门吱嘎一声开了,门缝露出张脸嘿嘿笑,随即走进笑容满面的徐司房,背着手迈着八字走过来,心想,成啦?忙问他:"这么快啊?不是被撵出来了吧?"

徐司房坐下来指着空酒杯说:"嘿嘿——"

我马上给他斟上酒。他举杯一干而尽说:"笑话,他敢撵我?我给说了你要一箭双雕膳谱的事,他哈哈笑不说话,笑得我浑身起鸡皮疙瘩,以为他不认这回事呢,谁知他笑完了说,是柳崇孔叫你来的吧。我说好汉不做暗事,是柳崇孔叫我来的怎么样?你给不给?"

他说到这里戛然而止,指着空酒杯又嘿嘿。我又给他斟上酒,他一饮而尽接着说:"你猜怎么样?他说你要不给,柳崇孔要就给。什么话啊?"

213

我喜出望外,急忙说:"他答应啦?东西呢?快给我看看。"

徐司房说:"瞧你心急猴样儿,他能给我吗?说过一会儿来这儿拜访您呢。"

徐司房这么一说我真的就放宽了心,喜滋滋地问这问那,力图把黄厨头说这事的一言一语、一颦一笑都弄清楚,还问黄厨头估衣铺有啥人、生意好不好、货色齐不齐,弄得徐司房这个问题答半句那个问题答半句一个问题都没答完整。我一边与徐司房说话,一边留意屋外声响,只听得酒楼隔壁房间传来说话声、划拳声、吆喝声、脚步走动声,声声鼎沸,心想这地方生意的确好,怪不得蒋爷要争着在这里开店铺,怕是日进斗金了。正这么聊着想着,小二哥推门进来。我挥挥手说谁叫你啦,出去出去。小二哥不搭理,径直走进来,边走边拱手说:"参拜总编撰官。"包间亮着两盏油灯,除了席面一团明亮外,其他地方黑黢黢的也看不甚清楚。我心里咯噔一下,小二哥怎么认识我?徐司房对他说:"干吗干吗?总编撰官与你小二哥啥事?"小二哥嘿嘿笑,脱下帽子解开围裙走到灯光下。我一看,嗨,不是黄厨头吗?急忙拉他坐下说:"你这唱的哪一出?"我们哈哈笑。

徐司房叫来小二哥添杯加筷。我们三人免不了又一番应酬,不必详说。三杯酒后,黄厨头冲徐司房拱手说:"鄙店备好酒菜恭候徐爷,还请徐爷权且回避如何?"徐司房顿时傻了眼。我说:"请徐爷成全。"徐司房说:"也罢。你们好好聊着,我去估衣铺也。"说罢拂袖而去。

黄厨头沉吟片刻,开始向我述说一箭双雕的事。早年紫禁城御膳房是有一箭双雕完整膳谱的,存在内务府档案处。黄厨头的师爷谭老御厨教给黄厨头这道菜,还替黄厨头抄下膳谱。谭老御厨去世后,一箭双雕膳谱因保管不当损失小半,被查出后严处了管档人,解决办法是从杭州云藏阁调御膳档案过来弥补。紫禁城御膳房要杭州送原件膳谱,让杭州留抄件。杭州方面不答应,说是全国膳谱就紫禁城、杭州各一套,现在紫禁城损失一套,仅存杭州一套,杭州一套不可动,愿意送抄件给紫禁城。双方争执不下就把这事给耽搁到眼下。

黄厨头说到这里从衣袋里掏出锦囊,打开锦囊取出一方丝巾,说:"您瞧瞧,这就是一箭双雕膳谱。"我接过丝巾展开来一看,上面写着一箭双雕膳谱,再一细看,果然是完整膳谱,与我知道的这道菜的膳谱十分吻合,不由得心花怒放,笑逐颜开地说:"真东西、真东西!"

黄厨头说:"我知道您有难处得帮您。您要觉得是真的,不妨抄一份去,把眼下难关应付过去再说。"

我心里咯噔一下,猛然想起周爷的一贯教导,这膳谱是不是来得也太容易了点啊?黄厨头不是老与我作对吗,怎么会在关键时刻帮我呢?蒋爷肯定不答应他这么做,是背着蒋爷还是告诉了蒋爷?是不是有诈?

我这么一想,脸色自然风起云涌,又一番变化,哪里躲得过黄厨头的眼光?果然,黄厨头说:"柳总编撰官,在下唐突了,还请听我解释。我为啥要帮您呢?唉,三言两语似乎也说不清楚,咱们长话短说只说一件事。那次赵太妃寿宴,不是周爷帮我做开水白菜,我肯定糊弄赵太妃犯大不敬罪被处罚。我知道您在这事上也帮了我。我给您膳谱就是报答周爷和您,也算还账,不欠你们的了。"

我一听觉得哪里不对,就为还账这么简单?不至于吧。这次的事估计是蒋爷和李统领精心安排的一出戏,眼下正唱到精彩处,他敢釜底抽薪?就不怕蒋爷、李统领惩罚?于是我说:"且慢。你的好意我先谢了,但有个问题要请教,你这么做蒋爷知道吗?"

黄厨头脸色顿时显出几分尴尬,忙端杯喝酒遮脸。他缓过神来说:"这事啊一言难尽,还是不说为好。蒋爷是我师傅,从小把我培养大,我不敢不听他的,也不能不听他的。只是……唉,怎么给您说呢?只是人各有志不能强求。说实话吧,我是瞒着蒋爷的。您也别给他提这档子事。"

我暗暗吃惊,黄厨头背着蒋爷干,不是背地里拆他的台吗?为啥啊?还有啊,总觉得黄厨头欲言又止,还有很多话没有说,而问他呢他似乎也不想说,我该如何是好?我想了想说:"不说就不说吧,也别为难,只是我还有个问题啊,你怎么保证这是真的一箭双雕膳谱?你也知道的,我要替西太后做这道菜,必须保证严格按膳谱做,否则我是大不敬,就得受严处。我现在跟你说了实话,希望你也如实相告。"

黄厨头听了抠头发皱眉头,似乎很为难,突然一拍桌子说:"豁出去了!跟您实话实说,这份膳谱不是我师爷谭御厨写给我的,是谭御厨写给蒋爷的。蒋爷是谭御厨的徒弟。我是谭御厨的徒孙。谭御厨把一箭双雕教给了蒋爷,也给他抄下这份膳谱。"

215

我又是一惊,黄厨头刚才是蒙人啊,差点受骗,便有些生气地说:"你怎么这样啊?你不愿说实话就别说了,走吧。"

黄厨头说:"别,您听我说完。我刚才是骗了您,说这膳谱是谭老御厨给我抄的。您要我说实话我就说实话,不是给我抄的,是给蒋爷抄的,我是从蒋爷那里悄悄拿出来的,不信您看这里——"黄厨头指着丝巾角落说,"不是有个"蒋"字吗?看清楚没有?您别急,靠近灯看。"

我拿起丝巾就灯看,果然角落绣着个"蒋"字,心里咯噔一下,黄厨头来真格的了,难道自己怀疑错了?黄厨头是真心帮助自己?顿时觉得内疚,忙款款一笑说:"蒋爷的宝贝你怎么弄到手的?"

黄厨头说:"我本来可以抄一份给您,就是害怕您不相信才冒危险偷了蒋爷的原件。蒋爷这东西是他的宝贝,曾经拿出来给我看过。我常去蒋爷府上玩,和蒋爷有通家之好,所以进出自如,没人干涉。我趁蒋爷不留意随手偷来放身上,准备给您瞧瞧再放回去。今明两天您不找我我也要找您,最迟明晚上我无论如何得放回去,要是蒋爷知道了处罚我事小,没法帮您事大,所以我一听您来了就迫不及待地过来找您。"

我听了不由得暗自嗟叹,差一点冤枉黄厨头,赶紧接过话说:"你别说了,我相信你。你帮我解决大问题了,谢你谢你!我这就赶紧抄一份。你马上连夜送回蒋府。我不能连累你。"

黄厨头如释重负,长出一口气说:"唉——总算没白搭。"

多年之后我还在感叹黄厨头的真诚,即或我不相信他甚至撵他走他也不与我计较,相比之下我怀疑他还要撵他走真的是欠揍。所以,在我把这事告诉毛大臣和周爷,取得他们的支持,凭着这份膳谱替西太后做出真资格的一箭双雕,得到西太后的嘉奖赏赐后,第一个跑去感谢他,可我刚跑进张贵人宫大门就听见他案房里传出严厉的呵斥声:"紫禁城只有我手里有这个膳谱,他柳崇孔怎么有?是不是你捣乱?有人看见你在我府上鬼鬼祟祟的,说,是不是把膳谱给他看了?你这个忘恩负义的家伙!看我怎么收拾你!"顿时惊呆了,东窗事发啦?后来才知道这只是蒋爷歇斯底里大发作,没来由拿黄厨头撒气,但事实是黄厨头逐渐被蒋爷冷落,在张贵人宫混不下去了,我便将他调到内务府品膳处算是聊作弥补。这是后话,容我慢慢道来。

第十四章　孪生画风波

　　夏天一过，西太后又回到紫禁城，储秀宫又恢复往时繁盛。皇上去承德山庄狩猎，要了御膳房一拨人跟去，周爷也被毛大臣叫了跟他一道护驾，紫禁城顿时清静一半。我手里事多，编撰《中国宫廷御膳》还差一大截，就留在宫里。每年这个时节因为空闲，西太后就爱查各宫的账。朝廷有规定，紫禁城各宫各处都建有流水账，月有月总，年有年总，都得报皇上太后审查、内务府存档。皇上日理万机，无暇顾及。太后忙里偷闲，常常叫内务府会计司派司房查各宫处的账。

　　皇后裕隆宫入不敷出，月月差不多都是亏损，但不敢如实做月总，怕西太后查账，总是做出一点盈余以敷衍。月月有盈余也麻烦，到了年终累起一大笔盈余，西太后看了说好，要各宫向皇后宫学习，特别是要求那些月月亏损的主子前往皇后那儿取经。裕隆皇后为此上下为难。一年三节两寿开支大，紫禁城里各宫往来、与各王府王妃命妇往来开支也不小，加之逢年过节、大小活动给下人的赏赐，已经亏得不轻，全靠私下将皇上赏赐的玩意，甚至将多余的衣服拿出宫变卖维持，哪里有啥经验可讲，西太后懿旨不敢不执行，只得搪塞。

　　西太后慢慢听到不少闲话，说皇后宫捉襟见肘，日子艰难，不相信，派人去查账，才发现账实不符，做了假账，便叫皇后来问，皇后也如实讲了，竟不知如何是好，相信皇后没有乱花钱，又得解决皇后燃眉之急，只好给皇后宫增加费用。一场查账风波有惊无险。这么一折腾，皇上狩猎回来了，紫禁城又恢复昔日热闹。

　　北京的秋天不长，像是没过几天凉爽日子就下雪了。下雪天往往要封道，可紫禁城下雪不能封道，因为进出的人太多，都是军国大事，就得及时扫雪。下雪天一大早，敬事房总管太监往乾清宫台阶前一站，扯开嗓子喊道："听差啰——"临近各殿太监，甚至内务府的人都得答应"是"。敬事房总管又喊"随侍等处，十队满上，各带筐杠，乾清宫扫雪"，各处又答应"是"。于是扫雪开始。我是总编撰官,不必参加扫雪,但品膳处需派人扫雪。我在窗前看着他们扫雪,几百人扫的扫铲的铲抬的抬,热气腾腾,很快将乾清宫步道清理出来可以走人。

不到过年,我媳妇给我生个儿子。娘说我有福气。我高兴得手舞足蹈。媳妇要的丫头早请来家了,又请了一个大娘看孩子。我那四合院添丁进口,越发热闹。我对媳妇说,收拾停当再给我生一窝孩子。媳妇说那是母猪的事,找母猪去。我们笑得人仰马翻。

转眼过完年又到春天,紫禁城撤火了。宫里规定,十月初一生火,二月初一撤火,前后四个月。撤火是件大事,不是宫里人把炉子搬出去就行,得由内务府派人来仔细察看,然后在地炕贴封条,谁也不能再动。没烧完的煤炭,有白骨炭和菊花炭,都用红萝装着,由内务府的人运走。

我编撰《中国宫廷御膳》的差事经过半年努力也大有进展,家里也一片喜气。我还有高兴事,我的收入越来越高,拿两份月俸,拿两份赏赐,特别是过年,皇帝和西太后都有赏,单是银子就两千两,五十两一锭的官银数得手发酸。

有钱的感觉真好,家里吃的穿的用的玩的要买就买,娘说买地稳当就买地,一买几十亩,媳妇说还是金子可靠就买金子,买金戒指、金耳环、金镯子、金项链,娘和媳妇一人十几件。家人有了我也得有点啥,想想啥也不缺啊,就想起自己现在是五品官员,还是总编撰官,做的是编撰御膳的大事,交往的是有知有识的人,得有点文艺范儿不是,就想买书。媳妇听了嘻嘻笑说假斯文。我一想也对,《大学》《中庸》《论语》《孟子》四本书啃几年都啃不动还买啥书,就想买画,听说画也保值。娘说这还差不多。于是我有空就逛琉璃厂,这画那画反正也不懂,人不识货钱识货就照贵的买,买来挂在屋里蓬荜生辉,欣赏消遣,客人来说这家有品位,娘和媳妇也说好,皆大欢喜。

这天我逛琉璃厂古旧店,店铺老板多远就跟我打招呼套热乎。我在他们那儿买过字画,是他们的常客,自然受欢迎。我走进熟悉的古轩阁,刚掀门帘便听到彭老板声音"总编撰来得正好",便应一声"又有啥新鲜玩意"走进去。彭老板已迎上来说:"我正要找人给您带信来新货了,不让您瞧瞧您错过了又该骂我了。"他这是拿我说过的话堵我的嘴。有一次他店里来新货没让我知道就出手了，让我后悔好久，要他有货吱声。

我刚落座店小二茶就来了，还拿着烟筒纸捻烟丝盒一旁候着。我说："啥啊新货？别的你别说话，我只要字画，只要唐宋家伙。"彭老板笑嘻嘻说："这就对了，正有幅是唐代名画候着您呢。"我说："哄人不是？我说唐宋你就唐画，我要说秦汉你就说砖瓦不是？"我们哈哈笑。彭老板说："您也别玩嘴皮子，咱们瞧瞧怎样？是骡子是马拉出来遛遛得了。"我说："这话我爱听。"彭老板就一伸手说"请——"我便起身随他而去。这里的规矩我懂，一般货在店里摆着，路人都能看几眼，贵重货摆里边，熟悉的主儿才往里引，一则免得不速之客搅了生意，二则避人耳目不惹事。

我走进里间坐下。彭老板翻箱倒柜一阵忙，手里拿着一卷轴走过来放桌上缓缓展开。我一眼瞄过去是幅山水画，便站起身靠近一步低头细看，竟是一幅明代唐寅的山水画，顿时高兴得合不拢嘴，说："彭老板你啥时有这玩意啊？怎么不早吱一声呢？也好让我有点心理准备啊，我现在快支撑不住了。"彭老板说："支撑不住那边有炕，躺下得了。"我们哈哈笑。

说实话，我对古字画缺乏鉴赏，但琉璃厂老板不敢拿赝品搪塞我，不是我五品顶戴的事，是我是紫禁城的人，有字画鉴赏大师作后盾，谁要是骗人了，不出三天鉴赏意见就出来了，这店铺就得关门，不是我仗势欺人啊，名声臭了还怎么做生意？

至于这幅画，不是吹牛，我只看落款和题诗就明白是真品，因为这段时间唐寅的作品看多了，少说十几幅吧，不是在琉璃厂啊，这儿真货少，唐寅的更少，是在宫里看的，宫里古字画多了去，我是总编撰官，可以在库房看，还让库房的书画鉴赏大师做讲解，自然进步不小。

我边看边在心里嘀咕，不对，彭老板为啥肯把这好东西给我？好几次向他买好东西都敷衍我，是不是又是蒋爷的把戏？得小心点，就说："这货花不少银子淘来的吧？"彭老板说："这您放心，赚别人我也不赚您，前几次不是让您扫兴了吗？这次补上，按进价给您，给这个数吧……"他边说边出左右手比画。我一看价钱适合正要答应，突然想起"便宜无好货"的老话，说不定就是蒋爷指使干的，便嘿嘿笑说："算了，你彭老板的算盘十三桥我算不过你。别处遛遛去。"便不管彭老板如何解释如何可以再商量，径直扬长而去。

第二天到宫里当差，我特意去古字画库房找秦鉴赏师。秦鉴赏师听了我的介绍，沉思片刻说这画不错。我心里咯噔一下，不是丢了捡漏的机会了吗？有些失望。我问秦鉴赏师宫里存有唐寅这画没有？秦鉴赏师嘿嘿笑。我说别跟我打马虎眼，有还是没有？秦鉴赏师点头又摇头，又说我可什么也没说啊。我回到案房也无心做事，一心只想着那画，想一会儿是觉得自己过于小心，便要了车出宫去琉璃厂买画。彭老板说对不起已出手了。我问买主是谁。彭老板笑而不答。我知道这是规矩，只是一时心急脱口而出。

回到宫里我闷闷不乐，心里老想着那画，怀疑是彭老板生气了不卖给我，又觉得是不是那几个上海客收去了，就想再去问问彭老板，跟他说说好话，可差事多，一会儿毛大臣叫，一会儿周爷叫，就想隔天一准再去琉璃厂。

我正想着，毛大臣又叫，我赶紧过去，一看周爷先到了。毛大臣说萨满媳妇的事。我从张贵人那里得知蒋爷盗用食材出宫很可能与萨满媳妇有关的情报，跟毛大臣和周爷禀报后，他们吩咐暂时不动萨满，也不去再问张贵人，就像钓到一条大鱼得慢慢放线，要是硬拉要出问题。所以过去有些日子了，一直没说这事。毛大臣和周爷今天找我的意思，现在可以开始正面调查萨满媳妇，要我着手此事。

我回到案房就叫来薛笔帖式，要他给我的几个内线发话，把萨满的情况给我收集起来我要用。薛笔帖式便照我的命令去办这事。过两天，我就收到不少萨满的消息。紫禁城的萨满媳妇有二十几个人，吃住在一个院里，有护军戒备森严，比张贵人宫还严，任何人，不管太监、宫女、护军，概不准进。我和薛笔帖式商量，决定采取敲山震虎之计，先去检查萨满膳房的伙食，要是抓住啥把柄就好说话。萨满膳房的厨头姓陶，快六十岁了，给他配的配菜和打杂都是才进宫的小青年。这天我带上薛笔帖式来到萨满院里，找到陶厨头说明来由，还说今儿中饭就在他这儿将就。陶厨头不善言语，点头答应，就带我们去厨房。萨满媳妇都吃素。膳房不沾油荤，清洁好做，加之陶厨头兢兢业业，清洁也做得到位，所以我们检查来检查去无可厚非。我再看中午膳谱是白菜萝卜，心里犯嘀咕，这有啥好检查的,便对陶厨头说了一通,要他注意这注意那,完了借口有事,抬腿走人。

这天不当差在家里休息,拿本书坐在院子躺椅上,沐浴着和煦的阳光暖洋洋倒是惬意,可想起首战无果,心情不免沮丧,连书也看不下去。我娘进进出出招呼下人做事。媳妇在屋里哼小调哄孩子。杨树上一群麻雀喳喳叫。娘说叫嘛叫嘛我儿子读书考状元呢。我说娘您说啥啊。娘说你不考状元大白天不做事读哪门子书。嘿,不是表扬我啊。

有人敲门,下人去开门看了,转过影壁进来告诉我西城罗先生拜访。我心里咯噔一下,西城罗先生不认识啊,西城就认识罗大厨,就是爹的徒弟、我的师兄,莫不是他,便说请。一会儿影壁转出个人来,穿一身长衫着一双圆口布鞋手里拎着一方礼品,老远就冲我大声喊道:"崇孔崇孔,你搬新家也不吱声,害得我瞎转半晌。"我定睛一瞧,嘿,这不是罗大厨吗?怎么这模样了,忙起身相迎说:"罗师兄啊,您这身行头……莫不是发财了?快屋里坐。"又扭头对下人说,"贵客上门泡茶上烟啊——"罗师兄说:"发啥财啊,托师傅在天之灵庇佑,遇到个好东家请我做掌柜,整天鞠躬行礼接人待客,不是得装模作样吗?就成这模样了,自个儿也觉得别扭,你就别哪壶不开提哪壶了。"我们哈哈笑。

客厅落座,我和罗师兄自然有一番应酬。说着说着我想起刚才他说做了掌柜的话,就问:"您在哪家酒楼饭店做掌柜啊?"

他说:"把人看扁了不是?怎么就得掌灶翻勺,做做其他的不行吗?"

我说:"您改行啦?"

他说:"你瞧我这身行头不改行穿得出来吗?"

我说:"您做啥啊?"

他说:"说出来别吓着你,我现在是卖字画的文化人了。"

我心里咯噔一下,他卖字画还文化人,不是比我文化还差一截吗?便哈哈笑说:"您还是这么幽默。您要成文化人这世上没文化了。"

他说:"说嘛说嘛啊?我怎么就不像文化人啦?你说我鼻子眼睛哪儿不像,我找郎中整容去。"

我们哈哈笑。

事情说清楚了,罗师兄真改行了,在一家古董店铺做掌柜,说是房也盖了地也置了,丫头大娘车夫都请了,小日子红火着呢。我心里纳闷,罗师兄从小没读书,就跟我爹学厨艺,爹叫他读菜谱他一字不识,还求我教他"人之初",后来爹死后他们黄大厨、郑大厨、罗大厨常来我家玩,知道他还在跟人家做厨子,再后来也不过几年工夫啊,他怎么就飞黄腾达模样了。

我娘在外面溜达听说罗师兄来了喜出望外,赶紧跑回家拉着他的手问长问短,要他别走了就在这儿吃饭,还问黄大厨、王大厨住哪儿,都请来大家聚聚,又安排下人杀鸡买肉一阵忙碌。罗师兄说:"师娘您别张罗了,我现哪有这闲工夫好好吃顿饭?整天屁颠屁颠北京九城瞎逛,还没得老板好脸色,改天约上黄大厨、郑大厨我们给您老弄一顿得了。"

我娘说:"敢情你这就要走?那可不成,多日不见怎么也得吃个饭啊不是?别走啊,我这就张罗去。"说罢去了。

我说:"真忙啊?哪有闲工夫来我这儿,不耽搁您了吗?"

罗师兄说:"误会了不是?知道我干吗来了?早些年咱不是在师傅灵前有言在先,等你娶媳妇生孩子保准给你送大礼,可你进宫做官就不理师兄了,搬家也不吱声,娶媳妇生孩子也闷着,你做得出来哥哥我做不出来,这不专程给你补礼来嘞。"说着从布袋里取出一个包裹,打开包裹现出一卷轴,笑嘻嘻说:"你前些日子去琉璃厂逛了没捡着啥漏吧?"

我心里咯噔一下。当年爹死的时候我还小,只有十四岁,孤儿寡母的确很落魄。爹的三个徒弟在爹灵前发誓要照管我们娘儿俩一辈子,其中就有将来替我娶媳妇的话。我进宫后因为宫禁森严,不方便与他们联络,他们也离开宫源居酒楼各奔东西,彼此也就渐行渐远失去联络,到我结婚成家的日子想请他们也请不了。再后来我去宫源居打探食材的事,无意中与黄师兄相逢,才与黄师兄、郑师兄恢复联系,但罗师兄他们也失去了联系,也就无法联系上罗师兄。多年不见,罗师兄对我还是一片真情,让我感动。

我见他问起琉璃厂的事,说:"你怎么知道?我的确常逛那儿,也喜欢古字画。"

罗师兄说:"这么说咱哥俩算半个同行,那最好。你看哥哥送你啥了?"他边说边展开卷轴就过来让我瞧。我一眼瞧去,觉得好眼熟,再凑近细看,一声"啊"叫说:"这不是唐寅的山水图吗?怎么在您手里?原来彭老板卖给您啦？"

罗师兄把画递给我说："我知道你想的就是这画，所以专门买来送你。这十来年哥哥没有照顾师娘和你，有负师傅恩德，内疚得很，算是一点补偿吧。"

我接过画，徐徐展开，眼睛一亮，正是我在琉璃厂彭老板店里看到的那幅，也是这几日朝思暮想的东西，不由得心潮澎湃地说："这……怎么好？师兄这礼太贵重了，不能收不能收！"边说边盯住那画不眨眼。罗师兄哈哈笑说："你现在是总编撰官，有钱有势不一定稀罕，但这是哥哥一点心意，也是替你爹照顾你们。再者说了，我还不知道你？嘴上客气，心里早收下了不是？跟哥哥就别玩虚头巴脑那套了，收下吧。"

我还是犹豫不决，就叫娘来，说罗师兄要送我一幅珍贵的古画。娘从厨房走来，边在围腰上擦手边说："人来了就好，还送啥礼啊？啥画？唐寅住哪条街？"我说："啥话啊，明朝人死几百年了。"娘说："死人的画啊，不要。"罗师兄说："师娘您得收，是徒儿我答应师傅照顾你们的。"娘说："也对，那就收下，待会多喝几杯酒，谢谢啊。"我说："这哪是几杯酒就谢得了的？"娘说："娘知道。你不是啥总官吗？有机会照顾照顾你罗师兄得了。"罗师兄说："还是师娘明理。崇孔，宫里有啥差事不妨给哥哥介绍介绍，不就在里面去了吗？"

我想也是，要是宫里有啥差事与罗师兄靠边，不妨介绍给他也成，便笑嘻嘻说："那我就谢谢了！走，咱哥俩好好喝几杯。"

唐寅的山水图失而复得让我欢喜了好多天。

人有了宝贝总忍不住要炫耀，否则神不知鬼不觉也没啥意思，于是我请来宫里字画库的秦鉴赏师，把画给他看请他鉴赏。秦鉴赏师看了恭喜我说这是真品。我问秦鉴赏师，宫里究竟存有唐寅这画没有。秦鉴赏师还是笑而不语。我知道他受宫里规矩约束，也不强求，只是暗自猜测宫里大概没有，心里不免得意。

秦鉴赏师来我家鉴赏画的事不胫而走，宫里爱好字画的人纷纷向我打听，连毛大臣也被惊动，找我去问话。周爷知道了把我叫到他案房关上门说事，问我哪儿弄来这幅画。我如实相告。周爷不信，说别说师兄弟了，就是亲兄弟出手也没这么重。我说一半是送我娘的。周爷说送娘的也要打问号。我生气了说周爷您啥意思,罗师兄相当于我们自家人,送点礼算啥,总不至于又是蒋爷的阴谋诡计吧。周爷说是不是与蒋爷有关不知道,反正要我居安思危,谨小慎微。我鼻子哼一声,不搭理。周爷甩着食指说:"你啊你,叫我说你啥好。"

我们正闹别扭,毛大臣突然大驾光临,一进我案房就关门,左右一瞧压低声音说:"崇孔你那画在哪儿?让我再瞧瞧,好像……"周爷插话说:"发生啥事?"毛大臣说:"也不是啥事,只是觉得眼熟。"我心里咯噔一下,刚才周爷还教训我要居安思危,谨小慎微,难道我又出错啦?便小心翼翼地说:"禀报毛大人,我的画在家里,如果大人要看我这就取去。"周爷说:"大人刚才说眼熟啥意思?是不是大人在哪里见过这画?"毛大臣说:"崇孔你去取画。"我顿时觉得要出问题,掉头就往家里跑,边跑边想周爷的提问,毛大臣说眼熟是啥意思?好像是见过这幅画,那在哪儿见过呢?要是在琉璃厂见过就没事,要是在宫里见过……我大吃一惊,宫里有这画吗?我一再问秦鉴赏师他都笑而不语,难道宫里真有这幅画?

我跑出宫跑回家取了那画就跑,惹得娘和媳妇惊叫"出啥事了",也顾不得解释,边跑边想,即或宫里有这幅画,宫里的是宫里的,我的是我的,毛大臣为啥大惊小怪?难道宫里有了我就不能再有?不对不对!一幅画怎么会宫里有我也有呢?只能一处有啊。更不对更不对!我有了宫里就不应该再有,没有分身术啊。那是……难道宫里的画不在了?难道我这幅画就是宫里原来那幅画?我一想到这里,顿时吓得四肢无力,瘫在地上。

我叫人背我回到内务府,把画给毛大臣。毛大臣边看我的画边嘀咕:"怎么会这样?"周爷问:"大人在哪里看过这画?"毛大臣若有所思地说:"好像在……肯定在宫里。这是宫里的藏画。"周爷大吃一惊说:"啊?这是宫里的藏画?"我正萎靡不振,一听这话顿时跳起来说:"这是宫里的藏画啊?不可能!不可能!是我师兄送我的!我师兄是在琉璃厂彭记古董店买的!不信你们问他!"

毛大臣问我:"你师兄是谁?有没有出身?"我说:"他是百姓,在古字画店做掌柜。"毛大臣说:"琉璃厂哪个店铺?"我恍然一惊,没问罗师兄,顿时张嘴说不出来,结结巴巴说:"是……我忘记问他了,不过我可以去问他，他是我爹的徒弟、我的师兄。"毛大臣问："你这就去，坐我的车去，快去快回。"我掉头就走，可走到门口抠头皮，往哪儿走？罗师兄没告诉我住处啊，急得一拍脑袋说："我咋这么糊涂呢！"周爷问："怎么啦？快去啊！"我说："我……我不知道他住哪啊。"毛大臣和周爷气呼呼异口同声："啊？你……你开啥玩笑！"

这是我进宫十几年来最狼狈的一次，面红耳赤，语无伦次，有口难辩，被自己最尊敬的人怀疑，那滋味啊，像弄翻食柜，酸甜苦辣不是个味，只觉得头昏脑涨，全身发热，不知如何是好。毛大臣和周爷又说了些什么也没听进去，直到毛大臣气冲冲走了，周爷大声说话我才明白过来，问周爷："您刚才说啥？毛大臣走啦？"周爷说："你也别急，事情还没弄清楚，也不知道你手里的画是不是宫里的画，更不知道宫里的画还在不在，也许……"我说："但愿还在。我这就找秦鉴赏师去。"说罢要走，周爷喊住我说："别去，毛大臣已打探去了。毛大臣要我们沉住气，什么也别说，什么也别动，以静制动，看看有啥反应再说。"我说："难道这又是蒋广宗的阴谋诡计？"周爷说："不知道。先别瞎猜。注意，一定按毛大臣的吩咐办，不可造次。"我说："是。"我和周爷都是五品，都是内务府品膳处总管，周爷多个领班总管，我多个总编撰官，算是平起平坐，但周爷是我师傅，一日为师终身为父，我应当我也愿意听周爷的。

下了差回到家，我迫不及待把这事跟娘和媳妇说了，只是打了埋伏，没有说宫里那画要是不在了的后话，就已经吓得她们战战兢兢。娘说："这就犯事啦？"媳妇说："那你还不快把那画还给罗师兄？我说嘛，天下有白占便宜的事吗？"我说："我往哪儿去？你给指个道儿。"媳妇哭兮兮说："你冲我发啥火啊，快问娘啊。"娘说："娘知道啥？娘要知道做总管了！"我说："好了，你们别闹了，让我安静，想想哪儿找他去。"娘说："我知道去哪儿找。"我和我媳妇大吃一惊，异口同声问："哪儿？"娘嘻嘻笑说："儿啊，别瞧你五品，娘是六品比你强。"我说："都啥时候了还逞强，快说去哪儿找。"娘说："找你黄师兄、王师兄去。"

只能如此了。于是我饭也没吃就出门，骑了匹马嘚哒嘚哒往城里赶，赶到城里天也黑了，急忙去宫源居边上那胡同找到黄师兄，见着他一把拉上往外走去找罗师兄。黄师兄吃了饭正在灯下督促孩子读书，被我这么一搅,糊涂了,边跟我往外走边说:"你听我说,我哪知道罗师兄住哪,我们多年没联系啊。"我丢了他手说:"你不知道啊?我娘怎么说你知道呢?"

我进屋坐下喝水,把这事跟黄师兄说了。黄师兄说:"怎么会这样?"黄师姐从厨房出来说:"这姓罗的多长时间没打照面了,你咋送他东西呢?"我说:"不是我送他东西,是他送我东西。"黄师姐说:"这不得了,送你就收下呗,还追着还啊,你傻不傻啊?"我说:"我的姐您听偏了,这画收不得。"黄师姐说:"啥收不得?烫手啊?"我说:"可不是烫手咋的。"黄师姐说:"烫手还收啥?"我说:"没想到有这一出啊。"黄师兄冲他媳妇说:"别闹别闹我想想,好像你王师兄见过他。走,我带你找去。"

这一去就在北京九城瞎逛大半夜,先去西城找王师兄,不在,说是喝酒去了,再由他儿子领着满街找,还好找到了,拖出来一问说是知道住东城啥胡同,去就知道,就跟王师兄去东城,可到了地黑灯瞎火找不着北,别说没找着罗师兄,连回家的路也没找着,在那一片胡同转过去转过来,差点被巡夜兵爷抓城楼子去。第二天我不甘心,和黄师兄、王师兄去琉璃厂找彭老板,可人去屋空,谁也不知踪影。

我告别两位师兄,骑马回到宫里案房,大半晌做夜游神,这会儿犯迷糊,伏在桌上就睡过去了,直到被人推醒还不耐烦,听说毛大臣找,像是大冬天一桶冷水从头淋下,马上清醒,起身往毛大臣那儿跑,边跑边想阿弥陀佛菩萨保佑,到得毛大臣案房,周爷已到,也顾不得礼节进门就问:"毛大人可有消息?"周爷说:"注意……"毛大臣说:"瞧你模样没找着你师兄吧?也别急,听我说。我昨晚想了想,这事蹊跷,没有道理可言,便不可施加人力,倒是任其自然发展或许还有救,自个儿不要惹事了。"

我知道这是老成持重之言,但因为文化有限听得不甚明白,心里只想到宫里那画还在不在,毛大臣却没了下文,不禁有些失望,想问呢又怕周爷说"注意",便欲言又止没说出口。周爷说:"大人说得是。大人的意思就别去惊动字画库了,免得自个儿没事找事。"

我实在忍不住说:"这怕不妥吧。不弄清库里有这画无这画,我这画就不踏实。"

毛大臣说:"不妨说说你的意思。"

我说:"得马上找字画库看看那画还在不在。"

毛大臣说:"要是在或是不在又做何处置?"

我说:"要是在就没我啥事了,萨满的事还等着我捣鼓,要是不在啊得想办法说清楚啊。"

毛大臣说:"要说不在了会怎么样?"

我说:"那就不得了啦,得马上禀报追查。"

毛大臣说:"要是不闻不问呢?"

我说:"宫里字画库几十万件字画堆着就堆着呗,谁有工夫查看啊!"

毛大臣说:"那你这事呢?"

我说:"就没我啥事啦。"

毛大臣说:"我的意思就是这样。"

周爷说:"这下明白了吧。"

我说:"大人的意思原来是我的意思啊?"

周爷马上说:"注意……"

毛大臣哈哈笑,甩着食指说:"你啊你,可以做内务府大臣了。"

我们哈哈笑。

我明白毛大臣的意思,款文的话叫一动不如一静,我的话是蒙混过关。紫禁城字画库的字画堆积如山,上千年老古董应有尽有,不说翻找,人进去就闷得慌,如要翻找动辄成灰,如再翻找则灰尘扬起,把人裹住。我觉得毛大臣这办法好,我们不去查谁也不去查,不查就没事;我们要去查,查到有是多事,找到没有是自讨苦吃。

于是我便安心做我的总编撰,还随时留意萨满院子新动向,听内线说了个新情况,蒋爷常去萨满院溜达,说是关心萨满太太的伙食,便要内线注意他说些啥。张贵人宫的白云姑娘又传来消息,说萨满太太院的郝总管和张贵人还有往来,还说萨满院的赶车夫黑娃可能知道食材的事。白云和阳太监快要出宫了,我得抓紧时间弄清张贵人究竟还有啥事。

就这样过了几天,我也渐渐睡得安稳了,可这一天传来消息,西太后要看我的画,吓得我三魂散了两魂。消息是周爷告诉我的。周爷说是毛大臣告诉他的。我问毛大臣在哪儿。周爷说去储秀宫了。我问周爷怎么办。周爷说得等毛大臣回来商量。我说毛大臣没回来怎么就有消息了。周爷说是毛大臣叫人回来传的话。我急得团团转。周爷显然也稳不住

227

了,连连跺脚。西太后怎么知道我有这幅画呢?西太后为啥要看我的画呢?难道宫里那幅画没了?难道西太后看画是假,拿我把柄是真?我在案房走来走去转圈。周爷也沉不住气了,也转圈,还边转边自言自语:"不是他是谁!不是他是谁!"我问您说谁。他说是谁你还不知道。我说您说蒋广宗吧。他说不是他是谁。我说我说是他嘛您不信还叫我别瞎猜。他说怎么跟我说话。我赶紧赔礼认错。周爷甩着食指说你啊你。

我们正这么磨嘴皮子,毛大臣回来了,叫我们这就过去。我们赶紧起身去毛大臣院子。毛大臣见我们进去,忙挥手说:"免礼免礼,坐下说话。"我们就坐过去与他对坐。毛大臣严肃地说:"刚才西太后召见说了看画的事,我只好如实禀报,把崇孔你得到这幅画的情况作了简略汇报。西太后听了没吱声。李统领一旁插话说这画是稀罕物。西太后便说得瞧瞧。我赶紧说崇孔这两天跑北京城酒楼饭庄编膳谱,回来就送过来。李统领又插话说这画是稀罕物。"

我听了如五雷轰顶,顿时脑袋轰轰响,李统领都说这画是稀罕物说明宫里没有啊,要是有还稀罕个啥,而宫里应该有却没有意味啥?我不敢往下想。

毛大臣接着说:"我说了这事蹊跷,既然有人挑起西太后看这幅画,我们就不能无为而治了。这样吧,周宗你去找秦鉴赏师,请他落实一下宫里这幅画究竟还在不在。我呢进城去琉璃厂办件重要的事情。"周爷说:"是。我这就去。"我见没自己啥事,不理解问:"请问毛大人,下官干啥?"毛大臣说:"你不能动,就留在案房吧。"我说:"这事是我引起的,我不能袖手旁观。"毛大臣说:"好,那就安排你转移他们视线,掩护我们。"我说:"是。请问我怎么掩护你们?"毛大臣说:"你就在案房办差。他们就会围绕你转。你不就掩护我们了吗?"我恍然大悟,说:"明白了,保证完成任务!"我们哈哈笑。

周爷奉命去找秦鉴赏师,开宗明义说了毛大臣的意思,请他代为在字画库查找唐寅的山水图。秦鉴赏师是镶黄旗。毛大臣是镶黄旗旗主。秦鉴赏师是毛大臣的奴才。主子吩咐奴才,不敢不听。再有一层,秦鉴赏师是毛大臣的旧属,是毛大臣当年培养的。所以周爷这么一说,秦鉴赏师一口答应,说立即去查。周爷说我就在这儿坐等,你忙你的去。

秦鉴赏师在宫里管字画库二十年,不说十几万件字画都记得,起码上万件一级品记得一清二楚。他一翻登记簿便找到这画名录番号库存位置,便写了张条子叫徒弟去内务府请来这库房的钥匙,然后说声稍等,带着徒弟去了。

周爷在案房喝茶等候想事,一想就想到他当年也曾见过这幅画,是秦鉴赏师给他看的,还说这幅画是紫禁城一宝,就纳闷,我怎么也会有这幅画?要是秦鉴赏师一会儿出来说库里没这画了,那不是谁偷了宫里这画吗?我肯定被抓,就是抓到送画的罗师兄、抓到琉璃厂的彭老板也无济于事,一样犯销赃罪,且不是天大的冤枉吗?

周爷这么想着,突然看见秦鉴赏师匆匆走来,一看面无表情就着了慌,立即起身迎上去说:"怎么样?怎么样?"

秦鉴赏师边走边食指碰嘴示意不要说话,几步走到周爷面前左右一看小声说:"出大事啦!"

周爷顿时如五雷轰顶,头脑轰轰作响。他极力稳住慌乱的情绪说:"你的意思……"

秦鉴赏师说:"画不在了!画不在了!"

周爷说:"你查清楚啦?的确不在了吗?"

秦鉴赏师说:"有编号有库位每次都是一查就到,可我刚才去查没查到啊!"

周爷说:"是不是放错地了?你再查查。"

秦鉴赏师说:"不可能。取画还画都是两个人一起的,都要登记签字。你这么说我叫两个徒弟再去看看。"说罢,秦鉴赏师走去另一间案房对人一番盼咐又回来陪着周爷说:"再等等吧,凶多吉少,你得赶紧给毛大臣禀报,我这边暂时压一压。"

过了一阵,秦鉴赏师的两个徒弟一脸肃气走进来,走到秦鉴赏师身边一番耳语然后离去。秦鉴赏师向周爷摊摊手说:"还是不在。问题大了。这画肯定丢了!肯定丢了!怎么会丢呢?高墙深院,戒备森严,神不知鬼不觉就丢了,不可能啊!问题大了!周爷您赶紧去向毛大臣禀报,我等毛大人的盼咐。你先去。这里不能乱,我候着。"

周爷无话可说,急忙转身离去,行色匆匆,一路小跑来到毛大臣院子,被告之毛大臣不在,才想起毛大臣说过他进城办事去了,不禁喟然长叹,回身来到我的案房。刚才毛大臣和周爷忙事去后,我就按毛大臣吩咐原地待命,掩护他们,就回到自己案房办差,可哪里静得下来,提着笔找笔,还没写字,墨落纸上,只好啥也不做,发呆。我一见周爷进来,忙起身问:"查到画了吗?查到画了吗?"

周爷嘘我一声,然后小声说:"没查到,没查到,急死人了!毛大臣又进城去了!你说怎么办?"

我一听,心里那点侥幸全没了,急得手足无措,急迫地说:"那怎么办?那怎么办?我没偷宫里的画啊!我不可能偷宫里的画啊!周爷您要为我做主啊!"

周爷本来也没了主意,可一见我这模样,只得硬撑着说:"别说这些没用的话!秦鉴赏师说了,他那边先不动,等毛大臣吩咐,我想一时半会还不会传出去,所以你也别急,当然我不急。这样啊,毛大臣也不知进城去哪儿了,北京九城也没法找,只有等候,毛大臣肯定办大事去了,说不定马上就会给我们带来好消息,所以你啥也别想,更不能做蠢事啊,给我好好在这儿待着,有啥新情况随时向我禀报。听见没有?"

我忙答道:"是。"

周爷去他案房,留下我一个人在屋里,平日并不觉得宽敞的案房这会儿却显得那么宽、那么大,空空荡荡的,连空气也产生莫名的压迫感,令我呼吸困难。我过去把窗户打开,任一阵阵清风扑面,吹乱头发,才觉得清爽一些。我想这难道是罗师兄陷害我,可他为啥要陷害我呢?我和他无冤无仇,他凭啥害我?可他不害我为啥把这么个祸害送我?还有那个彭老板,也不应该害我啊,我和他做买卖是成全他的生意,应当谢我才对啊。我想不明白,想得头脑发痛。我猛然想到蒋爷,先前彭老板要卖这画给我我就怀疑过他,没买,难道是他?他偷了宫里那画让罗师兄转送给我,然后再嫁祸于我,对对,我明白了,蒋爷肯定是这么干的。我想到这里,气愤填膺,怒不可遏,冲出门去找蒋爷,没想到门外有护军守着,见我推门出去拦住我说,周爷有令,你哪儿也不能去,请柳爷成全。嘿!啥事啊!

我去见周爷说了我刚想明白的事。周爷沉吟片刻说:"有道理、有道理。你让我再想想啊,蒋爷偷了宫里的画,让琉璃厂彭老板卖给你,你没买,就让你罗师兄送给你,你收了,就嫁祸于你,然后撺掇李统领让西太后看你的画,拿到你的把柄再办你盗窃宫中财产罪,好家伙!一环扣一环啊!这个蒋广宗太阴险太狡猾!"

我说:"那您还拦我干吗?您让我去找他算账!他害死我爹的账还没算,他怂恿人与我作对的账还没算,他盗用食材的账还没算,我这就去找他算总账,最多和他同归于尽!我愿意!我愿意!我要替我爹报仇啊!"我说着就往外走。周爷一把抱住我不准我走。我使劲挣脱往外走,刚推门准备出去。一下子撞到人身上,抬眼一看是储秀宫两太监,不禁哑然。

一太监扯着鸭青嗓子大声说:"接懿旨啦——"我和周爷赶紧跪下。太监说:"老佛爷口谕:着柳崇孔带唐寅山水图觐见啰——"我磕头答道:"领旨。谢老佛爷恩典!"两太监嘿嘿笑,扬长而去。我站起身说:"如何是好?如何是好?"周爷起身说:"这么快就来懿旨了啊?如何是好?毛大臣怎么还不回来?崇孔你看怎么办?"

我平日听惯了周爷的吩咐,一听他这会儿问我怎么办,着了慌说:"我听周爷的。您说怎么办就怎么办。"

周爷说:"啥时候还讲虚里吧唧这套。你有啥主意赶紧说。我……我真没辙了。"

我说:"听我的啊,好,我去找蒋广宗算总账!"

周爷说:"这不行!毛大臣说过不准做蠢事!"

我说:"那……我也没辙了。"

周爷说:"解铃还须系铃人。走,咱们去找秦鉴赏师,只有他说得清楚。"

我说:"我这里怎么办?西太后还等着召见啊!"

周爷说:"那你回家取画去储秀宫。我去找秦鉴赏师。这事蹊跷,看他有啥说法。你去吧,别紧张,没人说你这画是偷宫里的。毛大臣回来我马上禀报。毛大臣有办法帮助你。我会全力帮助你。你去吧。"

我鼻子一酸想哭,忙背过身去。我十四岁进宫,这十几年全靠周爷提携照顾,周爷好比我再生父亲,我一时半会都没离开过周爷,怎么觉得这次有点生离死别的味道,就想哭。周爷拍拍我的肩膀转身而去。我掉头望着周爷渐行渐远的背影,不禁潸然泪下。我爱周爷。我舍不得离开周爷。我冲周爷背影大喊:"周爷我走了——"说罢一溜烟跑了。

　　储秀宫并不是紫禁城后宫最好的地儿,但西太后情有独钟,在这儿住得最久,有人不明白还好心劝西太后去其他宫住,自然讨个没趣,西太后还是住储秀宫,其中的奥秘我知道,周爷告诉我的。西太后早年还是懿贵妃的时候住储秀宫,在储秀宫承受先帝龙恩生下同治帝载淳,并以此成为紫禁城至高无上的人,所以视储秀宫为通天招牌,举大事不细谨,不会计较房屋好坏的。

　　我来到储秀宫,一见宫门前那青铜铸的鹤鹿同春感觉异样,原来是笑脸相迎,今儿个却成冷如冰霜,不禁哑然。进得储秀宫,由太监引着去东进间房,心里咯噔一下,东进间我以前来过,知道是西太后看折子、接见皇帝大臣的地儿,急忙握紧手里的画轴。进得东进间顿时觉得明亮,临南窗有一铺炕,上面放着炕几炕枕一应杂物,西太后正歪靠着炕枕看折子,不时用长长的指甲在折子上画痕。炕边地上站着敬烟敬茶两宫女,门边站着垂头弓腰的李统领。屋里静悄悄的,只有炕几上的洋钟喳喳作响。

　　我跟在太监后面进去就跪在地上,听太监禀报我来了,太后不吱声,看她的折子,我也不敢吱声。这是规矩,主子不说话就得跪着。过一会儿西太后放下折子努努嘴。敬烟宫女上前一步到离西太后两块砖地方,右手将装好烟丝的水烟烟嘴送到太后嘴边,左手晃动纸眉子燃起明火,再用右手笼着明火点烟。太后闭上眼呼呼吸几口,喷出烟气,然后吐出烟,说:"来啦,起来说话。"我赶紧说声:"太后吉祥。谢太后。"然后站起身垂头弓腰立着,等候问话。

　　李统领靠近西太后说了几句。西太后说:"那就瞧瞧吧。"李统领就对我说:"你把画展开来让太后瞧瞧。"说着上来帮我展画,又让我上前几步。西太后侧过身子看画,看了说:"这是啥画啊?"

　　李统领小声对我说回太后话。我就说:"禀报太后,这是明朝唐寅画的山水图。"

　　太后边看边说:"不错,是觉得眼熟哪儿看过,李统领是不是啊?"

　　李统领说:"老佛爷记性就是好,不是看过咋的?咱宫里有啊,那年老佛爷过生就传过这画呢。"

　　太后问我:"这是你的还是宫里的?"

我说:"这是下官的,是下官一个朋友送的。"

太后说:"跟咱宫里那画有啥区别?"

李统领说:"奴才眼拙,瞧不出来,但一定逃不出老佛爷法眼。"

太后说:"那就传宫里画吧。"

李统领答应道:"是。"说罢转身对门口候着的太监说:"老佛爷口谕:传唐寅山水图——"

我慢慢退到后面立着,心里七上八下,热血沸腾。刚才周爷已经请秦鉴赏师去字画库查了,这画没了,如果没人查看还可隐瞒一时,慢慢追查,现在西太后口谕传画,立刻就会暴露,必定追查我这幅画的来历,而罗师兄和琉璃厂彭老板逃之夭夭,我的话无法得到证实,我还脱得了关系吗?那是跳进黄河也洗不净啊,不由得心惊肉跳,全身哆嗦。我抬眼偷看,太后又歪靠着看折子,李统领正冲我冷笑,赶紧低头弓腰,心里咚咚乱跳。我想我是有口说不清了,就等着挨刀吧,娘和媳妇要是知道了不哭得死去活来啊,还有我的两个小儿子,便心如刀绞般难受。

储秀宫离字画库不算远,要是一溜小跑不过两袋烟工夫,加上取画时间,太后口谕谁也不敢耽搁,也要不了多久,这会儿怕是已经在返程道上了。我这么一想,两腿顿时发抖,牙齿不停打战,想必脸色白得可怕,幸好自己看不见。

又过了一会,取画的人回来了,走到门边不敢进来,悄悄招呼李统领。李统领走过去听来人一番耳语后,转身进来走到太后面前跪下说:"禀报老佛爷,咱宫里这画没了。"太后正专心看折,猛一听此话吃了一惊,手里折子掉在炕上,黑着脸说:"说啥?画没了?怎么没了?"我也赶紧跪下。李统领说:"取画太监回来说,宫里字画库查了,这画没了,说是这才发现没了的。奴才已经叫人传内务府大臣。"太后一拍炕几说:"这还得了!给我查!"

屋里死一般沉寂。洋钟摇摆声猛烈敲打我的心。我脑子一片空白。不一会外面传来急促的脚步声,随之内务府三个大臣进屋跪下请安。我一看毛大臣来了,心里稍稍有些放心。毛大臣进城办事肯定与这事有关,不然也不会在关键时刻离开紫禁城。

西太后说:"都起来吧。你们查查字画库,说是丢了幅画。再看看这幅画,柳崇孔说是他师兄送给他的,也查查。这事蹊跷,宫里唐寅的画丢了,柳崇孔有了唐寅的画,是不是一幅画也查查。"

三个大臣看了我那幅画。许大臣说:"臣以为柳崇孔这画与宫里那画是一幅画。这画臣看过多次,印象深刻,绝不会错。臣请旨拿下柳崇孔再查。"

太后掉头望望李统领。李统领大声说:"来人啊,给我把柳崇孔拿下!"

我还没反应过来,门外冲进几个太监将我按倒在地捆绑起来。许大臣说:"臣下请旨由臣下办差。"

太后说:"这事……"

突然毛大臣跪下说:"臣请旨——"

太后说:"你说。"

毛大臣说:"臣以为柳崇孔这画不是宫里那画。许大臣判断有误。"

太后说:"你怎么知道宫里那幅画不是柳崇孔这幅画?"

毛大臣说:"禀报太后,臣刚从城里琉璃厂回来。琉璃厂有人说唐寅的山水图是孪生画,是当年唐寅同时画得一模一样的两幅画,后人不知真情,以为唐寅只有一幅山水图。臣听了大为惊讶,不敢相信,叫他拿出依据。他把依据给臣看了,的确如此,请太后明察。"

全屋的人大吃一惊,纷纷掉头盯着毛大臣。西太后沉吟片刻说:"依据何在?人何在?"

毛大臣说:"依据和人都带到储秀宫来了,请太后明察。"

太后说:"今儿个奇了,让本太后也开开眼,传。"

李统领疾步走出去传人。我惊讶得目瞪口呆。毛大臣朝我眨眨眼。我心里放宽了一些,但又一想,世上哪有孪生画?闻所未闻啊,莫不是毛大臣使的缓兵之计,追查到盗画人就为我洗清冤情了?不一会证人带了进来跪地上。太后问:"你是何人?"

那人回答:"禀报太后,小人叫包与之,是琉璃厂包记古董店掌柜。"

太后问:"你怎么知道唐寅的山水图是孪生画?依据何在?"

包与之说:"禀报太后,依据在这里。"说罢从衣袋里取出一方丝绸,双手奉上。李统领不在,另一个太监上前取了转身呈给太后。太后接过

234

丝绸,打开看是一纸文书,上面写五言诗一首:"唐寅戏天下,孪生画两张。都名山水图,各奔东西方。"落款是唐寅和唐寅印。太后看了沉吟片刻说:"怎么相信你这依据?"

包与之说:"禀报太后,紫禁城鉴赏师秦古知道。"

太后看左右找李统领,李统领正好进来。太后叫他传秦古。李统领说已将他叫来,随即提高点声音喊:"传秦古——"秦古即进来跪在地上。太后问:"你是何人?"

秦古说:"禀报太后,臣下是宫里字画库鉴赏师秦古。"

太后问:"你可认识他——"说着指指包与之。

秦古掉头一看说:"禀报太后,认识。他叫包与之,琉璃厂包记古董店掌柜,臣下多年老友。"

太后问:"他说你知道唐寅有山水图孪生画。你知不知道?知道什么?"

秦古说:"禀报太后,臣知道。臣先向太后请罪,臣知道而不报有罪,请太后治罪。"

太后说:"说清楚了免你无罪,说不清楚了两罪并罚。"

秦古说:"遵命。"

我跪在一旁不敢出大气,屏住气息听这是怎么回事。原来,唐寅的确画了孪生山水图,不但有他自己的诗为证,还有历代名家题记证明,但因为两画各奔东西,又深藏不露,所以一直不为世人知晓,直到现在这两幅画偶然相遇北京,才闹出这场戏来。

太后听了抿嘴笑说:"天下之大,无奇不有。不过李统领,宫里字画库的唐寅山水图又是怎么回事?究竟查到没有?你亲自去查,一定要查出结果。谁这么大胆啊,我要重重处罚!"

李统领说:"请老佛爷息怒,已经查到,是守库奴才放错了地方。奴才已替老佛爷重重处罚了。"

太后说:"嗨,这不是瞎忙吗?改天把这孪生画拿来瞧瞧,让皇帝也来开开眼。好了,都退下去吧——"

一场字画风波有惊无险。

事后我才知道,这次是蒋爷使的阴谋诡计。他从宫里秦鉴赏师处无

235

意中得知唐寅的孪生山水图事,琢磨用这事来害我,就去琉璃厂瞎逛,竟让他在彭老板处买到孪生画中的一张。琉璃厂彭老板也不知从哪里得知蒋爷买画有阴谋诡计,连夜收拾细软逃之夭夭。蒋爷想把这画给我,再诬陷我盗窃宫里的画。他不知从何处得知我有个罗师兄贫穷落魄,派人找到他重金收买他,教他怎么装富贵样来找我送画给我。罗师兄人穷志短,答应了。我得到这画后,蒋爷就通过李统领撺掇西太后看我的画,又撺掇西太后对着看孪生画,暗地里李统领藏了宫里那画,想的是如果西太后将名画丢失责任加在我身上后,趁机私吞这幅画。周爷去找字画库鉴赏师秦古。秦古没有说实话,害怕李统领找他算账。毛大臣觉得这事蹊跷,曾听说过孪生画的事,就去琉璃厂找到包与之。包与之鼎力相助,随毛大臣来宫里做证,并当场说秦古知道。秦古没法,只好和盘托出。事情这才真相大白。

这是我一生中遇到的最大的危险,差一点就被西太后处罚了,那可不会轻的啊,盗窃宫中名画是死罪,就算网开一面,起码也是发配黑龙江为奴,我的一生就毁了,哪里还有后面智擒萨满太太、抓到蒋爷盗运食材证据,一举将他绳之以法,报了我的杀爹之仇。这是后话,容我慢慢道来。

第十五章　萨满驴车的秘密

　　孪生画风波后,毛大臣、周爷和我,与许大臣、蒋爷等人的矛盾越来越大,差不多成了公开的对立,致使我们的调查差事困难重重,无法进行。毛大臣悄悄向皇上作了禀报。皇上训斥毛大臣,要毛大臣尽快拿到他们盗用食材的证据,否则停止调查。毛大臣向周爷和我讲了这情况,问我们啥意见,是停止调查呢还是尽快拿到证据?我说不能停止调查。周爷也说不能停止调查。我们很明白,只要停止调查,蒋爷他们肯定反攻倒算,我们绝无好下场。毛大臣说这就对了,他最希望我们打退堂鼓。

　　要想尽快拿到证据就必须改变策略,不能再像以前那样放长线钓大鱼。毛大臣问我们有啥想法。周爷说干脆硬逼张贵人交代。我也赞成。毛大臣不同意,说我们不知道内情,皇上重新宠爱张贵人,不但不处分她还准备升她做贵妃。我和周爷大失所望。我说干脆将蒋爷抓起来审问,逼迫他交代。毛大臣和周爷都不同意,说内务府大臣没有抓御膳房总管的权力,必须请旨,而请旨就得拿出证据,现在没证据不能抓人。我垂头丧气。

　　毛大臣和周爷说了几种办法,可他们自己却把自己否定了。我们商量半天毫无进展。毛大臣请我们吃饭。内务府大臣有资格在御膳房吃小灶。他就叫御膳房送菜过来吃。我说喝点酒刺激下神经,免得老是想不到好办法。周爷要我注意。毛大臣却说行啊,咱们关门喝酒。毛大臣就叫人送来两瓶御河酒。我们关上门,也免了礼节脱去官服,不分上下,随意坐着喝酒吃菜。周爷起初放不开,不愿脱官服,还一个劲叫我注意注意。毛大臣训他几句他才慢慢放松开来脱了官服。我心里明白,毛大臣把这次聚餐当作准备结束调查差事的最后慰问了,心里不免凄凉,也不好劝说,只好埋头喝酒,一上来就连喝三杯。周爷似乎也明白了,也连喝三杯。毛大臣说我们怎么这样啊,边说边连喝三杯。我们喝得微醉,脸上都有了红晕。

我想起娘的替爹报仇的嘱咐,不免嗟叹,就想一定要想个绝招对付蒋爷,就想啊想啊,突然想到不入虎穴不得虎子这句老话,就脱口而言:"我有主意了、我有主意了。"毛大臣和周爷冲我笑。我说:"我真有主意了!你们听我说啊!"周爷说:"崇孔注意……"毛大臣说:"你让他说。"我说:"不入虎穴不得虎子。"毛大臣说:"接着说。"我说:"我们已经掌握了萨满太太这条线索,只是因为萨满院守备森严没法打进去。"毛大臣说:"有道理,接着说。"我说:"我想了个打进去的方法就是苦肉计。"毛大臣惊讶地说:"苦肉计?"周爷也听惊地说:"啥苦肉计?"我说:"毛大臣您狠狠处罚我,越重越好,我不怕。"周爷莫名其妙说:"崇孔注意……"毛大臣说:"让他说。好,本大臣就重重罚你。"我说:"然后罚我去……"毛大臣打断我的话说:"罚你去萨满院做苦工。"周爷也听出味道来了,说:"你就打入萨满院了啊!好家伙!你这主意……"他们异口同声说:"好!"我们开怀大笑。

我们经过一番商量,最后由毛大臣拍板执行。

第二天是御膳编辑例会。我是总编撰官我主持。因为是阶段性总结会,我请了内务府三个大臣参加。会议开始照例由我做阶段总结,不外乎前段时间做了些啥,哪些做得好,哪些做得差,下一步做啥,需要注意几个啥云云。参会的有我招来的编辑官,还扩大到全宫各膳房管事,百余人济济一堂。我讲完了请领班内务府大臣许大臣训话。许大臣素来打官腔,这次自然不例外,也不外乎讲了一通。我请毛大臣讲。

毛大臣说了编辑事务的种种问题,比如食材究竟多少合适,又比如一箭双雕这样缺膳谱的情况还有多少,等等。我听了不舒服起身,说:"禀报毛大人,属下有话说。"

毛大臣说:"你说,你不说清楚不行。"

我说:"食材标准早有规定,不是我的事。一箭双雕膳谱不齐也不是我的事,是上届总编撰官的事。"

毛大臣说:"胡说!上届没问题还拿你这届干啥?"

我说:"上届不好好做怎么怪下届?我这届只管我这届的事。"

毛大臣说:"你啥态度?当差不积极,当值时间进城逛琉璃厂,收受人家送礼差点惹事,不是西太后英明你还坐在这儿?我跟你说柳崇孔,不怕你有厨艺我也……"

我说:"大人不能诬陷我。大人要嫌我不行,撤了我就是!我也不愿当这受气总编撰!"

毛大臣一拍桌子说:"反了你!我这就撤了你总编撰!你给我滚!"

我扬长而去。全场人看得目瞪口呆。

许大臣没想到有这一出,急忙把毛大臣拉一边小声说:"怎么会这样?"

毛大臣说:"本大臣分管编撰御膳经典,有权撤他的职。"

许大臣说:"无论如何咱们商量商量啊。"

张大臣说:"是啊,商量再说吧。"

毛大臣说:"本大臣已撤了他的职,没得商量了,要商量的是谁接替。两位大人看谁合适啊?"

许大臣眨眨眼睛说:"也好也好。张大人您看谁合适呢?"

张大臣心里咯噔一下,这不是要自己推荐他的人吗?便嘿嘿笑说:"还有谁?自然是蒋广宗啰。"

毛大臣说:"他啊……恐怕不合适吧。"

许大臣说:"也只有他了,要不先干着,不适合再调整?"

毛大臣说:"那……"

许大臣说:"还那个啥?先这样吧。"说罢走过去掉头对大家大声说,"都别嚷嚷了,肃静。我们三个大臣商量了一下,既然毛大臣发话撤了柳崇孔总编撰官的职务,为维护毛大臣的威望,本大臣和张大臣也就支持了。这是一。二呢是总编撰官一职由蒋广宗接替。不过本大臣和张大臣是同意毛大臣的意见的,蒋广宗要是干不好,一样得撤职。蒋广宗你听见没有?"

蒋广宗原本坐在下面犯迷糊,听见我和毛大臣顶嘴才清醒,见毛大臣一怒之下撤了我的职暗自高兴,现在又见许大臣宣布他做总编撰官,更是喜出望外,也来不及多想就站起身说:"多谢三位大人栽培!卑职一定好好干!决不辜负许大人期望!还有毛大人、张大人期望!"

当天下午,内务府贴出一张告示,正式撤销我的总编撰官职务,任命蒋广宗做总编撰官,同时鉴于我竟敢出言不逊顶撞大臣,撤销我在内务府的一切任职,调萨满屋做苦役以示惩戒。

这就是毛大臣、周爷和我商量定下的苦肉计。

我来到萨满屋报到。萨满屋郝总管对我嘿嘿笑,又上下打量我。我说你不认识我啊。他说你这一换装啊还真不认识。我脱了官服穿的黑布苦役服。我说你别挖苦我了,安排我干点啥。他说你想干啥?我说我能想啥,全听您安排。他说不是柳大人啦?我说不是。他说不是总编撰官啦?我说不是。他说得这就好安排,喂驴去吧,找黑娃教你。

黑娃是萨满屋赶驴车的车夫。二十几个萨满经常分批进宫当差,或去各王府当差,皇后特许她们坐驴车,配置十辆驴车供她们使用。黑娃是驴车头,三十来岁,是太监,手下几个车夫也是太监。他们可以住在萨满院里。我不行,我不是太监。我问黑娃我住哪?他说你还住啥?当差进宫完差出宫就是了。我问黑娃我当啥差?他说郝总管说了喂驴。

喂驴是个麻烦活,不是啥麻烦,主要是一天都得铡玉米秸、麦秸,还要多铡一些供驴夜里吃。我去之前有个人喂驴。一个人忙不过来加我一个。这人是太监住这院里,负责夜里的活。我就整天铡秸秆。驴子胃口好,可以整天不停地咀嚼。我来萨满屋后才知道,喂驴的得听赶车的。赶车说啥喂驴的就得照办。赶车的说喂喂,驴渴啦。我就得屁颠屁颠提水去。赶车的说喂喂,没瞧见驴饿着呢。我就得往槽里加料。更气人的是,赶车的在外面跟不上趟了也回来说,喂喂都给驴吃些啥料啊,咋跑不起呢?我就得往秸秆里加豆子。还有气人事。赶车的说我是御厨别老伺候驴子,也做个啥八仙过海闹罗汉伺候他们。我说哥几个这不行,我是苦役,不是厨子,你们馋了找厨子去。厨子从窗口探头说我哪会啊,你教教我得了。我一想也成,不是还要从他们嘴里掏情报吗,得像爷样伺候着,就说这也不是不成,只是这驴叫起来咋办。他们就叫那个喂驴的把今天的草料包了。我去膳房替他们做八仙过海闹罗汉,弄得满院子香。郝总管从案房出来问干吗干吗,一见我做的八仙过海闹罗汉馋得流口水,也顾不得吃素吃荤了,抓起筷子就开干。其他人也不傻,你争我抢吃起花儿开,一会儿便吃个盘朝天,舔嘴咂嘴问还有啥。

萨满吃素。萨满膳房配的掌案只会做素食,就是偶尔做点荤菜也不像那家人,所以郝总管和赶车的人成了馋猫。现在好,吃了我做的菜胃口大开,缠着我非做给他们吃不可,还答应我啥也别做,苦役也别当了,专门给他们做吃的。我暗自高兴,做好的给他们吃,与他们搞好关系,说不定就搞到情报了,但嘴里却说那哪行啊,郝总管安排我喂驴呢。郝总管说你别耍嘴皮子了,现在叫你做饭就做饭,做不好罚你喂驴。我说做饭可以,你们不准挑食啊。黑娃说这成,俺们像驴一样喂啥吃啥得了。大家哈哈笑。我又提出,萨满吃素,你们吃荤,得把膳房分开来做,不然荤素混淆影响萨满伙食。郝总管说行,我去跟萨满头商量。

萨满头叫贺伊拉,是位五十岁老太太,在宫里干了几十年,据说神通广大,法力无边,深得西太后和皇后赏识,除了皇上,全紫禁城的人都怕她三分,连李统领也甘拜下风。郝总管找着贺伊拉商量。贺伊拉早知道膳房悄悄弄荤菜但没发言,现在见郝总管说膳房要荤素分开,沉吟片刻说这哪行,要是萨满吃了荤丢了法力谁负责。郝总管说这您放心,保证萨满不沾一丝油荤。贺伊拉说那更不行。郝总官傻了眼,问哪样才行。贺伊拉左右一看压低声音说,笨蛋,柳崇孔做的御膳全紫禁城第一,谁不吃谁傻。他们哈哈笑。最后商量的结果是,萨满是不能吃荤的,所以荤素膳房分开很有必要,但贺伊拉法力无边,早已不为油荤所惑,凡做荤菜得悄悄给她留一份。投桃报李,贺伊拉同意内部解除我的苦役,拨膳房当差。

行苦肉计受惩罚来萨满屋做苦役是第一步。做苦役转为膳房当差是第二步。我为自己顺利完成打入萨满屋头两步而暗自庆幸。这两步是关键。我要是不能来萨满屋便没法弄到情报。我要是只做苦役就没法去弄情报。我现在在膳房当差就不仅仅是做菜,自然还得制作膳单、安排食材、领用食材,不足部分还得去外面采购,就有了四处收集情报的理由。果然,我这么一提出,郝总管就不好反驳,而膳房原来那位掌案心甘情愿做我的配菜,我就经常搭驴车进进出出。

这天我说需要出宫去买一些食材佐料。郝总管就叫黑娃驾车跟我去。我和黑娃坐车驶出紫禁城,来到城里最大的集市买了很多东西。临了我说差不多了咱们回去。黑娃说:"别急,我还要买点东西。"我纳闷,不是进城买食材佐料吗,他又不懂做饭,还买啥? 就问:"我都照单买了还买啥?"黑娃嘿嘿笑。我心里咯噔一下,这小子唱的哪一出,又问:"笑啥? 敢情有事瞒着我吧,那你买得了,我那边溜达去。"黑娃一把拉住我说:

"也不用走啊,告您得了,给人带点私货进去。"

我听说过这种事。宫里太监、宫女、护军甚至娘娘都有一些特殊需要,宫里不供给,得自个儿解决。这其中就有违禁品,比如鸦片。宫里人吸食鸦片是不允许的,查着了一顿打,拨南园吴甸喂马去,可就有人偷着吸。这就需要从宫外购进所需东西,比如鸦片膏,分了云土、广土、西口土、北口土,又比如配套的太古灯、张胖儿轩啊啥的。其他人不敢猖狂,唯独萨满屋的主有这胆儿。为啥,因为萨满有特权,驴车进出宫不受检查。

我就对黑娃说:"你敢啊?抓住得一顿打,拨南园吴甸喂马去。"黑娃说:"不瞒您说,这事咱也干习惯了,不就找几个外快,多大事啊!要不您……"我心里咯噔一下,他这是干吗?讨好我还是试探我?出门时郝总管叫他去屋里关门说事,是不是郝总管指使的?便马上回答:"算了,才没喂驴不想去喂马,你想喂马你干你的,我啥也不知道。"

这事过后,我又有几次跟黑娃在宫里办事或出宫办事。我发现黑娃的驴车在宫里的确畅通无阻。我们驾着驴车进大内,守卫的护军非但不检查,还立正行礼。有一次我和黑娃驾车送萨满太太去张贵人宫,萨满做法事,我园里瞎溜达一阵转回来,远远看见黑娃正往车上装东西,这也是常事,就没在意。法事完了回萨满屋,走在道上我猛然想起这事,可一瞧车上除了人啥都没有,心里咯噔一下,看走眼啦?也许他装上又卸了,也没在意。

又有一次是出宫,说是熙亲王府请萨满,二十几个萨满太太、十辆驴倾巢出动,郝总管和萨满头贺伊拉带队,我说搭车去买食材、佐料跟着一块去瞅稀罕。到了熙亲王府,下了萨满去做法事,十辆空驴车停府上院里,由黑娃照看。没我啥事我就瞎溜达,一会儿园子一会儿亭台,突然想起烟袋丢车上了,急忙回院里找,一看院里光秃秃的,啥车也没有,心里纳闷,会去哪儿,就顺着车辙寻去,出得王府后门,往西走几里地,见车辙进了一个院落,门关着,便向路人打听这是何处,听了吓一跳,竟是宫源居后院,心里咯噔一下,啥时宫源居有这后院了?顿觉有问题,便上去扶住门从门缝往里瞧,果然驴车在里面,见有人正从车上卸东西,心里又咯噔一下,这是干吗?驴车载人进城没装啥啊,卸啥呢?瞧着院里有人出来,赶紧溜一边柳树下看人下象棋。

接二连三发生的这些事让人百思不解,我只好偷偷去见周爷。打入萨满屋前我和周爷有约定,没有重大事情不得见面,要见面就在他坦街四合义饭店二楼右面第一个木窗外面木板墙上画个圈。我去画了,再按规定第二天晚上再去那儿,一眼便认出化了装的周爷。我们边喝酒边说事。我把自己的发现和疑虑说了,问周爷怎么办。周爷沉吟片刻说:"驴车有问题。"

我说:"不会吧,我坐驴车进城时特意东摸摸西摸摸,没发现啥问题啊。"

周爷说:"肯定驴车有问题。有机会你把一辆驴车赶出来我看看就好了。"

我说:"那哪行啊?我不是车夫,我是临时厨子,别说赶车了,连车也不准碰,都有人盯着呢。"

周爷说:"那你找黑娃。他一定知道内情。"

我说:"也不行,我试探过他,他根本不理茬。他不是要我带私货进宫吗?嘿,他喝醉了告诉我,是试探我,郝总管叫他干的。"

周爷说:"再试试。他喜欢啥?需要啥?好好打听打听,投其所好不就行了,要钱吱声,我给。"

我按周爷吩咐接近黑娃,发现他啥也不喜欢,要说喝酒吧也喝,可没酒也就没酒,并不犯瘾;要说赌吧也赌,可不赌就不赌,并不手痒;要说钱吧也喜欢,可没钱也就没钱,并不去找钱,要说家吧也有家,可那家算家也不算家,他是太监,和个宫女结菜户,半年不见面就不见面,没事;要说好吃的吧也喜欢,我做的御膳吃个精光,可没有好吃的腌菜下饭照样整三碗,我拿他实在没辙。

快到先皇帝乾隆忌日,西太后下懿旨派萨满去东陵做法事。东陵位于河北遵化,距北京城两百里,驴车要走三天,所以带了膳房,自然我也在列。萨满的驴子极其温顺,但出了宫走在去东陵的道上遇到对面来的马车牛车、骑马奔跑的还是恐慌,好在黑娃等一批车夫本事高强,好几次遇险化夷,有惊无险。这天车队经过一处集市,正逢赶集人来人往,正说小心别刮着路人,黑娃赶的那车偏就刮着人,还是个地痞。黑娃连声道歉。那人一阵乱骂不解气,飞起一脚踢驴。驴子受惊吓,撒腿奔跑。路人吓得

243

东躲西藏,顿时摔倒一大片。黑娃紧勒缰绳不管用,高声吆喝更不顶用,只看驴车冲向人群,吓得车上的萨满尖叫。我正坐在黑娃身旁,遇到这紧急情况也吓一跳,不过很快冷静下来。我知道这时最需要的不是勒车,不是吆喝,而是从前面去抱住驴头。我一看驴车刮到好多人,再看车上的萨满太太已吓得昏过去,而黑娃还在勒驴,心一横,跳下车,猛奔到驴颈项旁边,一个猛跳上去抱住驴头使劲往下按,任随驴子狂甩也不松手,直到驴子慢慢放慢脚步停了下来,而我早已筋疲力尽,手一松人就倒在地上昏过去。

我醒来时车队已到东陵,萨满做法事去了,黑娃一个人守着我。他见我醒来高兴地说:"醒了啊?吓死人了,还以为你……"我头痛得厉害,不敢说话,就轻声说:"没事吧?"黑娃说:"都没事,萨满太太没事,做法事去了,驴子没事驴车没事我没事,就是你……"我说:"我没事。"黑娃突然哭起来说:"全靠您啊,要不然我们都完啦。您叫我怎么谢您啊!"我说:"没事。我也是救自个儿。"黑娃越哭越大声,干脆汪汪大哭起来。

黑娃别看是个车夫,心里明镜似的,啥都明白。当天晚上,他主动找我说事,说你不就想知道那事吗?我告诉您得了,免得您瞎折腾惹事。他把萨满屋用驴车帮助蒋爷盗运食材的事说了。原来萨满屋的郝总管和萨满头贺伊拉都是蒋爷一伙的人。蒋爷通过张贵人宫的黄厨头、内膳房荤局首领王平民、外御膳房荤局的首领唐守正、南园戏班膳房管事青常备和他所在的御膳房一伙人,大量盗用珍贵食材,通过萨满驴车运出宫,一部分用在宫源居酒楼,一部分在市场销售。黑娃说萨满驴车是特制的,有两层,上面坐人下面搁货。黑娃又说张贵人也是蒋爷一伙的,是张贵人把郝总管和贺伊拉介绍给蒋爷的,张贵人自然参与分红,坐享其成,有事了出面替蒋爷一干人说情。

我听了心里咯噔一下,禁不住热血沸腾,终于抓到蒋爷的狐狸尾巴了,终于可以同蒋爷算总账了,不禁喜极泪来抹眼泪。我说:"黑娃你帮了我大忙,我谢谢你!我希望你再做一件事,就是举报蒋爷,你敢不敢?"

黑娃说:"啊?还要举报啊?不行不行,我怕……你还是自己想办法吧。"

我很失望,又劝他别怕,这事是内务府奉旨调查的,有毛大臣支持,蒋爷他死到临头翻不起浪,如果再不行,我把他调到内务府去。黑娃还是怕,还是不愿意出面举报。我只好放弃这一招,但要他从旁相助。他犹豫片刻答应了。我要他等我吩咐,千万别轻举妄动。

我把这事告诉毛大臣和周爷。他们听了笑逐颜开,但听说黑娃不愿举报又犯愁,说拿贼拿赃,没拿到他们盗用食材证据绝不能打草惊蛇。事情又回到开头的局面。我们很作难。我想这事不能拖延,万一蒋爷他们知道黑娃说出他们的秘密,肯定要下毒手不说,马上还会停止盗用行动,让我们根本抓不到他们的把柄,必须马上行动。我把我的想法说了,还说了我的具体办法。毛大臣听了摇头说不行不行,这样做太冒险,万一哪里考虑不周,或者万一黑娃哪句话不真实,岂不是前功尽弃吗?还可能把你也搭进去。周爷也说不行不行,不能冒这个险。

我说:"毛大人、周爷,情况紧迫,再也不能拖延,只有孤注一掷才可能一举扭转局面,抓到他们证据,将他们绳之以法,否则消息一旦泄露,他们立即停止活动,皇上为顾全大局就会下旨取消调查,那我们不但前功尽弃,还将面临疯狂报复。毛大人、周爷,我与蒋广宗有杀父之仇,十几年了该算总账了。我一个人去做,一定当场拿到证据,即或失败,请毛大人和周爷千万别出面,你们保留下来就可以继续调查他们的罪行,最终将他们绳之以法,为我爹为我报仇!"

毛大臣和周爷异口同声说,说啥说啥啊。毛大臣说:"崇孔,你的话让我感动。好,我同意你这么做。我全力支持你这么做。"说罢掉头对周爷说:"周宗,我的护军由你指挥,负责崇孔的安全。"周爷说:"是。"毛大臣又说:"这事必须考虑周到,做到万无一失。你们先商量个办法给我。我这就去联系有关人,大家共同完成这桩差事。"

我心里充满斗志,暗暗发誓,这次一定要拿到证据,就是牺牲也在所不惜。

我们的计划呈报毛大臣后得到批准,决定在三天后行动。

三天后是张贵人晋升贵妃的大喜日子,全紫禁城早就在积极筹办庆典,皇上御批举行盛大宴席庆贺,内务府调集宫里所有膳房厨役参加做菜,遍请王公大臣,安排了一百桌宴席,早早准备好了充足的最好的最珍贵的食材,制定了最精致最气派的菜谱。许大臣、毛大臣、张大臣、周爷、蒋爷、黄厨头、内膳房荤局首领王平民、外御膳房荤局的首领唐守正、南园戏班膳房管事青常备、御膳房副总管姜爷、御膳房荤局首领张爷,张贵人宫司房徐爷、南园戏班后台管事钱均,都被调来筹备此宴。

到了办席这天,宫里张灯结彩,喜气洋洋。王公大臣纷纷进宫送礼前来祝贺。太后有懿旨皇帝不参加本太后也不参加。其他宫的娘娘没有限制,自然踊跃参加。张贵人最高兴,亲自忙前忙后指挥提调。内务府三个大臣是组织者,更是忙得一塌糊涂。

萨满屋早已接到前去做法事的通知,一大早就吃了早饭准备出发,自然是倾巢出动,由郝总管和萨满头贺伊拉带队,我还是跟黑娃做助手。驴车队出发。我坐在车上不动声色,心里暗自汹涌澎湃。按照毛大臣的布置,周爷已派人去宫源居酒楼定了明天的二十桌酒席,指定要什么什么山珍海味,都是按照今天宴席准备的菜谱来的,目的是引诱宫源居酒楼向蒋爷要类似食材。同时,周爷通过其他渠道找到萨满屋另一个叫兰海子的车夫,已落实他们今天将盗运食材出宫的打算。我通过黑娃也证实有这回事。毛大臣的计划是,只要黑娃和兰海子密报萨满驴车秘密装进食材,我就当着客人的面动手揭开黑幕,将他们盗运食材的事暴露于光天化日之下。

我在驴车上望望黑娃,他向我抿嘴。我再望望后面一辆驴车上的兰海子,他也向我抿嘴。我知道今天这场戏的主角是他们,因为驴车装食材我是无法知道的,只有他们知道,如果他们照毛大臣的吩咐做,这戏就有板有眼唱得下去,如果他们有变,甚至反过来助纣为虐,我第一个身败名裂。

萨满驴车队到了办宴地方,萨满下车去做法事,我下车没我啥事闲逛等着吃饭,车夫驾着驴车去后院歇息喂料。不一会王公大臣、宫里的娘娘陆续来了,三三两两,说说笑笑。大家随便坐着站着聊天,等候萨满做完法事就进去。我守在进出后院的道边上,紧盯着后院。毛大臣和周爷来了。毛大臣的护军也来了。我看看天色,驴车出来的时间快到了,但后院毫无动静。萨满做完法事从后院上车,兴许做法事耽搁了。我朝周爷望去。周爷抿嘴示意别急。我耸耸肩头,心里暗自说道:阿弥陀佛、菩萨保佑。

就在这时我听到车轱辘声,全身汗毛顿时竖起来,掉头一看,萨满驴车正缓缓驶来,急忙寻找黑娃和兰海子,一眼便瞧见,黑娃驾第一辆,兰海子驾第二辆,正东张西望找我。我赶紧站起身,可他们还是没看到。我急忙跨上花台。他们都看见我了。按照约定,如果他们看见我朝我挥鞭说明食材已经装在驴车上可以行动,如果他们看见我不挥鞭说明情况有变停止行动。我便全神贯注盯住他们手里的鞭子,心里默默念道,快挥鞭子、快挥鞭子,可没见着他们挥鞭子,心里暗想是不是情况有变啊?难道我们暴露了?可就在一瞬间海娃和兰海子两人同时挥起鞭子啪啪响两声,我心里咯噔一下,立即冲上去张开双臂拦住驴车大声说:"停住!停住!我要检查!"

王公大臣和娘娘、宫女、太监立即围过来,七嘴八舌说这说那。蒋爷不知从哪里钻出来朝我吼道:"柳崇孔你干啥?你现在是苦役,有啥资格检查?快滚一边去!"

郝总管和萨满头贺伊拉从后面的驴车上跳下来跑过来。郝总管说:"柳崇孔你干啥?萨满的车你也敢拦?你找死啊!"

贺伊拉说:"快滚开!快滚开!"

我大声说:"这车上藏有宫里的食材!有人盗运食材!"

内膳房荤局首领王平民气势汹汹地说:"胡说八道!萨满怎么可能偷食材?"

外御膳房荤局的首领唐守正冲过来指着我鼻子说:"你是啥人?萨满屋苦役一个!有啥资格拦车?"

南园戏班膳房管事青常备对大家说:"各位爷别信他的话!他这是捣乱!"

我说:"我没有胡说!我说的是真的!不信你们检查驴车!"

支持我的御膳房副总管姜爷、御膳房荤局首领张爷、张贵人宫司房徐爷、南园戏班后台管事钱均一齐为我说话,说对啊,真的假不了假的真不了,你们不让他检查就是做贼心虚。黄厨头在一边欲言又止。

毛大臣和周爷带着护军赶过来不准驴车开走。王公大臣有人发话了,说竟然有这事,必须得检查,又说谁吃了豹子胆敢偷宫里的食材。熙亲王站出来说:"都别动!护军何在?"

毛大臣立即走过去拱手说："请熙亲王训示。"

熙亲王对我说："你可是柳崇孔?"

我回答："是。"

熙亲王说："你敢肯定这车上有赃物?"

我说："肯定有!"

熙亲王说："你要想好啊,如果没有,你检查萨满车就是死罪。"

我说："如果没有我甘愿受罚!"

熙亲王掉头对护军大声说："给本王检查!"

护军首领领着护军将所有驴车上的人撵下车开始检查。我走过去说："瞧我的。"说罢,从腰上取出一把斧子,走进第一辆驴车,按照黑娃告诉我的位置,抡起斧子就砍,几板斧就砍开遮挡的木板,立即露出里层藏着的山珍海味。

围观者顿时吼叫起来:萨满盗运食材啊!这还得了!抓人啊、抓人啊!不准他们跑了!这一吼吓得蒋爷那帮人着了急,一个个趁乱想溜,却被周爷指挥护军抓住,说调查清楚再走。蒋爷一看露了馅,脸色发白,想走走不了,就反过来指着萨满头贺伊拉说:"怎么回事?怎么回事?"

贺伊拉是张贵人介绍给蒋爷的,一见蒋爷翻脸不认人,马上反唇相讥说:"怎么回事您还不清楚?郝总管你告诉他。"

郝总管也是张贵人介绍的,一眼瞧见站在台阶上的张贵人正想溜就大声喊:"张贵人——张贵人——"张贵人装着没听见溜了。蒋爷走过去对熙亲王说:"禀报熙亲王,这车是萨满屋的车。"

贺伊拉也走来对熙亲王说:"禀报熙亲王,这都是蒋广宗叫干的!"

蒋广宗说:"你胡说!谁叫你干了?谁叫你干了?"

郝总管说:"禀报熙亲王,就是蒋广宗叫我们干的!"

熙亲王嘿嘿笑说:"蒋广宗你干得好啊!给我把这一帮子蛀虫捆了!"

毛大臣和周爷早在一旁摩拳擦掌,立即命令护军捆人。青常备想溜被我发现拦住。他对我拱手说:"柳哥柳爷,看在我们一起进宫的分上饶我一回吧。"我才不理他,对护军说:"这里还有一个!"护军冲过来一把抓住他。他不服气地说:"黄……黄厨头你怎么不抓?"我一看黄厨头站在那儿走也不是不走也不是,一脸尴尬,两个护军就要去抓他。我说:"他不是蒋广宗一伙的。"黄厨头过来给我跪下磕头。我拉他起来说:"你是有功之臣。"黄厨头掉头对青常备说:"小子听见没?哥哥是有功之臣。你乖乖去南园吴甸喂马吧!"

周爷指挥护军把十辆驴车的垫层全砍开,取出各种山珍海味堆成一座小山。围观的王公大臣、娘娘、宫女、太监义愤填膺,围着蒋广宗等人指指点点,痛斥他们盗运食材的罪行。许大臣在一旁面红耳赤,不说话。张大臣悄悄对他说:"还不快去找毛大臣。"许大臣嘿嘿笑。毛大臣站上台阶对护军首领说:"唐首领听命,把这些家伙统统押到慎刑司!派人立即去封了城里宫源居酒楼!柳崇孔你带他们去!"我和唐首领异口同声答应"是"。

这是我一生中最得意的一件事,多年以后还记忆犹新,特别记得我拦住驴车大喊一声"停住!停住!我要检查"的话,仿佛刚发生似的,让我激动不已。当然,我还有一些事必须一说。这件事的结果不用多说,蒋广宗是盗卖食材的首犯,被皇帝下旨砍头,我的杀父之仇也一并报了。其他从犯,像内膳房荤局首领王平民、外御膳房荤局的首领唐守正、南园戏班膳房管事青常备、萨满屋郝总管、萨满头贺伊拉统统被撤职发配南苑吴甸喂马。张贵人原本要升贵妃,因为这事黄了,非但没做成贵妃,连贵人也做不成了,被贬为答应。黄厨头黄冠群因为提供一箭双雕菜谱有功而将功折罪免于处分。至于毛大臣、周爷和一帮功臣,因为完成皇上密旨功勋卓著,毛大臣升为军机大臣,周爷升为内务府领班大臣,排在许大臣前面,御膳房副总管姜爷、御膳房荤局首领张爷、张贵人宫司房徐爷、南园戏班后台管事钱均都官升一级。我呢,因为编撰《中国宫廷御膳》成功,又因为揭发蒋广宗劳苦功高,被封为紫禁城总御厨。西太后召见我,一见我面就说:"你又来了,免礼吧。你叫啥名字?"我说:"禀报太后,我叫柳崇孔。"西太后上年纪了,没听清楚,又问:"叫啥有桶桶?"我说:"禀报太后,我叫柳崇孔。"太后还是似是而非,说:"啥名这么拗口,叫你老柳御厨得了。"这下出彩了,全紫禁城的主子娘娘、太监、女子、厨役、护军都叫我老柳御厨。紫禁城谁敢称老?除了老佛爷,就是我。